MICROFILM

Ouvrages

Cet ex. comporte un 7e volume (tiré à 3 ex. seulement par les soins de l'éditeur) : Voir : Rés. m. Yf. 46

ŒUVRES

DE

MOLIERE.

TOME SIXIÉME.

ŒUVRES
DE
MOLIERE.

NOUVELLE ÉDITION.

TOME SIXIÉME.

A PARIS.

M. DCC. XXXIV.

AVEC PRIVILEGE DU ROY.

PIECES CONTENUËS
dans ce fixiéme tome.

In. et dessiné par F. Boucher.   gravé par Lau Cars.

LES FOURBERIES DE SCAPIN

LES
FOURBERIES
DE
SCAPIN,
COMÉDIE.

ACTEURS.

ARGANTE, pere d'Octave & de Zerbinette.

GÉRONTE, pere de Léandre & de Hiacinte.

OCTAVE, fils d'Argante, & amant de Hiacinte.

LÉANDRE, fils de Géronte, & amant de Zerbinette.

ZERBINETTE, cruë égyptienne, & reconnuë fille d'Argante, amante de Léandre.

HIACINTE, fille de Géronte, & amante d'Octave.

SCAPIN, valet de Léandre.

SILVESTRE, valet d'Octave.

NÉRINE, nourrice de Hiacinte.

CARLE, ami de Scapin.

Deux porteurs.

La scene est à Naples.

LES
FOURBERIES
DE SCAPIN,
COMÉDIE.

ACTE PREMIER.

SCENE PREMIERE.

OCTAVE, SILVESTRE.

OCTAVE.

H! Fâcheuses nouvelles pour un cœur amou-
reux ! Dures extrémités où je me vois réduit !
Tu viens, Silvestre, d'apprendre au port,
que mon pere revient ?

SILVESTRE.

Oui.

A ij

OCTAVE.

Qu'il arrive ce matin même?

SILVESTRE.

Ce matin même.

OCTAVE.

Et qu'il revient dans la réfolution de me marier?

SILVESTRE.

Oui.

OCTAVE.

Avec une fille du feigneur Géronte?

SILVESTRE.

Du feigneur Géronte.

OCTAVE.

Et que cette fille eft mandée de Tarente ici pour cela?

SILVESTRE.

Oui.

OCTAVE.

Et tu tiens ces nouvelles de mon oncle?

SILVESTRE.

De votre oncle.

OCTAVE.

A qui mon pere les a mandées par une lettre?

SILVESTRE.

Par une lettre.

OCTAVE.

Et cet oncle, dis-tu, fçait toutes nos affaires?

SILVESTRE.

Toutes nos affaires.

OCTAVE.

Ah! Parle, fi tu veux, & ne te fais point, de la forte, arracher les mots de la bouche.

SILVESTRE.

Qu'ai-je à parler davantage ? Vous n'oubliez aucune cir-
conftance, & vous dites les chofes tout juftement comme
elles font.

OCTAVE.

Confeille-moi, du moins ; & me di ce que je dois faire
dans ces cruelles conjonctures.

SILVESTRE.

Ma foi, je m'y trouve autant embarraffé que vous ; & j'aurois bon befoin que l'on me confeillât moi-même.

OCTAVE.

Je fuis affaffiné par ce maudit retour.

SILVESTRE.

Je ne le fuis pas moins.

OCTAVE.

Lorfque mon pere apprendra les chofes, je vais voir fondre
fur moi un orage foudain d'impétueufes réprimandes.

SILVESTRE.

Les réprimandes ne font rien ; & plût au Ciel que j'en fûffe
quitte à ce prix ! Mais j'ai bien la mine, pour moi, de
payer plus cher vos folies, & je vois fe former, de loin,
un nuage de coups de bâton, qui crévera fur mes épaules.

OCTAVE.

O Ciel ! Par où fortir de l'embarras où je me trouve ?

SILVESTRE.

C'eſt à quoi vous deviez ſonger, avant que de vous y jetter.

OCTAVE.

Ah! Tu me fais mourir par tes leçons hors de ſaiſon.

SILVESTRE.

Vous me faites bien plus mourir par vos actions étourdies.

OCTAVE.

Que dois-je faire? Quelle réſolution prendre? A quel re-méde recourir?

SCENE II.

OCTAVE, SCAPIN, SILVESTRE.

SCAPIN.

QUu'eſt-ce, ſeigneur Octave? Qu'avez-vous? Qu'y a-t-il? Quel déſordre eſt-ce là? Je vous vois tout troublé.

OCTAVE.

Ah! Mon pauvre Scapin, je ſuis perdu, je ſuis déſeſpéré, je ſuis le plus infortuné de tous les hommes.

SCAPIN.

Comment?

OCTAVE.

N'as-tu rien appris de ce qui me regarde?

SCAPIN.

Non.

OCTAVE.

Mon pere arrive avec le ſeigneur Géronte, & ils me veu-lent marier.

SCAPIN.

Hé bien ? Qu'y a-t-il là de fi funefte ?

OCTAVE.

Hélas ! Tu ne fçais pas la caufe de mon inquiétude.

SCAPIN.

Non ; mais il ne tiendra qu'à vous que je la fçache bientôt ; & je fuis homme confolatif, homme à m'intéreffer aux affaires des jeunes gens.

OCTAVE.

Ah ! Scapin, fi tu pouvois trouver quelque invention, forger quelque machine, pour me tirer de la peine où je fuis, je croirois t'être redevable de plus que de la vie.

SCAPIN.

A vous dire la vérité, il y a peu de chofes qui me foient impoffibles, quand je m'en veux mêler. J'ai fans doute reçû du Ciel un génie affez beau pour toutes les fabriques de ces gentilleffes d'efprit, de ces galanteries ingénieufes à qui le vulgaire ignorant donne le nom de fourberies ; & je puis dire, fans vanité, qu'on n'a gueres vû d'homme qui fût plus habile ouvrier de refforts & d'intrigues, qui ait acquis plus de gloire que moi dans ce noble métier. Mais, ma foi, le mérite eft trop maltraité aujourd'hui ; & j'ai renoncé à toutes chofes, depuis certain chagrin d'une affaire qui m'arriva.

OCTAVE.

Comment ! Quelle affaire, Scapin ?

SCAPIN.

Une avanture où je me brouillai avec la juftice.

OCTAVE.

La juſtice ?

SCAPIN.

Oui. Nous eumes un petit démêlé enſemble.

SILVESTRE.

Toi, & la juſtice ?

SCAPIN.

Oui. Elle en uſa fort mal avec moi, & je me dépitai de telle ſorte contre l'ingratitude du ſiécle, que je réſolus de ne plus rien faire. Baſte. Ne laiſſez pas de me conter votre avanture.

OCTAVE.

Tu ſçais, Scapin, qu'il y a deux mois que le ſeigneur Gé-ronte, & mon pere s'embarquérent enſemble pour un voyage qui regarde certain commerce où leurs intérêts ſont mêlés.

SCAPIN.

Je ſçais cela.

OCTAVE.

Et que Léandre & moi nous fumes laiſſés par nos peres ; moi, ſous la conduite de Silveſtre, & Leandre, ſous ta di-rection.

SCAPIN.

Oui. Je me ſuis fort bien acquitté de ma charge.

OCTAVE.

Quelque tems après, Léandre fit rencontre d'une jeune égyptienne, dont il devint amoureux.

SCAPIN.

Je ſçais cela encore.

OCTAVE.

OCTAVE.

Comme nous fommes grands amis, il me fit auffi-tôt confidence de fon amour , & me mena voir cette fille, que
je trouvai belle à la verité, mais non pas tant qu'il vouloit
que je la trouvaffe. Il ne m'entretenoit que d'elle chaque
jour , m'éxageroit à tous momens fa beauté & fa grace, me
louoit fon efprit , & me parloit avec tranfport des charmes
de fon entretien, dont il me rapportoit jufqu'aux moindres
paroles, qu'il s'efforçoit toujours de me faire trouver les
plus fpirituelles du monde. Il me querelloit quelquefois de
n'être pas affez fenfible aux chofes qu'il me venoit dire,
& me blâmoit fans ceffe de l'indifférence où j'étois pour
les feux de l'amour.

SCAPIN.

Je ne vois pas encore ou ceci veut aller.

OCTAVE.

Un jour que je l'accompagnois pour aller chez les gens
qui gardent l'objet de fes vœux, nous entendimes, dans
une petite maifon d'une ruë écartée, quelques plaintes mêlées de beaucoup de fanglots. Nous demandons ce que c'eft;
une femme nous dit, en foupirant, que nous pouvions voir
là quelque chofe de pitoyable en des perfonnes étrange-
res; & qu'à moins que d'être infenfibles, nous en ferions
touchés.

SCAPIN.

Où eft-ce que cela nous méne?

OCTAVE.

La curiofité me fit preffer Léandre de voir ce que c'étoit.

Nous entrons dans une ſale , où nous voyons une vieille femme mourante , aſſiſtée d'une ſervante qui faiſoit des regrets, & d'une jeune fille toute fondante en larmes, la plus belle & la plus touchante qu'on puiſſe jamais voir.

SCAPIN.

Ah, ah!

OCTAVE.

Une autre auroit paru effroyable en l'état où elle étoit; car elle n'avoit pour habillement qu'une méchante petite juppe, avec des braſſiéres de nuit , qui étoient de ſimple futaine; & ſa coëffure étoit une cornette jaune , retrouſſée au haut de ſa tête, qui laiſſoit tomber en déſordre ſes cheveux ſur ſes épaules; & cependant, faite comme cela , elle brilloit de mille attraits, & ce n'étoit qu'agrémens & que charmes, que toute ſa perſonne.

SCAPIN.

Je ſens venir les choſes.

OCTAVE.

Si tu l'avois vûë, Scapin, en l'état que je dis , tu l'aurois trouvée admirable.

SCAPIN.

Oh! Je n'en doute point ; &, ſans l'avoir vûë, je vois bien qu'elle étoit tout-à-fait charmante.

OCTAVE.

Ses larmes n'étoient point de ces larmes déſagreables, qui défigurent un viſage; elle avoit à pleurer une grace touchante, & ſa douleur étoit la plus belle du monde.

SCAPIN.

Je vois tout cela.

OCTAVE.

Elle faifoit fondre chacun en larmes, en fe jettant amou-
reufement fur le corps de cette mourante, qu'elle appelloit
fa chére mere; & il n'y avoit perfonne qui n'eût l'ame per-
cée de voir un fi bon naturel.

SCAPIN.

En effet, cela eft touchant, & je vois bien que ce bon na-
turel-là vous la fit aimer.

OCTAVE.

Ah! Scapin, un barbare l'auroit aimée.

SCAPIN.

Affûrément. Le moyen de s'en empêcher ?

OCTAVE.

Après quelques paroles, dont je tâchai d'adoucir la douleur
de cette charmante affligée, nous fortimes de là; & deman-
dant à Léandre ce qu'il lui fembloit de cette perfonne, il
me répondit froidement qu'il la trouvoit affez jolie. Je fus
piqué de la froideur avec laquelle il m'en parloit, & je ne
voulus point lui découvrir l'effet que fes beautés avoient
fait fur mon ame.

SILVESTRE à *Octave*.

Si vous n'abrégez ce récit, nous en voilà pour jufqu'à de-
[*à Scapin.*]
main. Laiffez-le moi finir en deux mots. Son cœur prend
feu dès ce moment, il ne fçauroit plus vivre, qu'il n'aille
confoler fon aimable affligée. Ses fréquentes vifites font re-

jettées de la fervante, devenuë la gouvernante par le trépas de la mere. Voilà mon homme au défefpoir. Il preffe,
fupplie, conjure; point d'affaire. On lui dit que la fille,
quoique fans bien, & fans appui, eft de famille honnête;
& qu'à moins que de l'époufer, on ne peut fouffrir fes
pourfuites. Voilà fon amour augmenté par les difficultés.
Il confulte dans fa tête, agite, raifonne, balance, prend
fa réfolution; le voilà marié avec elle depuis trois jours.

SCAPIN.

J'entends.

SILVESTRE.

Maintenant mets avec cela le retour imprévû du pere
qu'on n'attendoit que dans deux mois, la découverte que
l'oncle a faite du fecret de notre mariage, & l'autre mariage qu'on veut faire de lui avec la fille que le feigneur Geronte a euë d'une feconde femme qu'on dit qu'il a époufée
à Tarente;

OCTAVE.

Et, par deffus tout cela, mets encore l'indigence où fe trouve cette aimable perfonne, & l'impuiffance où je me vois
d'avoir de quoi la fecourir;

SCAPIN.

Eft-ce là tout? Vous voilà bien embarraffés tous deux pour
une bagatelle. C'eft bien-là de quoi fe tant alarmer. N'as-
tu point de honte, toi, de demeurer court à fi peu de chofe? Que diable, te voilà grand & gros comme pere &
mere, & tu ne fçaurois trouver dans ta tête, forger dans
ton efprit quelque rufe galante, quelque honnête petit ftra-

tagême, pour ajuſter vos affaires? Fi. Peſte ſoit du butor!
Je voudrois bien que l'on m'eût donné autrefois nos vieillards à dupper, je les aurois joués tous deux par deſſous la
jambe; & je n'étois pas plus grand que cela, que je me ſi-
gnalois déjà par cent tours d'adreſſe jolis.

SILVESTRE.

J'avoüe que le Ciel ne m'a pas donné tes talens, & que je
n'ai pas l'eſprit, comme toi, de me brouiller avec la juſtice.

OCTAVE.

Voici mon aimable Hiacinte.

SCENE III.

HIACINTE, OCTAVE, SCAPIN, SILVESTRE.

HIACINTE.

AH! Octave, eſt-il vray ce que Silveſtre vient de dire
à Nérine, que votre pere eſt de retour, & qu'il
veut vous marier?

OCTAVE.

Oui, belle Hiacinte, & ces nouvelles m'ont donné une atteinte cruelle. Mais que vois-je? Vous pleurez! Pourquoi
ces larmes? Me ſoupçonnez-vous, dites-moi, de quelque
infidélité, & n'êtes-vous pas aſſûrée de l'amour que j'ai pour
vous?

HIACINTE.

Oui, Octave, je ſuis ſûre que vous m'aimez; mais je ne le
ſuis pas que vous m'aimiez toujours.

OCTAVE.

Hé, peut-on vous aimer, qu'on ne vous aime toute fa vie?

HIACINTE.

J'ai oüi dire, Octave, que votre fexe aime moins long-tems que le nôtre, & que les ardeurs que les hommes font voir, font des feux qui s'éteignent aufli facilement qu'ils naiflent.

OCTAVE.

Ah! Ma chere Hiacinte, mon cœur n'eft donc pas fait comme celui des autres hommes , & je fens bien, pour moi , que je vous aimerai jufqu'au tombeau.

HIACINTE.

Je veux croire que vous fentez ce que vous dites, & je ne doute point que vos paroles ne foient fincéres ; mais je crains un pouvoir qui combattra dans votre cœur les tendres fentimens que vous pouvez avoir pour moi. Vous dépendez d'un pere, qui veut vous marier à une autre perfonne ; & je fuis fûre que je mourrai fi ce malheur m'arrive.

OCTAVE.

Non, belle Hiacinte, il n'y a point de pere qui puifle me contraindre à vous manquer de foi, & je me réfoudrai à quitter mon pays, & le jour même, s'il eft befoin, plûtôt qu'à vous quitter. J'ai déjà pris, fans l'avoir vûë, une averfion effroyable pour celle que l'on me deftine ; &, fans être cruel, je fouhaiterois que la mer l'écartât d'ici pour jamais. Ne pleurez donc point, je vous prie , mon aimable Hiacinte, car vos larmes me tuënt, & je ne les puis voir fans me fentir percer le cœur.

HIACINTE.

Puifque vous le voulez, je veux bien effuyer mes pleurs, & j'attendrai d'un œil conftant ce qu'il plaira au Ciel de réfoudre de moi.

OCTAVE.

Le Ciel nous fera favorable.

HIACINTE.

Il ne fçauroit m'être contraire, fi vous m'étes fidéle.

OCTAVE.

Je le ferai affûrément.

HIACINTE.

Je ferai donc heureufe.

SCAPIN *à part.*

Elle n'eft point tant fotte, ma foi, & je la trouve affez paffable.

OCTAVE *montrant Scapin.*

Voici un homme qui pourroit bien, s'il le vouloit, nous être, dans tous nos befoins, d'un fecours merveilleux.

SCAPIN.

J'ai fait de grands fermens de ne me mêler plus du monde; mais, fi vous m'en priez bien fort tous deux, peut-être...

OCTAVE.

Ah! S'il ne tient qu'à te prier bien fort pour obtenir ton aide, je te conjure de tout mon cœur de prendre la conduite de notre barque.

SCAPIN *à Hiacinte.*

Et, vous, ne dites-vous rien?

HIACINTE.

Je vous conjure, à son exemple, par tout ce qui vous est le plus cher au monde, de vouloir servir notre amour.

SCAPIN.

Il faut se laisser vaincre, & avoir de l'humanité. Allez, je veux m'employer pour vous.

OCTAVE.

Croi que ....

SCAPIN.

[à Octave.] [à Hiacinte.]

Chut. Allez-vous-en, vous, & soyez en repos.

SCENE IV.

OCTAVE, SCAPIN, SILVESTRE.

SCAPIN à Octave.

ET vous, préparez-vous à soutenir avec fermeté l'abord de votre pere.

OCTAVE.

Je t'avouë que cet abord me fait trembler par avance, & j'ai une timidité naturelle que je ne sçaurois vaincre.

SCAPIN.

Il faut pourtant paroître ferme au premier choc, de peur que, sur votre foiblesse, il ne prenne le pié de vous mener comme un enfant. Là, tâchez de vous composer par étude. Un peu de hardiesse, & songez à répondre résolument sur ce qu'il pourra vous dire.

OCTAVE.

OCTAVE.

Je ferai du mieux que je pourrai.

SCAPIN.

Çà, effayons un peu, pour vous accoutumer. Répétons un peu votre rôle, & voyons fi vous ferez bien. Allons. La mine réfoluë, la tête haute, les regards affûrés.

OCTAVE.

Comme cela ?

SCAPIN.

Encore un peu davantage.

OCTAVE.

Ainfi ?

SCAPIN.

Bon. Imaginez-vous que je fuis votre pere qui arrive, & répondez-moi fermement comme fi c'étoit à lui-même. Comment pendard, vaurien, infame, fils indigne d'un pere comme moi, ofes-tu bien paroître devant mes yeux après tes bons déportemens, après le lâche tour que tu m'as joué pendant mon abfence ? Eft-ce là le fruit de mes foins, ma-raud, eft-ce là le fruit de mes foins, le refpect qui m'eft dû, le refpect que tu me conferves ? Allons donc. Tu as l'infolence, fripon, de t'engager fans le confentement de ton pere, de contracter un mariage clandeftin ? Répon-moi, coquin, répon-moi. Voyons un peu tes belles raifons. Oh! Que diable, vous demeurez interdit.

OCTAVE.

C'eft que je m'imagine que c'eft mon pere que j'entends.

Tome VI.   C

SCAPIN.

Hé, oui. C'eſt par cette raiſon qu'il ne faut pas être comme un innocent.

OCTAVE.

Je m'en vais prendre plus de réſolution, & je répondrai
fermement.

SCAPIN.

Aſſûrément ?

OCTAVE.

Aſſûrément.

SILVESTRE.

Voilà votre pere qui vient.

OCTAVE.

O Ciel ! Je ſuis perdu.

SCENE V.

SCAPIN, SILVESTRE.

SCAPIN.

Holà, Octave, demeurez ; Octave. Le voilà enfui.
Quelle pauvre eſpéce d'homme ! Ne laiſſons pas d'attendre le vieillard.

SILVESTRE.

Que lui dirai-je ?

SCAPIN.

Laiſſe-moi dire, moi, & ne fais que me ſuivre.

SCENE VI.

ARGANTE, SCAPIN & SILVESTRE
dans le fond du théatre.

ARGANTE *se croyant seul.*

A T-on jamais oüi parler d'une action pareille à celle-là ?

SCAPIN *à Silvestre.*

Il a déja appris l'affaire, & elle lui tient si fort en tête que, tout seul, il en parle haut.

ARGANTE *se croyant seul.*

Voilà une témérité bien grande.

SCAPIN *à Silvestre.*

Ecoutons-le un peu.

ARGANTE *se croyant seul.*

Je voudrois bien sçavoir ce qu'ils me pourront dire sur ce beau mariage.

SCAPIN *à part.*

Nous y avons songé.

ARGANTE *se croyant seul.*

Tâcheront-ils de me nier la chose ?

SCAPIN *à part.*

Non. Nous n'y pensons pas.

ARGANTE *se croyant seul.*

Ou s'ils entreprendront de l'excuser ?

C ij

SCAPIN *à part.*

Celui-là se pourra faire.

ARGANTE *se croyant seul.*

Prétendront-ils m'amuser par des contes en l'air ?

SCAPIN *à part.*

Peut-être.

ARGANTE *se croyant seul.*

Tous leurs discours seront inutiles.

SCAPIN *à part.*

Nous allons voir.

ARGANTE *se croyant seul.*

Ils ne m'en donneront point à garder.

SCAPIN *à part.*

Ne jurons de rien.

ARGANTE *se croyant seul.*

Je sçaurai mettre mon pendard de fils en lieu de sûreté.

SCAPIN *à part,*

Nous y pourvoirons.

ARGANTE *se croyant seul.*

Et pour le coquin de Silvestre, je le rouerai de coups.

SILVESTRE *à Scapin.*

J'étois bien étonné, s'il m'oublioit.

ARGANTE *appercevant Silvestre.*

Ah, ah ! Vous voilà donc, sage gouverneur de famille, beau directeur de jeunes gens.

SCAPIN.

Monsieur, je suis ravi de vous voir de retour.

ARGANTE.

[à Silveſtre.]

Bon jour, Scapin. Vous avez ſuivi mes ordres vrayment d'une belle maniére, & mon fils s'eſt comporté fort ſage-ment pendant mon abſence.

SCAPIN.

Vous vous portez bien, à ce que je vois.

ARGANTE.

[à Silveſtre.]

Aſſez bien. Tu ne dis mot, coquin, tu ne dis mot.

SCAPIN.

Votre voyage a-t-il été bon?

ARGANTE.

Mon Dieu! Fort bon. Laiſſe-moi un peu quereller en re-pos.

SCAPIN.

Vous voulez quereller?

ARGANTE.

Oui, je veux quereller.

SCAPIN.

Et qui, Monſieur?

ARGANTE *montrant Silveſtre.*

Ce maraud-là.

SCAPIN.

Pourquoi?

ARGANTE.

Tu n'as pas oüi parler de ce qui s'eſt paſſé dans mon ab-ſence?

SCAPIN.

J'ai bien oüi parler de quelque petite chofe.

ARGANTE.

Comment, quelque petite chofe? Une action de cette nature !

SCAPIN.

Vous avez quelque raifon.

ARGANTE.

Une hardieffe pareille à celle-là !

SCAPIN.

Cela eft vray.

ARGANTE.

Un fils qui fe marie fans le confentement de fon pere !

SCAPIN.

Oui, il y a quelque chofe à dire à cela. Mais je ferois d'a-
vis que vous ne fiffiez point de bruit.

ARGANTE.

Je ne fuis pas de cet avis, moi, & je veux faire du bruit
tout mon faoul. Quoi! Tu ne trouves pas que j'aye tous les
fujets du monde d'être en colére?

SCAPIN.

Si-fait. J'y ai d'abord été, moi, lorfque j'ai fçû la chofe, &
je me fuis intéreffé pour vous, jufqu'à quereller votre fils.
Demandez-lui un peu quelles belles réprimandes je lui ai
faites, & comme je l'ai chapitré fur le peu de refpect
qu'il gardoit à un pere, dont il devoit baifer les pas. On
ne peut pas lui mieux parler, quand ce feroit vous-même.
Mais quoi! Je me fuis rendu à la raifon, & j'ai confidéré

que, dans le fond, il n'a pas tant de tort qu'on pourroit croire.

ARGANTE.

Que me viens-tu conter? Il n'a pas tant de tort de s'aller marier de but en blanc avec une inconnuë.

SCAPIN.

Que voulez-vous? Il y a été pouffé par fa deftinée.

ARGANTE.

Ah, ah! Voici une raifon la plus belle du monde. On n'a plus qu'à commettre tous les crimes imaginables, tromper, voler, affaffiner; & dire pour excufe qu'on y a été pouffé par fa deftinée.

SCAPIN.

Mon Dieu! Vous prenez mes paroles trop en philofophe. Je veux dire qu'il s'eft trouvé fatalement engagé dans cette affaire.

ARGANTE.

Et pourquoi s'y engageoit-il?

SCAPIN.

Voulez-vous qu'il foit auffi fage que vous? Les jeunes gens font jeunes, & n'ont pas toujours la prudence qu'il leur faudroit, pour ne rien faire que de raifonnable; témoin notre Léandre; qui, malgré toutes mes leçons, malgré toutes mes remontrances, eft allé faire de fon côté pis encore que votre fils. Je voudrois bien fçavoir fi vous-même n'avez pas été jeune, & n'avez pas dans votre tems fait des fredaines comme les autres. J'ai oüi dire, moi, que vous avez été autrefois un bon compagnon parmi les femmes, que vous faisiez de votre drôle avec les plus galantes de ce tems-là; & que vous n'en approchiez point, que vous ne pouſſaſſiez à bout.

ARGANTE.

Cela eſt vray, j'en demeure d'accord ; mais je m'en ſuis toujours tenu à la galanterie, & je n'ai point été juſqu'à faire ce qu'il a fait.

SCAPIN.

Que vouliez-vous qu'il fît? Il voit une jeune perſonne qui lui veut du bien, car il tient de vous d'être aimé de toutes les femmes, il la trouve charmante, il lui rend des viſites, lui conte des douceurs, ſoupire galamment, fait le paſſionné. Elle ſe rend à ſa pourſuite. Il pouſſe ſa fortune. Le voilà ſurpris avec elle par ſes parens, qui, la force à la main, le contraignent de l'épouſer.

SILVESTRE *à part.*

L'habile fourbe que voilà !

SCAPIN.

Euſſiez-vous voulu qu'il ſe fût laiſſé tuer ? Il vaut mieux encore être marié, qu'être mort.

ARGANTE.

On ne m'a pas dit que l'affaire ſe ſoit ainſi paſſée.

SCAPIN *montrant Silveſtre.*

Demandez-lui plûtôt. Il ne vous dira pas le contraire.

ARGANTE *à Silveſtre.*

C'eſt par force qu'il a été marié ?

SILVESTRE.

Oui, Monſieur.

SCAPIN.

SCAPIN.

Voudrois-je vous mentir?

ARGANTE.

Il devoit donc aller tout auſſi-tôt proteſter de violence chez un notaire.

SCAPIN.

C'eſt ce qu'il n'a pas voulu faire.

ARGANTE.

Cela m'auroit donné plus de facilité à rompre ce mariage.

SCAPIN.

Rompre ce mariage?

ARGANTE.

Oui.

SCAPIN.

Vous ne le romprez point.

ARGANTE.

Je ne le romprai point?

SCAPIN.

Non.

ARGANTE.

Quoi! Je n'aurai pas pour moi les droits de pere, & la raiſon de la violence qu'on a faite à mon fils.

SCAPIN.

C'eſt une choſe dont il ne demeurera pas d'accord.

ARGANTE.

Il n'en demeurera pas d'accord?

SCAPIN.

Non.

ARGANTE.

Mon fils?

SCAPIN.

Votre fils. Voulez-vous qu'il confeſſe qu'il ait été capable
de crainte, & que ce ſoit par force qu'on lui ait fait faire
les choſes? Il n'a garde d'aller avouer cela. Ce ſeroit ſe
faire tort, & ſe montrer indigne d'un pere comme vous.

ARGANTE.

Je me moque de cela.

SCAPIN.

Il faut, pour ſon honneur & pour le vôtre, qu'il diſe dans
le monde que c'eſt de bon gré qu'il l'a épouſée.

ARGANTE.

Et je veux, moi, pour mon honneur & pour le ſien, qu'il
diſe le contraire.

SCAPIN.

Non, je ſuis ſûr qu'il ne le fera pas.

ARGANTE.

Je l'y forcerai bien.

SCAPIN.

Il ne le fera pas, vous dis-je.

ARGANTE.

Il le fera, ou je le déshériterai.

SCAPIN.

Vous?

ARGANTE.

Moi.

SCAPIN.

Bon.

ARGANTE.

Comment, bon?

SCAPIN.

Vous ne le déshériterez point.

ARGANTE.

Je ne le déshériterai point?

SCAPIN.

Non.

ARGANTE.

Non?

SCAPIN.

Non.

ARGANTE.

Ouais! Voici qui eſt plaiſant. Je ne déshériterai pas mon fils?

SCAPIN.

Non, vous dis-je.

ARGANTE.

Qui m'en empêchera?

SCAPIN.

Vous-même.

ARGANTE.

Moi?

SCAPIN.

Oui. Vous n'aurez pas ce cœur-là.

ARGANTE

Je l'aurai.

SCAPIN.

Vous vous moquez.

ARGANTE.

Je ne me moque point.

SCAPIN.

La tendreſſe paternelle fera ſon office.

ARGANTE.

Elle ne fera rien.

SCAPIN.

Oui, oui.

ARGANTE.

Je vous dis que cela fera.

SCAPIN.

Bagatelles.

ARGANTE,

Il ne faut point dire , bagatelles.

SCAPIN.

Mon Dieu ! Je vous connois , vous étes bon naturellement.

ARGANTE.

Je ne ſuis point bon , & je ſuis méchant quand je veux. Fi-

[*à Silveſtre.*]

niſſons ce diſcours qui m'échauffe là bile. Va-t-en, pendard, va-t-en me chercher mon fripon, tandis que j'irai rejoindre le ſeigneur Géronte, pour lui conter ma diſgrace.

SCAPIN.

Monſieur, ſi je vous puis être utile en quelque choſe, vous
n'avez qu'à me commander.

ARGANTE.

[*à part.*]

Je vous remercie. Ah! Pourquoi faut-il qu'il ſoit fils unique,
& que n'ai-je à cette heure la fille que le Ciel m'a ôtée,
pour la faire mon héritiére!

SCENE VII.

SCAPIN, SILVESTRE.

SILVESTRE.

J'Avouë que tu es un grand homme, & voilà l'affaire
en bon train ; mais l'argent d'autre part nous preſſe pour
notre ſubſiſtance, & nous avons, de tous côtés, des gens
qui aboyent après nous.

SCAPIN.

Laiſſe-moi faire, la machine eſt trouvée. Je cherche ſeulement dans ma tête un homme qui nous ſoit affidé, pour
jouer un perſonnage dont j'ai beſoin. Atten. Tien-toi un
peu. Enfonce ton bonnet en méchant garçon. Campe-toi ſur
un piéd. Mets la main au côté. Fais les yeux furibonds.
Marche un peu en roi de théatre. Voilà qui eſt bien. Sui-
moi. J'ai des ſecrets pour déguiſer ton viſage & ta voix.

SILVESTRE.

Je te conjure, au moins, de ne m'aller point brouiller avec
la juſtice.

SCAPIN.

Va, va, nous partagerons les périls en fréres ; & trois ans de galére de plus, ou de moins, ne font pas pour arrêter un noble cœur.

Fin du premier Acte.

Blondel In. & sculp

ACTE SECOND.

SCENE PREMIERE.

GERONTE, ARGANTE.

GERONTE.

 Ui, fans doute, par le tems qu'il fait, nous aurons ici nos gens aujourd'hui, & un matelot qui vient de Tarente, m'a affûré qu'il avoit vû mon homme qui étoit près de s'embarquer. Mais l'arrivée de ma fille trouvera les chofes mal difpofées à ce que nous nous propofions, & ce que vous venez de m'apprendre de votre fils, rompt étrangement les mefures que nous avions prifes enfemble.

ARGANTE.

Ne vous mettez pas en peine, je vous réponds de renverfer tout cet obftacle, & j'y vais travailler de ce pas.

GERONTE.

Ma foi, feigneur Argante, voulez-vous que je vous dife? L'éducation des enfans eft une chofe à quoi il faut s'attacher fortement.

ARGANTE.

Sans doute. A quel propos cela?

GERONTE.

A propos de ce que les mauvais déportemens des jeunes gens viennent le plus souvent de la mauvaise éducation que leurs peres leur donnent.

ARGANTE.

Cela arrive par fois. Mais que voulez-vous dire par là ?

GERONTE.

Ce que je veux dire par là ?

ARGANTE.

Oui.

GERONTE.

Que, si vous aviez, en brave pere, bien morigéné votre fils, il ne vous auroit pas joué le tour qu'il vous a fait.

ARGANTE.

Fort bien. De forte donc que vous avez bien mieux morigéné le vôtre ?

GERONTE.

Sans doute ; & je ferois bien fâché qu'il m'eût rien fait approchant de cela.

ARGANTE.

Et si ce fils, que vous avez en brave pere si bien morigéné, avoit fait pis encore que le mien ? Hé ?

GERONTE.

Comment !

ARGANTE.

Comment ?

GERONTE.

Qu'est-ce que cela veut dire ?

ARGANTE.

ARGANTE.

Cela veut dire, feigneur Géronte, qu'il ne faut pas être fi promt à condamner la conduite des autres ; & que ceux qui veulent glofer, doivent bien regarder chez eux s'il n'y a rien qui cloche.

GERONTE.

Je n'entends point cette énigme.

ARGANTE.

On vous l'expliquera.

GERONTE.

Eft-ce que vous auriez oüi dire quelque chofe de mon fils ?

ARGANTE.

Cela fe peut faire.

GERONTE.

Et quoi encore ?

ARGANTE.

Votre Scapin, dans mon dépit, ne m'a dit la chofe qu'en gros, & vous pourrez de lui, ou de quelqu'autre, être inftruit du détail. Pour moi, je vais vîte confulter un avocat, & avifer des biais que j'ai à prendre. Jufqu'au revoir.

SCENE II.

GERONTE *feul.*

QUe pourroit-ce être que cette affaire-ci ? Pis encore que le fien ! Pour moi, je ne vois pas ce que l'on peut faire de pis ; & je trouve que fe marier fans le confentement de fon pere, eſt une action qui paſſe tout ce qu'on peut s'imaginer.

SCENE III.

GERONTE, LEANDRE.

GERONTE.

A H ! Vous voilà.

LEANDRE *courant à Géronte pour l'embraſſer.*

Ah ! Mon pere, que j'ai de joye de vous voir de retour,

GERONTE *refuſant d'embraſſer Léandre.*

Doucement. Parlons un peu d'affaire.

LEANDRE.

Souffrez que je vous embraſſe, & que . . . . .

GERONTE *le repouſſant encore.*

Doucement, vous dis-je.

LEANDRE.

Quoi ! Vous me refuſez, mon pere, de vous exprimer mon tranſport par mes embraſſemens ?

GERONTE.

Oui. Nous avons quelque choſe à démêler enſemble.

LEANDRE.

Et quoi ?

GERONTE.

Tenez-vous, que je vous voye en face.

LEANDRE.

Comment ?

GERONTE.

Regardez-moi entre deux yeux.

LEANDRE.

Hé bien?

GERONTE.

Qu'eſt-ce donc qui s'eſt paſſé ici?

LEANDRE.

Ce qui s'eſt paſſé?

GERONTE.

Oui. Qu'avez-vous fait dans mon abſence?

LEANDRE.

Que voulez-vous, mon pere, que j'aye fait?

GERONTE.

Ce n'eſt pas moi qui veux que vous ayiez fait; mais qui demande ce que c'eſt que vous avez fait.

LEANDRE.

Moi! Je n'ai fait aucune choſe dont vous ayiez lieu de vous plaindre.

GERONTE.

Aucune choſe?

LEANDRE

Non.

GERONTE.

Vous étes bien réſolu.

LEANDRE.

C'eſt que je ſuis ſûr de mon innocence.

GERONTE.

Scapin pourtant a dit de vos nouvelles.

LEANDRE.

Scapin?

GERONTE.

Ah, ah! Ce mot vous fait rougir.

LEANDRE.

Il vous a dit quelque chose de moi?

GERONTE.

Ce lieu n'est pas tout-à-fait propre à vuider cette affaire, & nous allons l'examiner ailleurs. Qu'on se rende au logis; j'y vais revenir tout-à-l'heure. Ah! Traître, s'il faut que tu me déshonores, je te renonce pour mon fils; & tu peux bien, pour jamais, te résoudre à fuir de ma presence.

SCENE IV.

LEANDRE *seul.*

ME trahir de cette maniére! Un coquin, qui doit par cent raisons être le premier à cacher les choses que je lui confie, est le premier à les aller découvrir à mon pere. Ah! Je jure le Ciel que cette trahison ne demeurera pas impunie.

SCENE V.

OCTAVE, LEANDRE, SCAPIN.

OCTAVE.

MOn cher Scapin, que ne dois-je point à tes foins ! Que tu es un homme admirable ; & que le Ciel m'eft favorable de t'envoyer à mon fecours !

LEANDRE.

Ah, ah ! Vous voilà. Je fuis ravi de vous trouver, monfieur le coquin.

SCAPIN.

Monfieur, votre ferviteur. C'eft trop d'honneur que vous me faites.

LEANDRE *mettant l'épée à la main.*

Vous faites le méchant plaifant. Ah ! Je vous apprendrai...

SCAPIN *fe mettant à genoux,*

Monfieur.

OCTAVE *fe mettant entre deux, pour empêcher Léandre de frapper Scapin.*

Ah ! Léandre.

LEANDRE.

Non, Octave, ne me retenez point, je vous prie.

SCAPIN *à Léandre.*

Hé, Monfieur !

OCTAVE *retenant Léandre.*

De grace.

LEANDRE *voulant frapper Scapin.*

Laiffez-moi contenter mon reffentiment.

OCTAVE.

Au nom de l'amitié, Léandre, ne le maltraite point.

SCAPIN.

Monfieur, que vous ai-je fait?

LEANDRE *voulant frapper Scapin.*

Ce que tu m'as fait, traître?

OCTAVE *retenant encore Léandre.*

Hé, doucement.

LEANDRE.

Non, Octave, je veux qu'il me confeffe lui-même, tout-à-l'heure, la perfidie qu'il m'a faite. Oui, coquin, je fçais le trait que tu m'as joué, on vient de me l'apprendre, & tu ne croyois pas peut-être que l'on me dût révéler ce fecret; mais je veux en avoir la confeffion de ta propre bouche, ou je vais te paffer cette épée au travers du corps.

SCAPIN.

Ah! Monfieur, auriez-vous bien ce cœur-là?

LEANDRE.

Parle donc.

SCAPIN.

Je vous ai fait quelque chofe, Monfieur?

LEANDRE.

Oui, coquin, & ta confcience ne te dit que trop ce que c'eft.

SCAPIN.

Je vous affûre que je l'ignore.

LEANDRE *s'avançant pour frapper Scapin.*

Tu l'ignores !

OCTAVE *retenant Léandre.*

Léandre.

SCAPIN.

Hé bien, Monfieur, puifque vous le voulez, je vous confeffe que j'ai bû avec mes amis ce petit quarteau de vin d'Efpagne dont on vous fit préfent il y a quelques jours, & que c'eft moi qui fis une fente au tonneau, & répandis de l'eau autour, pour faire croire que le vin s'étoit échapé.

LEANDRE.

C'eft toi, pendard, qui m'as bû mon vin d'Efpagne, & qui as été caufe que j'ai tant quérellé la fervante, croyant que c'étoit elle qui m'avoit fait le tour ?

SCAPIN.

Oui, Monfieur. Je vous en demande pardon.

LEANDRE.

Je fuis bien aife d'apprendre cela; mais ce n'eft pas l'affaire dont il eft queftion maintenant.

SCAPIN.

Ce n'eft pas cela, Monfieur ?

LEANDRE.

Non. C'eft une autre affaire encore qui me touche bien plus, & je veux que tu me la difes.

SCAPIN.

Monfieur, je ne me fouviens pas d'avoir fait autre chofe

LEANDRE *voulant frapper Scapin.*

Tu ne veux pas parler?

SCAPIN.

Hé!

OCTAVE *retenant Léandre.*

Tout doux.

SCAPIN.

Oui, Monſieur, il eſt vray qu'il y a trois ſemaines que vous m'envoyâtes porter le ſoir une petite montre à la jeune égyptienne que vous aimez. Je revins au logis mes habits tout couverts de bouë, & le viſage plein de ſang, & vous dis que j'avois trouvé des voleurs qui m'avoient bien battu, & m'avoient dérobé la montre. C'étoit moi, Monſieur, qui l'avois retenuë.

LEANDRE.

C'eſt toi qui as retenu ma montre?

SCAPIN.

Oui, Monſieur, afin de voir quelle heure il eſt.

LEANDRE.

Ah, ah! J'apprends ici de jolies choſes, & j'ai un ſerviteur fort fidéle vrayment. Mais ce n'eſt pas cela encore que je demande.

SCAPIN.

Ce n'eſt pas cela?

LEANDRE.

Non, infame, c'eſt autre choſe encore que je veux que tu me confeſſes.

SCAPIN.

SCAPIN *à part.*

Pefte !

LEANDRE.

Parle vîte, j'ai hâte.

SCAPIN.

Monfieur, voilà tout ce que j'ai fait.

LEANDRE *voulant frapper Scapin.*

Voilà tout ?

OCTAVE *fe mettant au devant de Léandre.*

Hé.

SCAPIN.

Hé bien, oui, Monfieur. Vous vous fouvenez de ce loup-garou, il y a fix mois, qui vous donna tant de coups de bâton la nuit, & vous penfa faire rompre le cou dans une cave où vous tombâtes, en fuyant.

LEANDRE.

Hé bien ?

SCAPIN.

C'étoit moi, Monfieur, qui faifois le loup garou.

LEANDRE.

C'étoit toi, traître, qui faifois le loup garou ?

SCAPIN.

Oui, Monfieur, feulement pour vous faire peur, & vous ôter l'envie de nous faire courir toutes les nuits, comme vous aviez de coutume.

LEANDRE.

Je fçaurai me fouvenir, en tems & lieu, de tout ce que je viens d'apprendre. Mais je veux venir au fait, & que tu me conſeſſes ce que tu as dit à mon pere.

SCAPIN.

A votre pere?

LEANDRE.

Oui, fripon, à mon pere.

SCAPIN.

Je ne l'ai pas ſeulement vû depuis ſon retour.

LEANDRE.

Tu ne l'as pas vû?

SCAPIN.

Non, Monſieur.

LEANDRE.

Aſſûrément?

SCAPIN.

Aſſûrément. C'eſt une choſe que je vais vous faire dire par lui-même.

LEANDRE.

C'eſt de ſa bouche que je tiens pourtant....

SCAPIN.

Avec votre permiſſion, il n'a pas dit la vérité.

SCENE VI.

LEANDRE, OCTAVE, CARLE, SCAPIN.

CARLE.

Monſieur, je vous apporte une nouvelle qui eſt fâcheuſe pour votre amour.

LEANDRE.

Comment ?

CARLE.

Vos égyptiens font fur le point de vous enlever Zerbinette ;
& elle-même, les larmes aux yeux, m'a chargé de venir
promtement vous dire que, fi dans deux heures vous ne
fongez à leur porter l'argent qu'ils vous ont demandé pour
elle, vous l'allez perdre pour jamais.

LEANDRE.

Dans deux heures ?

CARLE.

Dans deux heures.

SCENE VII.

LEANDRE, OCTAVE, SCAPIN.

LEANDRE.

AH ! Mon pauvre Scapin, j'implore ton fecours.

SCAPIN *fe levant, & paffant fiérement devant Léandre.*
Ah ! Mon pauvre Scapin. Je fuis mon pauvre Scapin à cette
heure qu'on a befoin de moi.

LEANDRE.

Va, je te pardonne tout ce que tu viens de me dire, & pis
encore, fi tu me l'as fait.

SCAPIN.

Non, non, ne me pardonnez rien. Paffez-moi votre épée
au travers du corps. Je ferai ravi que vous me tuyez.

F ij

LEANDRE.

Non. Je te conjure plûtôt de me donner la vie, en fervant mon amour.

SCAPIN.

Point, point, vous ferez mieux de me tuer.

LEANDRE.

Tu m'es trop précieux ; & je te prie de vouloir employer pour moi ce génie admirable, qui vient à bout de toute chofe.

SCAPIN.

Non, tuez-moi, vous dis-je.

LEANDRE,

Ah ! De grace, ne fonge plus à tout cela, & penfe à me donner le fecours que je te demande.

OCTAVE.

Scapin, il faut faire quelque chofe pour lui,

SCAPIN.

Le moyen, après une avanie de la forte ?

LEANDRE.

Je te conjure d'oublier mon emportement, & de me prê-ter ton adreffe.

OCTAVE.

Je joins mes priéres aux fiennes.

SCAPIN.

J'ai cette infulte-là fur le cœur.

OCTAVE.

Il faut quitter ton reffentiment,

LEANDRE.

Voudrois-tu m'abandonner, Scapin, dans la cruelle extrémité où se voit mon amour ?

SCAPIN.

Me venir faire, à l'improviste, un affront comme celui-là !

LEANDRE.

J'ai tort, je le confesse.

SCAPIN.

Me traiter de coquin, de fripon, de pendard, d'infame !

LEANDRE.

J'en ai tous les regrets du monde.

SCAPIN.

Me vouloir passer son épée au travers du corps !

LEANDRE.

Je t'en demande pardon de tout mon cœur ; &, s'il ne
tient qu'à me jetter à tes genoux, tu m'y vois, Scapin,
pour te conjurer encore une fois de ne me point abandonner.

OCTAVE.

Ah ! Ma foi, Scapin, il se faut rendre à cela.

SCAPIN.

Levez-vous. Une autre fois ne soyez pas si promt.

LEANDRE.

Me promets-tu de travailler pour moi?

SCAPIN.

On y songera.

LEANDRE.

Mais tu sçais que le temps presse,

SCAPIN.

Ne vous mettez pas en peine. Combien eft-ce qu'il vous faut ?

LEANDRE.

Cinq cent écus.

SCAPIN.

Et à vous ?

OCTAVE.

Deux cent piftoles.

SCAPIN.

[*à Octave.*]

Je veux tirer cet argent de vos peres. Pour ce qui eft du

[*à Léandre.*]

vôtre, la machine eft déjà toute trouvée ; &, quant au vôtre, bien qu'avare au dernier dégré, il y faudra moins de façon encore ; car vous fçavez que, pour l'efprit, il n'en a pas, grace a Dieu, grande provifion, & je le livre pour une efpéce d'homme à qui l'on fera toujours croire tout ce que l'on voudra. Cela ne vous offenfe point, il ne tombe entre lui & vous aucun foupçon de reffemblance ; & vous fçavez affez l'opinion de tout le monde, qui veut qu'il ne foit votre pere que pour la forme.

LEANDRE.

Tout beau, Scapin.

SCAPIN.

Bon, bon ; on fait bien fcrupule de cela. Vous moquez-vous ? Mais j'apperçois venir le pere d'Octave. Commençons par lui, puifqu'il fe préfente. Allez-vous-en tous deux.

[*à Octave.*]

Et, vous, avertiſſez votre Silveſtre de venir vîte jouer ſon rôle.

SCENE VIII.
ARGANTE, SCAPIN.

SCAPIN *à part.*

LE voilà qui rumine.

ARGANTE *ſe croyant ſeul.*

Avoir ſi peu de conduite & de conſidération ! S'aller jetter dans un engagement comme celui-là ! Ah ! Ah , jeuneſſe impertinente !

SCAPIN.

Monſieur , votre ſerviteur.

ARGANTE.

Bon jour , Scapin.

SCAPIN.

Vous rêvez à l'affaire de votre fils.

ARGANTE.

Je t'avouë que cela me donne un furieux chagrin.

SCAPIN.

Monſieur , la vie eſt mêlée de traverſes, il eſt bon de s'y tenir ſans ceſſe préparé ; & j'ai oüi dire il y a long-tems une parole d'un ancien que j'ai toujours retenuë.

ARGANTE.

Quoi ?

SCAPIN.

Que, pour peu qu'un pere de famille ait été abſent de chez

lui, il doit promener fon efprit fur tous les fâcheux accidens que fon retour peut rencontrer, fe figurer fa maifon
brûlée, fon argent dérobé, fa femme morte, fon fils eftro-
pié, fa fille fubornée ; &, ce qu'il trouve qui ne lui eft
point arrivé, l'imputer à bonne fortune. Pour moi, j'ai pra-
tiqué toujours cette leçon dans ma petite philofophie ; &
je ne fuis jamais revenu au logis, que je ne me fois tenu
prêt à la colére de mes maîtres, aux réprimandes, aux injures, aux coups de piéd au cul, aux baftonnades, aux
étriviéres ; &, ce qui a manqué à m'arriver, j'en ai rendu
graces à mon bon deftin.

ARGANTE.

Voilà qui eft bien ; mais ce mariage impertinent qui trouble celui que nous voulons faire, eft une chofe que je ne
puis fouffrir, & je viens de confulter des avocats pour le
faire caffer.

SCAPIN.

Ma foi, Monfieur, fi vous m'en croyez, vous tâcherez par
quelqu'autre voye, d'accommoder l'affaire. Vous fçavez
ce que c'eft que les procès en ce pays-ci, & vous allez
vous enfoncer dans d'étranges épines.

ARGANTE.

Tu as raifon, je le vois bien. Mais quelle autre voye?

SCAPIN.

Je penfe que j'en ai trouvé une. La compaffion que m'a
donnée tantôt votre chagrin, m'a obligé à chercher dans
ma tête quelque moyen pour vous tirer d'inquiétude ; car
je ne fçaurois voir d'honnêtes peres chagrinés par leurs enfans

fans, que cela ne m'émeuve; &, de tout tems, je me fuis fenti pour votre perfonne une inclination particuliére.

ARGANTE.

Je te fuis obligé.

SCAPIN.

J'ai donc été trouver le frere de cette fille qui a été époufée. C'eft un de ces braves de profeffion, de ces gens qui font tout coups d'épée, qui ne parlent que d'échiner; & ne font non plus de confcience de tuer un homme, que d'avaler un verre de vin. Je l'ai mis fur ce mariage, lui ai fait voir quelle facilité offroit la raifon de la violence pour le faire caffer, vos prérogatives du nom de pere, & l'appui que vous donneroient auprès de la juftice & votre droit, & votre argent, & vos amis. Enfin, je l'ai tant tourné de tous les côtés, qu'il a prêté l'oreille aux propofitions que je lui ai faites d'ajufter l'affaire pour quelque fomme; & il donnera fon confentement à rompre le mariage pourvû que vous lui donniez de l'argent.

ARGANTE.

Et qu'a-t-il demandé?

SCAPIN.

Oh! D'abord des chofes par deffus les maifons.

ARGANTE.

Hé, quoi?

SCAPIN.

Des chofes extravagantes.

ARGANTE.

Mais encore?

Tome VI.   G

SCAPIN.

Il ne parloit pas moins que de cinq ou six cent piftoles.

ARGANTE.

Cinq ou fix cent fiévres quartaines qui le puiffent ferrer. Se moque-t-il des gens?

SCAPIN.

C'eft ce que je lui ai dit. J'ai rejetté bien loin de pareilles propofitions, & je lui ai bien fait entendre que vous n'étiez point une duppe, pour vous demander des cinq ou fix cent piftoles. Enfin, après plufieurs difcours, voici où s'eft réduit le réfultat de notre conférence. Nous voilà au tems, m'a-t-il dit, que je dois partir pour l'armée, je fuis après à m'équiper; & le befoin que j'ai de quelque argent me fait confentir, malgré moi, à ce qu'on me propofe. Il me faut un cheval de fervice, & je n'en fçaurois avoir un qui foit tant foit peu raifonnable, à moins de foixante piftoles.

ARGANTE.

Hé bien, pour foixante piftoles, je les donne.

SCAPIN.

Il faudra le harnois, & les piftolets; & cela ira bien à vingt piftoles encore.

ARGANTE.

Vingt piftoles & foixante, ce feroit quatre-vingt.

SCAPIN.

Juftement.

ARGANTE.

C'eft beaucoup; mais, foit, je confens à cela.

SCAPIN.

Il lui faut auffi un cheval pour monter fon valet, qui coûtera bien trente piftoles.

ARGANTE.

Comment diantre ! Qu'il fe proméne ; il n'aura rien du tout.

SCAPIN.

Monfieur.

ARGANTE.

Non. C'eft un impertinent.

SCAPIN.

Voulez-vous que fon valet aille à piéd ?

ARGANTE.

Qu'il aille comme il lui plaira, & le maître auffi.

SCAPIN.

Mon Dieu ! Monfieur, ne vous arrêtez point à peu de chofe. N'allez point plaider, je vous prie ; & donnez tout pour vous fauver des mains de la juftice.

ARGANTE.

Hé bien, foit. Je me réfous à donner encore ces trente piftoles.

SCAPIN.

Il me faut encore, a-t-il dit, un mulet pour porter ....

ARGANTE.

Oh ! Qu'il aille au diable avec fon mulet. C'en eft trop ; & nous irons devant les juges.

SCAPIN.

De grace, Monfieur ....

ARGANTE.

Non, je n'en ferai rien.

SCAPIN.

Monſieur, un petit mulet.

ARGANTE.

Je ne lui donnerois pas ſeulement un âne.

SCAPIN.

Conſidérez ....

ARGANTE.

Non, j'aime mieux plaider.

SCAPIN.

Hé! Monſieur, de quoi parlez-vous là, & à quoi vous ré-
ſolvez-vous ? Jettez les yeux ſur les détours de la juſtice.
Voyez combien d'appels & de dégrés de juriſdiction, combien de procédures embarraſſantes, combien d'animaux ra-
viſſans, par les griffes deſquels il vous faudra paſſer; ſergens,
procureurs, avocats, greffiers, ſubſtituts, rapporteurs, juges, & leurs clercs. Il n'y a pas un de tous ces gens-là
qui, pour la moindre choſe, ne ſoit capable de donner un
ſoufflet au meilleur droit du monde. Un ſergent baillera de
faux exploits, ſur quoi vous ſerez condamné ſans que vous
le ſçachiez. Votre procureur s'entendra avec votre partie,
& vous vendra à beaux deniers comptans. Votre avocat,
gagné de même, ne ſe trouvera point lorſqu'on plaidera votre cauſe, ou dira des raiſons qui ne feront que battre la
campagne, & n'iront point au fait. Le greffier délivrera par
contumace des ſentences & arrêts contre vous. Le clerc du
rapporteur ſouſtraira des piéces, ou le rapporteur même

ne dira pas ce qu'il a vû ; & quand, par les plus grandes
précautions du monde, vous aurez paré tout cela, vous ferez ébahi que vos juges auront été follicités contre vous,
ou par des gens dévots, ou par des femmes qu'ils aimeront.
Hé, Monfieur, fi vous le pouvez, fauvez-vous de cet enfer-
là. C'eft être damné dès ce monde, que d'avoir à plaider ;
& la feule penfée d'un procès, feroit capable de me faire
fuir jufqu'aux Indes.

ARGANTE.

A combien eft-ce qu'il fait monter le mulet?

SCAPIN.

Monfieur, pour le mulet, pour fon cheval, & celui de fon
homme, pour le harnois & les piftolets, & pour payer
quelque petite chofe qu'il doit à fon hôteffe, il demande
en tout deux cent piftoles.

ARGANTE.

Deux cent piftoles !

SCAPIN.

Oui.

ARGANTE *fe promenant en colére.*

Allons, allons, nous plaiderons.

SCAPIN.

Faites réfléxion . . . . .

ARGANTE.

Je plaiderai.

SCAPIN.

Ne vous allez point jetter . . . . .

ARGANTE.

Je veux plaider.

SCAPIN.

Mais, pour plaider, il vous faudra de l'argent. Il vous en faudra pour l'exploit, il vous en faudra pour le contrôle, il vous en faudra pour la procuration, pour la préfentation, confeils, productions, & journées du procureur. Il vous en faudra pour les confultations & plaidoiries des avocats, pour le droit de retirer le fac, & pour les groffes d'écritures. Il vous en faudra pour le rapport des fubftituts, pour les épices de conclufion, pour l'enregiftrement du greffier, façon d'appointement, fentences & arrêts, contrôles, fignatures, & expéditions de leurs clercs; fans parler de tous les préfens qu'il vous faudra faire. Donnez cet argent-là à cet homme-ci, vous voilà hors d'affaire.

ARGANTE.

Comment ! Deux cent piftoles ?

SCAPIN.

Oui. Vous y gagnerez. J'ai fait un petit calcul, en moi-même, de tous les frais de la juftice; & j'ai trouvé qu'en donnant deux cent piftoles à votre homme, vous en aurez de refte, pour le moins, cent cinquante, fans compter les foins, les pas, & les chagrins que vous épargnerez. Quand il n'y auroit à effuyer que les fottifes que difent, devant tout le monde, de méchans plaifans d'avocats, j'aimerois mieux donner trois cent piftoles, que de plaider.

ARGANTE.

Je me moque de cela, & je défie les avocats de rien dire de moi.

SCAPIN.

Vous ferez ce qu'il vous plaira ; mais, si j'étois que de vous, je fuirois les procès.

ARGANTE.

Je ne donnerai pas deux cent piſtoles.

SCAPIN.

Voici l'homme dont il s'agit.

SCENE IX.

ARGANTE, SCAPIN, SILVESTRE
déguiſé en ſpadaſſin.

SILVESTRE.

S Capin, faites-moi connoître un peu cet Argante, qui eſt pere d'Octave.

SCAPIN.

Pourquoi, Monſieur ?

SILVESTRE.

Je viens d'apprendre qu'il veut me mettre en procès, & faire rompre par juſtice le mariage de ma ſœur.

SCAPIN.

Je ne ſçais pas s'il a cette penſée ; mais il ne veut point conſentir aux deux cent piſtoles que vous voulez, & il dit que c'eſt trop.

SILVESTRE.

Par la mort, par la tête, par la ventre, ſi je le trouve, je le veux échiner, dûſſai-je être roué tout vif.

[*Argante, pour n'être point vû, ſe tient en tremblant derriére Scapin.*]

SCAPIN.

Monſieur, ce pere d'Octave a du cœur , & peut-être ne vous craindra-t-il point.

SILVESTRE.

Lui? Lui? Par la ſang, par la tête, s'il étoit-là, je lui don-
[*appercevant Argante.*]
nerois, tout-à-l'heure, de l'épée dans le ventre. Qui eſt cet homme-là?

SCAPIN.

Ce n'eſt pas lui, Monſieur, ce n'eſt pas lui.

SILVESTRE.

N'eſt-ce point quelqu'un de ſes amis?

SCAPIN.

Non, Monſieur, au contraire, c'eſt ſon ennemi capital.

SILVESTRE.

Son ennemi capital?

SCAPIN.

Oui.

SILVESTRE. [*à Argante.*]

Ah! Parbleu, j'en ſuis ravi. Vous étes ennemi, Monſieur, de ce faquin d'Argante? Hé?

SCAPIN.

Oui, oui, je vous en réponds.

SILVESTRE.

SILVESTRE *fecouant rudement la main d'Argante.*

Touchez-là. Touchez. Je vous donne ma parole, & vous jure fur mon honneur, par l'épée que je porte, par tous les fermens que je fçaurois faire, qu'avant la fin du jour je vous déferai de ce maraud fiéffé, de ce faquin d'Argante. Repofez-vous fur moi.

SCAPIN.

Monfieur, les violences en ce pays-ci ne font guéres fouffertes.

SILVESTRE.

Je me moque de tout, & je n'ai rien à perdre.

SCAPIN.

Il fe tiendra fur fes gardes affûrément ; & il a des parens, des amis, & des domeftiques, dont il fe fera un fecours contre votre reffentiment.

SILVESTRE.

C'eft ce que je demande, morbleu, c'eft ce que je demande. [*mettant l'épée à la main.*] Ah, tête ! Ah, ventre ! Que ne le trouvai-je à cette heure avec tout fon fecours ! Que ne paroît-il à mes yeux au milieu de trente perfonnes ! Que ne les vois-je fondre fur moi les armes à la main ! [*fe mettant en garde.*] Comment, marauds, vous avez la hardieffe de vous attaquer à moi ! Allons, morbleu, tuë, point de quartier. [*pouffant de tous les côtés, comme s'il avoit plufieurs perfonnes à combattre.*] Donnons. Ferme. Pouffons. Bon piéd, bon œil. Ah ! Coquins, ah ! Canaille, vous en voulez par là ; je vous en ferai tâter votre faoul. Soutenez, marauds, foutenez. Allons. A cette botte. A cette autre. A celle-ci.

A celle-là. [*ſe tournant du côté d'Argante & de Scapin.*] Comment, vous reculez ? Piéd ferme, morbleu, piéd ferme.

SCAPIN.

Hé, hé, hé, Monſieur, nous n'en ſommes pas.

SILVESTRE.

Voilà qui vous apprendra à vous oſer jouer à moi.

SCENE X.

ARGANTE, SCAPIN.

SCAPIN.

HE bien, vous voyez combien de perſonnes tuées pour deux cent piſtoles. Or ſus, je vous ſouhaite une bonne fortune.

ARGANTE *tout tremblant.*

Scapin.

SCAPIN.

Plaît-il ?

ARGANTE.

Je me réſous à donner les deux cent piſtoles.

SCAPIN.

J'en ſuis ravi, pour l'amour de vous.

ARGANTE.

Allons le trouver, je les ai ſur moi.

SCAPIN.

Vous n'avez qu'à me les donner. Il ne faut pas, pour vo-

tre honneur, que vous paroiffiez-là, après avoir paffé ici
pour autre que ce que vous étes; &, de plus, je craindrois
qu'en vous faifant connoître, il n'allât s'avifer de vous demander davantage.

ARGANTE.

Oui; mais j'aurois été bien aife de voir comme je donne
mon argent.

SCAPIN.

Eft-ce que vous vous défiez de moi?

ARGANTE.

Non pas; mais....

SCAPIN.

Parbleu, Monfieur, je fuis un fourbe, ou je fuis honnête
homme; c'eft l'un des deux. Eft-ce que je voudrois vous
tromper, & que, dans tout ceci, j'ai d'autre intérêt que le
vôtre, & celui de mon maître, à qui vous voulez vous allier?
Si je vous fuis fufpeЄt, je ne me mêle plus de rien, &
vous n'avez qu'à chercher, dès cette heure, qui accom-
modera vos affaires.

ARGANTE.

Tien donc.

SCAPIN.

Non, Monfieur, ne me confiez point votre argent. Je ferai bien aife que vous vous ferviez de quelqu'autre.

ARGANTE.

Mon Dieu! Tien.

SCAPIN.

Non, vous dis-je, ne vous fiez point à moi. Que fçait-on,

H ij

ſi je ne veux point vous attraper votre argent?

ARGANTE.

Tien, te dis-je, ne me fais point conteſter davantage. Mais
ſonge à bien prendre tes ſûretés avec lui.

SCAPIN.

Laiſſez-moi faire, il n'a pas affaire à un ſot.

ARGANTE.

Je vais t'attendre chez moi.

SCAPIN.

[ſeul.]

Je ne manquerai pas d'y aller. Et un. Je n'ai qu'à chercher
l'autre. Ah! Ma foi, le voici. Il ſemble que le Ciel, l'un
après l'autre, les améne dans mes filets.

SCENE XI.

GERONTE, SCAPIN.

SCAPIN *faiſant ſemblant de ne pas voir Géronte.*

O Ciel! O diſgrace imprévuë! O miſérable pere! Pauvre
Géronte, que feras-tu?

GERONTE *à part.*

Que dit-il là de moi, avec ce viſage affligé?

SCAPIN.

N'y a-t-il perſonne qui puiſſe me dire où eſt le ſeigneur
Géronte?

GERONTE.

Qu'y a-t-il, Scapin?

SCAPIN *courant sur le théatre, sans vouloir entendre,
ni voir Géronte.*

Où pourrai-je le rencontrer pour lui dire cette infortune?

GERONTE *courant après Scapin.*

Qu'est-ce que c'est donc?

SCAPIN.

En vain je cours de tous côtés pour le pouvoir trouver.

GERONTE.

Me voici.

SCAPIN.

Il faut qu'il soit caché en quelqu'endroit qu'on ne puisse point deviner.

GERONTE *arrêtant Scapin.*

Holà. Es-tu aveugle, que tu ne me vois pas?

SCAPIN.

Ah! Monsieur, il n'y a pas moyen de vous rencontrer.

GERONTE.

Il y a une heure que je suis devant toi. Qu'est-ce que c'est donc qu'il y a?

SCAPIN.

Monsieur. . . . .

GERONTE.

Quoi?

SCAPIN.

Monsieur votre fils. . . . .

GERONTE.

Hé bien, mon fils. . . . .

SCAPIN.

Eſt tombé dans une diſgrace la plus étrange du monde.

GERONTE.

Et quelle?

SCAPIN.

Je l'ai trouvé tantôt tout triſte de je ne ſçais quoi que vous lui avez dit, où vous m'avez mêlé aſſez mal à propos; &, cherchant à divertir cette triſteſſe, nous nous ſommes allés promener ſur le port. Là, entr'autres pluſieurs choſes, nous avons arrêté nos yeux ſur une galére turque aſſez bien équipée. Un jeune turc de bonne mine, nous a invités d'y entrer, & nous a préſenté la main. Nous y avons paſſé. Il nous a fait mille civilités, nous a donné la collation, où nous avons mangé des fruits les plus excellens qui ſe puiſ-ſent voir, & bû du vin que nous avons trouvé le meilleur du monde.

GERONTE.

Qu'y a-t-il de ſi affligeant en tout cela?

SCAPIN.

Attendez, Monſieur, nous y voici. Pendant que nous man-gions, il a fait mettre la galére en mer; &, ſe voyant éloi-gné du port, il m'a fait mettre dans un eſquif, & m'en-voye vous dire que, ſi vous ne lui envoyez par moi tout-à-l'heure cinq cens écus, il va vous emmener votre fils à Alger.

GERONTE.

Comment, diantre, cinq cens écus!

SCAPIN.

Oui, Monſieur; &, de plus, il ne m'a donné pour cela que deux heures.

GERONTE.

Ah! Le pendard de turc, m'aſſaſſiner de la façon!

SCAPIN.

C'eſt à vous, Monſieur, d'aviſer promtement aux moyens de ſauver des fers un fils que vous aimez avec tant de ten-dreſſe.

GERONTE.

Que diable alloit-il faire dans cette galére?

SCAPIN.

Il ne ſongeoit pas à ce qui eſt arrivé.

GERONTE.

Va-t-en, Scapin, va-t-en vîte dire à ce turc, que je vais envoyer la juſtice après lui.

SCAPIN.

La juſtice en pleine mer! Vous moquez-vous des gens?

GERONTE.

Que diable alloit-il faire dans cette galére?

SCAPIN.

Une méchante deſtinée conduit quelquefois les perſonnes.

GERONTE.

Il faut, Scapin, il faut que tu faſſes ici l'action d'un ſervi-teur fidéle.

SCAPIN.

Quoi, Monſieur?

GERONTE.

Que tu ailles dire à ce turc qu'il me renvoye mon fils, & que tu te mettes à fa place, jufqu'à ce que j'aye amaffé la fomme qu'il demande.

SCAPIN.

Hé! Monfieur, fongez-vous à ce que vous dites, & vous figurez-vous que ce turc ait fi peu de fens, que d'aller recevoir un miférable comme moi, à la place de votre fils?

GERONTE.

Que diable alloit-il faire dans cette galére?

SCAPIN.

Il ne devinoit pas ce malheur. Songez, Monfieur, qu'il ne m'a donné que deux heures.

GERONTE.

Tu dis qu'il demande...

SCAPIN.

Cinq cens écus.

GERONTE.

Cinq cens écus! N'a-t-il point de confcience?

SCAPIN.

Vrayment, oui, de la confcience à un turc!

GERONTE.

Sçait-il bien ce que c'eft que cinq cens écus?

SCAPIN.

Oui, Monfieur, il fçait que c'eft mil cinq cens livres.

GERONTE.

Croit-il, le traître, que mil cinq cens livres fe trouvent dans le pas d'un cheval?

SCAPIN.

SCAPIN.

Ce font des gens qui n'entendent point de raifon.

GERONTE.

Mais que diable alloit-il faire dans cette galére?

SCAPIN.

Il eft vray; mais quoi? On ne prévoyoit pas les chofes. De grace, Monfieur, dépêchez.

GERONTE.

Tien, voilà la clé de mon armoire.

SCAPIN.

Bon.

GERONTE.

Tu l'ouvriras.

SCAPIN.

Fort bien.

GERONTE.

Tu trouveras une groffe clé du côté gauche, qui eft celle de mon grenier.

SCAPIN.

Oui.

GERONTE.

Tu iras prendre toutes les hardes qui font dans cette grande manne, & tu les vendras aux frippiers, pour aller racheter mon fils.

SCAPIN *en lui rendant la clé.*

Hé, Monfieur, rêvez-vous? Je n'aurois pas cent francs de tout ce que vous dites; &, de plus, vous fçavez le peu de tems qu'on m'a donné.

GERONTE.

Mais que diable alloit-il faire dans cette galére?

SCAPIN.

Oh! Que de paroles perduës! Laiffez-là cette galére, & fongez que le tems preffe, & que vous courez rifque de perdre votre fils. Hélas! Mon pauvre maître, peut-être que je ne te verrai de ma vie; & qu'à l'heure que je parle, on t'emméne efclave en Alger. Mais le Ciel me fera témoin que j'ai fait pour toi tout ce que j'ai pû; & que, fi tu manques à être racheté, il n'en faut accufer que le peu d'amitié d'un pere.

GERONTE.

Atten, Scapin, je m'en vais querir cette fomme.

SCAPIN.

Dépêchez donc vîte, Monfieur; je tremble que l'heure ne fonne.

GERONTE.

N'eft-ce pas quatre cens écus que tu dis?

SCAPIN.

Non. Cinq cens écus.

GERONTE.

Cinq cens écus!

SCAPIN.

Oui.

GERONTE.

Que diable alloit-il faire dans cette galére?

SCAPIN.

Vous avez raifon; mais hâtez-vous.

GERONTE.

N'y avoit-il point d'autre promenade ?

SCAPIN.

Cela eſt vray ; mais faites promtement.

GERONTE.

Ah, maudite galére !

SCAPIN *à part.*

Cette galére lui tient au cœur.

GERONTE.

Tien, Scapin, je ne me ſouvenois pas que je viens juſtement de recevoir cette ſomme en or, & je ne croyois pas
qu'elle dût m'être ſi-tôt ravie.

[*Tirant ſa bourſe de ſa poche, & la préſentant à Scapin.*]
Tien. Va-t-en racheter mon fils.

SCAPIN *tendant la main.*

Oui, Monſieur.

GERONTE *retenant la bourſe qu'il fait ſemblant*
de vouloir donner à Scapin.

Mais dis à ce turc que c'eſt un ſcélérat.

SCAPIN *tendant entore la main.*

Oui.

GERONTE *recommençant la même action.*

Un infame.

SCAPIN *tendant toujours la main.*

Oui.

GERONTE *de même.*

Un homme ſans foi, un voleur.

I ij

SCAPIN.

Laiffez-moi faire.

GERONTE *de même.*

Qu'il me tire cinq cens écus contre toute forte de droit.

SCAPIN.

Oui.

GERONTE *de même.*

Que je ne les lui donne ni à la mort, ni à la vie.

SCAPIN.

Fort bien.

GERONTE *de même.*

Et que, fi jamais je l'attrape, je fçaurai me venger de lui.

SCAPIN.

Oui.

GERONTE *remettant fa bourfe dans fa poche, & s'en allant.*

Va, va vîte requerir mon fils.

SCAPIN *courant après Géronte.*

Holà, Monfieur.

GERONTE.

Quoi?

SCAPIN.

Où eft donc cet argent?

GERONTE.

Ne te l'ai-je pas donné?

SCAPIN.

Non vrayment; vous l'avez remis dans votre poche.

GERONTE.

Ah! C'eft la douleur qui me trouble l'efprit.

SCAPIN.

Je le vois bien.

GERONTE.

Que diable alloit-il faire dans cette galére ? Ah , maudite galére ! Traître de turc , à tous les diables !

SCAPIN *feul.*

Il ne peut digérer les cinq cens écus que je lui arrache ; mais il n'eſt pas quitte envers moi , & je veux qu'il me paye en une autre monnoye l'impoſture qu'il m'a faite auprès de ſon fils.

SCENE XII.

OCTAVE, LEANDRE, SCAPIN.

OCTAVE.

HE bien, Scapin, as-tu réuſſi pour moi dans ton entrepriſe?

LEANDRE.

As-tu fait quelque choſe pour tirer mon amour de la peine où il eſt?

SCAPIN *à Octave.*

Voilà deux cent piſtoles que j'ai tirées de votre pere.

OCTAVE.

Ah! Que tu me donnes de joye!

SCAPIN *à Léandre.*

Pour vous, je n'ai pû faire rien.

LEANDRE *voulant s'en aller.*

Il faut donc que j'aille mourir; & je n'ai que faire de vivre, si Zerbinette m'est ôtée.

SCAPIN.

Holà, holà, tout doucement. Comme, diantre, vous allez vîte!

LEANDRE *se retournant.*

Que veux-tu que je devienne?

SCAPIN.

Allez, j'ai votre affaire ici.

LEANDRE.

Ah! Tu me redonnes la vie.

SCAPIN.

Mais à condition que vous me permettrez, à moi, une petite vengeance contre votre pere, pour le tour qu'il m'a fait.

LEANDRE.

Tout ce que tu voudras.

SCAPIN.

Vous me le promettez devant témoin?

LEANDRE.

Oui.

SCAPIN.

Tenez, voilà cinq cens écus.

LEANDRE.

Allons-en promtement acheter celle que j'adore.

Fin du second Acte.

ACTE TROISIÉME.

SCENE PREMIERE.

ZERBINETTE, HIACINTE, SCAPIN, SILVESTRE.

SILVESTRE.

Ui, vos amans ont arrêté entr'eux que vous fussiez ensemble ; & nous nous acquittons de l'ordre qu'ils nous ont donné.

HIACINTE *à Zerbinette.*

Un tel ordre n'a rien qui ne soit fort agréable. Je reçois avec joye une compagne de la sorte ; & il ne tiendra pas à moi, que l'amitié qui est entre les personnes que nous aimons, ne se répande entre nous deux.

ZERBINETTE.

J'accepte la proposition, & ne suis point personne à reculer, lorsqu'on m'attaque d'amitié.

SCAPIN.

Et lorsque c'est d'amour qu'on vous attaque ?

ZERBINETTE.

Pour l'amour, c'est une autre chose ; on y court un peu plus de risque, & je n'y suis pas si hardie.

SCAPIN.

Vous l'étes, que je crois, contre mon maître maintenant ; & ce qu'il vient de faire pour vous, doit vous donner du cœur pour répondre comme il faut à fa paffion.

ZERBINETTE.

Je ne m'y fie encore que de la bonne forte ; & ce n'eft pas affez pour m'affûrer entiérement, que ce qu'il vient de faire. J'ai l'humeur enjouée, & fans ceffe je ris ; mais, tout en riant, je fuis férieufe fur de certains chapitres, & ton maître s'abufera, s'il croit qu'il lui fuffife de m'avoir achetée, pour me voir toute à lui. Il doit lui en coûter autre chofe que de l'argent ; &, pour répondre à fon amour de la maniére qu'il fouhaite, il me faut un don de fa foi, qui foit affaifonné de certaines cérémonies qu'on trouve néceffaires.

SCAPIN.

C'eft-là auffi comme il l'entend. Il ne prétend à vous qu'en tout bien & en tout honneur ; & je n'aurois pas été homme à me mêler de cette affaire, s'il avoit une autre penfée.

ZERBINETTE.

C'eft ce que je veux croire, puifque vous me le dites ; mais, du côté du pere, j'y prévois des empêchemens.

SCAPIN.

Nous trouverons moyen d'accommoder les chofes.

HIACINTE *à Zerbinette.*

La reffemblance de nos deftins doit contribuer encore à faire naître notre amitié ; & nous nous voyons toutes deux dans les mêmes alarmes, toutes deux expofées à la même infortune.

ZERBINETTE.

ZERBINETTE.

Vous avez cet avantage, au moins, que vous fçavez de qui vous étes née; & que l'appui de vos parens, que vous pouvez faire connoître, eſt capable d'ajuſter tout, peut aſſûrer votre bonheur, & faire donner un conſentement au mariage qu'on trouve fait. Mais, pour moi, je ne rencontre aucun ſecours dans ce que je puis être, & l'on me voit dans un état qui n'adoucira pas les volontés d'un pere qui ne regarde que le bien.

HIACINTE.

Mais auſſi avez-vous cet avantage, que l'on ne tente point, par un autre parti, celui que vous aimez.

ZERBINETTE.

Le changement du cœur d'un amant n'eſt pas ce que l'on peut le plus craindre. On ſe peut naturellement croire aſſez de mérite pour garder ſa conquête; & ce que je vois de plus redoutable dans ces ſortes d'affaires, c'eſt la puiſſance paternelle, auprès de qui tout le mérite ne ſert de rien.

HIACINTE.

Hélas! Pourquoi faut-il que de juſtes inclinations ſe trouvent traverſées? La douce choſe que d'aimer, lorſque l'on ne voit point d'obſtacle à ces aimables chaînes, dont deux cœurs ſe lient enſemble.

SCAPIN.

Vous vous moquez. La tranquillité, en amour, eſt un calme déſagréable. Un bonheur tout uni nous devient ennuyeux; il faut du haut & du bas dans la vie, & les difficultés, qui ſe mêlent aux choſes, réveillent les ardeurs, augmentent les plaiſirs.

ZERBINETTE.

Mon Dieu ! Scapin, fais-nous un peu ce récit, qu'on m'a dit qui eſt ſi plaiſant, du ſtratagême dont tu t'es aviſé pour tirer de l'argent de ton vieillard avare. Tu ſçais qu'on ne perd point ſa peine, lorſqu'on me fait un conte ; & que je le paye aſſez bien, par la joye qu'on m'y voit prendre.

SCAPIN.

Voilà Silveſtre qui s'en acquittera auſſi bien que moi. J'ai dans la tête certaine petite vengeance dont je vais goûter le plaiſir.

SILVESTRE.

Pourquoi, de gayeté de cœur, veux-tu chercher à t'attirer de méchantes affaires ?

SCAPIN.

Je me plais à tenter des entrepriſes hazardeuſes.

SILVESTRE.

Je te l'ai déja dit, tu quitterois le deſſein que tu as, ſi tu m'en voulois croire.

SCAPIN.

Oui ; mais c'eſt moi que j'en croirai.

SILVESTRE.

A quoi diable te vas-tu amuſer ?

SCAPIN.

De quoi diable te mets-tu en peine ?

SILVESTRE.

C'eſt que je vois que, ſans néceſſité, tu vas courir riſque de t'attirer une venuë de coups de bâton.

SCAPIN.

Hé bien, c'eſt aux dépens de mon dos, & non pas du tien.

SILVESTRE.

Il eſt vray que tu es maître de tes épaules ; & tu en diſpoſeras comme il te plaira.

SCAPIN.

Ces ſortes de périls ne m'ont jamais arrêté ; & je hais ces cœurs puſillanimes qui, pour trop prévoir les ſuites des choſes, n'oſent rien entreprendre.

ZERBINETTE *à Scapin.*

Nous aurons beſoin de tes ſoins.

SCAPIN.

Allez, je vous irai bientôt rejoindre. Il ne ſera pas dit qu'impunément on m'ait mis en état de me trahir moi-même, & de découvrir des ſecrets qu'il étoit bon qu'on ne ſçût pas.

SCENE II.

GERONTE, SCAPIN.

GERONTE.

HE bien, Scapin, comment va l'affaire de mon fils?

SCAPIN.

Votre fils, Monſieur, eſt en lieu de ſûreté ; mais vous courez maintenant, vous, le péril le plus grand du monde, & je voudrois, pour beaucoup, que vous fuſſiez dans votre logis.

K ij

GERONTE.
Comment donc ?

SCAPIN.
A l'heure que je parle, on vous cherche de toutes parts
pour vous tuer.

GERONTE.
Moi ?

SCAPIN.
Oui.

GERONTE.
Et qui ?

SCAPIN.
Le frere de cette perfonne qu'Octave a époufée. Il croit
que le deffein que vous avez de mettre votre fille à la place que tient fa fœur, eft ce qui pouffe le plus fort à faire
rompre leur mariage ; & , dans cette penfée , il a réfolu
hautement de décharger fon défefpoir fur vous ; & de vous
ôter la vie pour venger fon honneur. Tous fes amis, gens
d'épée comme lui, vous cherchent de tous les côtés, &
demandent de vos nouvelles. J'ai vû même, deçà & delà,
des foldats de fa compagnie , qui interrogent ceux qu'ils
trouvent , & occupent par pelotons toutes les avenuës de
votre maifon. De forte que vous ne fçauriez aller chez
vous ; vous ne fçauriez faire un pas ni à droit, ni à gauche,
que vous ne tombiez dans leurs mains.

GERONTE.
Que ferai-je, mon pauvre Scapin ?

SCAPIN.

Je ne fçais pas, Monfieur, & voici une étrange affaire. Je tremble pour vous depuis les piéds jufqu'à la tête, & . . . . . Attendez.

[Scapin fait femblant d'aller voir au fond du théatre, s'il n'y a perfonne.]

GERONTE *en tremblant.*

Hé ?

SCAPIN *revenant.*

Non, non, non, ce n'eft rien.

GERONTE.

Ne fçaurois tu trouver quelque moyen, pour me tirer de peine ?

SCAPIN.

J'en imagine bien un ; mais je courrois rifque, moi, de me faire affommer.

GERONTE.

Hé, Scapin, montre-toi ferviteur zélé. Ne m'abandonne pas, je te prie.

SCAPIN.

Je le veux bien. J'ai une tendreffe pour vous, qui ne fçauroit fouffrir que je vous laiffe fans fecours.

GERONTE.

Tu en feras récompenfé, je t'affûre ; & je te promets cet habit-ci, quand je l'aurai un peu ufé.

SCAPIN.

Attendez. Voici une affaire que j'ai trouvée fort à propos

pour vous fauver. Il faut que vous vous mettiez dans ce fac;
& que....

> ## GERONTE *croyant voir quelqu'un.*

Ah!

> ## SCAPIN.

Non, non, non, non, ce n'eft perfonne. Il faut, dis-je,
que vous vous mettiez là-dedans, & que vous gardiez de
remuer en aucune façon. Je vous chargerai fur mon dos,
comme un paquet de quelque chofe ; & je vous porterai
ainfi, au travers de vos ennemis, jufques dans votre maifon,
où, quand nous ferons une fois, nous pourrons nous barri-
cader, & envoyer querir main forte contre la violence.

> ## GERONTE.

L'invention eft bonne.

> ## SCAPIN.

> *[à part.]*

La meilleure du monde. Vous allez voir. Tu me payeras
l'impofture.

> ## GERONTE.

Hé?

> ## SCAPIN.

Je dis que vos ennemis feront bien attrapés. Mettez-vous
bien jufqu'au fond ; & fur tout prenez garde de ne vous
point montrer, & de ne branler pas, quelque chofe qui
puiffe arriver.

> ## GERONTE.

Laiffe moi faire. Je fçaurai me tenir.

SCAPIN.

Cachez-vous. Voici un fpadaffin qui vous cherche.

[en contrefaifant fa voix.]

Quoi ! Jé n'aurai pas l'abantage dé tuer cé Géronte , & quel-qu'un , par charité, né m'enfeignera pas où il eft ? [à Géronte , *avec fa voix ordinaire.*] Ne branlez pas. *Cadédis, jé lé trou-bérai , fé cachât-il au centre dé la terre.* [à Géronte , *avec fon ton naturel.*] Ne vous montrez pas. *Oh, l'homme au fac. Monfieur. Jé té vaille un louis , & m'enfeigne où put être Gé-ronte.* Vous cherchez le feigneur Géronte ? *Oui mordi, Jé lé cherche: Et pour-quelle affaire, Monfieur ? Pour quelle affaire ? Oui. Jé beux , cadédis , lé faire mourir fous les coups dé vâton.* Oh, Monfieur, les coups de bâton ne fe donnent point à des gens comme lui , & ce n'eft pas un homme à être traité de la forte. *Qui ? Cé fat dé Géronte , cé maraud, cé vélitre ?* Le feigneur Géronte, Monfieur, n'eft ni fat, ni maraud, ni belître, & vous devriez, s'il vous plaît, parler d'autre façon. *Comment, tu mé traites à moi, avec cette hautur ?* Je défends, comme je dois, un homme d'honneur qu'on offenfe. *Eft-ce que tu es des amis dé cé Géronte ?* Oui, Mon-fieur, j'en fuis. *Ah, cadédis, tu es dé fes amis, à la vonne hure.*

[donnant plufieurs coups de bâton fur le fac.]
Tien. Boilà cé que jé té vaille pour lui.

[criant , comme s'il recevoit les coups de bâton.]
Ah, ah, ah, ah, ah, Monfieur ! Ah, ah ! Monfieur, tout beau. Ah ! Doucement. Ah, ah, ah, ah ! *Va, porte-lui céla de ma part. Adiufias.* Ah ! Diable foit le gafcon. Ah !

GERONTE *mettant la tête hors du sac.*

Ah! Scapin, je n'en puis plus.

SCAPIN.

Ah! Monfieur, je fuis tout moulu, & les épaules me font un mal épouvantable.

GERONTE.

Comment ? C'eft fur les miennes qu'il a frappé.

SCAPIN.

Nenni, Monfieur, c'étoit fur mon dos qu'il frappoit.

GERONTE.

Que veux-tu dire ? J'ai bien fenti les coups , & les fens bien encore.

SGAPIN.

Non, vous dis-je , ce n'eft que le bout du bâton qui a été jufques fur vos épaules.

GERONTE.

Tu devois donc te retirer un peu plus loin, pour m'épargner...

SCAPIN *faifant remettre Gérorte dans le fac.*

Prenez garde. En voici un autre qui a la mine d'un étranger. *Parti, moi courir comme une bafque, & moi ne pouvre point troufair de tout le jour fti tiable de Gironte ?* Cachez-vous bien. *Dites un peu moi fous , monfir l'homme , s'il ve plaît , fous fçavoir point où l'eft fti Gironte que moi cherchir ?* Non, Monfieur, je ne fçais point où eft Géronte. *Dites-moi le fous franchemente , moi li fouloir pas grande chofe à lui. L'eft feulemente pour li donnir un petite régale fur le dos , d'un douzaine de coups de bâtonne , & de trois ou quatre petites coups d'épée au trafers de fon poitrine.*

poitrine. Je vous aſſûre, Monſieur, que je ne ſçais pas où il eſt. *Il me ſemble que ji foi remuair quelque choſe dans ſti ſac.* Pardonnez-moi, Monſieur. *Li eſt aſſûrément quelque hiſtoire là-tetans.* Point du tout, Monſieur. *Moi l'afoir enfie de tonner ain coup d'épée dans ſti ſac.* Ah, Monſieur, gardez-vous-en bien. *Montre-le moi un peu fous, ce que c'eſtre là.* Tout beau, Monſieur. *Quement, tout beau !* Vous n'avez que faire de vouloir voir ce que je porte. *Et moi je le fouloir foir, moi.* Vous ne le verrez point. *Ah, que de badinemente.* Ce ſont hardes qui m'appartiennent. *Montre-moi fous, te dis-je.* Je n'en ferai rien. *Toi n'en faire rien ?* Non. *Moi pailler de ſte bâtonne deſſus les épaules de toi.* Je me moque de cela. *Ah ! Toi faire le trôle.* [*donnant des coups de bâton ſur le ſac, & criant comme s'il les recevoit.*] Ah, ah, ah, ah, Monſieur, ah, ah, ah, ah ! *Juſqu'au refoir ; l'être-là un petit leçon pour l'i apprendre à toi à parlair inſolentemente.* Ah ! Peſte ſoit du baragouineux. Ah !

GERONTE *ſortant ſa tête hors du ſac.*

Ah ! Je ſuis roué.

SCAPIN.

Ah ! Je ſuis mort.

GERONTE.

Pourquoi diantre faut-il qu'ils frappent ſur mon dos ?

SCAPIN *lui remettant la tête dans le ſac.*

Prenez garde, voici une demi douzaine de ſoldats tout enſemble. [*contrefaiſant la voix de pluſieurs perſonnes.*] *Allons, tâchons à trouver ce Géronte, cherchons par tout. N'épargnons point nos pas. Courons toute la ville. N'oublions aucun lieu. Viſi- tons tout. Furetons de tous les côtés. Par où irons-nous ? Tournons*

Tome VI. L

par là. Non, par ici. A gauche. A droite. Nenni. Si fait. [*à Géronte, avec sa voix ordinaire.*] Cachez-vous bien. *Ah! Camarades, voici son valet. Allons, coquin, il faut que tu nous enseignes où est ton maître.* Hé, Messieurs, ne me maltraitez point. *Allons, di-nous où il est? Parle. Hâte-toi, expédions. Dépêche vîte. Tôt.* Hé, Messieurs, doucement. [*Géronte met doucement la tête hors du sac, & apperçoit la fourberie de Scapin.*] *Si tu ne nous fais trouver ton maître tout-à-l'heure, nous allons faire pleuvoir sur toi une ondée de coups de bâton.* J'aime mieux souffrir toute chose, que de vous découvrir mon maître. *Nous allons t'assommer.* Faites tout ce qu'il vous plaira. *Tu as envie d'être battu. Ah, tu en veux tâter? Voilà...* Oh!

> [*Comme il est prêt de frapper, Géronte sort du sac, & Scapin s'enfuit.*

GERONTE *seul.*

Ah! Infâme. Ah! Traître. Ah! Scélerat. C'est ainsi que tu m'assassines?

SCENE III.
ZERBINETTE, GERONTE.

ZERBINETTE *riant, sans voir Géronte.*
AH, ah! Je veux prendre un peu l'air.

GERONTE *à part, sans voir Zerbinette.*
Tu me le payeras, je te jure.

ZERBINETTE *sans voir Géronte.*
Ah, ah, ah, ah! La plaisante histoire, & la bonne duppe que ce vieillard.

GERONTE.

Il n'y a rien de plaifant à cela, & vous n'avez que faire
d'en rire.

ZERBINETTE.

Quoi? Que voulez-vous dire, Monfieur?

GERONTE.

Je veux dire que vous ne devez pas vous moquer de moi.

ZERBINETTE.

De vous?

GERONTE.

Oui.

ZERBINETTE.

Comment! Qui fonge à fe moquer de vous?

GERONTE.

Pourquoi venez-vous ici me rire au néz?

ZERBINETTE.

Cela ne vous regarde point, & je ris toute feule d'un conte
qu'on vient de me faire, le plus plaifant qu'on puiffe entendre. Je ne fçais pas fi c'eft parce que je fuis intéreffée
dans la chofe ; mais je n'ai jamais trouvé rien de fi drôle
qu'un tour qui vient d'être joué par un fils à fon pere, pour
en attraper de l'argent.

GERONTE.

Par un fils à fon pere, pour en attraper de l'argent?

ZERBINETTE.

Oui. Pour peu que vous me preffiez, vous me trouverez
affez difpofée à vous dire l'affaire; & j'ai une démangeaifon naturelle à faire part des contes que je fçais.

GERONTE.
Je vous prie de me dire cette hiftoire.
ZERBINETTE.
Je le veux bien. Je ne rifquerai pas grand'chofe à vous la
dire , & c'eft une avanture qui n'eft pas pour être long-
tems fecrette. La deftinée a voulu que je me trouvaffe parmi une bande de ces perfonnes, qu'on appelle égyptiens,
& qui, rodant de province en province , fe mêlent de dire
la bonne fortune , & quelquefois de beaucoup d'autres
chofes. En arrivant dans cette ville, un jeune homme me
vit, & conçût pour moi de l'amour. Dés ce moment, il
s'attache à mes pas , & le voilà d'abord, comme tous les
jeunes gens, qui croyent qu'il n'y a qu'à parler , & qu'au
moindre mot qu'ils nous difent, leurs affaires font faites;
mais il trouva une fierté qui lui fit un peu corriger fes premiéres penfées. Il fit connoître fa paffion aux gens qui me
tenoient, & il les trouva difpofés à me laiffer à lui, moyen-
nant quelque fomme. Mais le mal de l'affaire étoit, que
mon amant fe trouvoit dans l'état où l'on voit très-fouvent
la plûpart des fils de famille, c'eft-à-dire , qu'il étoit un
peu dénué d'argent; il a un pere, qui, quoique riche, eft
un avaricieux fieffé, le plus vilain homme du monde. Attendez. Ne me fçaurois-je fouvenir de fon nom ? Ah! Aidez-
moi un peu. Ne pouvez-vous me nommer quelqu'un de
cette ville qui foit connu pour être avare au dernier point ?
GERONTE.
Non.

ZERBINETTE.

Il y a à son nom du ron... ronte. Or.... Oronte. Non.
Gé... Géronte; oui Géronte justement; voilà mon vilain,
je l'ai trouvé, c'est ce ladre-là que je dis. Pour venir à
notre conte, nos gens ont voulu aujourd'hui partir de cette
ville; & mon amant m'alloit perdre faute d'argent, si,
pour en tirer de son pere, il n'avoit trouvé du secours
dans l'industrie d'un serviteur qu'il a. Pour le nom du serviteur, je le sçais à merveille. Il s'appelle Scapin; c'est un
homme incomparable, & il mérite toutes les louanges qu'on
peut donner.

GERONTE à part.

Ah, coquin que tu es!

ZERBINETTE.

Voici le stratagême dont il s'est servi pour attraper sa duppe.
Ah, ah, ah, ah! Je ne sçaurois m'en souvenir, que je ne
rie de tout mon cœur. Ah, ah, ah! Il est allé trouver ce
chien d'avare. Ah, ah, ah! & il lui a dit, qu'en se prome-
nant sur le port avec son fils, hi, hi, ils avoient vû une
galére turque, où on les avoit invités d'entrer, qu'un jeune
turc leur y avoit donné la collation; ah! que, tandis qu'ils
mangeoient, on avoit mis la galére en mer; & que le turc
l'avoit renvoyé lui seul à terre dans un esquif, avec ordre
de dire au pere de son maître, qu'il emmenoit son fils en
Alger, s'il ne lui envoyoit tout-à-l'heure cinq cens écus.
Ah, ah, ah! Voilà mon ladre, mon vilain, dans de furieu-
ses angoisses; & la tendresse qu'il a pour son fils fait un
combat étrange avec son avarice. Cinq cens écus qu'on

lui demande, font juftement cinq cent coups de poignard qu'on lui donne. Ah, ah, ah! Il ne peut fe réfoudre à tirer cette fomme de fes entrailles ; & la peine qu'il fouffre lui fait trouver cent moyens ridicules pour ravoir fon fils. Ah, ah, ah! Il veut envoyer la juftice en mer après la galére du turc. Ah, ah, ah! Il follicite fon valet de s'aller offrir à tenir la place de fon fils, jufqu'à ce qu'il ait amaffé l'argent qu'il n'a pas envie de donner. Ah, ah, ah! Il abandonne, pour faire les cinq cens écus, quatre ou cinq vieux habits qui n'en valent pas trente. Ah, ah, ah! Le valet lui fait comprendre à tous coups l'impertinence de fes propofitions, & chaque réflexion eft douloureufement accompagnée d'un, Mais que diable alloit-il faire dans cette galére? Ah, maudite galére! Traître de turc! Enfin après plufieurs detours, après avoir long-tems gémi & foupiré... Mais il me femble que vous ne riez point de mon conte. Qu'en dites-vous ?

GERONTE.

Je dis que le jeune homme eft un pendard, un infolent, qui fera puni par fon pere, du tour qu'il lui a fait ; que l'égyptienne eft une malavifée, une impertinente, de dire des injures à un homme d'honneur qui fçaura lui apprendre à venir ici débaucher les enfans de famille, & que le valet eft un fcélérat, qui fera par Géronte envoyé au gibet avant qu'il foit demain.

SCENE IV.

ZERBINETTE, SILVESTRE.

SILVESTRE.

OU eft-ce donc que vous vous échapez ? Sçavez-vous bien que vous venez de parler là au pere de votre amant.

ZERBINETTE.

Je viens de m'en douter, & je me fuis adreffée à lui-mê-me, fans y penfer, pour lui conter fon hiftoire.

SILVESTRE.

Comment fon hiftoire ?

ZERBINETTE.

Oui. J'étois toute remplie du conte , & je brûlois de le redire. Mais qu'importe? Tant pis pour lui. Je ne vois pas que les chofes, pour nous, en puiffent être ni pis , ni mieux.

SILVESTRE.

Vous aviez grande envie de babiller ; & c'eft avoir bien de la langue , que de ne pouvoir fe taire de fes propres affaires.

ZERBINETTE.

N'auroit-il pas appris cela de quelqu'autre?

SCENE V.

ARGANTE, ZERBINETTE, SILVESTRE.

ARGANTE.

Holà, Silveftre.

SILVESTRE *à Zerbinette.*

Rentrez dans la maifon. Voilà mon maître qui m'appelle.

SCENE VI.

ARGANTE, SILVESTRE.

ARGANTE.

Vous vous êtes donc accordés, coquin, vous vous êtes accordés, Scapin, vous, & mon fils, pour me fourber; & vous croyez que je l'endure?

SILVESTRE.

Ma foi, Monfieur, fi Scapin vous fourbe, je m'en lave les mains; & vous affûre que je n'y trempe en aucune façon.

ARGANTE.

Nous verrons cette affaire, pendard, nous verrons cette affaire; & je ne prétends pas qu'on me faffe paffer la plume par le bec.

SCENE

SCENE VII.

GERONTE, ARGANTE, SILVESTRE.

GERONTE.

AH ! Seigneur Argante, vous me voyez accablé de difgrace.

ARGANTE.

Vous me voyez auffi dans un accablement horrible.

GERONTE.

Le pendard de Scapin, par une fourberie, m'a attrapé cinq cens écus.

ARGANTE.

Le même pendard de Scapin, par une fourberie auffi, m'a attrapé deux cent piftoles.

GERONTE.

Il ne s'eft pas contenté de m'attraper cinq cens écus, il m'a traité d'une maniére que j'ai honte de dire. Mais il me la payera.

ARGANTE.

Je veux qu'il me faffe raifon de la piéce qu'il m'a jouée.

GERONTE.

Et je prétends faire de lui une vengeance exemplaire.

SILVESTRE *à part.*

Plaife au Ciel que, dans tout ceci, je n'aye point ma part!

GERONTE.

Mais ce n'eft pas encore tout, feigneur Argante, & un malheur nous eft toujours l'avant-coureur d'un autre. Je me ré-

Tome VI.   M jouiſſois aujourd'hui de l'eſpérance d'avoir ma fille, dont je faiſois toute ma conſolation; & je viens d'apprendre de mon homme qu'elle eſt partie il y a long-tems de Tarente, & qu'on y croit qu'elle a péri dans le vaiſſeau où elle s'embarqua.

ARGANTE.

Mais pourquoi, s'il vous plaît, la tenir à Tarente, & ne vous être pas donné la joye de l'avoir avec vous?

GERONTE.

J'ai eu mes raiſons pour cela; & des intérêts de famille m'ont obligé juſqu'ici à tenir fort ſecret ce ſecond mariage. Mais que vois-je?

SCENE VIII.

ARGANTE, GERONTE, NERINE. SILVESTRE.

GERONTE.

AH! Te voilà, Nérine.

NERINE *ſe jettant aux genoux de Géronte.*

Ah! Seigneur Pandolphe, que...

GERONTE.

Appelle-moi Géronte, & ne te ſers plus de ce nom. Les raiſons ont ceſſé qui m'avoient obligé à le prendre parmi vous à Tarente.

NERINE.

Las! Que ce changement de nom nous a cauſé de troubles

& d'inquiétudes dans les foins que nous avons pris de vous venir chercher ici!

GERONTE.

Où eft ma fille & fa mere?

NERINE.

Votre fille, Monfieur, n'eft pas loin d'ici; mais avant que de vous la faire voir, il faut que je vous demande pardon de l'avoir mariée, dans l'abandonnement ou, faute de vous rencontrer, je me fuis trouvée avec elle.

GERONTE.

Ma fille mariée?

NERINE.

Oui, Monfieur.

GERONTE.

Et avec qui?

NERINE.

Avec un jeune homme nommé Octave , fils d'un certain feigneur Argante.

GERONTE.

O Ciel!

ARGANTE.

Quelle rencontre!

GERONTE.

Méne-nous, méne-nous promtement où elle eft.

NERINE.

Vous n'avez qu'à entrer dans ce logis.

GERONTE.

Paffe devant. Suivez-moi, fuivez-moi, feigneur Argante.

SILVESTRE *feul.*

Voilà une avanture qui eft tout-à-fait furprenante.

SCENE IX.

SCAPIN, SILVESTRE.

SCAPIN.

HE bien, Silveftre, que font nos gens ?

SILVESTRE.

J'ai deux avis à te donner. L'un, que l'affaire d'Octave eft accommodée. Notre Hiacinte s'eft trouvée la fille du feigneur Géronte ; & le hazard a fait, ce que la prudence des peres avoit délibéré. L'autre avis, c'eft que les deux vieillards font contre toi des menaces épouvantables ; & fur tout le feigneur Géronte.

SCAPIN.

Cela n'eft rien. Les menaces ne m'ont jamais fait mal ; & ce font des nuées qui paffent bien loin fur nos têtes.

SILVESTRE.

Pren garde à toi. Les fils fe pourroient bien raccommoder avec les peres, & toi demeurer dans la naffe.

SCAPIN.

Laiffe-moi faire, je trouverai moyen d'appaifer leur courroux, & . . . . .

SILVESTRE.

Retire-toi, les voilà qui fortent.

SCENE X.

GERONTE, ARGANTE, HIACINTE, ZERBINETTE, NERINE, SILVESTRE.

GERONTE.

ALlons, ma fille, venez chez moi. Ma joye auroit été parfaite, fi j'y avois pû voir votre mere avec vous.

ARGANTE.

Voici Octave tout à propos.

SCENE XI.

ARGANTE, GERONTE, OCTAVE, HIACINTE, ZERBINETTE, NERINE, SILVESTRE.

ARGANTE.

VEnez, mon fils, venez vous réjouir avec nous de l'heureufe avanture de votre mariage. Le Ciel...

OCTAVE.

Non, mon pere, toutes vos propofitions de mariage ne ferviront de rien. Je dois lever le mafque avec vous, & l'on vous a dit mon engagement.

ARGANTE.

Oui. Mais tu ne fçais pas...

OCTAVE.

Je fçais tout ce qu'il faut fçavoir.

ARGANTE.

Je te veux dire que la fille du feigneur Géronte...

OCTAVE.

La fille du feigneur Géronte ne me fera jamais de rien.

GERONTE.

C'eft elle...

OCTAVE *à Géronte.*

Non, Monfieur, je vous demande pardon, mes réfolutions font prifes.

SILVESTRE *à Octave.*

Ecoutez....

OCTAVE.

Non. Tai-toi. Je n'écoute rien.

ARGANTE *à Octave.*

Ta femme...

OCTAVE.

Non, vous dis-je, mon pere, je mourrai plûtôt que de quitter mon aimable Hiacinte. Oui, vous avez beau faire, [*Traverfant le théatre pour fe mettre à côté d'Hiacinte.*] la voilà celle à qui ma foi eft engagée; je l'aimerai toute ma vie, & je ne veux point d'autre femme.

ARGANTE.

Hé bien, c'eft elle qu'on te donne. Quel diable d'étourdi qui fuit toujours fa pointe!

HIACINTE *montrant Géronte.*

Oui, Octave, voilà mon pere que j'ai trouvé, & nous nous voyons hors de peine.

GERONTE.

Allons chez moi, nous ferons mieux qu'ici pour nous entretenir.

HIACINTE *montrant Zerbinette.*

Ah! Mon pere, je vous demande par grace, que je ne fois point féparée de l'aimable perfonne que vous voyez. Elle a un mérite, qui vous fera concevoir de l'eftime pour elle quand il fera connu de vous.

GERONTE.

Tu veux que je tienne chez moi une perfonne qui eft aimée de ton frere, & qui m'a dit tantôt au néz mille fottifes de moi-même?

ZERBINETTE.

Monfieur, je vous prie de m'excufer. Je n'aurois pas parlé de la forte, fi j'avois fçu que c'étoit vous, & je ne vous connoiffois que de réputation?

GERONTE.

Comment, que de réputation?

HIACINTE.

Mon pere, la paffion que mon frere a pour elle n'a rien de criminel, & je réponds de fa vertu.

GERONTE.

Voilà qui eft fort bien. Ne voudroit-on point que je mariaffe mon fils avec elle? Une fille inconnuë, qui fait le métier de coureufe.

SCENE XII.

ARGANTE, GERONTE, LEANDRE, OCTAVE, HIACINTE, ZERBINETTE, NERINE, SILVESTRE.

LEANDRE.

MOn pere, ne vous plaignez point que j'aime une inconnuë, fans naiffance & fans bien. Ceux de qui je l'ai rachetée, viennent de me découvrir qu'elle eft de cette ville, & d'honnête famille, que ce font eux qui l'y ont dérobée à l'âge de quatre ans; & voici un braffelet qu'ils m'ont donné, qui pourra nous aider à trouver fes parens.

ARGANTE.

Hélas! A voir ce braffelet, c'eft ma fille que je perdis à l'âge que vous dites.

GERONTE.

Votre fille?

ARGANTE.

Oui, ce l'eft; & j'y vois tous les traits qui m'en peuvent rendre affûré. Ma chére fille.

HIACINTE.

O Ciel! Que d'avantures extraordinaires!

SCENE

SCENE XIII.

ARGANTE, GERONTE, LEANDRE, OCTAVE, HIACINTE, ZERBINETTE, NERINE, SILVESTRE, CARLE.

CARLE.

AH! Meſſieurs, il vient d'arriver un accident étrange.

GERONTE.

Quoi?

CARLE.

Le pauvre Scapin.....

GERONTE.

C'eſt un coquin que je veux faire pendre.

CARLE.

Hélas! Monſieur, vous ne ſerez pas en peine de cela. En paſſant contre un bâtiment, il lui eſt tombé ſur la tête un marteau de tailleur de pierre, qui lui a briſé l'os, & découvert toute la cervelle. Il ſe meurt, & il a prié qu'on l'apportât ici pour vous pouvoir parler avant que de mourir.

ARGANTE.

Où eſt-il?

CARLE.

Le voilà.

SCENE DERNIERE.

ARGANTE, GERONTE, LEANDRE, OCTAVE, HIACINTE, ZERBINETTE, NERINE, SCAPIN, SILVESTRE, CARLE.

SCAPIN *apporté par deux hommes, & la tête entourée de linges, comme s'il avoit été bleſſé.*

AH, ah! Meſſieurs, vous me voyez.... Ah! Vous me voyez dans un étrange état.... Ah! Je n'ai pas voulu mourir, ſans venir demander pardon à toutes les perſonnes que je puis avoir offenſées. Ah! Oui, Meſſieurs, avant que de rendre le dernier ſoupir, je vous conjure de tout mon cœur, de vouloir me pardonner tout ce que je puis vous avoir fait, & principalement le ſeigneur Argante, & le ſeigneur Géronte. Ah!

ARGANTE.

Pour moi, je te pardonne; va, meurs en repos.

SCAPIN *à Géronte.*

C'eſt vous, Monſieur, que j'ai le plus offenſé par les coups de bâton que...

GERONTE.

Ne parle point davantage, je te pardonne auſſi.

SCAPIN.

Ç'a été une témérité bien grande à moi, que les coups de bâton que je...

GERONTE.

Laiſſons cela.

SCAPIN.

J'ai, en mourant, une douleur inconcevable des coups de bâton que...

GERONTE.

Mon Dieu! Tai-toi.

SCAPIN.

Les malheureux coups de bâton que je vous...,

GERONTE.

Tai-toi, te dis-je, j'oublie tout.

SCAPIN.

Hélas, quelle bonté! Mais eſt-ce de bon cœur, Monſieur, que vous me pardonnez ces coups de bâton que....

GERONTE.

Hé, oui. Ne parlons plus de rien; je te pardonne tout, voilà qui eſt fait.

SCAPIN.

Ah! Monſieur, je me ſens tout ſoulagé depuis cette parole.

GERONTE.

Oui; mais je te pardonne à la charge que tu mourras.

SCAPIN.

Comment, Monſieur?

GERONTE.

Je me dédis de ma parole, ſi tu réchappes.

SCAPIN.

Ah! Ah! Voilà mes foibleſſes qui me reprennent.

ARGANTE.

Séigneur Géronte, en faveur de notre joye, il faut lui pardonner sans condition.

GERONTE.

Soit.

ARGANTE.

Allons souper ensemble, pour mieux goûter notre plaisir.

SCAPIN.

Et moi, qu'on me porte au bout de la table, en attendant que je meure.

F I N.

Inv. et dessiné par F. Boucher.　　　　　　　　　Gravé par Lau. Cars.

PSICHÉ

PSICHÉ,

TRAGI-COMÉDIE,

ET BALLET.

AVERTISSEMENT.

CEt ouvrage n'eſt pas tout d'une même main. Le carnaval approchoit, & les ordres preſſans du Roy, qui vouloit en voir pluſieurs repréſentations avant le carême, obligérent Moliere à avoir recours à d'autres perſonnes. Il n'y a de lui que le plan & la diſpoſition du ſujet, les vers qui ſe récitent dans le prologue, le premier acte, la premiére ſcene du ſecond acte, & la premiére ſcene du troiſiéme. Le reſte de la piéce eſt de Pierre Corneille, qui y a employé une quinzaine de jours. Les paroles qui ſe chantent en muſique, ſont de Quinault, à la réſerve de la plainte italienne.

ACTEURS.

ACTEURS DU PROLOGUE.

FLORE.

VERTUMNE, Dieu des jardins.

PALÉMON, Dieu des eaux.

VÉNUS.

L'AMOUR.

ÉGIALE, } Graces.
PHAENE, }

NYMPHES de la fuite de Flore, chantantes.

DRYADES & SYLVAINS de la fuite de Vertumne, danfans.

SYLVAINS chantans.

DIEUX DES FLEUVES de la fuite de Palémon, danfans.

DIEUX DES FLEUVES chantans.

NAYADES.

AMOURS de la fuite de Vénus, danfans.

ACTEURS DE LA TRAGI-COMÉDIE.

JUPITER.

VÉNUS.

L'AMOUR.

ZÉPHIRE.

ÉGIALE,
PHAÉNE, } Graces.

LE ROI, pere de Pſiché.

PSICHÉ.

AGLAURE,
CIDIPPE, } ſœurs de Pſiché.

CLEOMÉNE,
AGÉNOR, } princes, amans de Pſiché.

LYCAS, capitaine des gardes.

DEUX AMOURS.

LE DIEU D'UN FLEUVE.

Suite du Roi.

ACTEURS

ACTEURS DES INTERMÉDES.

PREMIER INTERMEDE.

FEMME défolée, chantante.

DEUX HOMMES affligés, chantans.

HOMMES affligés, ⎫
FEMMES défolées, ⎬ danfans.

SECOND INTERMEDE.

VULCAIN.

CYCLOPES danfans.

FÉES danfantes.

TROISIEME INTERMEDE.

UN ZÉPHIRE chantant.

DEUX AMOURS chantans.

ZÉPHIRS danfans.

AMOURS danfans.

QUATRIEME INTERMEDE.

FURIES danfantes.

LUTINS faifant des fauts périlleux.

Tome VI.   O

CINQUIEME INTERMEDE.

NOCES DE L'AMOUR ET DE PSICHÉ.

APOLLON.

 LES MUSES, chantantes.

 ARTS travestis en bergers galans, dansans.

BACCHUS.

 SILENE.

 DEUX SATYRES chantans.

 DEUX SATYRES voltigeans.

 EGYPANS dansans.

 MENADES dansantes.

MOME.

 POLICHINELLES dansans.

 MATASSINS dansans.

MARS.

 GUERRIERS portant des enseignes.

 GUERRIERS portant des piques.

 GUERRIERS portant des masses & des boucliers.

CHOEUR des Divinités célestes.

Inv. et dessiné par F.Boucher.   Gravé par Lau.Cars.

PROLOGUE DE PSICHÉ.

PSICHÉ,

TRAGI-COMÉDIE ET BALLET.

PROLOGUE.

Le théatre repréſente, ſur le devant, un lieu champêtre, & la mer dans le fond.

SCENE PREMIERE.

FLORE, VERTUMNE, PALEMON, NYMPHES DE FLORE, DRYADES, SYLVAINS, FLEUVES, NAYADES.

On voit des nuages ſuſpendus en l'air qui, en deſcendant, roulent, s'ouvrent, s'étendent ; &, répandus dans toute la largeur du théatre, laiſſent voir VENUS *&* L'AMOUR *accompagnés de ſix* AMOURS, *&, à leurs côtés,* EGIALE *&* PHAENE.

FLORE.

CE n'eſt plus le tems de la guerre;
Le plus puiſſant des Rois
Interrompt ſes exploits,
Pour donner la paix à la terre.
Deſcendez, mere des Amours,
Venez nous donner de beaux jours.

CHOEUR *des Divinités de la terre & des eaux.*

Nous goûtons une paix profonde,
Les plus doux jeux font ici bas;
On doit ce repos plein d'appas
    Au plus grand Roi du monde.
Defcendez, mere des Amours,
Venez nous donner de beaux jours.

PREMIERE ENTRÉE DE BALLET.

Les Dryades, les Sylvains, les Dieux des fleuves & les Nayades
fe réuniffent & danfent à l'honneur de Vénus.

VERTUMNE.

R Endez-vous, beautés cruelles,
   Soupirez à votre tour.

PALEMON.

Voici la reine des belles,
Qui vient infpirer l'amour.

VERTUMNE.

Un bel objet toujours févere
Ne fe fait jamais bien aimer.

PALEMON.

C'eft la beauté qui commence de plaire,
Mais la douceur achéve de charmer.

TOUS DEUX ENSEMBLE.

C'eft la beauté qui commence de plaire,
Mais la douceur achéve de charmer.

VERTUMNE.

Souffrons tous qu'Amour nous bleffe;
Languiffons, puifqu'il le faut.

PALEMON.

Que fert un cœur fans tendreffe?
Eft-il un plus grand défaut?

VERTUMNE.

Un bel objet toujours févére
Ne fe fait jamais bien aimer.

PALEMON.

C'eft la beauté qui commence de plaire,
Mais la douceur achéve de charmer.

TOUS DEUX ENSEMBLE.

C'eft la beauté qui commence de plaire;
Mais la douceur achéve de charmer.

FLORE.

Eft-on fage,
Dans le bel âge,
Eft-on fage
De n'aimer pas?
Que, fans ceffe,
L'on fe preffe
De goûter les plaifirs ici bas.
La fageffe
De la jeuneffe,
C'eft de fçavoir jouir de fes appas.

PSICHE,

II. ENTRÉE DE BALLET.

Les Divinités de la terre & des eaux mêlent leurs danses au chant de Flore.

FLORE.

L'Amour charme
Ceux qu'il défarme ;
L'Amour charme,
Cédons-lui tous.
Notre peine
Seroit vaine
De vouloir réfifter à fes coups ;
Quelque chaîne
Qu'un amant prenne,
La liberté n'a rien qui foit fi doux.

CHŒUR *des Divinités de la terre & des eaux.*
Nous goûtons une paix profonde,
Les plus doux jeux font ici bas ;
On doit ce repos plein d'appas
Au plus grand Roi du monde.
Defcendez, mere des Amours,
Venez nous donner de beaux jours.

III. ENTRÉE DE BALLET.

Les Dryades, les Sylvains, les Dieux des fleuves, & les Nayades,
voyant approcher Vénus, continuent d'exprimer, par leurs danſes,
la joye que leur inſpire ſa préſence.

VENUS *dans ſa machine.*

Ceſſez, ceſſez pour moi tous vos chants d'allégreſſe,
De ſi rares honneurs ne m'appartiennent pas ;
Et l'hommage qu'ici votre bonté m'adreſſe,
Doit être réſervé pour de plus doux appas.
    C'eſt une trop vieille méthode
    De me venir faire ſa cour ;
    Toutes les choſes ont leur tour,
    Et Vénus n'eſt plus à la mode.
    Il eſt d'autres attraits naiſſans,
    Où l'on va porter ſes encens ;
Pſiché, Pſiché la belle, aujourd'hui tient ma place,
Déjà tout l'univers s'empreſſe à l'adorer,
    Et c'eſt trop que, dans ma diſgrace,
Je trouve encor quelqu'un qui me daigne honorer.
On ne balance point entre nos deux mérites,
A quitter mon parti tout s'eſt licentié,
Et, du nombreux amas de Graces favorites
Dont je traînois par tout les ſoins & l'amitié,
Il ne m'en eſt reſté que deux des plus petites,
    Qui m'accompagnent par pitié.

PSICHE,
Souffrez que ces demeures fombres
Prêtent leur folitude aux troubles de mon cœur,
Et me laiffez, parmi leurs ombres,
Cacher ma honte & ma douleur.

Flore & les autres Déités fe retirent ; & Vénus avec fa fuite fort
de fa machine.

SCENE II.

VENUS *defcenduë fur la terre,* L'AMOUR, EGIALE, PHAENE, AMOURS.

EGIALE.

NOus ne fçavons, Déeffe, comment faire,
Dans ce chagrin qu'on voit vous accabler.
Notre refpect veut fe taire,
Notre zéle veut parler.
VENUS.
Parlez ; mais, fi vos foins afpirent à me plaire,
Laiffez tous vos confeils pour une autre faifon ;
Et ne parlez de ma colére,
Que pour dire que j'ai raifon.
C'étoit-là, c'étoit-là la plus fenfible offenfe,
Que ma Divinité pût jamais recevoir ;
Mais j'en aurai la vengeance,
Si les Dieux ont du pouvoir.
PHAENE.

PHAENE.

Vous avez plus que nous de clartés, de fageffe
Pour juger ce qui peut être digne de vous ;
Mais, pour moi, j'aurois crû qu'une grande Déeffe
    Devroit moins fe mettre en courroux.

VENUS.

Et c'eft là la raifon de ce courroux extrême.
Plus mon rang a d'éclat, plus l'affront eft fanglant ;
Et, fi je n'étois pas dans ce dégré fuprême,
Le dépit de mon cœur feroit moins violent.
Moi, la fille du Dieu qui lance le tonnerre,
    Mere du Dieu qui fait aimer,
Moi, les plus doux fouhaits du Ciel & de la terre,
Et qui ne fuis venuë au jour que pour charmer,
    Moi, qui, par tout ce qui refpire,
Ai vû de tant de vœux encenfer mes autels,
Et qui, de la beauté, par des droits immortels,
Ai tenu de tout tems le fouverain empire,
Moi, dont les yeux ont mis deux grandes Déités
Au point de me céder le prix de la plus belle,
Je me vois ma victoire & mes droits difputés,
    Par une chétive mortelle ?
Le ridicule excès d'un fol entêtement,
Va jufqu'à m'oppofer une petite fille ?
Sur fes traits & les miens j'effuyerai conftamment
    Un téméraire jugement,
    Et, du haut des Cieux, où je brille,

Tome VI.   P

J'entendrai prononcer aux mortels prévenus,
    Elle eſt plus belle que Vénus?

EGIALE.

Voilà comme l'on fait ; c'eſt le ſtile des hommes,
Ils ſont impertinens dans leurs comparaiſons.

PHAENE.

Ils ne ſçauroient louer, dans le ſiécle où nous ſommes,
    Qu'ils n'outragent les plus grands noms.

VENUS.

Ah! Que de ces trois mots la rigueur inſolente
    Venge bien Junon & Pallas,
Et conſole leurs cœurs de la gloire éclatante
Que la fameuſe pomme acquit à mes appas!
Je les vois s'applaudir de mon inquiétude,
Affecter à toute heure un ris malicieux,
Et, d'un fixe regard, chercher avec étude
    Ma confuſion dans mes yeux.
Leur triomphante joye, au fort d'un tel outrage,
Semble me venir dire, inſultant mon courroux,
Vante, vante, Vénus, les traits de ton viſage,
Au jugement d'un ſeul tu l'emportas ſur nous,
    Mais, par le jugement de tous,
Une ſimple mortelle a ſur toi l'avantage.
Ah! Ce coup-là m'achéve, il me perce le cœur,
Je n'en puis plus ſouffrir les rigueurs ſans égales;
Et c'eſt trop de ſurcroît à ma vive douleur,
    Que le plaiſir de mes rivales.

Mon fils, fi j'eus jamais fur toi quelque crédit,
      Et fi jamais je te fus chére,
Si tu portes un cœur à fentir le dépit
      Qui trouble le cœur d'une mere
      Qui fi tendrement te chérit,
Employe, employe ici l'effort de ta puiffance
      A foutenir mes intérêts;
      Et fais à Pfiché, par tes traits,
      Sentir les traits de ma vengeance.
      Pour rendre fon cœur malheureux,
Pren celui de tes traits le plus propre à me plaire,
      Le plus empoifonné de ceux
      Que tu lances dans ta colére.
Du plus bas, du plus vil, du plus affreux mortel,
Fais que, jufqu'à la rage, elle foit enflammée;
Et qu'elle ait à fouffrir le fupplice cruel
      D'aimer, & n'être point aimée.

L'AMOUR.

Dans le monde on n'entend que plaintes de l'amour;
On m'impute par tout mille fautes commifes,
Et vous ne croiriez point le mal & les fottifes
      Que l'on dit de moi chaque jour.
      Si pour fervir votre colére....

VENUS.

Va, ne réfifte point aux fouhaits de ta mere;
      N'applique tes raifonnemens
      Qu'à chercher les plus promts momens
De faire un facrifice à ma gloire outragée.

Pars , pour toute réponſe à mes empreſſemens ;
Et ne me revois point que je ne ſois vengée.

[*L'Amour s'envole.*]

Fin du Prologue.

PSICHÉ,

TRAGI-COMÉDIE, & BALLET.

ACTE PREMIER.

Le théatre repréſente le palais du roi.

SCENE PREMIERE.
AGLAURE, CIDIPPE.

AGLAURE.

IL eſt des maux, ma ſœur, que le ſilence
    aigrit,
Laiſſons, laiſſons parler mon chagrin & le
    vôtre;
Et de nos cœurs, l'un à l'autre,
Exhalons le cuiſant dépit.
Nous nous voyons ſœurs d'infortune;
Et la vôtre & la mienne ont un ſi grand rapport,
Que nous pouvons mêler toutes les deux en une,

Et, dans notre jufte tranfport,
Murmurer, à plainte commune,
Des cruautés de notre fort.
Quelle fatalité fecrette,
Ma fœur, foumet tout l'univers
Aux attraits de notre cadette;
Et, de tant de princes divers
Qu'en ces lieux la fortune jette,
N'en préfente aucun à nos fers?
Quoi! Voir de toutes parts, pour lui rendre les armes,
Les cœurs fe précipiter,
Et paffer devant nos charmes,
Sans s'y vouloir arrêter?
Quel fort ont nos yeux en partage,
Et qu'eft-ce qu'ils ont fait aux Dieux
De ne jouir d'aucun hommage,
Parmi tous ces tributs de foupirs glorieux
Dont le fuperbe avantage
Fait triompher d'autres yeux?
Eft-il pour nous, ma fœur, de plus rude difgrace,
Que de voir tous les cœurs méprifer nos appas;
Et l'heureufe Pfiché jouir avec audace
D'une foule d'amans attachés à fes pas?

CIDIPPE.

Ah! Ma fœur, c'eft une avanture
A faire perdre la raifon;
Et tous les maux de la nature
Ne font rien en comparaifon.

AGLAURE.

Pour moi, j'en fuis fouvent jufqu'à verfer des larmes.
Tout plaifir, tout repos, par là m'eft arraché;
Contre un pareil malheur ma conftance eft fans armes,
Toujours à ce chagrin mon efprit attaché
Me tient devant les yeux la honte de nos charmes,
  Et le triomphe de Pfiché.
La nuit, il m'en repaffe une idée éternelle
  Qui fur toute chofe préváut,
Rien ne me peut chaffer cette image cruelle;
Et, dès qu'un doux fommeil me vient délivrer d'elle,
   Dans mon efprit, auffi-tôt,
   Quelque fonge la rappelle
   Qui me réveille en furfaut.

CIDIPPE.

  Ma fœur, voilà mon martyre.
  Dans vos difcours je me voi;
  Et vous venez-là de dire
  Tout ce qui fe paffe en moi.

AGLAURE.

Mais encor, raifonnons un peu fur cette affaire.
Quels charmes fi puiffans en elle font épars?
Et par où, dites-moi, du grand fecret de plaire,
L'honneur eft-il acquis à fes moindres regards?
   Que voit-on dans fa perfonne,
   Pour infpirer tant d'ardeurs?
   Quel droit de beauté lui donne
   L'empire de tous les cœurs?

Elle a quelques attraits, quelque éclat de jeuneſſe,
On en tombe d'accord, je n'en diſconviens pas;
Mais lui céde-t-on fort pour quelque peu d'aîneſſe,
    Et ſe voit-on ſans appas?
Eſt-on d'une figure à faire qu'on ſe raille?
N'a-t-on point quelques traits, & quelques agrémens,
Quelque teint, quelques yeux, quelque air & quelque taille
A pouvoir dans nos fers jetter quelques amans?
    Ma ſœur, faites-moi la grace
    De me parler franchement.
Suis-je faite d'un air, à votre jugement,
Que mon mérite au ſien doive céder la place;
    Et, dans quelque ajuſtement,
    Trouvez-vous qu'elle m'efface?
     CIDIPPE.
    Qui? Vous, ma ſœur? Nullement.
    Hier à la chaſſe, près d'elle,
    Je vous regardai long-tems,
    Et, ſans vous donner d'encens,
    Vous me parûtes plus belle.
Mais, moi, dites, ma ſœur, ſans me vouloir flater,
Sont-ce des viſions que je me mets en tête,
Quand je me crois taillée à pouvoir mériter
    La gloire de quelque conquête?
     AGLAURE.
Vous, ma ſœur? Vous avez, ſans nul déguiſement,
Tout ce qui peut cauſer une amoureuſe flâme.
Vos moindres actions brillent d'un agrément
        Dont

Dont je me fens toucher l'ame ;
Et je ferois votre amant,
Si j'étois autre que femme.

CIDIPPE.

D'où vient donc qu'on la voit l'emporter fur nous deux,
Qu'à fes premiers regards les cœurs rendent les armes ;
Et que, d'aucun tribut de foupirs & de vœux,
On ne fait honneur à nos charmes ?

AGLAURE.

Toutes les dames, d'une voix,
Trouvent fes attraits peu de chofe ;
Et, du nombre d'amans qu'elle tient fous fes loix,
Ma fœur, j'ai découvert la caufe.

CIDIPPE.

Pour moi, je la devine ; & l'on doit préfumer
Qu'il faut que là-deffous foit caché du myftére.
Ce fecret de tout enflammer
N'eft point de la nature un effet ordinaire,
L'art de la Theffalie entre dans cette affaire ;
Et quelque main a fçû, fans doute, lui former
Un charme pour fe faire aimer.

AGLAURE.

Sur un plus fort appui ma croyance fe fonde ;
Et le charme qu'elle a pour attirer les cœurs,
C'eft un air, en tout tems, défarmé de rigueurs,
Des regards careffans que la bouche feconde,
Un fouris, chargé de douceurs,
Qui tend les bras à tout le monde,

Et ne vous promet que faveurs.
Notre gloire n'eſt plus aujourd'hui conſervée ;
Et l'on n'eſt plus au tems de ces nobles fiertés,
Qui, par un digne eſſai d'illuſtres cruautés,
Vouloient voir d'un amant la conſtance éprouvée.
De tout ce noble orgueil, qui nous ſeyoit ſi bien ,
On eſt bien deſcendu dans le ſiécle où nous ſommes ,
Et l'on en eſt réduite à n'eſpérer plus rien ,
A moins que l'on ſe jette à la tête des hommes.

CIDIPPE.

Oui, voilà le ſecret de l'affaire ; & je voi
Que vous le prenez mieux que moi.
C'eſt pour nous attacher à trop de bienſéance,
Qu'aucun amant, ma ſœur, à nous ne veut venir ;
Et nous voulons trop ſoutenir
L'honneur de notre ſexe, & de notre naiſſance.
Les hommes maintenant aiment ce qui leur rit,
L'eſpoir, plus que l'amour, eſt ce qui les attire ;
Et c'eſt par là que Pſiché nous ravit
Tous les amans qu'on voit ſous ſon empire.
Suivons, ſuivons l'exemple, ajuſtons-nous au tems,
Abaiſſons-nous, ma ſœur, à faire des avances ;
Et ne ménageons plus de triſtes bienſéances
Qui nous ôtent les fruits du plus beau de nos ans.

AGLAURE.

J'approuve la penſée, & nous avons matiére
D'en faire l'épreuve premiére
Aux deux princes qui ſont les derniers arrivés.

Ils font charmans, ma fœur; & leur perfonne entiére
Me....Les avez-vous obfervés?

CIDIPPE.

Ah! Ma fœur, ils font faits tous deux d'une maniére,
Que mon ame.... Ce font deux princes achevés.

AGLAURE.

Je trouve qu'on pourroit rechercher leur tendreffe,
Sans fe faire déshonneur.

CIDIPPE.

Je trouve que, fans honte, une belle princeffe
Leur pourroit donner fon cœur.

AGLAURE.

Les voici tous deux; & j'admire
Leur air & leur ajuftement.

CIDIPPE.

Ils ne démentent nullement
Tout ce que nous venons de dire.

SCENE II.

CLEOMENE, AGENOR, AGLAURE, CIDIPPE.

AGLAURE.

D'Où vient, Princes, d'où vient que vous fuyez ainfi?
Prenez-vous l'épouvante en nous voyant paroître?

CLEOMENE.

On nous faifoit croire qu'ici
La princeffe Pfiché, Madame, pourroit être.

AGLAURE.

Tous ces lieux n'ont-ils rien d'agréable pour vous,
Si vous ne les voyez ornés de fa préfence ?

AGENOR.

Ces lieux peuvent avoir des charmes affez doux ;
Mais nous cherchons Pfiché dans notre impatience.

CIDIPPE.

Quelque chofe de bien preffant
Vous doit, à la chercher, pouffer tous deux, fans doute.

CLEOMENE.

Le motif eft affez puiffant,
Puifque notre fortune, enfin, en dépend toute.

AGLAURE.

Ce feroit trop à nous, que de nous informer
Du fecret que ces mots nous peuvent enfermer.

CLEOMENE.

Nous ne prétendons point en faire de myftére,
Auffi bien, malgré nous, paroîtroit-il au jour ;
Et le fecret ne dure guére,
Madame, quand c'eft de l'amour.

CIDIPPE.

Sans aller plus avant, Princes, cela veut dire,
Que vous aimez Pfiché tous deux.

AGENOR.

Tous deux foumis à fon empire,
Nous allons, de concert, lui découvrir nos feux.

AGLAURE.

C'eft une nouveauté, fans doute, affez bizarre ;

Que deux rivaux fi bien unis.

CLEOMENE.

Il eft vray que la chofe eft rare ;
Mais non pas impoffible à deux parfaits amis.

CIDIPPE.

Eft-ce que dans ces lieux il n'eft qu'elle de belle,
Et n'y trouvez-vous point à féparer vos vœux ?

AGLAURE.

Parmi l'éclat du fang, vos yeux n'ont-ils vû qu'elle
A pouvoir mériter vos feux ?

CLEOMENE.

Eft-ce que l'on confulte au moment qu'on s'enflamme ?
Choifit-on qui l'on veut aimer ?
Et, pour donner toute fon ame,
Regarde-t-on quel droit on a de nous charmer ?

AGENOR.

Sans qu'on ait le pouvoir d'élire,
On fuit, dans une telle ardeur,
Quelque chofe qui nous attire ;
Et, lorfque l'amour touche un cœur,
On n'a point de raifon à dire.

AGLAURE.

En vérité, je plains les fâcheux embarras
Où je vois que vos cœurs fe mettent.
Vous aimez un objet dont les rians appas
Mêleront des chagrins à l'efpoir qu'ils vous jettent ;
Et fon cœur ne vous tiendra pas
Tout ce que fes yeux vous promettent.

CIDIPPE.

L'espoir qui vous appelle au rang de ses amans,
Trouvera du mécompte aux douceurs qu'elle étale ;
Et c'est pour essuyer de très-fâcheux momens,
Que les soudains retours de son ame inégale.

AGLAURE.

Un clair discernement de ce que vous valez
Nous fait plaindre le sort où cet amour vous guide ;
Et vous pouvez trouver, tous deux, si vous voulez,
Avec autant d'attraits, une ame plus solide.

CIDIPPE.

Par un choix plus doux de moitié
Vous pouvez de l'amour sauver votre amitié ;
Et l'on voit, en vous deux, un mérite si rare,
Qu'un tendre avis veut bien prévenir, par pitié,
Ce que votre cœur se prépare.

CLEOMENE.

Cet avis généreux fait, pour nous, éclater
Des bontés qui nous touchent l'ame ;
Mais le Ciel nous réduit à ce malheur, Madame,
De ne pouvoir en profiter.

AGENOR.

Votre illustre pitié veut en vain nous distraire
D'un amour dont tous deux nous redoutons l'effet ;
Ce que notre amitié, Madame, n'a pas fait,
Il n'est rien qui le puisse faire.

CIDIPPE.

Il faut que le pouvoir de Psiché.... La voici.

SCENE III.

PSICHE, CIDIPPE, AGLAURE, CLEOMENE, AGENOR.

CIDIPPE.

Venez jouir, ma sœur, de ce qu'on vous apprête.

AGLAURE.

Préparez vos attraits à recevoir ici
Le triomphe nouveau d'une illustre conquête.

CIDIPPE.

Ces princes ont tous deux si bien senti vos coups,
Qu'à vous le découvrir, leur bouche se dispose.

PSICHE.

Du sujet qui les tient si rêveurs parmi nous,
 Je ne me croyois pas la cause ;
 Et j'aurois crû toute autre chose,
 En les voyant parler à vous.

AGLAURE.

N'ayant ni beauté, ni naissance
A pouvoir mériter leur amour & leurs soins,
 Ils nous favorisent au moins
 De l'honneur de la confidence.

CLEOMENE à *Psiché*.

L'aveu qu'il nous faut faire à vos divins appas,
Est sans doute, Madame, un aveu téméraire ;
 Mais tant de cœurs, près du trépas,

Sont, par de tels aveux, forcés à vous déplaire;
Que vous étes réduite à ne les punir pas
         Des foudres de votre colére.
         Vous voyez en nous deux amis
Qu'un doux rapport d'humeurs sçut joindre dès l'enfance;
Et ces tendres liens se font vûs affermis
Par cent combats d'estime & de reconnoissance.
Du destin ennemi les assauts rigoureux,
Les mépris de la mort & l'aspect des supplices,
Par d'illustres éclats de mutuels offices,
Ont de notre amitié signalé les beaux nœuds;
Mais, à quelques essais qu'elle se soit trouvée,
         Son grand triomphe est en ce jour,
Et rien ne fait tant voir sa constance éprouvée,
Que de se conserver au milieu de l'amour.
Oui, malgré tant d'appas, son illustre constance,
Aux loix qu'elle nous fait, a soumis tous nos vœux;
Elle vient, d'une douce & pleine déférence,
Remettre à votre choix le succès de nos feux,
Et, pour donner un poids à notre concurrence
Qui, des raisons d'Etat, entraîne la balance
         Sur le choix de l'un de nous deux,
Cette même amitié s'offre, sans répugnance,
D'unir nos deux Etats au sort du plus heureux.

A G E N O R.
         Oui, de ces deux Etats, Madame;
Que sous votre heureux choix nous nous offrons d'unir;
         Nous voulons faire à notre flâme

                                        Un

Un fecours pour vous obtenir.
Ce que, pour ce bonheur, près du roi votre pere,
   Nous nous facrifions tous deux,
N'a rien de difficile à nos cœurs amoureux;
Et c'eft au plus heureux faire un don néceffaire
   D'un pouvoir dont le malheureux,
   Madame, n'aura plus affaire.

PSICHE.

Le choix que vous m'offrez, Princes, montre, à mes yeux,
De quoi remplir les vœux de l'ame la plus fiére;
Et vous me le parez tous deux d'une maniére,
Qu'on ne peut rien offrir qui foit plus précieux.
Vos feux, votre amitié, votre vertu fuprême,
Tout me reléve en vous l'offre de votre foi;
Et j'y vois un mérite à s'oppofer lui-même
   A ce que vous voulez de moi.
Ce n'eft pas à mon cœur qu'il faut que je défére
   Pour entrer fous de tels liens;
Ma main, pour fe donner, attend l'ordre d'un pere,
Et mes fœurs ont des droits qui vont devant les miens.
Mais, fi l'on me rendoit fur mes vœux abfoluë,
Vous y pourriez avoir trop de part à la fois;
Et toute mon eftime, entre vous fufpenduë,
Ne pourroit fur aucun laiffer tomber mon choix.
   A l'ardeur de votre pourfuite,
Je répondrois affez de mes vœux les plus doux;
   Mais c'eft, parmi tant de mérite,
Trop que deux cœurs pour moi, trop peu qu'un cœur pour vous.

Tome VI.   R

De mes plus doux souhaits j'aurois l'ame gênée,
     A l'effort de votre amitié;
Et j'y vois l'un de vous prendre une deftinée
     A me faire trop de pitié.
Oui, Princes, à tous ceux dont l'amour fuit le vôtre,
Je vous préférerois tous deux avec ardeur;
     Mais je n'aurois jamais le cœur
De pouvoir préferer l'un de vous deux à l'autre.
     A celui que je choifirois,
Ma tendreffe feroit un trop grand facrifice;
Et je m'imputerois à barbare injuftice,
     Le tort qu'à l'autre je ferois.
Oui, tous deux vous brillez de trop de grandeur d'ame,
     Pour en faire aucun malheureux;
Et vous devez chercher dans l'amoureufe flâme
     Le moyen d'être heureux tous deux.
     Si votre cœur me confidére
Affez, pour me fouffrir de difpofer de vous,
     J'ai deux fœurs capables de plaire,
Qui peuvent bien vous faire un deftin affez doux;
Et l'amitié me rend leur perfonne affez chére,
     Pour vous fouhaiter leurs époux.

         C L E O M E N E.

     Un cœur dont l'amour eft extrême
     Peut-il bien confentir, hélas,
     D'être donné par ce qu'il aime!
Sur nos deux cœurs, Madame, à vos divins appas
     Nous donnons un pouvoir fuprême,

Difpofez-en pour le trépas ;
Mais, pour un autre que vous-même,
Ayez cette bonté de n'en difpofer pas.

AGENOR.

Aux princeffes, Madame, on feroit trop d'outrage ;
Et c'eft, pour leurs attraits, un indigne partage
   Que les reftes d'une autre ardeur.
Il faut d'un premier feu la pureté fidéle,
   Pour afpirer à cet honneur
   Où votre bonté nous appelle ;
   Et chacune mérite un cœur
   Qui n'ait foupiré que pour elle.

AGLAURE.

   Il me femble, fans nul courroux,
   Qu'avant que de vous en défendre,
   Princes, vous deviez bien attendre
   Qu'on fe fût expliqué fur vous.
Nous croyez-vous un cœur fi facile & fi tendre ?
Et, lorfqu'on parle ici de vous donner à nous,
   Sçavez-vous fi l'on veut vous prendre ?

CIDIPPE.

Je penfe que l'on a d'affez hauts fentimens
Pour refufer un cœur qu'il faut qu'on follicite,
Et qu'on ne veut devoir qu'à fon propre mérite
   La conquête de fes amans.

PSICHE.

J'ai crû pour vous, mes fœurs, une gloire affez grande,
Si la poffeffion d'un mérite fi haut ....

        R ij

SCENE IV.

PSICHE, AGLAURE, CIDIPPE, CLEOMENE, AGENOR, LYCAS.

LYCAS *à Psiché.*

AH! Madame.

PSICHE.

Qu'as-tu?

LYCAS.

    Le roi...

PSICHE.

        Quoi?

LYCAS.

          Vous demande.

PSICHE.

De ce trouble si grand que faut-il que j'attende?

LYCAS.

Vous ne le sçaurez que trop tôt.

PSICHE.

Hélas! Que pour le roi tu me donnes à craindre!

LYCAS.

Ne craignez que pour vous, c'est vous que l'on doit plaindre.

PSICHE.

C'est pour louer le Ciel, & me voir hors d'effroi,
De sçavoir que je n'aye à craindre que pour moi.
Mais appren-moi, Lycas, le sujet qui te touche.

LYCAS.

Souffrez que j'obéiſſe à qui m'envoye ici,
Madame ; & qu'on vous laiſſe apprendre de ſa bouche
Ce qui peut m'affliger ainſi.

PSICHE.

Allons ſçavoir ſur quoi l'on craint tant ma foibleſſe.

SCENE V.

AGLAURE, CIDIPPE, LYCAS.

AGLAURE.

SI ton ordre n'eſt pas juſqu'à nous étendu,
Di-nous quel grand malheur nous couvre ta triſteſſe.

LYCAS.

Hélas ! Ce grand malheur dans la cour répandu,
Voyez-le vous-même, Princeſſe,
Dans l'oracle qu'au roi les deſtins ont rendu.
Voici ſes propres mots, que la douleur, Madame,
A gravés au fond de mon ame.

Que l'on ne penſe nullement
A vouloir de Pſiché conclure l'hyménée ;
Mais qu'au ſommet d'un mont elle ſoit promtement
En pompe funébre menée ;
Et que, de tous abandonnée,
Pour époux elle attende en ces lieux conſtamment
Un monſtre, dont on a la vûë empoiſonnée,

Un serpent qui répand son venin en tous lieux,
Et trouble dans sa rage & la terre & les Cieux.

Après un arrêt si sévére,
Je vous quitte ; & vous laisse à juger, entre vous,
Si, par de plus cruels & plus sensibles coups,
Tous les Dieux nous pouvoient expliquer leur colére.

SCENE VI.

AGLAURE, CIDIPPE.

CIDIPPE.

MA sœur, que sentez-vous à ce soudain malheur,
Où nous voyons Psiché par les destins plongée?

AGLAURE.

Mais vous, que sentez-vous ma sœur?

CIDIPPE.

A ne vous point mentir, je sens que, dans mon cœur,
Je n'en suis pas trop affligée.

AGLAURE.

Moi, je sens quelque chose au mien
Qui ressemble assez à la joye.
Allons. Le destin nous envoye
Un mal que nous pouvons regarder comme un bien.

Fin du premier Acte.

PREMIER INTERMÉDE.

La scene est changée en des rochers affreux, & fait voir dans l'éloignement une effroyable solitude.

C'est dans ce désert que Psiché doit être exposée pour obéir à l'oracle. Une troupe de personnes affligées y viennent déplorer sa disgrace.

FEMMES *désolées*, **HOMMES** *affligés chantans, & dansans.*

UNE FEMME *désolée.*

Deh, piangéte al pianto mio,
Sassi duri, antiche selve,
Lagrimate fonti, e belue,
D'un bel volto il fato rio.

1. HOMME *affligé.*

Ahi dolore!

2. HOMME *affligé.*

Ahi martire!

1. HOMME *affligé.*

Cruda morte,

FEMME *désolée*, & 2. HOMME *affligé.*

Empia sorte,

Les deux HOMMES *affligés.*

Che condanni à morir tanta beltà.

TOUS TROIS ENSEMBLE.

Cieli, stelle! Ahi crudeltà!

PSICHE,

UNE FEMME *désolée.*

Rispondete a miei lamenti,
Antri cavi, ascose rupi,
Deh ridite, fondi cupi,.
Del mio duolo i mesti accenti.

1. HOMME *affligé.*

Ahi dolore!

2. HOMME *affligé.*

Ahi martire!

1. HOMME *affligé.*

Cruda morte,

FEMME *désolée,* & **2. HOMME** *affligé.*

Empia sorte,

Les deux **HOMMES** *affligés.*

Che condanni à morir tanta beltà.

TOUS TROIS ENSEMBLE.

Cieli, stelle! Ahi crudeltà!

2. HOMME *affligé.*

Com'esser puo frà voi, ô Numi eterni,
Chi voglia estinta una beltà innocente?
Ahi! Che tanto rigor, Cielo inclemente,
Vince di crudeltà gli stessi inferni.

1. HOMME *affligé.*

Nume fiero!

2. HOMME *affligé.*

Dio severo!

Les deux **HOMMES** *affligés.*

Perche tanto rigor

TOUS

Contro innocente cor?

Ahi, fentenza inudita,

Dar morte à la beltà, ch'altrui da vita!

ENTRÉE DE BALLET.

Six hommes affligés, & six femmes défolées, expriment, en danfant, leur douleur par leurs attitudes.

UNE FEMME *défolée.*

AHi ch'indarno fi tarda,

Non refifte à gli Dei mortale affetto,

Alto impero ne sforza,

Ove commanda il Ciel, l'Uvom cede à sforza.

1. HOMME *affligé.*

Ahi dolore!

2. HOMME *affligé.*

Ahi martire!

1. HOMME *affligé.*

Cruda morte,

FEMME *défolée,* & 2. HOMME *affligé.*

Empia forte,

Les deux HOMMES *affligés.*

Che condanni à morir tanta beltà.

TOUS TROIS ENSEMBLE.

Cieli, ftelle! Ahi crudeltà!

Fin du premier Intermède.

Tome *VI.*   S

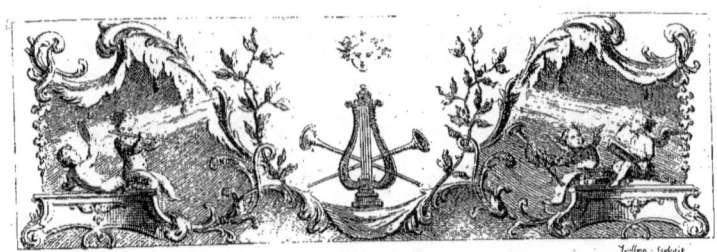

ACTE SECOND.

SCENE PREMIERE.

LE ROI, PSICHE, AGLAURE, CIDIPPE, LYCAS, Suite.

PSICHE.

D E vos larmes, Seigneur, la source m'est bien
    chére ;
Mais c'est trop aux bontés que vous avez
    pour moi,
Que de laisser régner les tendresses de pere
Jusques dans les yeux d'un grand roi.
Ce qu'on vous voit ici donner à la nature,
Au rang que vous tenez, Seigneur, fait trop d'injure ;
Et j'en dois refuser les touchantes faveurs.
    Laissez-moins, sur votre sagesse,
    Prendre d'empire à vos douleurs ;
Et cessez d'honorer mon destin par des pleurs
Qui, dans le cœur d'un roi, montrent de la foiblesse.

LE ROI.

Ah ! Ma fille, à ces pleurs laisse mes yeux ouverts,
Mon deuil est raisonnable, encor qu'il soit extrême ;

Et, lorfque pour toujours on perd ce que je perds,
La fageffe, croi-moi, peut pleurer elle-même.
   En vain l'orgueil du diadême
Veut qu'on foit infenfible à ces cruels revers,
En vain, de la raifon, les fecours font offerts
Pour vouloir d'un œil fec voir mourir ce qu'on aime,
L'effort en eft barbare aux yeux de l'univers;
Et c'eft brutalité plus que vertu fuprême.
  Je ne veux point, dans cette adverfité,
  Parer mon cœur d'infenfibilité,
    Et cacher l'ennui qui me touche;
   Je renonce à la vanité
   De cette dureté farouche,
   Que l'on appelle fermeté;
   Et, de quelque façon qu'on nomme
Cette vive douleur dont je reffens les coups,
Je veux bien l'étaler, ma fille, aux yeux de tous,
Et, dans le cœur d'un roi, montrer le cœur d'un homme.

PSICHE.

Je ne mérite pas cette grande douleur.
Oppofez, oppofez un peu de réfiftance
   Aux droits qu'elle prend fur un cœur
Dont mille événemens ont marqué la puiffance.
Quoi? Faut-il que, pour moi, vous renonciez, Seigneur,
   A cette royale conftance
Dont vous avez fait voir, dans les coups du malheur,
   Une fameufe expérience?

PSICHE,

LE ROI

La conftance eft facile en mille occafions.

Toutes les révolutions

Où nous peut expofer la fortune inhumaine,

La perte des grandeurs, les perfécutions,

Le poifon de l'envie, & les traits de la haine,

N'ont rien que ne puiffent, fans peine,

Braver les réfolutions

D'une ame où la raifon eft un peu fouveraine.

Mais ce qui porte des rigueurs

A faire fuccomber les cœurs

Sous le poids des douleurs améres,

Ce font, ce font les rudes traits

De ces fatalités févéres,

Qui nous enlévent pour jamais

Les perfonnes qui nous font chéres.

La raifon, contre de tels coups,

N'offre point d'armes fecourables;

Et voilà, des Dieux en courroux,

Les foudres les plus redoutables

Qui fe puiffent lancer fur nous.

PSICHE.

Seigneur, une douceur ici vous eft offerte.

Votre hymen a reçû plus d'un préfent des Dieux;

Et, par une faveur ouverte,

Ils ne vous ôtent rien, en m'ôtant à vos yeux,

Dont ils n'ayent pris foin de réparer la perte.

Il vous refte de quoi confoler vos douleurs;

Et cette loi du Ciel, que vous nommez cruelle,
Dans les deux princeſſes mes ſœurs,
Laiſſe à l'amitié paternelle
Où placer toutes ſes douceurs.

LE ROI.

Ah! De mes maux ſoulagement frivole!
Rien, rien ne s'offre à moi qui de toi me conſole.
C'eſt ſur mes déplaiſirs que j'ai les yeux ouverts ;
Et, dans un deſtin ſi funeſte,
Je regarde ce que je perds,
Et ne vois point ce qui me reſte.

PSICHE.

Vous ſçavez mieux que moi qu'aux volontés des Dieux,
Seigneur, il faut régler les nôtres ;
Et je ne puis vous dire, en ces triſtes adieux,
Que ce que beaucoup mieux vous pouvez dire aux autres.
Ces Dieux ſont maîtres ſouverains
Des préſens qu'ils daignent nous faire,
Ils ne les laiſſent dans nos mains
Qu'autant de tems qu'il peut leur plaire ;
Lorſqu'ils viennent les retirer,
On n'a nul droit de murmurer.
Des graces que leur main ne veut plus nous étendre.
Seigneur, je ſuis un don qu'ils ont fait à vos vœux,
Et quand, par cet arrêt, ils veulent me reprendre,
Ils ne vous ôtent rien que vous ne teniez d'eux,
Et c'eſt, ſans murmurer, que vous devez me rendre.

P S I C H E,
LE ROI.

Ah! Cherche un meilleur fondement
Aux confolations que ton cœur me préfente;
Et, de la fauffeté de ce raifonnement,

Ne fais point un accablement

A cette douleur fi cuifante,

Dont je fouffre ici le tourment.
Crois-tu là me donner une raifon puiffante,
Pour ne me plaindre point de cet arrêt des Cieux?

Et, dans le procédé des Dieux,

Dont tu veux que je me contente,

Une rigueur affaffinante

Ne paroît-elle pas aux yeux?
Voi l'état où ces Dieux me forcent à te rendre,
Et l'autre où te reçut mon cœur infortuné;
Tu connoîtras par là qu'ils me viennent reprendre

Bien plus que ce qu'ils m'ont donné.

Je reçus d'eux en toi, ma fille,
Un préfent que mon cœur ne leur demandoit pas;

J'y trouvois alors peu d'appas,
Et leur en vis, fans joye, accroître ma famille.

Mais mon cœur, ainfi que mes yeux,
S'eft fait de ce préfent une douce habitude;
J'ai mis quinze ans de foins, de veilles & d'étude,

A me le rendre précieux;

Je l'ai paré de l'aimable richeffe

De mille brillantes vertus;
En lui j'ai renfermé, par des foins affidus,

Tous les plus beaux tréfors que fournit la fageffe;
A lui, j'ai de mon ame attaché la tendreffe;
J'en ai fait de ce cœur le charme & l'allégreffe,
La confolation de mes fens abbattus,
   Le doux efpoir de ma vieilleffe;
   Ils m'ôtent tout cela, ces Dieux,
Et tu veux que je n'aye aucun fujet de plainte,
Sur cet affreux arrêt dont je fouffre l'atteinte?
Ah! Leur pouvoir fe jouë avec trop de rigueur
   Des tendreffes de notre cœur.
Pour m'ôter leur préfent, leur falloit-il attendre
   Que j'en euffe fait tout mon bien?
Ou plûtôt, s'ils avoient deffein de le reprendre,
N'eût-il pas été mieux de ne me donner rien?

PSICHE.

   Seigneur, redoutez la colére
De ces Dieux contre qui vous ofez éclater.

LE ROI.

  Après ce coup que peuvent-ils me faire?
Ils m'ont mis en état de ne rien redouter.

PSICHE.

  Ah! Seigneur, je tremble des crimes
Que je vous fais commettre, & je dois me haïr.

LE ROI.

Ah! Qu'ils fouffrent du moins mes plaintes légitimes.
Ce m'eft affez d'effort que de leur obéïr;
Ce doit leur être affez que mon cœur t'abandonne
Au barbare refpect qu'il faut qu'on ait pour eux,

Sans prétendre gêner la douleur que me donne
L'épouvantable arrêt d'un fort fi rigoureux.
Mon jufte défefpoir ne fçauroit fe contraindre,
Je veux, je veux garder ma douleur à jamais,
Je veux fentir toujours la perte que je fais,
De la rigueur du Ciel je veux toujours me plaindre,
Je veux, jufqu'au trépas, inceffamment pleurer
Ce que tout l'univers ne peut me réparer.

PSICHE.

Ah! De grace, Seigneur, épargnez ma foibleffe,
J'ai befoin de conftance en l'état où je fuis;
Ne fortifiez point l'excès de mes ennuis
  Des larmes de votre tendreffe.
Seuls, ils font affez forts; & c'eft trop, pour mon cœur,
  De mon deftin & de votre douleur.

LE ROI.

Oui, je dois t'épargner mon deuil inconfolable.
Voici l'inftant fatal de m'arracher de toi;
Mais comment prononcer ce mot épouvantable?
Il le faut toutefois, le Ciel m'en fait la loi;
  Une rigueur inévitable
M'oblige à te laiffer en ce funefte lieu.
  Adieu, je vais... Adieu.

SCENE

SCENE II.

PSICHE, AGLAURE, CIDIPPE.

PSICHE.

Suivez le roi, mes sœurs, vous essuyerez ses larmes,
  Vous adoucirez ses douleurs;
  Et vous l'accableriez d'alarmes
Si vous vous exposiez encore à mes malheurs.
  Conservez-lui ce qui lui reste;
Le serpent que j'attends peut vous être funeste,
  Vous envelopper dans mon sort;
Et me porter en vous une seconde mort.
  Le Ciel m'a seule condamnée
  A son haleine empoisonnée,
  Rien ne sçauroit me secourir;
Et je n'ai pas besoin d'exemple pour mourir.

AGLAURE.

Ne nous enviez pas ce cruel avantage
De confondre nos pleurs avec vos déplaisirs,
De mêler nos soupirs à vos derniers soupirs;
D'une tendre amitié souffrez ce dernier gage.

PSICHE.

C'est vous perdre inutilement.

CIDIPPE.

C'est en votre faveur espérer un miracle,
Ou vous accompagner jusques au monument.

Tome VI.   T

PSICHE.

Que peut-on fe promettre après un tel oracle?

AGLAURE.

Un oracle jamais n'eſt fans obſcurité,
On l'entend d'autant moins, que mieux on croit l'entendre;
Et peut-être, après tout, n'en devez-vous attendre
Que gloire & que félicité.
Laiſſez-nous voir, ma ſœur, par une digne iſſuë,
Cette frayeur mortelle heureuſement déçûë;
Ou mourir, du moins, avec vous,
Si le Ciel à nos vœux ne ſe montre plus doux.

PSICHE.

Ma ſœur, écoutez-mieux la voix de la nature,
Qui vous appelle auprès du roi.
Vous m'aimez trop; le devoir en murmure,
Vous en ſçavez l'indifpenſable loi,
Un pere vous doit être encor plus cher que moi.
Rendez-vous toutes deux l'appui de ſa vieilleſſe,
Vous lui devez chacune un gendre & des neveux;
Mille rois, à l'envi, vous gardent leur tendreſſe,
Mille rois, à l'envi, vous offriront leurs vœux.
L'oracle me veut feule; &, ſeule auſſi, je veux
Mourir, ſi je puis, ſans foibleſſe,
Ou ne vous avoir pas pour témoins toutes deux
De ce que, malgré moi, la nature m'en laiſſe.

AGLAURE.

Partager vos malheurs, c'eſt vous importuner?

CIDIPPE.

J'ofe dire un peu plus, ma fœur, c'eft vous déplaire?

PSICHE.

Non. Mais, enfin, c'eft me gêner ;
Et peut-être du Ciel redoubler la colére.

AGLAURE.

Vous le voulez, & nous partons.
Daigne ce même Ciel, plus jufte & moins févére,
Vous envoyer le fort que nous vous fouhaitons,
  Et que notre amitié fincére
En dépit de l'oracle, & malgré vous, efpére.

PSICHE.

Adieu. C'eft un efpoir, ma fœur, & des fouhaits,
  Qu'aucun des Dieux ne remplira jamais.

SCENE III.

PSICHE *feule.*

ENfin, feule, & toute à moi-même,
Je puis envifager cet affreux changement
  Qui, du haut d'une gloire extrême,
  Me précipite au monument.
  Cette gloire étoit fans feconde ;
L'éclat s'en répandoit jufqu'aux deux bouts du monde,
Tout ce qu'il a de rois fembloient faits pour m'aimer,
  Tous leurs fujets, me prenant pour Déeffe,
  Commençoient à m'accoutumer

Aux encens qu'ils m'offroient fans cesse ;
Leurs soupirs me suivoient, fans qu'il m'en coûtât rien ;
Mon ame restoit libre en captivant tant d'ames ;
Et j'étois, parmi tant de flâmes,
Reine de tous les cœurs, & maîtresse du mien.
O Ciel ! M'auriez-vous fait un crime
De cette insensibilité !
Déployez-vous sur moi tant de sévérité,
Pour n'avoir à leurs vœux rendu que de l'estime ?
Si vous m'imposiez cette loi,
Qu'il fallût faire un choix pour ne pas vous déplaire,
Puisque je ne pouvois le faire,
Que ne le faisiez-vous pour moi ?
Que ne m'inspiriez-vous ce qu'inspire à tant d'autres
Le mérite, l'amour, & …. Mais que vois-je ici ?

SCENE IV.

CLEOMENE, AGENOR, PSICHE.

CLEOMENE.

Deux amis, deux rivaux, dont l'unique souci
Est d'exposer leurs jours pour conserver les vôtres.

PSICHE.

Puis-je vous écouter, quand j'ai chassé deux sœurs ?
Princes, contre le Ciel pensez-vous me défendre ?
Vous livrer au serpent qu'ici je dois attendre,
Ce n'est qu'un désespoir qui siéd mal aux grands cœurs ;

Et mourir, alors que je meurs,
C'eſt accabler une ame tendre
Qui n'a que trop de ſes douleurs.

AGENOR.

Un ſerpent n'eſt pas invincible;
Cadmus, qui n'aimoit rien, défit celui de Mars.
Nous aimons, & l'amour ſçait rendre tout poſſible
Au cœur qui fuit ſes étendards,
A la main dont lui-même il conduit tous les dards.

PSICHE.

Voulez-vous qu'il vous ſerve en faveur d'une ingrate,
Que tous ſes traits n'ont pû toucher,
Qu'il domte ſa vengeance au moment qu'elle éclate,
Et vous aide à m'en arracher?
Quand même vous m'auriez ſervie,
Quand vous m'auriez rendu la vie,
Quel fruit eſpérez-vous de qui ne peut aimer?

CLEOMENE.

Ce n'eſt point par l'eſpoir d'un ſi charmant ſalaire
Que nous nous ſentons animer;
Nous ne cherchons qu'à ſatisfaire
Aux devoirs d'un amour qui n'oſe préſumer
Que jamais, quoiqu'il puiſſe faire,
Il ſoit capable de vous plaire,
Et digne de vous enflammer.
Vivez, belle Princeſſe, & vivez pour un autre;
Nous le verrons d'un œil jaloux,
Nous en mourrons; mais d'un trépas plus doux

Que s'il nous falloit voir le vôtre;

Et, si nous ne mourons, en vous sauvant le jour,

Quelque amour qu'à nos yeux vous préfériez au nôtre,

Nous voulons bien mourir de douleur & d'amour.

PSICHE.

Vivez, Princes, vivez; & de ma destinée

Ne songez plus à rompre, ou partager la loi;

Je crois vous l'avoir dit, le Ciel ne veut que moi,

      Le Ciel m'a seule condamnée.

Je pense ouïr déjà les mortels sifflemens

      De son ministre qui s'approche,

Ma frayeur me le peint, me l'offre à tous momens;

Et, maîtresse qu'elle est de tous mes sentimens,

Elle me le figure au haut de cette roche.

J'en tombe de foiblesse; & mon cœur abbattu

Ne soutient plus qu'à peine un reste de vertu.

Adieu, Princes, fuyez, qu'il ne vous empoisonne.

AGENOR.

Rien ne s'offre à nos yeux encor qui les étonne;

Et, quand vous vous peignez un si proche trépas,

      Si la force vous abandonne,

      Nous avons des cœurs & des bras

      Que l'espoir n'abandonne pas.

Peut-être qu'un rival a dicté cet oracle,

Que l'or a fait parler celui qui l'a rendu;

      Ce ne seroit pas un miracle

Que, pour un Dieu muet, un homme eût répondu;

Et, dans tous les climats, on n'a que trop d'exemples

Qu'il eſt, ainſi qu'ailleurs, des méchans dans les Temples.

CLEOMENE.

Laiſſez-nous oppoſer, au lâche raviſſeur
A qui le ſacrilége indignement vous livre,
Un amour qu'a le Ciel choiſi pour défenſeur
De la ſeule beauté pour qui nous voulons vivre.
Si nous n'oſons prétendre à ſa poſſeſſion,
Du moins, en ſon péril, permettez-nous de ſuivre
L'ardeur & les devoirs de notre paſſion.

PSICHE.

Portez-les à d'autres moi-mêmes,
Princes, portez-les à mes ſœurs
Ces devoirs, ces ardeurs extrêmes
Dont pour moi ſont remplis vos cœurs;
Vivez pour elles, quand je meurs;
Plaignez de mon deſtin les funeſtes rigueurs,
Sans leur donner en vous de nouvelles matiéres,
Ce ſont mes volontés derniéres;
Et l'on a reçû, de tout tems,
Pour ſouveraines loix, les ordres des mourans.

CLEOMENE.

Princeſſe...

PSICHE.

Encore un coup, Princes, vivez pour elles.
Tant que vous m'aimerez, vous devez m'obéïr;
Ne me réduiſez pas à vouloir vous haïr,
Et vous regarder en rebelles,
A force de m'être fidéles.

Allez, laiffez-moi feule expirer en ce lieu,
Où je n'ai plus de voix que pour vous dire, adieu.
Mais je fens qu'on m'enléve, & l'air m'ouvre une route,
D'où vous n'entendrez plus cette mourante voix.
Adieu, Princes, adieu pour la derniére fois,
Voyez fi, de mon fort, vous pouvez être en doute.

[Pfiché eft enlevée en l'air par deux Zéphirs.]

AGENOR.

Nous la perdons de vûë. Allons tous deux chercher
Sur le faîte de ce rocher,
Prince, les moyens de la fuivre.

CLEOMENE.

Allons-y chercher ceux de ne lui point furvivre.

SCENE V.

L'AMOUR *en l'air.*

ALlez mourir, rivaux d'un Dieu jaloux,
Dont vous meritez le courroux
Pour avoir eu le cœur fenfible aux mêmes charmes;
Et toi, forge, Vulcain, mille brillans attraits
Pour orner un palais,
Où l'Amour, de Pfiché, veut effuyer les larmes,
Et lui rendre les armes.

Fin du fecond Acte.

II. INTER-

II. INTERMÉDE.

La scene se change en une cour magnifique, ornée de colonnes de lapis, enrichies de figures d'or, qui forment un palais pompeux & brillant, que l'Amour destine pour Psiché.

VULCAIN, CYCLOPES, FÉES.

VULCAIN.

DEpêchez, préparez ces lieux
Pour le plus aimable des Dieux ;
Que chacun pour lui s'intéresse,
N'oubliez rien des soins qu'il faut.
    Quand l'Amour presse,
On n'a jamais fait assez-tôt.

L'Amour ne veut point qu'on différe,
   Travaillez, hâtez-vous,
Frappez, redoublez vos coups ;
   Que l'ardeur de lui plaire,
Fasse vos soins les plus doux.

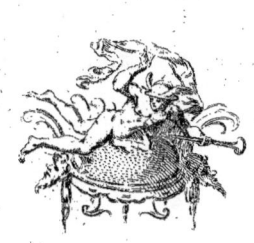

ENTRÉE DE BALLET.

Les Cyclopes achévent en cadence de grands vases d'or que des
Fées leur apportent.

VULCAIN.

Servez bien un Dieu si charmant,
Il se plaît dans l'empressement ;
Que chacun pour lui s'intéresse,
N'oubliez rien des soins qu'il faut.
    Quand l'Amour presse,
On n'a jamais fait assez-tôt.

    L'Amour ne veut point qu'on différe,
    Travaillez, hâtez-vous,
Frappez, redoublez vos coups ;
    Que l'ardeur de lui plaire,
Fasse vos soins les plus doux.

II. ENTRÉE DE BALLET.

Les Cyclopes & les Fées placent en cadence les vases d'or
qui doivent être de nouveaux ornemens du palais de l'A-
mour.

Fin du second Interméde.

ACTE TROISIÉME.

SCENE PREMIERE.

L'AMOUR, ZEPHIRE.

ZEPHIRE.

U I, je me suis, galamment acquitté
De la commiſſion que vous m'avez donnée;
Et, du haut du rocher, je l'ai, cette beauté,
Par le milieu des airs, doucement amenée
Dans ce beau palais enchanté,
Où vous pouvez, en liberté,
Diſpoſer de ſa deſtinée.
Mais vous me ſurprenez par ce grand changement
Qu'en votre perſonne vous faites;
Cette taille, ces traits, & cet ajuſtement
Cachent tout-à-fait qui vous étes;
Et je donne aux plus fins à pouvoir, en ce jour,
Vous reconnoître pour l'Amour.

L'AMOUR.

Auſſi ne veux-je pas qu'on puiſſe me connoître.
Je ne veux, à Pſiché, découvrir que mon cœur,

Rien que les beaux tranſports de cette vive ardeur
Que ſes doux charmes y font naître ;
Et, pour en exprimer l'amoureuſe langueur,
Et cacher ce que je puis être
Aux yeux qui m'impoſent des loix,
J'ai pris la forme que tu vois.

ZEPHIRE.

En tout, vous étes un grand maître,
C'eſt ici que je le connois.
Sous des déguiſemens de diverſe nature,
On a vû les Dieux amoureux
Chercher à ſoulager cette douce bleſſure
Que reçoivent les cœurs de vos traits pleins de feux ;
Mais, en bon ſens, vous l'emportez ſur eux ;
Et voilà la bonne figure
Pour avoir un ſuccès heureux
Près de l'aimable ſexe où l'on porte ſes vœux.
Oui, de ces formes-là l'aſſiſtance eſt bien forte ;
Et, ſans parler ni de rang, ni d'eſprit,
Qui peut trouver moyen d'être fait de la ſorte,
Ne ſoupire guére à crédit.

L'AMOUR.

J'ai réſolu, mon cher Zéphire,
De demeurer ainſi toûjours ;
Et l'on ne peut le trouver à redire
A l'aîné de tous les Amours.
Il eſt tems de ſortir de cette longue enfance
Qui fatigue ma patience,

Il eſt tems déſormais que je devienne grand.

ZEPHIRE.

Fort bien. Vous ne pouvez mieux faire;
Et vous entrez dans un myſtére
Qui ne demande rien d'enfant.

L'AMOUR.

Ce changement, ſans doute, irritera ma mere.

ZEPHIRE.

Je prévois là-deſſus quelque peu de colere.
Bien que les diſputes des ans
Ne doivent point régner parmi les immortelles,
Votre mere Vénus eſt de l'humeur des belles
Qui n'aiment point de grands enfans.
Mais où je la trouve outragée,
C'eſt dans le procédé que l'on vous voit tenir;
Et c'eſt l'avoir étrangement vengée,
Que d'aimer la beauté qu'elle vouloit punir.
Cette haine, où ſes vœux prétendent que réponde
La puiſſance d'un fils que redoutent les Dieux…

L'AMOUR.

Laiſſons cela, Zéphire, & me di ſi tes yeux
Ne trouvent pas Pſiché la plus belle du monde.
Eſt-il rien ſur la terre, eſt-il rien dans les Cieux,
Qui puiſſe lui ravir le titre glorieux
De beauté ſans ſeconde?
Mais je la vois, mon cher Zéphire,
Qui demeure ſurpriſe à l'éclat de ces lieux.

ZEPHIRE.

Vous pouvez vous montrer pour finir fon martyre,

Lui découvrir fon deftin glorieux ;

Et vous dire, entre vous, tout ce que peuvent dire

Les foupirs, la bouche & les yeux.

En confident difcret, je fçais ce qu'il faut faire

Pour ne pas interrompre un amoureux myftére.

SCENE II.

PSICHÉ *feule.*

OU fuis-je ? Et dans un lieu, que je croyois barbare,

Quelle fçavante main a bâti ce palais

Que l'art, que la nature pare

De l'affemblage le plus rare

Que l'œil puiffe admirer jamais ?

Tout rit, tout brille, tout éclate

Dans ces jardins, dans ces appartemens,

Dont les pompeux ameublemens

N'ont rien qui n'enchante & ne flate;

Et, de quelque côté que tournent mes frayeurs,

Je ne vois, fous mes pas, que de l'or ou des fleurs.

Le Ciel auroit-il fait cet amas de merveilles

Pour la demeure d'un ferpent?

Et, lorfque, par leur vûë, il amufe & fufpend

De mon deftin jaloux les rigueurs fans pareilles,

Veut-il montrer qu'il s'en repent?

Non, non, c'eft de fa haine, en cruautés féconde,

Le plus noir, le plus rude trait
Qui, par une rigueur nouvelle & fans feconde,
N'étale ce choix qu'elle a fait
De ce qu'a de plus beau le monde,
Qu'afin que je le quitte avec plus de regret.
Que mon efpoir eft ridicule,
S'il croit par là foulager mes douleurs!
Tout autant de momens que ma mort fe recule,
Sont autant de nouveaux malheurs;
Plus elle tarde, & plus de fois je meurs.
Ne me fais plus languir, vien prendre ta victime,
Monftre, qui dois me déchirer.
Veux-tu que je te cherche, & faut-il que j'anime
Tes fureurs à me dévorer?
Si le Ciel veut ma mort, fi ma vie eft un crime,
De ce peu qui m'en refte ofe enfin t'emparer;
Je fuis laffe de murmurer
Contre un châtiment légitime,
Je fuis laffe de foupirer,
Vien, que j'achéve d'expirer.

SCENE III.

L'AMOUR, PSICHE, ZEPHIRE.

L'AMOUR.

LE voilà ce ferpent, ce monftre impitoyable,
Qu'un oracle étonnant pour vous a préparé;
Et qui n'eft pas, peut-être, à tel point effroyable,

Que vous vous l'étes figuré.

PSICHE.

Vous, Seigneur, vous seriez ce monstre dont l'oracle
A menacé mes tristes jours,
Vous qui semblez plûtôt un Dieu, qui, par miracle,
Daigne venir lui-même à mon secours?

L'AMOUR.

Quel besoin de secours au milieu d'un empire,
Où tout ce qui respire
N'attend que vos regards pour en prendre la loi;
Où vous n'avez à craindre autre monstre que moi?

PSICHE.

Qu'un monstre tel que vous inspire peu de crainte;
Et que, s'il a quelque poison,
Une ame auroit peu de raison
De hazarder la moindre plainte
Contre une favorable atteinte,
Dont tout le cœur craindroit la guérison!
A peine je vous vois, que mes frayeurs cessées
Laissent évanouir l'image du trépas;
Et que je sens couler dans mes veines glacées
Un je ne sçais quel feu que je ne connois pas.
J'ai senti de l'estime & de la complaisance,
De l'amitié, de la reconnoissance;
De la compassion les chagrins innocens
M'en ont fait sentir la puissance,
Mais je n'ai point encor senti ce que je sens.
Je ne sçais ce que c'est; mais je sçais qu'il me charme,

Que

Que je n'en conçois point d'alarme.
Plus j'ai les yeux fur vous, plus je m'en fens charmer;
Tout ce que j'ai fenti n'agiffoit point de même;
    Et je dirois que je vous aime,
Seigneur, fi je fçavois ce que c'eft que d'aimer.
Ne les détournez point ces yeux qui m'empoifonnent,
Ces yeux tendres, ces yeux perçans, mais amoureux,
Qui femblent partager le trouble qu'ils me donnent.
    Hélas! Plus ils font dangereux,
    Plus je me plais à m'attacher fur eux.
Par quel ordre du Ciel, que je ne puis comprendre,
    Vous dis-je plus que je ne dois,
Moi, de qui la pudeur devroit du moins attendre
Que vous m'expliquaffiez le trouble où je vous vois?
Vous foupirez, Seigneur, ainfi que je foupire;
Vos fens, comme les miens, paroiffent interdits,
C'eft à moi de m'en taire, à vous de me le dire;
    Et cependant c'eft moi qui vous le dis.

L'AMOUR.

Vous avez eu, Pfiché, l'ame toujours fi dure,
    Qu'il ne faut pas vous étonner
    Si, pour en réparer l'injure,
L'Amour en ce moment fe paye avec ufure
    De ceux qu'elle a dû lui donner.
Ce moment eft venu qu'il faut que votre bouche
Exhale des foupirs fi longtems retenus;
Et qu'en vous arrachant à cette humeur farouche,
Un amas de tranfports auffi doux qu'inconnus,

Tome VI.   X

Auffi fenfiblement, tout à la fois vous touche,

Qu'ils ont dû vous toucher durant tant de beaux jours

Dont cette ame infenfible a profané le cours.

PSICHE.

N'aimer point, c'eft donc un grand crime?

L'AMOUR.

En fouffrez-vous un rude châtiment?

PSICHE.

C'eft punir affez doucement.

L'AMOUR.

C'eft lui choifir fa peine légitime ;

Et fe faire juftice, en ce glorieux jour,

D'un manquement d'amour, par un excès d'amour.

PSICHE.

Que n'ai-je été plûtôt punie!

J'y mets le bonheur de ma vie.

Je devrois en rougir, ou le dire plus bas ;

Mais le fupplice a trop d'appas.

Permettez que, tout haut, je le die & redie ;

Je le dirois cent fois, & n'en rougirois pas.

Ce n'eft point moi qui parle ; & de votre préfence

L'empire furprenant, l'aimable violence,

Dès que je veux parler, s'empare de ma voix.

C'eft en vain qu'en fecret ma pudeur s'en offenfe,

Que le fexe & la bienféance

Ofent me faire d'autres loix ;

Vos yeux de ma réponfe eux-mêmes font le choix,

Et ma bouche, affervie à leur toute-puiffance,

Ne me confulte plus fur ce que je me dois.

L'AMOUR.

Croyez, belle Pfiché, croyez ce qu'ils vous difent,
 Ces yeux, qui ne font point jaloux
 Qu'à l'envi les vôtres m'inftruifent
 De tout ce qui fe paffe en vous.
 Croyez-en ce cœur qui foupire,
Et qui, tant que le vôtre y voudra repartir,
 Vous dira bien plus d'un foupir,
 Que cent regards ne peuvent dire.
 C'eft le langage le plus doux;
C'eft le plus fort, c'eft le plus fûr de tous.

PSICHE.

 L'intelligence en étoit dûë
A nos cœurs, pour les rendre également contens.
 J'ai foupiré, vous m'avez entenduë;
 Vous foupirez, je vous entends.
 Mais ne me laiffez plus en doute,
Seigneur, & dites-moi fi, par la même route,
Après moi, le Zéphire ici vous a rendu
 Pour me dire ce que j'écoute.
Quand j'y fuis arrivée, étiez-vous attendu?
Et, quand vous lui parlez, êtes-vous entendu?

L'AMOUR.

J'ai dans ce doux climat un fouverain empire,
 Comme vous l'avez fur mon cœur;
L'Amour m'eft favorable, & c'eft en fa faveur,
Qu'à mes ordres Eole a foumis le Zéphire.

X ij

C'eſt l'Amour qui, pour voir mes feux récompenſés,

Lui-même a dicté cet oracle

Par qui vos beaux jours menacés

D'une foule d'amans ſe ſont débarraſſés ;

Et qui m'a délivré de l'éternel obſtacle

De tant de ſoupirs empreſſés

Qui ne méritoient pas de vous être adreſſés.

Ne me demandez point quelle eſt cette province,

Ni le nom de ſon prince,

Vous le ſçaurez quand il en ſera tems.

Je veux vous acquérir ; mais c'eſt par mes ſervices,

Par des ſoins aſſidus, & par des vœux conſtans,

Par les amoureux ſacrifices

De tout ce que je ſuis,

De tout ce que je puis,

Sans que l'éclat du rang pour moi vous ſollicite,

Sans que de mon pouvoir je me faſſe un mérite ;

Et, bien que ſouverain dans cet heureux ſéjour,

Je ne vous veux, Pſiché, devoir qu'à mon amour.

Venez-en admirer avec moi les merveilles,

Princeſſe, & préparez vos yeux & vos oreilles

A ce qu'il a d'enchantemens ;

Vous y verrez des bois & des prairies

Conteſter ſur leurs agrémens

Avec l'or & les pierreries,

Vous n'entendrez que des concerts charmans ;

De cent beautés vous y ſerez ſervie,

Qui vous adoreront ſans vous porter envie,

Et brigueront, à tous momens,
D'une ame foumife & ravie,
L'honneur de vos commandemens.

PSICHE.

Mes volontés fuivent les vôtres,
Je n'en fçaurois plus avoir d'autres;
Mais votre oracle, enfin, vient de me féparer
De deux fœurs, & du roi mon pere,
Que mon trépas imaginaire
Réduit tous trois à me pleurer.
Pour diffiper l'erreur dont leur ame accablée
De mortels déplaifirs fe voit pour moi comblée,
Souffrez que mes fœurs foient témoins
Et de ma gloire & de vos foins.
Prêtez-leur, comme à moi, les aîles du Zéphire,
Qui leur puiffent de votre empire,
Ainfi qu'à moi, faciliter l'accès;
Faites-leur voir en quel lieu je refpire,
Faites-leur, de ma perte, admirer le fuccès.

L'AMOUR.

Vous ne me donnez pas, Pfiché, toute votre ame.
Ce tendre fouvenir d'un pere & de deux fœurs,
Me vole une part des douceurs
Que je veux toutes pour ma flâme.
N'ayez d'yeux que pour moi, qui n'en ai que pour vous;
Ne fongez qu'à m'aimer, ne fongez qu'à me plaire;
Et, quand de tels foucis ofent vous en diftraire.....

PSICHE.

Des tendreſſes du ſang peut-on être jaloux ?

L'AMOUR.

Je le ſuis, ma Pſiché, de toute la nature.

Les rayons du ſoleil vous baiſent trop ſouvent ;

Vos cheveux ſouffrent trop les careſſes du vent,

   Dès qu'il les flate, j'en murmure ;

   L'air même que vous reſpirez,

Avec trop de plaiſir paſſe par votre bouche ;

   Votre habit de trop près vous touche ;

   Et, ſi-tôt que vous ſoupirez,

   Je ne ſçais quoi, qui m'effarouche,

Craint, parmi vos ſoupirs, des ſoupirs égarés.

Mais vous voulez vos ſœurs ; allez, partez, Zéphire,

   Pſiché le veut, je ne l'en puis dédire.

    [*Zéphire s'envole.*]

SCENE IV.

L'AMOUR, PSICHE.

L'AMOUR.

Quand vous leur ferez voir ce bienheureux ſéjour,

De ſes tréſors faites-leur cent largeſſes,

   Prodiguez-leur careſſes ſur careſſes ;

Et du ſang, s'il ſe peut, épuiſez les tendreſſes,

   Pour vous rendre toute à l'amour.

Je n'y mêlerai point d'importune préſence,

Mais ne leur faites pas de fi longs entretiens ;
Vous ne fçauriez pour eux avoir de complaifance,
Que vous ne dérobiez aux miens.

PSICHE.

Votre amour me fait une grace,
Dont je n'abuferai jamais,

L'AMOUR.

Allons voir cependant ces jardins, ce palais,
Où vous ne verrez rien que votre éclat n'efface.
Et vous, petits Amours, & vous, jeunes Zéphirs,
Qui, pour ames, n'avez que de tendres foupirs,
Montrez tous à l'envi ce qu'à voir ma princeffe
Vous avez fenti d'allégreffe.

Fin du troifiéme Acte.

Blondel Invenit   Joullain Sculpfit

III. INTERMÉDE.

L'AMOUR, PSICHE,
Un ZEPHIR *chantant*, deux AMOURS *chantans*,
Troupe d'AMOURS & de ZEPHIRS *danſans*.

ENTRÉE DE BALLET.

Les Amours & les Zéphirs, pour obéir à l'Amour, marquent par leurs danſes, la joye qu'ils ont de voir Pſiché.

UN ZEPHIR.

Aimable jeuneſſe,
Suivez la tendreſſe ;
Joignez aux beaux jours
La douceur des amours.
C'eſt pour vous ſurprendre,
Qu'on vous fait entendre
Qu'il faut éviter leurs ſoupirs,
Et craindre leurs déſirs ;
Laiſſez-vous apprendre
Quels ſont leurs plaiſirs.

LES DEUX AMOURS ENSEMBLE.

Chacun eſt obligé d'aimer
A ſon tour ;
Et plus on a de quoi charmer,
Plus on doit à l'amour.

1. AMOUR.

1. AMOUR.

Un cœur jeune & tendre
Eſt obligé de ſe rendre;
Il n'a point à prendre
De fâcheux détours.

LES DEUX AMOURS ENSEMBLE.

Chacun eſt obligé d'aimer
A ſon tour;
Et plus on a de quoi charmer,
Plus on doit à l'amour.

2. AMOUR.

Pourquoi ſe défendre?
Que ſert-il d'attendre?
Quand on perd un jour,
On le perd ſans retour.

LES DEUX AMOURS ENSEMBLE.

Chacun eſt obligé d'aimer
A ſon tour;
Et plus on a de quoi charmer,
Plus on doit à l'amour.

II. ENTRÉE DE BALLET.

Les deux troupes d'Amours & de Zéphirs recommencent leurs danses.

LE ZEPHIR.

L'Amour a des charmes,
Rendons-lui les armes;
Ses soins & ses pleurs
Ne sont pas sans douceurs.
Un cœur, pour le suivre,
A cent maux se livre.
Il faut, pour goûter ses appas,
Languir jusqu'au trépas;
Mais ce n'est pas vivre
Que de n'aimer pas.

LES DEUX AMOURS ENSEMBLE.

S'il faut des soins & des travaux
En aimant,
On est payé de mille maux
Par un heureux moment.

1. AMOUR.

On craint, on espére,
Il faut du myftére;
Mais on n'obtient guére
De bien sans tourment.

LES DEUX AMOURS ENSEMBLE.

S'il faut des foins & des travaux
En aimant,
On eft payé de mille maux
Par un heureux moment.

2. AMOUR.

Que peut-on mieux faire,
Qu'aimer & que plaire?
C'eft un foin charmant,
Que l'emploi d'un amant.

LES DEUX AMOURS ENSEMBLE.

S'il faut des foins & des travaux
En aimant,
On eft payé de mille maux
Par un heureux moment.

Fin du troifiéme Interméde.

Blondel inuenit

Jouffein fculpit

Y ij

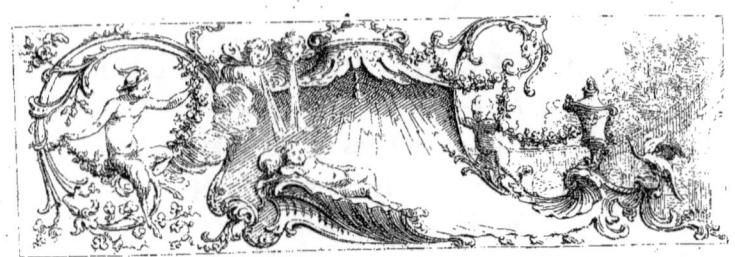

ACTE QUATRIÉME.

Le théatre repréfente un jardin fuperbe & charmant. On y voit des berceaux de verdure foutenus par des thermes d'or, décorés par des vafes d'orangers, & par des arbres chargés de toutes fortes de fruits. Le milieu du théatre eft rempli des fleurs les plus belles & les plus rares. On découvre dans l'enfoncement plufieurs dômes de rocailles, ornés de coquillages, de fontaines & de ftatuës ; & toute cette vûë fe termine par un magnifique palais.

SCENE PREMIERE.

AGLAURE, CIDIPPE.

AGLAURE.

E n'en puis plus, ma fœur, j'ai vû trop de
    merveilles,
L'avenir aura peine à les bien concevoir ;
Le foleil qui voit tout, & qui nous fait tout
    voir,
N'en a vû jamais de pareilles.
Elles me chagrinent l'efprit ;
Et ce brillant palais, ce pompeux équipage,
Font un odieux étalage

Qui m'accable de honte autant que de dépit.

Que la fortune indignement nous traite;
Et que fa largeffe indifcrette
Prodigue aveuglément, épuife, unit d'efforts,
Pour faire de tant de tréfors
Le partage d'une cadette!

CIDIPPE.

J'entre dans tous vos fentimens,
J'ai les mêmes chagrins; &, dans ces lieux charmans,
Tout ce qui vous déplaît, me bleffe;
Tout ce que vous prenez pour un mortel affront,
Comme vous m'accable, & me laiffe
L'amertume dans l'ame, & la rougeur au front.

AGLAURE.

Non, ma fœur, il n'eft point de reines
Qui, dans leur propre Etat, parlent en fouveraines
Comme Pfiché parle en ces lieux.
On l'y voit obéïe avec exactitude;
Et de fes volontés une amoureufe étude
Les cherche jufques dans fes yeux.
Mille beautés s'empreffent autour d'elle,
Et femblent dire à nos regards jaloux,
Quels que foient nos attraits, elle eft encor plus belle,
Et nous, qui la fervons, le fommes plus que vous.
Elle prononce, on éxécute;
Aucun ne s'en défend, aucun ne s'en rebute.
Flore, qui s'attache à fes pas,
Répand à pleines mains, autour de fa perfonne,

Ce qu'elle a de plus doux appas ;
Zéphire vole aux ordres qu'elle donne ;
Et son amante & lui, s'en laissant trop charmer,
Quittent, pour la servir, les soins de s'entr'aimer.

CIDIPPE.

Elle a des Dieux à son service,
Elle aura bientôt des autels ;
Et nous ne commandons qu'à de chétifs mortels,
De qui l'audace & le caprice
Contre nous, à toute heure, en secret révoltés,
Opposent à nos volontés
Ou le murmure, ou l'artifice.

AGLAURE.

C'étoit peu que, dans notre cour,
Tant de cœurs, à l'envi, nous l'eussent préférée ;
Ce n'étoit pas assez que, de nuit & de jour,
D'une foule d'amans elle y fût adorée ;
Quand nous nous consolions de la voir au tombeau
Par l'ordre imprévû d'un oracle,
Elle a voulu de son destin nouveau
Faire, en notre présence, éclater le miracle,
Et choisi nos yeux pour témoins
De ce qu'au fond du cœur, nous souhaitions le moins.

CIDIPPE.

Ce qui le plus me désespére,
C'est cet amant parfait & si digne de plaire
Qui se captive sous ses loix.
Quand nous pourrions choisir entre tous les monarques,

En eft-il un de tant de rois,

  Qui porte de fi nobles marques?

Se voir du bien par de-là fes fouhaits,

N'eft fouvent qu'un bonheur qui fait des miférables,

Il n'eft ni train pompeux, ni fuperbes palais

Qui n'ouvrent quelque porte à des maux incurables;

Mais avoir un amant d'un mérite achevé,

  Et s'en voir chérement aimée,

 C'eft un bonheur fi haut, fi relevé

 Que fa grandeur ne peut être exprimée.

AGLAURE

N'en parlons plus, ma fœur, nous en mourrions d'ennui.

  Songeons plûtôt à la vengeance;

Et trouvons le moyen de rompre entre elle & lui

  Cette adorable intelligence.

La voici. J'ai des coups tout prêts à lui porter,

  Qu'elle aura peine d'éviter.

SCENE II.

PSICHE, AGLAURE, CIDIPPE.

PSICHE.

JE viens vous dire adieu, mon amant vous renvoye;

  Et ne fçauroit plus endurer

Que vous lui retranchiez un moment de la joye

Qu'il prend de fe voir feul à me confidérer.

Dans un fimple regard, dans la moindre parole,

PSICHE,

Son amour trouve des douceurs
Qu'en faveur du fang je lui vole,
Quand je les partage à des fœurs.

AGLAURE.

La jaloufie eft affez fine ;
Et ces délicats fentimens
Méritent bien qu'on s'imagine
Que celui qui, pour vous, a ces empreffemens,
Paffe le commun des amans.
Je vous en parle ainfi, faute de le connoître.
Vous ignorez fon nom, & ceux dont il tient l'être,
Nos efprits en font alarmés.
Je le tiens un grand prince, & d'un pouvoir fuprême
Bien au de-là du diadême ;
Ses tréfors, fous vos pas, confufément femés
Ont dequoi faire honte à l'abondance même ;
Vous l'aimez autant qu'il vous aime ;
Il vous charme, & vous le charmez ;
Votre félicité, ma fœur, feroit extrême,
Si vous fçaviez qui vous aimez.

PSICHE.

Que m'importe ? J'en fuis aimée.
Plus il me voit, plus je lui plais ;
Il n'eft point de plaifirs dont l'ame foit charmée,
Qui ne préviennent mes fouhaits ;
Et je vois mal dequoi la vôtre eft alarmée,
Quand tout me fert dans ce palais.

AGLAURE.

AGLAURE.

Qu'importe qu'ici tout vous ferve,
Si toujours cet amant vous cache ce qu'il eſt ?
Nous ne nous alarmons que pour votre intérêt.
En vain tout vous y rit, en vain tout vous y plaît,
Le véritable amour ne fait point de réferve;
　　Et qui s'obſtine à ſe cacher,
Sent quelque choſe en foi qu'on lui peut reprocher.
　　Si cet amant devient volage,
Car fouvent, en amour, le change eſt affez doux;
　　Et, j'oſe le dire entre nous,
Pour grand que foit l'éclat dont brille ce viſage,
Il en peut être ailleurs d'auſſi belles que vous;
Si, dis-je, un autre objet fous d'autres loix l'engage,
　　Si, dans l'état où je vous voi,
　　Seule en fes mains, & fans défenſe,
　　Il va jufqu'à la violence,
　　Sur qui vous vengera le roi,
Ou de ce changement, ou de cette infolence ?

PSICHE.

Ma fœur, vous me faites trembler.
Jufte Ciel ! Pourrois-je être affez infortunée . . . . . .

CIDIPPE.

Que fçait-on fi déjà les nœuds de l'hyménée . . . . .

PSICHE.

N'achevez pas, ce feroit m'accabler.

AGLAURE.

Je n'ai plus qu'un mot à vous dire.

Ce prince qui vous aime, & qui commande aux vents,
Qui nous donne pour char les aîles du Zéphire,
Et de nouveaux plaifirs vous comble à tous momens,
Quand il rompt à vos yeux l'ordre de la nature,
Peut-être à tant d'amour mêle un peu d'impofture;
Peut-être ce palais n'eft qu'un enchantement;
Et ces lambris dorés, ces amas de richeffes
   Dont il achéte vos tendreffes,
Dès qu'il fera laffé de fouffrir vos careffes,
   Difparoîtront en un moment.
Vous fçavez, comme nous, ce que peuvent les charmes.

     PSICHE.

Que je fens à mon tour de cruelles alarmes!

     AGLAURE.

 Notre amitié ne veut que votre bien.

     PSICHE.

Adieu, mes fœurs, finiffons l'entretien,
J'aime, & je crains qu'on ne s'impatiente.
  Partez; & demain, fi je puis,
  Vous me verrez, ou plus contente,
Ou dans l'accablement des plus mortels ennuis.

     AGLAURE.

Nous allons dire au roi quelle nouvelle gloire,
Quel excès de bonheur le Ciel répand fur vous.

     CIDIPPE.

Nous allons lui conter d'un changement fi doux
 La furprenante & merveilleufe hiftoire.

PSICHE.

Ne l'inquiétez point, ma sœur, de vos soupçons;
Et, quand vous lui peindrez un si charmant empire...

AGLAURE.

Nous sçavons toutes deux ce qu'il faut taire ou dire;
Et n'avons pas besoin, sur ce point, de leçons.

[*Un nuage descend, qui enveloppe les deux sœurs de Psiché;
Zéphire les enléve dans les airs.*]

SCENE III.
L'AMOUR, PSICHE.
L'AMOUR.

ENfin, vous étes seule, & je puis vous redire,
    Sans avoir pour témoins vos importunes sœurs,
Ce que des yeux si beaux ont pris sur moi d'empire,
        Et quel excès ont les douceurs
        Qu'une sincére ardeur inspire,
        Si-tôt qu'elle assemble deux cœurs.
Je puis vous expliquer de mon ame ravie
        Les amoureux empressemens;
    Et vous jurer qu'à vous seule asservie
Elle n'a pour objet de ses ravissemens,
Que de voir cette ardeur de même ardeur suivie,
        Ne concevoir plus d'autre envie
        Que de regler mes vœux sur vos désirs;
Et, de ce qui vous plaît, faire tous mes plaisirs.
        Mais d'où vient qu'un triste nuage

Z ij

Semble offufquer l'éclat de ces beaux yeux ?
Vous manque-t-il quelque chofe en ces lieux ?
Des vœux qu'on vous y rend dédaignez-vous l'hommage ?

PSICHE.

Non, Seigneur.

L'AMOUR.

Qu'eft-ce donc ? Et d'où vient mon malheur?
J'entends moins de foupirs d'amour, que de douleur;
Je vois de votre teint les rofes amorties
Marquer un déplaifir fecret;
Vos fœurs à peine font parties,
Que vous foupirez de regret.
Ah! Pfiché, de deux cœurs quand l'ardeur eft la même,
Ont-ils des foupirs différens ?
Et, quand on aime bien, & qu'on voit ce qu'on aime,
Peut-on fonger à des parens?

PSICHE.

Ce n'eft point là ce qui m'afflige.

L'AMOUR.

Eft-ce l'abfence d'un rival,
Et d'un rival aimé, qui fait qu'on me néglige?

PSICHE.

Dans un cœur tout à vous que vous pénétrez mal!
Je vous aime; Seigneur, & mon amour s'irrite
De l'indigne foupçon que vous avez formé.
Vous ne connoiffez pas quel eft votre mérite,
Si vous craignez de n'être pas aimé.
Je vous aime; &, depuis que j'ai vû la lumiére,

Je me fuis montrée affez fiére
Pour dédaigner les vœux de plus d'un roi ;
Et, s'il vous faut ouvrir mon ame toute entiére,
Je n'ai trouvé que vous qui fût digne de moi.

Cependant j'ai quelque trifteffe
Qu'en vain je voudrois vous cacher ;
Un noir chagrin fe mêle à toute ma tendreffe,
Dont je ne la puis détacher.

Ne m'en demandez point la caufe,
Peut-être, la fçachant, voudrez-vous m'en punir ;
Et, fi j'ofe afpirer encore à quelque chofe,
Je fuis fûre du moins de ne point l'obtenir.

L'AMOUR.

Et ne craignez-vous point qu'à mon tour je m'irrite
Que vous connoiffiez mal quel eft votre mérite,
Ou feigniez de ne pas fçavoir
Quel eft fur moi votre abfolu pouvoir ?
Ah ! Si vous en doutez, foyez défabufée,
Parlez.

PSICHE.

J'aurai l'affront de me voir refufée.

L'AMOUR.

Prenez en ma faveur de meilleurs fentimens,
L'expérience en eft aifée ;
Parlez, tout fe tient prêt à vos commandemens.
Si, pour m'en croire, il vous faut des fermens,
J'en jure vos beaux yeux, ces maîtres de mon ame,
Ces divins auteurs de ma flâme ;

PSICHE,

Et, fi ce n'eft affez d'en jurer vos beaux yeux,
J'en jure par le ftyx, comme jurent les Dieux.

PSICHE.

J'ofe craindre un peu moins après cette affûrance.
Seigneur, je vois ici la pompe & l'abondance,
Je vous adore, & vous m'aimez,
Mon cœur en eft ravi, mes fens en font charmés ;
Mais, parmi ce bonheur fuprême,
J'ai le malheur de ne fçavoir qui j'aime.
Diffipez cet aveuglement,
Et faites-moi connoître un fi parfait amant.

L'AMOUR.

Pfiché, que venez-vous de dire ?

PSICHE.

Que c'eft le bonheur où j'afpire,
Et, fi vous ne me l'accordez....

L'AMOUR.

Je l'ai juré, je n'en fuis plus le maître ;
Mais vous ne fçavez pas ce que vous demandez.
Laiffez-moi mon fecret. Si je me fais connoître,
Je vous perds, & vous me perdez.
Le feul reméde eft de vous en dédire.

PSICHE.

C'eft là fur vous mon fouverain empire ?

L'AMOUR.

Vous pouvez tout, & je fuis tout à vous.
Mais, fi nos feux vous femblent doux,
Ne mettez point d'obftacle à leur charmante fuite ;

Ne me forcez point à la fuite ;
C'eſt le moindre malheur qui nous puiſſe arriver
D'un ſouhait qui vous a ſéduite.

PSICHE.

Seigneur, vous voulez m'éprouver ;
Mais je ſçais ce que j'en dois croire.
De grace, apprenez-moi tout l'excès de ma gloire ;
Et ne me cachez plus pour quel illuſtre choix
J'ai rejetté les vœux de tant de rois.

L'AMOUR.

Le voulez-vous ?

PSICHE.

Souffrez que je vous en conjure.

L'AMOUR.

Si vous ſçaviez, Pſiché, la cruelle avanture
Que par là vous vous attirez....

PSICHE.

Seigneur, vous me déſeſperez.

L'AMOUR.

Penſez-y bien ; je puis encor me taire.

PSICHE.

Faites-vous des ſermens pour n'y point ſatisfaire ?

L'AMOUR.

Hé bien, je ſuis le Dieu le plus puiſſant des Dieux,
Abſolu ſur la terre, abſolu dans les Cieux ;
Dans les eaux, dans les airs, mon pouvoir eſt ſuprême ;
En un mot je ſuis l'Amour même,
Qui de mes propres traits m'étois bleſſé pour vous ;

Et, fans la violence, hélas ! que vous me faites,
Et qui vient de changer mon amour en courroux,
  Vous m'alliez avoir pour époux.
  Vos volontés font fatisfaites,
  Vous avez fçû qui vous aimiez,
 Vous connoiffez l'amant que vous charmiez,
  Pfiché, voyez où vous en étes.
Vous me forcez vous-même à vous quitter,
Vous me forcez vous-même à vous ôter
  Tout l'effet de votre victoire.
Peut-être vos beaux yeux ne me reverront plus.
Ce palais, ces jardins, avec moi, difparus
Vont faire évanouir votre naiffante gloire ;
  Vous n'avez pas voulu m'en croire ;
 Et, pour tout fruit de ce doute éclairci,
  Le Deftin, fous qui le Ciel tremble,
Plus fort que mon amour, que tous les Dieux enfemble,
Vous va montrer fa haine, & me chaffe d'ici.

  [*L'Amour s'envole, & le jardin s'évanouit.*]

SCENE IV.

Le théatre repréfente un défert, & les bords fauvages d'un fleuve.

PSICHE, LE DIEU DU FLEUVE
affis fur un amas de rofeaux, & appuyé fur une urne.

PSICHE.

CRuel deftin ! Funefte inquiétude !
  Fatale curiofité !

      Qu'avez-

Qu'avez-vous fait, affreufe folitude,
 De toute ma félicité ?
J'aimois un Dieu, j'en étois adorée,
Mon bonheur redoubloit de moment en moment ;
 Et je me vois feule, éplorée,
Au milieu d'un défert, où, pour accablement,
 Et confufe, & défefpérée,
Je fens croître l'amour, quand j'ai perdu l'amant.
 Le fouvenir m'en charme & m'empoifonne,
Sa douceur tyrannife un cœur infortuné
Qu'aux plus cuifans chagrins ma flâme a condamné.
 O Ciel ! Quand l'Amour m'abandonne,
Pourquoi me laiffe-t-il l'amour qu'il m'a donné ?
Source de tous les biens inépuifable & pure,
 Maître des hommes & des Dieux,
 Cher auteur des maux que j'endure,
Etes-vous pour jamais difparu de mes yeux ?
 Je vous en ai banni moi-même ;
Dans un excès d'amour, dans un bonheur extrême,
D'un indigne foupçon mon cœur s'eft alarmé ;
Cœur ingrat, tu n'avois qu'un feu mal allumé,
Et l'on ne peut vouloir, du moment que l'on aime,
 Que ce que veut l'objet aimé.
Mourons, c'eft le parti qui feul me refte à fuivre,
 Après la perte que je fais.
 Pour qui, grands Dieux, voudrois-je vivre,
 Et pour qui former des fouhaits ?

Fleuve, de qui les eaux baignent ces triftes fables,

Enféveli mon crime dans tes flots;

Et, pour finir des maux fi déplorables,

Laiffe-moi, dans ton lit, affûrer mon repos.

LE DIEU DU FLEUVE.

Ton trépas fouilleroit mes ondes,

Pfiché, le Ciel te le défend;

Et peut-être qu'après des douleurs fi profondes,

Un autre fort t'attend.

Fui plûtôt de Vénus l'implacable colére.

Je la vois qui te cherche & qui te veut punir;

L'amour du fils a fait la haine de la mere,

Fui, je fçaurai la retenir.

PSICHE.

J'attends fes fureurs vengereffes;

Qu'auront-elles pour moi qui ne me foit trop doux?

Qui cherche le trépas, ne craint Dieux, ni Déeffes,

Et peut braver tout leur courroux.

SCENE V.

VENUS, PSICHE, LE DIEU DU FLEUVE.

VENUS.

ORgueilleufe Pfiché, vous m'ofez donc attendre,

Après m'avoir fur terre enlevé mes honneurs,

Après que vos traits fuborneurs

Ont reçû les encens qu'aux miens feuls on doit rendre?

J'ai vû mes Temples défertés,
J'ai vû tous les mortels, féduits par vos beautés,
Idolâtrer en vous la beauté fouveraine,
Vous offrir des refpects jufqu'alors inconnus,
  Et ne fe mettre pas en peine
  S'il étoit une autre Vénus;
  Et je vous vois encor l'audace
De n'en pas redouter les juftes châtimens,
  Et de me regarder en face,
Comme fi c'étoit peu que mes reffentimens?

PSICHE.

Si de quelques mortels on m'a vûë adorée,
Eft-ce un crime pour moi d'avoir eu des appas,
  Dont leur ame inconfidérée
Laiffoit charmer des yeux qui ne vous voyoient pas?
  Je fuis ce que le Ciel m'a faite,
Je n'ai que les beautés qu'il m'a voulu prêter;
Si les vœux qu'on m'offroit vous ont mal fatisfaite,
Pour forcer tous les cœurs à vous les reporter,
  Vous n'aviez qu'à vous préfenter,
Qu'à ne leur cacher plus cette beauté parfaite
  Qui, pour les rendre à leur devoir,
Pour fe faire adorer, n'a qu'à fe faire voir.

VENUS.

  Il falloit vous en mieux défendre.
Ces refpects, ces encens fe doivent refufer;
  Et, pour les mieux défabufer,
Il falloit, à leurs yeux, vous-même me les rendre.

Vous avez aimé cette erreur
Pour qui vous ne deviez avoir que de l'horreur;
Vous avez bien fait plus. Votre humeur arrogante,
Sur le mépris de mille rois,
Jusques aux Cieux, a porté de son choix
L'ambition extravagante.

PSICHE.

J'aurois porté mon choix, Déesse, jusqu'aux Cieux?

VENUS.

Votre insolence est sans seconde.
Dédaigner tous les rois du monde,
N'est-ce pas aspirer aux Dieux?

PSICHE.

Si l'Amour pour eux tous m'avoit endurci l'ame,
Et me réservoit toute à lui,
En puis-je être coupable? & faut-il qu'aujourd'hui,
Pour prix d'une si belle flâme,
Vous vouliez m'accabler d'un éternel ennui?

VENUS.

Psiché, vous deviez mieux connoître
Qui vous étiez, & quel étoit ce Dieu.

PSICHE.

Et m'en a-t-il donné ni le tems, ni le lieu,
Lui qui de tout mon cœur d'abord s'est rendu maître?

VENUS.

Tout votre cœur s'en est laissé charmer,
Et vous l'avez aimé dès qu'il vous a dit, j'aime.

PSICHE.

Pouvois-je n'aimer pas le Dieu qui fait aimer,
  Et qui me parloit pour lui-même?
 C'eſt votre fils, vous ſçavez ſon pouvoir,
  Vous en connoiſſez le mérite.

VENUS.

Oui, c'eſt mon fils; mais un fils qui m'irrite,
Un fils qui me rend mal ce qu'il ſçait me devoir,
  Un fils qui fait qu'on m'abandonne,
Et qui, pour mieux flater ſes indignes amours,
Depuis que vous l'aimez, ne bleſſe plus perſonne
Qui vienne à mes autels implorer mon ſecours.

  Vous m'en avez fait un rébelle,
On m'en verra vengée, & hautement, ſur vous;
Et je vous apprendrai s'il faut qu'une mortelle
  Souffre qu'un Dieu ſoupire à ſes genoux.
Suivez-moi; vous verrez, par votre expérience,
  A quelle folle confiance
  Vous portoit cette ambition.
Venez, & préparez autant de patience,
  Qu'on vous voit de préſomption.

Fin du quatriéme Acte.

IV. INTERMÉDE.

LA scene repréfente les enfers. On y voit une mer toute de feu, dont les flots font dans une perpétuelle agitation. Cette mer effroyable eft bornée par des ruines enflammées ; &, au milieu de fes flots agités, au travers d'une gueule affreufe, paroît le palais infernal de Pluton.

I. ENTRÉE DE BALLET.

DEs Furies fe réjouiffent d'avoir allumé la rage dans l'ame de la plus douce des Divinités.

II. ENTRÉE DE BALLET.

DEs Lutins, faifant des fauts périlleux, fe mêlent avec les Furies, & effayent d'épouvanter Pfiché ; mais les charmes de fa beauté obligent les Furies & les Lutins à fe retirer.

Fin du quatriéme Interméde.

ACTE CINQUIÉME.

*Pſiché paſſe dans une barque, & paroît avec la boëte qu'elle a été
demander à Proſerpine de la part de Vénus.*

SCENE PREMIERE.

PSICHE.

EFFROYABLES replis des ondes infernales,
Noirs palais, où Mégére & ſes ſœurs font
  leur cour,
   Eternels ennemis du jour
Parmi vos Ixions, & parmi vos Tantales,
Parmi tant de tourmens qui n'ont point d'intervalles,
  Eſt-il dans votre affreux ſéjour
  Quelques peines qui ſoient égales
Aux travaux où Vénus condamne mon amour?
  Elle n'en peut être aſſouvie;
Et, depuis qu'à ſes loix je me trouve aſſervie,
Depuis qu'elle me livre à ſes reſſentimens,
 Il m'a fallu, dans ces cruels momens,
  Plus d'une ame, & plus d'une vie,
  Pour remplir ſes commandemens.

Je fouffrirois tout avec joye,
Si, parmi les rigueurs que fa haine déploye,
Mes yeux pouvoient revoir, ne fût-ce qu'un moment,
Ce cher, cet adorable amant.
Je n'ofe le nommer; ma bouche criminelle
D'avoir trop exigé de lui,
S'en eft renduë indigne; &, dans ce dur ennui,
La fouffrance la plus mortelle
Dont m'accable, à toute heure, un renaiffant trépas,
Eft celle de ne le voir pas.
Si fon courroux duroit encore,
Jamais aucun malheur n'approcheroit du mien;
Mais s'il avoit pitié d'une ame qui l'adore,
Quoiqu'il fallût fouffrir, je ne fouffrirois rien.
Oui, Deftins, s'il calmoit cette jufte colére,
Tous mes malheurs feroient finis;
Pour me rendre infenfible aux fureurs de la mere,
Il ne faut qu'un regard du fils.
Je n'en veux plus douter, il partage ma peine,
Il voit ce que je fouffre, & fouffre comme moi;
Tout ce que j'endure le gêne,
Lui-même il s'en impofe une amoureufe loi.
En dépit de Vénus, en dépit de mon crime,
C'eft lui qui me foutient, c'eft lui qui me ranime
Au milieu des périls où l'on me fait courir;
Il garde la tendreffe où fon feu le convie,
Et prend foin de me rendre une nouvelle vie,
Chaque fois qu'il me faut mourrir.

Mais

Mais que me veulent ces deux ombres,
Qu'à travers le faux jour de ces demeures fombres
J'entrevois s'avancer vers moi?

SCENE II.

PSICHE, CLEOMENE, AGENOR.

PSICHE.

CLéoméne, Agénor, eft-ce vous que je voi?
Qui vous a ravi la lumiére?

CLEOMENE.

La plus jufte douleur, qui d'un beau défefpoir
Nous eût pû fournir la matiére;
Cette pompe funébre, où du fort le plus noir
Vous attendiez la rigueur la plus fiére,
L'injuftice la plus entiére.

AGENOR.

Sur ce même rocher, où le Ciel en courroux
Vous promettoit, au lieu dépoux,
Un ferpent, dont foudain vous feriez dévorée,
Nous tenions la main préparée
A repouffer fa rage, ou mourir avec vous.
Vous le fçavez, Princeffe; & lorfqu'à notre vûë,
Par le milieu des airs vous étes difparuë;
Du haut de ce rocher, pour fuivre vos beautés,
Ou plûtôt pour goûter cette amoureufe joye
D'offrir pour vous au monftre une premiére proye,

Tome VI. B b

D'amour & de douleur l'un & l'autre emportés,
Nous nous sommes précipités.

CLEOMENE.

Heureufement déçûs au fens de votre oracle,
Nous en avons ici reconnu le miracle;
Et fçû que le ferpent prêt à vous dévorer,
Etoit le Dieu qui fait qu'on aime;
Et qui, tout Dieu qu'il eft, vous adorant lui-même,
Ne pouvoit endurer
Qu'un mortel, comme nous, ofât vous adorer.

AGENOR.

Pour prix de vous avoir fuivie,
Nous jouiffons ici d'un trépas affez doux.
Qu'avions-nous affaire de vie,
Si nous ne pouvions être à vous?
Nous revoyons ici vos charmes,
Qu'aucun des deux là-haut n'auroit revûs jamais.
Heureux, fi nous voyons la moindre de vos larmes
Honorer des malheurs que vous nous avez faits.

PSICHE.

Puis-je avoir des larmes de refte,
Après qu'on a porté les miens au dernier point?
Uniffons nos foupirs dans un fort fi funefte,
Les foupirs ne s'épuifent point;
Mais vous foupireriez, Princes, pour une ingrate.
Vous n'avez point voulu furvivre à mes malheurs;
Et, quelque douleur qui m'abbatte,
Ce n'eft point pour vous que je meurs.

CLEOMENE.

L'avons-nous mérité, nous, dont toute la flâme
N'a fait que vous laffer du récit de nos maux?

PSICHE.

Vous pouviez mériter, Princes, toute mon ame,
Si vous n'euffiez été rivaux.
Ces qualités incomparables,
Qui de l'un & de l'autre accompagnoient les vœux,
Vous rendoient tous deux trop aimables,
Pour méprifer aucun des deux.

AGENOR.

Vous avez pû, fans être injufte, ni cruelle,
Nous refufer un cœur réfervé pour un Dieu.
Mais revoyez Vénus. Le Deftin nous rappelle,
Et nous force à vous dire adieu.

PSICHE.

Ne vous donne-t-il point le loifir de me dire
Quel eft ici votre féjour?

CLEOMENE.

Dans des bois toujours verds, où d'amour on refpire.
Auffi-tôt qu'on eft mort d'amour,
D'amour on y revit, d'amour on y foupire,
Sous les plus douces loix de fon heureux empire;
Et l'éternelle nuit n'ofe en chaffer le jour
Que lui-même il attire
Sur nos fantômes qu'il infpire,
Et dont, aux enfers même, il fe fait une cour.

Bb ij

PSICHE,

AGENOR.

Vos envieuſes ſœurs, après nous deſcenduës,
Pour vous perdre, ſe ſont perduës ;
Et l'une & l'autre, tour à tour,
Pour le prix d'un conſeil qui leur coûte la vie,
A côté d'Ixion, à côté de Titye,
Souffre tantôt la rouë, & tantôt le vautour.
L'Amour par les Zéphirs s'eſt fait promte juſtice
De leur envenimée & jalouſe malice ;
Ces miniſtres aîlez de ſon juſte courroux,
Sous couleur de les rendre encore auprès de vous,
Ont plongé l'une & l'autre au fond d'un précipice,
Où le ſpectacle affreux de leurs corps déchirés,
N'étale que le moindre & le premier ſupplice
De ces conſeils dont l'artifice
Fait les maux dont vous ſoupirez.

PSICHE.

Que je les plains !

CLEOMENE.

Vous étes ſeule à plaindre.

Mais nous demeurons trop à vous entretenir ;
Adieu. Puiſſions-nous vivre en votre ſouvenir !
Puiſſiez-vous, & bien-tôt, n'avoir plus rien à craindre !
Puiſſe, & bien-tôt, l'Amour vous enlever aux Cieux,
Vous y mettre à côté des Dieux ;
Et, rallumant un feu qui ne ſe puiſſe éteindre,
Affranchir à jamais l'éclat de vos beaux yeux,
D'augmenter le jour en ces lieux !

SCENE III.
PSICHE *feule.*

Pauvres amans! Leur amour dure encore;
  Tout morts qu'ils font, l'un & l'autre m'adore,
Moi, dont la dureté reçût fi mal leurs vœux.
Tu n'en fais pas ainfi, toi qui feul m'as ravie,
Amant, que j'aime encor cent fois plus que ma vie,
      Et qui brifes de fi beaux nœuds.
  Ne me fui plus, & fouffre que j'efpére
Que tu pourras un jour rabaiffer l'œil fur moi;
Qu'à force de fouffrir j'aurai de quoi te plaire,
      De quoi me rengager ta foi.
Mais ce que j'ai fouffert m'a trop défigurée,
      Pour rappeller un tel efpoir;
      L'œil abbattu, trifte, défefpérée,
      Languiffante & décolorée,
      De quoi puis-je me prévaloir,
Si, par quelque miracle impoffible à prévoir,
Ma beauté qui t'a plû ne fe voit réparée?
      Je porte ici de quoi la réparer.
      Ce tréfor de beauté divine,
Qu'en mes mains, pour Vénus, a remis Proferpine,
Enferme des appas dont je puis m'emparer;
      Et l'éclat en doit être extrême,
      Puifque Vénus, la beauté même,

Les demande pour fe parer.
En dérober un peu feroit-ce un fi grand crime?
Pour plaire aux yeux d'un Dieu qui s'eft fait mon amant,
Pour regagner fon cœur & finir mon tourment,
   Tout n'eft-il pas trop légitime?
Ouvrons. Quelles vapeurs m'offufquent le cerveau,
Et que vois-je fortir de cette boëte ouverte?
Amour, fi ta pitié ne s'oppofe à ma perte,
Pour ne revivre plus, je defcends au tombeau.
   [*Pfiché s'évanouit.*]

S C E N E   I V.

L'AMOUR, PSICHE *évanouie.*

L'AMOUR.

Votre péril, Pfiché, diffipe ma colére,
 Ou plûtôt de mes feux l'ardeur n'a point ceffé;
Et, bien qu'au dernier point vous m'ayez fçû déplaire,
  Je ne me fuis intéreffé
  Que contre celle de ma mere.
J'ai vû tous vos travaux, j'ai fuivi vos malheurs,
Mes foupirs ont par tout accompagné vos pleurs;
Tournez les yeux vers moi, je fuis encor le même.
Quoi! Je dis & redis tout haut que je vous aime,
Et vous ne dites point, Pfiché, que vous m'aimez?
Eft-ce que pour jamais vos beaux yeux font fermés,
Qu'à jamais la clarté leur vient d'être ravie?

O mort, devois-tu prendre un dard ſi criminel?

Et, ſans aucun reſpect pour mon être éternel,

  Attenter à ma propre vie?

 Combien de fois, ingrate Déïté,

  Ai-je groſſi ton noir empire,

 Par les mépris & par la cruauté

 D'une orgueilleuſe ou farouche beauté?

  Combien même, s'il le faut dire,

 T'ai-je immolé de fidéles amans

  A force de raviſſemens?

  Va, je ne bleſſerai plus d'ames,

  Je ne percerai plus de cœurs

Qu'avec des dards trempés aux divines liqueurs,

Qui nourriſſent du Ciel les immortelles flâmes;

Et n'en lancerai plus que pour faire à tes yeux

  Autant d'amans, autant de Dieux.

  Et vous, impitoyable mere,

  Qui la forcez à m'arracher

  Tout ce que j'avois de plus cher,

Craignez à votre tour l'effet de ma colére.

  Vous me voulez faire la loi,

Vous qu'on voit ſi ſouvent la recevoir de moi?

Vous, qui portez un cœur ſenſible comme un autre,

Vous enviez au mien les délices du vôtre?

Mais, dans ce même cœur, j'enfoncerai des coups

Qui ne ſeront ſuivis que de chagrins jaloux;

Je vous accablerai de honteuſes ſurpriſes;

Et choiſirai, par tout, à vos vœux les plus doux

Des Adonis & des Anchiſes,
Qui n'auront que haine pour vous.

SCENE V.

VENUS, L'AMOUR, PSICHE *évanouie.*

VENUS.

L A menace eſt reſpectueuſe ;
Et d'un enfant, qui fait le révolté,
La colére préſomptueuſe . . . . .

L'AMOUR.

Je ne ſuis plus enfant, & je l'ai trop été ;
Et ma colére eſt juſte autant qu'impétueuſe.

VENUS.

L'impétuoſité s'en devroit retenir ;
Et vous pourriez vous ſouvenir
Que vous me devez la naiſſance.

L'AMOUR.

Et vous pourriez n'oublier pas
Que vous avez un cœur & des appas
Qui relévent de ma puiſſance ;
Que mon arc, de la vôtre, eſt l'unique ſoutien ;
Que, ſans mes traits, elle n'eſt rien ;
Et que, ſi les cœurs les plus braves,
En triomphe, par vous, ſe ſont laiſſés traîner,
Vous n'avez jamais fait d'eſclaves,
Que ceux qu'il m'a plû d'enchaîner.

Ne

Ne me vantez donc plus ces droits de la naiffance
Qui tyrannifent mes défirs ;
Et , fi vous ne voulez perdre mille foupirs ,
Songez , en me voyant , à la reconnoiffance ,
Vous , qui tenez de ma puiffance
Et votre gloire & vos plaifirs.

VENUS.

Comment l'avez-vous défenduë ,
Cette gloire dont vous parlez ?
Comment me l'avez-vous renduë ?
Et , quand vous avez vû mes autels défolés ,
Mes Temples violés ,
Mes honneurs ravalés ,
Si vous avez pris part à tant d'ignominie ,
Comment en a-t-on vû punie
Pfiché qui me les a volés ?
Je vous ai commandé de la rendre charmée
Du plus vil de tous les mortels ,
Qui ne daignât répondre à fon ame enflammée
Que par des rebuts éternels ,
Par les mépris les plus crüels ;
Et vous-même l'avez aimée !
Vous avez contre moi féduit des immortels ;
C'eft pour vous qu'à mes yeux les Zéphirs l'ont cachée ,
Qu'Apollon même fuborné ,
Par un oracle adroitement tourné ,
Me l'avoit fi bien arrachée
Que , fi fa curiofité ,

Tome V I.   C c

Par une aveugle défiance,

Ne l'eût renduë à ma vengeance,

Elle échapoit à mon cœur irrité.

Voyez l'état où votre amour l'a mife,

Votre Pfiché ; fon ame va partir,

Voyez ; &, fi la vôtre en eft encore éprife,

Recevez fon dernier foupir.

Menacez, bravez-moi, cependant qu'elle expire,

Tant d'infolence vous fiéd bien ;

Et je dois endurer, quoiqu'il vous plaife dire,

Moi qui, fans vos traits, ne puis rien.

L'AMOUR.

Vous ne pouvez que trop, Déeffe impitoyable,

Le Deftin l'abandonne à tout votre courroux ;

Mais foyez moins inexorable

Aux priéres, aux pleurs d'un fils à vos genoux.

Ce doit vous être un fpectacle affez doux

De voir d'un œil Pfiché mourante,

Et de l'autre ce fils, d'une voix fuppliante,

Ne vouloir plus tenir fon bonheur que de vous.

Rendez-moi ma Pfiché, rendez-lui tous fes charmes,

Rendez-la, Déeffe, à mes larmes ;

Rendez à mon amour, rendez à ma douleur

Le charme de mes yeux, & le choix de mon cœur.

VENUS.

Quelque amour que Pfiché vous donne,

De fes malheurs par moi n'attendez pas la fin ;

Si le Deftin me l'abandonne,

Je l'abandonne à fon deftin.
Ne m'importunez plus; &, dans cette infortune,
Laiffez-la, fans Vénus, triompher ou périr.

L'AMOUR.

Hélas! Si je vous importune,
Je ne le ferois pas, fi je pouvois mourir.

VENUS.

Cette douleur n'eft pas commune,
Qui force un immortel à fouhaiter la mort.

L'AMOUR.

Voyez, par fon excès, fi mon amour eft fort.
Ne lui ferez-vous grace aucune?

VENUS.

Je vous l'avouë, il me touche le cœur,
Votre amour; il défarme, il fléchit ma rigueur,
Votre Pfiché reverra la lumiére.

L'AMOUR.

Que je vous vais par tout faire donner d'encens!

VENUS.

Oui, vous la reverrez dans fa beauté premiére;
Mais de vos vœux reconnoiffans
Je veux la déférence entiére.
Je veux qu'un vray refpect laiffe à mon amitié
Vous choifir une autre moitié.

L'AMOUR.

Et moi, je ne veux plus de grace,
Je reprends toute mon audace,
Je veux Pfiché, je veux fa foi,

Je veux qu'elle revive., & revive pour moi;
Et tiens indifférent que votre haine laffe,
    En faveur d'une autre fe paffe.
Jupiter qui paroît va juger, entre nous,
De mes emportemens & de votre courroux.

Après quelques éclairs & des roulemens de tonnérre, Jupiter paroît
en l'air fur fon aigle, & defcend fur terre.

SCENE DERNIERE.

JUPITER, VENUS, L'AMOUR, PSICHE *évanouie*.

L'AMOUR.

V Ous, à qui feul tout eft poffible,
Pere des Dieux, fouverain des mortels,
Fléchiffez la rigueur d'une mere inflexible
    Qui, fans moi, n'auroit point d'autels.
J'ai pleuré, j'ai prié, je foupire, menace,
    Et perds menaces & foupirs.
Elle ne veut pas voir que de mes déplaifirs
Dépend du monde entier l'heureufe, ou trifte face;
    Et que, fi Pfiché perd le jour,
Si Pfiché n'eft à moi, je ne fuis plus l'Amour.
Oui, je romprai mon arc, je briferai mes fléches,
    J'éteindrai jufqu'à mon flambeau,
Je laifferai languir la nature au tombeau;

Ou, fi je daigne aux cœurs faire encor quelques bréches
Avec ces pointes d'or qui me font obéïr,
Je vous blefferai tous là-haut pour des mortelles,
  Et ne décocherai fur elles
Que des traits émouffés qui forcent à haïr,
  Et qui ne font que des rebelles,
  Des ingrates, & des cruelles.
  Par quelle tyrannique loi
Tiendrai-je à vous fervir mes armes toujours prêtes;
Et vous ferai-je à tous conquêtes fur conquêtes,
Si vous me défendez d'en faire une pour moi?
  JUPITER *à Vénus.*
  Ma fille, fois lui moins févére,
Tu tiens de fa Pfiché le deftin en tes mains,
La Parque, au moindre mot, va fuivre ta colére;
Parle, & laiffe-toi vaincre aux tendreffes de mere,
Ou redoute un courroux que moi-même je crains.
  Veux-tu donner le monde en proye
A la haine, au défordre, à la confufion;
  Et d'un Dieu d'union,
  D'un Dieu de douceurs & de joye,
Faire un Dieu d'amertume & de divifion?
  Confidére ce que nous fommes;
Et fi les paffions doivent nous dominer.
  Plus la vengeance a dequoi plaire aux hommes,
  Plus il fiéd bien aux Dieux de pardonner.
  VENUS.
  Je pardonne à ce fils rébelle;

PSICHE,

Mais voulez-vous qu'il me foit reproché
Qu'une miférable mortelle,
L'objet de mon courroux, l'orgueilleufe Pfiché,
Sous ombre qu'elle eft un peu belle,
Par un hymen, dont je rougis,
Souille mon alliance, & le lit de mon fils?

JUPITER.

Hé bien, je la fais immortelle,
Afin d'y rendre tout égal.

VENUS.

Je n'ai plus de mépris, ni de haine pour elle,
Et l'admets à l'honneur de ce nœud conjugal.
Pfiché, reprenez la lumiére,
Pour ne la reperdre jamais.
Jupiter a fait votre paix;
Et je quitte cette humeur fiére
Qui s'oppofoit à vos fouhaits.

PSICHE *fortant de fon évanouiffement.*

C'eft donc vous, ô grande Déeffe,
Qui redonnez la vie à ce cœur innocent?

VENUS.

Jupiter vous fait grace, & ma colére ceffe.
Vivez, Vénus l'ordonne; aimez, elle y confent.

PSICHE *à l'Amour.*

Je vous revois enfin, cher objet de ma flâme!

L'AMOUR *à Pfiché.*

Je vous poffède enfin, délices de mon ame!

JUPITER.

Venez, amans, venez aux Cieux
Achever un ſi grand & ſi digne hyménée.
Viens-y, belle Pſiché, changer de deſtinée,
Vien prendre place au rang des Dieux.

Fin du cinquiéme Acte.

V. INTERMÉDE.

Le théatre repréfente le Ciel. Le palais de Jupiter defcend, &
laiffe voir dans l'éloignement, par trois fuites de perfpective, les
autres palais des Dieux du Ciel les plus puiffans. Un nuage fort
du théatre, fur lequel l'Amour & Pfiché fe placent, & font enle-
vés par un fecond nuage, qui vient en defcendant fe joindre au
premier. Jupiter & Vénus fe croifent en l'air, dans leurs machi-
nes, & fe rangent près de l'Amour & de Pfiché.

Les Divinités qui avoient été partagées entre Vénus & fon fils,
fe réuniffent en les voyant d'accord ; & toutes enfemble par des
concerts, des chants, & des danfes, célébrent la fête des nôces
de l'Amour & de Pfiché.

JUPITER, VENUS, L'AMOUR, PSICHE,
 CHOEUR DES DIVINITES CELESTES.
APOLLON, LES MUSES, LES ARTS
 traveftis en Bergers.
BACCHUS, SILENE, SATYRES,
 EGYPANS, MENADES.
MOME, POLICHINELLES, MATASSINS.
MARS, TROUPE DE GUERRIERS.

APOLLON.

Uniffons-nous, troupe immortelle;
Le Dieu d'amour devient heureux amant,

Et

Et Vénus a repris sa douceur naturelle
En faveur d'un fils si charmant;
Il va goûter en paix, après un long tourment,
Une félicité qui doit être éternelle.

CHOEUR DES DIVINITES CELESTES.

Célébrons ce grand jour,
Célébrons tous une fête si belle;
Que nos chants en tous lieux en portent la nouvelle,
Qu'ils fassent retentir le céleste séjour.
Chantons, répétons tour à tour,
Qu'il n'est point d'ame si cruelle,
Qui, tôt ou tard, ne se rende à l'Amour.

BACCHUS.

SI, quelquefois,
Suivant nos douces loix,
La raison se perd & s'oublie,
Ce que le vin nous cause de folie
Commence & finit en un jour;
Mais quand un cœur est enyvré d'amour,
Souvent c'est pour toute la vie.

MOME.

JE cherche à médire,
Sur la terre & dans les Cieux;
Je soumets à ma satyre
Les plus grands des Dieux.

D d

Il n'eſt dans l'univers que l'Amour qui m'étonne,

Il eſt le ſeul que j'épargne aujourd'hui;

Il n'appartient qu'à lui

De n'épargner perſonne.

M A R S.

MEs plus fiers ennemis vaincus ou pleins d'effroi,

Ont vû toujours ma valeur triomphante;

L'Amour eſt le ſeul qui ſe vante

D'avoir pû triompher de moi.

CHOEUR DES DIVINITES CELESTES.

CHantons les plaiſirs charmans

Des heureux amans;

Que tout le Ciel s'empreſſe

A leur faire ſa cour.

Célébrons ce beau jour

Par mille doux chants d'allégreſſe,

Célébrons ce beau jour

Par mille doux chants pleins d'amour.

PREMIERE ENTRÉE DE BALLET.

SUITE D'APOLLON.

Danſe des Arts traveſtis en bergers.

A P O L L O N.

LE Dieu qui nous engage

A lui faire la cour

Défend qu'on ſoit trop ſage.

Les plaisirs ont leur tour,
C'est leur plus doux usage,
Que de finir les soins du jour.
La nuit est le partage
Des jeux & de l'amour.

Ce seroit grand dommage
Qu'en ce charmant séjour
On eût un cœur sauvage.
Les plaisirs ont leur tour,
C'est leur plus doux usage,
Que de finir les soins du jour.
La nuit est le partage
Des jeux & de l'amour.

DEUX MUSES.

Gardez-vous, beautés sévéres,
Les Amours font trop d'affaires;
Craignez toujours de vous laisser charmer.
Quand il faut que l'on soupire,
Tout le mal n'est pas de s'enflammer;
Le martyre
De le dire,
Coûte plus cent fois que d'aimer.

On ne peut aimer sans peines,
Il est peu de douces chaînes,
A tout moment on se sent alarmer;
Quand il faut que l'on soupire,

D d ij

Tout le mal n'eſt pas de s'enflammer ;
Le martyre
De le dire
Coûte plus cent fois que d'aimer.

II. ENTRÉE DE BALLET.

SUITE DE BACCHUS.

Danſe des Ménades & des Egypans.

BACCHUS.

ADmirons le jus de la treille ;
Qu'il eſt puiſſant, qu'il a d'attraits !
Il ſert aux douceurs de la paix,
Et dans la guerre il fait merveille ;
Mais, ſur tout pour les amours,
Le vin eſt d'un grand ſecours.
SILENE *monté ſur un âne.*

BAcchus veut qu'on boive à longs traits ;
On ne ſe plaint jamais
Sous ſon heureux empire ;
Tout le jour on n'y fait que rire ;
Et la nuit on y dort en paix.

Ce Dieu rend nos vœux ſatisfaits,
Que ſa cour a d'attraits !
Chantons-y bien ſa gloire.

Tout le jour on n'y fait que boire;

Et la nuit on y dort en paix.

SILENE & DEUX SATYRES *ensemble.*

Voulez-vous des douceurs parfaites?

Ne les cherchez qu'au fond des pots.

1. SATYRE.

Les grandeurs font fujettes

A mille peines fecrettes.

2. SATYRE.

L'Amour fait perdre le repos.

TOUS TROIS ENSEMBLE.

Voulez-vous des douceurs parfaites?

Ne les cherchez qu'au fond des pots.

1. SATYRE,

C'eft là que font les ris, les jeux, les chanfonnettes.

2. SATYRE.

C'eft dans le vin qu'on trouve les bons mots.

TOUS TROIS ENSEMBLE.

Voulez-vous des douceurs parfaites?

Ne les cherchez qu'au fond des pots.

III. ENTRÉE DE BALLET.

Deux autres Satyres enlévent Siléne de deffus fon âne, qui leur fert à voltiger, & à former des jeux agréables & furprenans.

IV. ENTRÉE DE BALLET.
SUITE DE MOME.

Danse de Polichinelles, & de Matassins.

MOME.

Folâtrons, divertissons-nous,
   Raillons, nous ne sçaurions mieux faire,
La raillerie est nécessaire
   Dans les jeux les plus doux.
Sans la douceur que l'on goûte à médire,
On trouve peu de plaisirs sans ennui;
   Rien n'est si plaisant que de rire,
   Quand on rit aux dépens d'autrui.

   Plaisantons, ne pardonnons rien,
   Rions, rien n'est plus à la mode;
   On court péril d'être incommode,
      En disant trop de bien.
Sans la douceur que l'on goûte à médire,
On trouve peu de plaisirs sans ennui;
   Rien n'est si plaisant que de rire,
   Quand on rit aux dépens d'autrui.

V. ENTRÉE DE BALLET.
SUITE DE MARS.

MARS.

L Aiſſons en paix toute la terre,
Cherchons de doux amuſemens;
Parmi les jeux les plus charmans,
Mêlons l'image de la guerre.

Quatre guerriers portant des maſſes & des boucliers, quatre autres armés de piques, & quatre autres avec des drapeaux, font en danſant une maniére d'exercice.

VI. & derniere ENTRÉE DE BALLET.

Les quatre troupes différentes de la ſuite d'Apollon, de Bacchus, de Mome & de Mars, s'uniſſent & ſe mêlent enſemble.

CHOEUR DES DIVINITES CELESTES.

C Hantons les plaiſirs charmans
Des heureux amans;
Répondez-nous, trompettes,
Timbales & tambours.
Accordez-vous toujours
Avec le doux ſon des muſettes;
Accordez-vous toujours
Avec le doux chant des amours.

Fin du cinquiéme Interméde.

NOMS DES PERSONNES QUI ONT RECITÉ,
dansé & chanté dans Psiché, Tragi-comédie, & Ballet.

DANS LE PROLOGUE.

Flore, *mademoiselle Hilaire.* Vertumne, *le sieur de la Grille.*
Sylvains dansans, *les sieurs Chicanneau, la Pierre, Favier, Magny.*
Dryades dansantes, *les sieurs de Lorge, Bonnard, Chauveau,*
Favre. Palemon, *le sieur Gaye.* Dieux des fleuves, dansans,
les sieurs Beauchamp, Mayeu, Desbrosses, & saint André cadet.
Nayades dansantes, *les sieurs l'Estang, Arnal, Favier le cadet,*
& Foignard le cadet. Chœur des Divinités chantantes de la
terre & des eaux . . . . . . Vénus, *mademoiselle de Brie.* Les
deux Graces, *mesdemoiselles la Thorilliere, & du Croisy.*
L'Amour, *le sieur la Thorilliere le fils.* Six Amours . . . .

DANS LA TRAGI-COMÉDIE.

L'Amour, *le sieur Baron.* Psiché, *mademoiselle Moliere.* Les
deux sœurs de Psiché, *mesdemoiselles Marotte & Beauval.* Le
Roi, *le sieur la Thorilliere.* Lycas, *le sieur Châteauneuf.* Les
deux amans de Psiché, *les sieurs Hubert & la Grange.* Vénus,
mademoiselle de Brie. Un Fleuve, *le sieur de Brie.* Jupiter,
le sieur du Croisy. Zéphire, *le sieur Moliere.* Suite du Roi . . .

DANS

DANS LE BALLET.

PREMIER INTERMEDE.

Femme défolée, *mademoifelle Hilaire*. Hommes affligés, *les fieurs Morel, & Langeais*. Hommes affligés danfans, *les fieurs Dolivet, le Chantre, faint André l'aîné, & faint André le cadet, la Montagne, & Foignard l'aîné*. Femmes affligées danfantes, *les fieurs Bonnard, Joubert, Dolivet le fils, Ifaac, Vaignard l'aîné, & Girard*.

DEUXIEME INTERMEDE.

Vulcain, *le fieur* ...... Cyclopes danfans, *les fieurs Beauchamp, Chicanneau, Mayeu, la Pierre, Favier, Desbroffes, Joubert, & faint André le cadet*. Fées danfantes, *les fieurs Noblet, Magny, de Lorge, Leftang, la Montagne, Foignard l'aîné, & Foignard le cadet, Vaignard l'aîné*.

TROISIEME INTERMEDE.

Zéphire chantant, *le fieur Jannot*. Deux Amours chantans, *les fieurs Renier, & Pierrot*. Zéphirs danfans, *les fieurs Boutteville, des-Airs, Artus, Vaignard le cadet, Germain, Pécourt, du Mirail, & Leftang le jeune*. Amours danfans, *le chevalier Pol, les fieurs Rouillant, Thibaut, la Montagne, Dolivet fils, Daluzeau, Vitrou, & la Thorilliere*.

QUATRIEME INTERMEDE.

Furies danfantes, *les fieurs Beauchamp, Hidieu, Chicanneau, Mayeu, Desbroffes, Magny, Foignard le cadet, Joubert, Lef-*

Tome VI. E e

tang, *Favier l'aîné*, *& faint André le cadet*. Lutins faifant des fauts périlleux, *les fieurs Cobus*, *Maurice*, *Poulet*, *& Petit-Jean*.

CINQUIEME INTERMEDE.

Apollon, *le fieur Langeais*. Arts, traveftis en bergers, danfans, *les fieurs Beauchamp*, *Chicanneau*, *la Pierre*, *Favier l'aîné*, *Magny*, *Noblet*, *Desbroffes*, *Leftang*, *Foignard l'aîné*, *& Foignard le cadet*. Deux Mufes chantantes, *mesdemoifelles Hilaire*, *& Desfronteaux*. Bacchus, *le fieur Gaye*. Ménades danfantes, *les fieurs Ifaac*, *Payfan*, *Joubert*, *Dolivet fils*, *Bretau*, *& Desforges*. Egypans danfans, *les fieurs Dolivet*, *Hidieu*, *le Chantre*, *Royer*, *faint André l'aîné*, *& faint André le cadet*. Siléne, *le fieur Blondel*. Satyres chantans, *les fieurs la Grille & Bernard*. Satyres voltigeurs, *les fieurs de Meniglaife*, *& de Vieux-amant*. Mome, *le fieur Morel*. Mataffins danfans, *les fieurs de Lorge*, *Bonnard*, *Arnal*, *Favier cadet*, *Goyer*, *& Bureau*. Polichinelles danfans, *les fieurs Manceau*, *Girard*, *la Valée*, *Favre*, *le Febure*, *& la Montagne*. Mars, *le fieur Eftival*. Conducteur de la fuite de Mars, *le fieur Rebel*. Suivans de Mars danfans. Guerriers avec des drapeaux, *les fieurs Beauchamp*, *Mayeu*, *la Pierre*, *& Favier*. Guerriers armés de piques, *les fieurs Noblet*, *Chicanneau*, *Magny*, *& Leftang*. Guerriers portant des maffes, & des boucliers, *les fieurs Camet*, *la Haye*, *le Duc*, *& du Buiffon*. Chœur des Divinités céleftes......

F I N.

LES FEMMES SÇAVANTES.

Page 247.

LES
FEMMES
SÇAVANTES,
COMÉDIE.

ACTEURS.

CHRISALE, bourgeois.

PHILAMINTE, femme de Chrisale.

ARMANDE,

HENRIETTE, } filles de Chrisale & de Philaminte.

ARISTE, frere de Chrisale.

BÉLISE, sœur de Chrisale.

CLITANDRE, amant d'Henriette.

TRISSOTIN, bel esprit.

VADIUS, sçavant.

MARTINE, servante.

L'ÉPINE, valet de Chrisale.

JULIEN, valet de Vadius.

UN NOTAIRE.

La scene est à Paris, dans la maison de Chrisale.

LES FEMMES
SÇAVANTES,
COMÉDIE.

ACTE PREMIER.
SCENE PREMIERE.
ARMANDE, HENRIETTE.
ARMANDE.

Quoi ! Le beau nom de fille eſt un titre,
    ma ſœur,
Dont vous vous voulez quitter la charmante
    douceur ;
Et de vous marier vous oſez faire fête ?
Ce vulgaire deſſein vous peut monter en tête ?

HENRIETTE.
Oui, ma ſœur.

ARMANDE.

Ah! Ce oui fe peut-il fupporter;
Et, fans un mal de cœur, fçauroit-on l'écouter?

HENRIETTE.

Qu'a donc le mariage en foi qui vous oblige,
Ma fœur...

ARMANDE.

Ah! Mon Dieu! Fi.

HENRIETTE.

Comment?

ARMANDE.

Ah! Fi, vous dis-je.
Ne concevez-vous point ce que, dès qu'on l'entend,
Un tel mot à l'efprit offre de dégoutant,
De quelle étrange image on eft par lui bleffée,
Sur quelle fale vûë il traîne la penfée?
N'en friffonnez-vous point? & pouvez-vous, ma fœur,
Aux fuites de ce mot réfoudre votre cœur?

HENRIETTE.

Les fuites de ce mot, quand je les envifage,
Me font voir un mari, des enfans, un ménage;
Et je ne vois rien là, fi j'en puis raifonner,
Qui bleffe la penfée, & faffe friffonner.

ARMANDE.

De tels attachemens, ô Ciel! font pour vous plaire.

HENRIETTE.

Et qu'eft-ce qu'à mon âge on a de mieux à faire,

Que d'attacher à foi, par le titre d'époux,
Un homme qui vous aime & foit aimé de vous;
Et, de cette union de tendreffe fuivie,
Se faire les douceurs d'une innocente vie.
Ce nœud bien afforti n'a-t-il pas des appas?

ARMANDE.

Mon Dieu! Que votre efprit eft d'un étage bas!
Que vous jouez au monde un petit perfonnage
De vous claquemurer aux chofes du ménage;
Et de n'entrevoir point de plaifirs plus touchans,
Qu'un idole d'époux & des marmots d'enfans!
Laiffez aux gens groffiers, aux perfonnes vulgaires,
Les bas amufemens de ces fortes d'affaires.
A de plus hauts objets élevez vos défirs,
Songez à prendre un goût des plus nobles plaifirs;
Et, traitant de mépris les fens & la matiére,
A l'efprit, comme nous, donnez-vous toute entiére.
Vous avez notre mere en exemple à vos yeux,
Que du nom de fçavante on honore en tous lieux;
Tâchez, ainfi que moi, de vous montrer fa fille,
Afpirez aux clartés qui font dans la famille,
Et vous rendez fenfible aux charmantes douceurs
Que l'amour de l'étude épanche dans les cœurs.
Loin d'être aux loix d'un homme en efclave affervie,
Mariez-vous, ma fœur, à la philofophie
Qui nous monte au-deffus de tout le genre humain;
Et donne à la raifon l'empire fouverain,

Soumettant à fes loix la partie animale
Dont l'appétit groffier aux bêtes nous ravale.
Ce font là les beaux feux , les doux attachemens
Qui doivent de la vie occuper les momens ;
Et les foins où je vois tant de femmes fenfibles ,
Me paroiffent aux yeux des pauvretés horribles.

HENRIETTE.

Le Ciel , dont nous voyons que l'ordre eft tout-puiffant ,
Pour différens emplois nous fabrique en naiffant ;
Et tout efprit n'eft pas compofé d'une étoffe ,
Qui fe trouve taillée à faire un philofophe.
Si le vôtre eft né propre aux élévations
Où montent des fçavans les fpéculations ,
Le mien eft fait , ma fœur , pour aller terre à terre ;
Et dans les petits foins fon foible fe refferre.
Ne troublons point du Ciel les juftes réglemens ,
Et de nos deux inftincts fuivons les mouvemens.
Habitez , par l'effor d'un grand & beau génie ,
Les hautes régions de la philofophie ;
Tandis que mon efprit , fe tenant ici bas ,
Goûtera de l'hymen les terreftres appas.
Ainfi , dans nos deffeins , l'une à l'autre contraire ,
Nous fçaurons toutes deux imiter notre mere ;
Vous , du côté de l'ame & des nobles défirs ,
Moi , du côté des fens & des groffiers plaifirs ;
Vous , aux productions d'efprit & de lumiére ,
Moi , dans celles , ma fœur , qui font de la matiére.

ARMANDE.

ARMANDE.

Quand fur une perfonne on prétend fe régler,
C'eft par les beaux côtés qu'il lui faut reffembler;
Et ce n'eft point du tout la prendre pour modéle,
Ma fœur, que de touffer & de cracher comme elle.

HENRIETTE.

Mais vous ne feriez pas ce dont vous vous vantez,
Si ma mere n'eût eu que de ces beaux côtés;
Et bien vous prend, ma fœur, que fon noble génie
N'ait pas vaqué toujours à la philofophie.
De grace, fouffrez-moi, par un peu de bonté,
Des baffeffes à qui vous devez la clarté;
Et ne fupprimez point, voulant qu'on vous feconde,
Quelque petit fçavant qui veut venir au monde.

ARMANDE.

Je vois que votre efprit ne peut être guéri
Du fol entêtement de vous faire un mari;
Mais fçachons, s'il vous plaît, qui vous fongez à prendre?
Votre vifée au moins n'eft pas mife à Clitandre?

HENRIETTE.

Et par quelle raifon n'y feroit-elle pas?
Manque-t-il de mérite? Eft-ce un choix qui foit bas?

ARMANDE.

Non; mais c'eft un deffein qui feroit malhonnête
Que de vouloir d'une autre enlever la conquête;
Et ce n'eft pas un fait dans le monde ignoré,
Que Clitandre ait pour moi hautement foupiré.

Tome VI. F f

HENRIETTE.

Oui; mais tous ces soupirs, chez vous, sont choses vaines,
Et vous ne tombez point aux bassesses humaines ;
Votre esprit à l'hymen renonce pour toujours,
Et la philosophie a toutes vos amours.
Ainsi, n'ayant au cœur nul dessein pour Clitandre,
Que vous importe-t-il qu'on y puisse prétendre ?

ARMANDE.

Cet empire que tient la raison sur les sens, ·
Ne fait pas renoncer aux douceurs des encens ;
Et l'on peut, pour époux, refuser un mérite,
Que, pour adorateur, on veut bien à sa suite.

HENRIETTE.

Je n'ai pas empêché qu'à vos perfections
Il n'ait continué ses adorations ;
Et je n'ai fait que prendre, au refus de votre ame,
Ce qu'est venu m'offrir l'hommage de sa flâme.

ARMANDE.

Mais, à l'offre des vœux d'un amant dépité,
Trouvez-vous, je vous prie, entiére sûreté ?
Croyez-vous pour vos yeux sa passion bien forte,
Et qu'en son cœur, pour moi, toute flâme soit morte ?

HENRIETTE.

Il me le dit, ma sœur ; &, pour moi, je le croi.

ARMANDE.

Ne soyez pas, ma sœur, d'une si bonne foi ;
Et croyez, quand il dit qu'il me quitte & vous aime,
Qu'il n'y songe pas bien, & se trompe lui-même.

HENRIETTE.

Je ne ſçais; mais enfin, ſi c'eſt votre plaiſir,
Il nous eſt bien aiſé de nous en éclaircir.
Je l'apperçois qui vient; & , ſur cette matiére,
Il pourra nous donner une pleine lumiére.

SCENE II.

CLITANDRE, ARMANDE,
HENRIETTE.

HENRIETTE.

POur me tirer d'un doute où me jette ma ſœur,
Entre elle & moi, Clitandre, expliquez votre cœur,
Découvrez-en le fond ; & nous daignez apprendre
Qui de nous à vos vœux eſt en droit de prétendre.

ARMANDE.

Non, non, je ne veux point à votre paſſion
Impoſer la rigueur d'une explication ;
Je ménage les gens, & ſçais comme embarraſſe
Le contraignant effort de ces aveux en face.

CLITANDRE.

Non, Madame, mon cœur qui diſſimule peu,
Ne ſent nulle contrainte à faire un libre aveu.
Dans aucun embarras un tel pas ne me jette ;
Et j'avouerai tout haut d'une ame franche & nette,

Que les tendres liens où je fuis arrêté,

[*montrant Henriette.*]

Mon amour & mes vœux font tout de ce côté.

Qu'à nulle émotion cet aveu ne vous porte ;

Vous avez bien voulu les chofes de la forte.

Vos attraits m'avoient pris, & mes tendres foupirs

Vous ont affez prouvé l'ardeur de mes défirs,

Mon cœur vous confacroit une flâme immortelle ;

Mais vos yeux n'ont pas crû leur conquête affez belle,

J'ai fouffert fous leur joug cent mépris différens,

Ils régnoient fur mon ame en fuperbes tyrans ;

Et je me fuis cherché, laffé de tant de peines,

Des vainqueurs plus humains, & de moins rudes chaînes.

[*montraut Henriette.*]

Je les ai rencontrés, Madame, dans ces yeux,

Et leurs traits à jamais me feront précieux ;

D'un regard pitoyable ils ont féché mes larmes,

Et n'ont pas dédaigné le rebut de vos charmes.

De fi rares bontés m'ont fi bien fçû toucher,

Qu'il n'eft rien qui me puiffe à mes fers arracher ;

Et j'ofe maintenant vous conjurer, Madame,

De ne vouloir tenter nul effort fur ma flâme,

De ne point effayer à rappeller un cœur

Réfolu de mourir dans cette douce ardeur.

ARMANDE.

Hé ! Qui vous dit, Monfieur, que l'on ait cette envie,

Et que de vous enfin fi fort on fe foucie ?

Je vous trouve plaifant de vous le figurer;
Et bien impertinent de me le déclarer.

HENRIETTE.

Hé, doucement, ma fœur. Où donc eft la morale
Qui fçait fi bien régir la partie animale,
Et retenir la bride aux efforts du courroux?

ARMANDE

Mais, vous qui m'en parlez, où la pratiquez-vous,
De répondre à l'amour que l'on vous fait paroître,
Sans le congé de ceux qui vous ont donné l'être?
Sçachez que le devoir vous foumet à leurs loix,
Qu'il ne vous eft permis d'aimer que par leur choix,
Qu'ils ont fur votre cœur l'autorité fuprême;
Et qu'il eft criminel d'en difpofer vous-même.

HENRIETTE.

Je rends grace aux bontés que vous me faites voir,
De m'enfeigner fi bien les chofes du devoir.
Mon cœur fur vos leçons veut régler fa conduite;
Et, pour vous faire voir, ma fœur, que j'en profite,
Clitandre, prenez foin d'appuyer votre amour
De l'agrément de ceux dont j'ai reçû le jour.
Faites-vous fur mes vœux un pouvoir légitime,
Et me donnez moyen de vous aimer fans crime.

CLITANDRE.

J'y vais de tous mes foins travailler hautement;
Et j'attendois de vous ce doux confentement.

ARMANDE.

Vous triomphez, ma sœur, & faites une mine
A vous imaginer que cela me chagrine.

HENRIETTE.

Moi, ma sœur, point du tout. Je sçais que sur vos sens
Les droits de la raison sont toujours tout-puissans;
Et que, par les leçons qu'on prend dans la sagesse,
Vous étes au-dessus d'une telle foiblesse.
Loin de vous soupçonner d'aucun chagrin, je croi
Qu'ici vous daignerez vous employer pour moi,
Appuyer sa demande; &, de votre suffrage,
Presser l'heureux moment de notre mariage.
Je vous en sollicite; &, pour y travailler...

ARMANDE.

Votre petit esprit se mêle de railler;
Et d'un cœur qu'on vous jette on vous voit toute fiére.

HENRIETTE.

Tout jetté qu'est ce cœur, il ne vous déplaît guére;
Et, si vos yeux sur moi le pouvoient ramasser,
Ils prendroient aisément le soin de se baisser.

ARMANDE.

A répondre à cela je ne daigne descendre;
Et ce sont sots discours qu'il ne faut pas entendre.

HENRIETTE.

C'est fort bien fait à vous; & vous nous faites voir
Des modérations qu'on ne peut concevoir.

SCENE III.

CLITANDRE, HENRIETTE.

HENRIETTE.

Votre fincére aveu ne l'a pas peu furprife.

CLITANDRE.

Elle mérite affez une telle franchife ;
Et toutes les hauteurs de fa folle fierté
Sont dignes, tout au moins, de ma fincérité.
Mais, puifqu'il m'eft permis, je vais à votre pere,
Madame....

HENRIETTE

Le plus fûr eft de gagner ma mere.
Mon pere eft d'une humeur à confentir à tout,
Mais il met peu de poids aux chofes qu'il réfout ;
Il a reçû du Ciel certaine bonté d'ame
Qui le foumet d'abord à ce que veut fa femme ;
C'eft elle qui gouverne ; & , d'un ton abfolu,
Elle dicte pour loi ce qu'elle a réfolu.
Je voudrois bien vous voir pour elle, & pour ma tante,
Une ame, je l'avouë, un peu plus complaifante,
Un efprit, qui, flatant les vifions du leur,
Vous pût de leur eftime attirer la chaleur.

CLITANDRE.

Mon cœur n'a jamais pû, tant il eft né fincére,
Même, dans votre fœur, flater leur caractére ;

Et les femmes docteurs ne font point de mon goût.
Je confens qu'une femme ait des clartés de tout ;
Mais je ne lui veux point la paffion choquante
De fe rendre fçavante afin d'être fçavante ;
Et j'aime que fouvent, aux queftions qu'on fait,
Elle fçache ignorer les chofes qu'elle fçait ;
De fon étude enfin je veux qu'elle fe cache,
Et qu'elle ait du fçavoir fans vouloir qu'on le fçache,
Sans citer les auteurs, fans dire de grands mots,
Et clouer de l'efprit à fes moindres propos.
Je refpecte beaucoup madame votre mere ;
Mais je ne puis du tout approuver fa chimére ;
Et me rendre l'écho des chofes qu'elle dit,
Aux encens qu'elle donne à fon héros d'efprit.
Son monfieur Triffotin me chagrine, m'affomme ;
Et j'enrage de voir qu'elle eftime un tel homme,
Qu'elle nous mette au rang des grands & beaux efprits
Un benêt, dont par tout on fifle les écrits ;
Un pédant dont on voit la plume libérale
D'officieux papiers fournir toute la halle.

HENRIETTE.

Ses écrits, fes difcours, tout m'en femble ennuyeux ;
Et je me trouve affez votre goût & vos yeux.
Mais, comme fur ma mere il a grande puiffance,
Vous devez vous forcer à quelque complaifance.
Un amant fait fa cour où s'attache fon cœur,
Il veut de tout le monde y gagner la faveur ;

Et

Et, pour n'avoir perſonne à ſa flâme contraire,
Juſqu'au chien du logis il s'efforce de plaire.

CLITANDRE.

Oui, vous avez raiſon ; mais monſieur Triſſotin
M'inſpire au fond de l'ame un dominant chagrin.
Je ne puis conſentir, pour gagner ſes ſuffrages,
A me déshonorer en priſant ſes ouvrages ;
C'eſt par eux qu'à mes yeux il a d'abord parû,
Et je le connoiſſois avant que l'avoir vû.
Je vis dans le fatras des écrits qu'il nous donne,
Ce qu'étale en tous lieux ſa pédante perſonne,
La conſtante hauteur de ſa préſomption,
Cette intrépidité de bonne opinion,
Cet indolent état de confiance extrême,
Qui le rend en tout tems ſi content de ſoi-même,
Qui fait qu'à ſon mérite inceſſamment il rit,
Qu'il ſe ſçait ſi bon gré de tout ce qu'il écrit ;
Et qu'il ne voudroit pas changer ſa renommée
Contre tous les honneurs d'un général d'armée.

HENRIETTE.

C'eſt avoir de bons yeux, que de voir tout cela.

CLITANDRE.

Juſques à ſa figure encor la choſe alla,
Et je vis par les vers qu'à la tête il nous jette,
De quel air il falloit que fût fait le poëte ;
Et j'en avois ſi bien deviné tous les traits,
Que, rencontrant un homme un jour dans le palais,

Je gageai que c'étoit Triſſotin en perſonne,
Et je vis qu'en effet la gageure étoit bonne.

HENRIETTE.

Quel conte!

CLITANDRE.

Non, je dis la choſe comme elle eſt.
Mais je vois votre tante. Agréez, s'il vous plaît,
Que mon cœur lui déclare ici notre myſtére,
Et gagne ſa faveur auprès de votre mere.

SCENE IV.

BELISE, CLITANDRE.

CLITANDRE.

SOuffrez, pour vous parler, Madame, qu'un amant
Prenne l'occaſion de cet heureux moment,
Et ſe découvre à vous de la ſincére flâme....

BELISE.

Ah! Tout beau. Gardez-vous de m'ouvrir trop votre ame.
Si je vous ai ſçû mettre au rang de mes amans,
Contentez-vous des yeux pour vos ſeuls truchemens;
Et ne m'expliquez point, par un autre langage,
Des déſirs qui chez moi paſſent pour un outrage.
Aimez-moi, ſoupirez, brûlez pour mes appas;
Mais qu'il me ſoit permis de ne le ſçavoir pas.

Je puis fermer les yeux fur vos flâmes fecrettes,
Tant que vous vous tiendrez aux muets interprétes ;
Mais fi la bouche vient à s'en vouloir mêler,
Pour jamais de ma vûë il vous faut exiler.

CLITANDRE.

Des projets de mon cœur ne prenez point d'alarme.
Henriette, Madame, eft l'objet qui me charme ;
Et je viens ardemment conjurer vos bontés
De feconder l'amour que j'ai pour fes beautés.

BELISE.

Ah! Certes, le détour eft d'efprit, je l'avouë.
Ce fubtil faux-fuyant mérite qu'on le louë ;
Et, dans tous les romans où j'ai jetté les yeux,
Je n'ai rien rencontré de plus ingénieux.

CLITANDRE.

Ceci n'eft point du tout un trait d'efprit, Madame,
Et c'eft un pur aveu de ce que j'ai dans l'ame.
Les Cieux, par les liens d'une immuable ardeur,
Aux beautés d'Henriette ont attaché mon cœur ;
Henriette me tient fous fon aimable empire,
Et l'hymen d'Henriette eft le bien où j'afpire.
Vous y pouvez beaucoup ; & tout ce que je veux,
C'eft que vous y daigniez favorifer mes vœux.

BELISE.

Je vois où doucement veut aller la demande,
Et je fçais fous ce nom ce qu'il faut que j'entende.
La figure eft adroite, & pour n'en point fortir
Aux chofes que mon cœur m'offre à vous repartir,

Je dirai qu'Henriette à l'hymen eſt rébelle;
Et que, ſans rien prétendre, il faut brûler pour elle.

CLITANDRE.

Hé, Madame, à quoi bon un pareil embarras;
Et pourquoi voulez-vous penſer ce qui n'eſt pas?

BELISE.

Mon Dieu! Point de façons. Ceſſez de vous défendre
De ce que vos regards m'ont ſouvent fait entendre,
Il ſuffit que l'on eſt contente du détour
Dont s'eſt adroitement aviſé votre amour;
Et que, ſous la figure où le reſpect l'engage,
On veut bien ſe réſoudre à ſouffrir ſon hommage,
Pourvû que ſes tranſports, par l'honneur éclairés,
N'offrent à mes autels que des vœux épurés.

CLITANDRE.

Mais . . . .

BELISE.

Adieu. Pour ce coup, ceci doit vous ſuffire;
Et je vous ai plus dit que je ne voulois dire.

CLITANDRE.

Mais votre erreur . . . .

BELISE.

Laiſſez. Je rougis maintenant;
Et ma pudeur s'eſt fait un effort ſurprenant.

CLITANDRE.

Je veux être pendu, ſi je vous aime; & ſage . . . .

BELISE.

Non, non, je ne veux rien entendre davantage.

SCENE V.

CLITANDRE *feul.*

Diantre foit de la folle avec fes vifions!
A-t-on rien vû d'égal à fes préventions?
Allons commettre un autre au foin que l'on me donne;
Et prenons le fecours d'une fage perfonne.

Fin du premier Acte.

ACTE SECOND.
SCENE PREMIERE.

ARISTE *quittant Clitandre, & lui parlant encore.*

OUI, je vous porterai la réponfe au plûtôt;
J'appuyerai, prefferai, ferai tout ce qu'il faut.
Qu'un amant, pour un mot, a de chofes à
   dire;
Et qu'impatiemment il veut ce qu'il défire!
Jamais . . . .

SCENE II.
CHRISALE, ARISTE.

ARISTE.
AH! Dieu vous gard', mon frere.

CHRISALE.
                                    Et vous auffi,
Mon frere.

ARISTE.
Sçavez-vous ce qui m'améne ici?

CHRISALE.

Non ; mais, si vous voulez, je suis prêt à l'apprendre.

ARISTE.

Depuis assez longtems vous connoissez Clitandre ?

CHRISALE.

Sans doute ; & je le vois qui fréquente chez nous.

ARISTE.

En quelle estime est-il, mon frere, auprès de vous ?

CHRISALE.

D'homme d'honneur, d'esprit, de cœur, & de conduite ;
Et je vois peu de gens qui soient de son mérite.

ARISTE.

Certain désir qu'il a, conduit ici mes pas ;
Et je me réjouis que vous en fassiez cas.

CHRISALE.

Je connus feu son pere en mon voyage à Rome.

ARISTE.

Fort bien.

CHRISALE.

C'étoit, mon frere, un fort bon gentilhomme.

ARISTE.

On le dit.

CHRISALE.

Nous n'avions alors que vingt-huit ans,
Et nous étions, ma foi, tous deux de verdgalans.

ARISTE.

Je le crois.

CHRISALE.

Nous donnions chez les dames romaines;
Et tout le monde, là, parloit de nos fredaines;
Nous faisions des jaloux.

ARISTE.

Voilà qui va des mieux.
Mais venons au sujet qui m'améne en ces lieux.

SCENE III.

BELISE *entrant doucement, & écoutant,*
CHRISALE, ARISTE.

ARISTE.

C Litandre auprès de vous me fait son interpréte,
Et son cœur est épris des graces d'Henriette.

CHRISALE.

Quoi? De ma fille?

ARISTE.

Oui. Clitandre en est charmé;
Et je ne vis jamais amant plus enflammé.

BELISE *à Ariste.*

Non, non, je vous entends. Vous ignorez l'histoire;
Et l'affaire n'est pas ce que vous pouvez croire.

ARISTE.

Comment, ma sœur?

BELISE.

Clitandre abuse vos esprits;
Et c'est d'un autre objet que son cœur est épris.

ARISTE.

ARISTE.

Vous raillez. Ce n'eft pas Henriette qu'il aime?

BELISE.

Non, j'en fuis affûrée.

ARISTE.

Il me l'a dit lui-même.

BELISE.

Hé, oui.

ARISTE.

Vous me voyez, ma fœur, chargé par lui
D'en faire la demande à fon pere aujourd'hui;

BELISE.

Fort bien.

ARISTE.

Et fon amour même m'a fait inftance
De preffer les momens d'une telle alliance.

BELISE.

Encor mieux. On ne peut tromper plus galamment.
Henriette, entre nous, eft un amufement,
Un voile ingénieux, un prétexte, mon frere,
A couvrir d'autres feux dont je fçais le myftére;
Et je veux bien, tous deux, vous mettre hors d'erreur.

ARISTE.

Mais, puifque vous fçavez tant de chofes, ma fœur,
Dites-nous, s'il vous plaît, cet autre objet qu'il aime?

BELISE.

Vous le voulez fçavoir?

Tome VI.   H h

ARISTE.

Oui. Quoi?

BELISE.

Moi.

ARISTE.

Vous?

BELISE.

Moi-même.

ARISTE.

Hai, ma fœur!

BELISE.

Qu'eſt-ce donc que veut dire ce, hai?
Et qu'a de ſurprenant le diſcours que je fai?
On eſt faite d'un air, je penſe, à pouvoir dire
Qu'on n'a pas pour un cœur ſoumis à ſon empire;
Et Dorante, Damis, Cléonte, & Licidas,
Peuvent bien faire voir qu'on a quelques appas.

ARISTE.

Ces gens vous aiment?

BELISE.

Oui, de toute leur puiſſance.

ARISTE.

Ils vous l'ont dit?

BELISE.

Aucun n'a pris cette licence;
Ils m'ont ſçû révérer ſi fort juſqu'à ce jour,
Qu'ils ne m'ont jamais dit un mot de leur amour.

Mais, pour m'offrir leur cœur, & vouer leur service,
Les muets truchemens ont tous fait leur office.

ARISTE.

On ne voit presque point céans venir Damis.

BELISE.

C'est pour me faire voir un respect plus soumis.

ARISTE.

De mots piquans, par tout, Dorante vous outrage.

BELISE.

Ce sont emportemens d'une jalouse rage.

ARISTE.

Cléonte & Licidas ont pris femme tous deux.

BELISE.

C'est par un désespoir où j'ai réduit leurs feux.

ARISTE.

Ma foi, ma chére sœur, vision toute claire.

CHRISALE à *Bélise.*

De ces chiméres-là vous devez vous défaire.

BELISE.

Ah ! Chiméres ! Ce sont des chiméres, dit-on.
Chiméres, moi ! Vrayment, chiméres est fort bon !
Je me réjouis fort de chiméres, mes freres ;
Et je ne sçavois pas que j'eusse des chiméres.

SCENE IV.

CHRISALE, ARISTE.

CHRISALE.

Notre sœur est folle, oui.

ARISTE.

Cela croît tous les jours.
Mais, encore une fois, reprenons le discours.
Clitandre vous demande Henriette pour femme,
Voyez quelle réponse on doit faire à sa flâme.

CHRISALE.

Faut-il le demander? J'y consens de bon cœur,
Et tiens son alliance à singulier honneur.

ARISTE.

Vous sçavez que de bien il n'a pas l'abondance,
Que...

CHRISALE.

C'est un intérêt qui n'est pas d'importance;
Il est riche en vertu, cela vaut des trésors,
Et puis son pere & moi n'étions qu'un en deux corps.

ARISTE.

Parlons à votre femme; & voyons à la rendre
Favorable....

CHRISALE.

Il suffit, je l'accepte pour gendre.

ARISTE.

Oui ; mais pour appuyer votre confentement,
Mon frere, il n'eft pas mal d'avoir fon agrément.
Allons....

CHRISALE.

Vous moquez-vous ? Il n'eft pas néceffaire.
Je réponds de ma femme, & prends fur moi l'affaire.

ARISTE.

Mais... ,

CHRISALE.

Laiffez faire, dis-je, & n'appréhendez pas.
Je la vais difpofer aux chofes de ce pas.

ARISTE.

Soit. Je vais là-deffus fonder votre Henriette ;
Et reviendrai fçavoir ...

CHRISALE.

C'eft une affaire faite ;
Et je vais à ma femme en parler fans délai.

SCENE V.

CHRISALE, MARTINE.

MARTINE.

ME voilà bien chanceufe ! Hélas ! L'an dit bien vray,
Qui veut noyer fon chien, l'accufe de la rage ;
Et fervice d'autrui n'eft pas un héritage.

CHRISALE.

Qu'eſt-ce donc? Qu'avez-vous, Martine?

MARTINE.

Ce que j'ai?

CHRISALE.

Oui.

MARTINE.

J'ai que l'an me donne aujourd'hui mon congé,
Monſieur.

CHRISALE.

Votre congé?

MARTINE.

Oui. Madame me chaſſe.

CHRISALE.

Je n'entends pas cela. Comment?

MARTINE.

An me menace,
Si je ne ſors d'ici, de me bailler cent coups.

CHRISALE.

Non, vous demeurerez, je ſuis content de vous.
Ma femme bien ſouvent a la tête un peu chaude;
Et je ne veux pas moi...

SCENE VI.

PHILAMINTE, BELISE, CHRISALE, MARTINE.

PHILAMINTE *appercevant Martine.*

Quoi! Je vous vois, maraude?
Vîte, sortez, friponne, allons, quittez ces lieux;
Et ne vous présentez jamais devant mes yeux.

CHRISALE.

Tout doux.

PHILAMINTE.

Non, c'en est fait.

CHRISALE.

Hé!

PHILAMINTE.

Je veux qu'elle sorte.

CHRISALE.

Mais qu'a-t-elle commis, pour vouloir de la sorte....

PHILAMINTE.

Quoi! Vous la soutenez?

CHRISALE.

En aucune façon.

PHILAMINTE.

Prenez-vous son parti contre moi?

CHRISALE.

Mon Dieu! Non.
Je ne fais seulement que demander son crime.

PHILAMINTE.

Suis-je pour la chaffer fans caufe légitime?

CHRISALE.

Je ne dis pas cela; mais il faut, de nos gens....

PHILAMINTE.

Non, elle fortira, vous dis-je, de céans.

CHRISALE.

Hé bien, oui. Vous dit-on quelque chofe là-contre?

PHILAMINTE.

Je ne veux point d'obftacle aux défirs que je montre;

CHRISALE.

D'accord.

PHILAMINTE.

Et vous devez, en raifonnable époux,
Etre pour moi contre elle, & prendre mon courroux.

CHRISALE.

[*fe tournant vers Martine.*]

Auffi fais-je. Oui, ma femme avec raifon vous chaffe,
Coquine; & votre crime eft indigne de grace.

MARTINE.

Qu'eft-ce donc que j'ai fait?

CHRISALE *bas.*

Ma foi, je ne fçais pas.

PHILAMINTE.

Elle eft d'humeur encore à n'en faire aucun cas.

CHRISALE.

A-t-elle, pour donner matiére à votre haine,
Caffé quelque miroir, ou quelque porcelaine?

PHI-

PHILAMINTE.

Voudrois-je la chaffer, & vous figurez-vous
Que, pour fi peu de chofe, on fe mette en courroux?

CHRISALE.

[*à Martine.*]   [*à Philaminte.*]
Qu'eft-ce à dire? L'affaire eft donc confidérable?

PHILAMINTE.

Sans doute. Me voit-on femme déraifonnable?

CHRISALE.

Eft-ce qu'elle a laiffé, d'un efprit négligent,
Dérober quelque aiguiére, ou quelque plat d'argent?

PHILAMINTE.

Cela ne feroit rien.

CHRISALE *à Martine.*

[*à Philaminte.*]   Oh, oh! Pefte, la belle!
Quoi! L'avez-vous furprife à n'être pas fidéle?

PHILAMINTE.

C'eft pis que tout cela.

CHRISALE.

Pis que tout cela?

PHILAMINTE.

Pis.

CHRISALE.

[*à Martine.*]   [*à Philaminte.*]
Comment diantre, friponne! Hé? A-t-elle commis...

PHILAMINTE.

Elle a, d'une infolence à nulle autre pareille,
Après trente leçons, infulté mon oreille,
Tome VI.   I i

Par l'impropriété d'un mot fauvage & bas
Qu'en termes décififs condamne Vaugelas.

CHRISALE.

Eft-ce là . . . .

PHILAMINTE.

Quoi ! Toujours, malgré nos remontrances,
Heurter le fondement de toutes les fciences,
La grammaire, qui fçait régenter jufqu'aux rois,
Et les fait, la main haute, obéïr à fes loix.

CHRISALE.

Du plus grand des forfaits je la croyois coupable.

PHILAMINTE.

Quoi? Vous ne trouvez pas ce crime impardonnable?

CHRISALE.

Si fait.

PHILAMINTE.

Je voudrois bien que vous l'excufaffiez.

CHRISALE.

Je n'ai garde.

BELISE.

Il eft vray que ce font des pitiés.
Toute conftruction eft par elle détruite;
Et des loix du langage on l'a cent fois inftruite.

MARTINE.

Tout ce que vous prêchez eft je crois bel & bon;
Mais je ne fçaurois, moi, parler votre jargon.

PHILAMINTE.

L'impudente! Appeller un jargon le langage
Fondé fur la raifon & fur le bel ufage!

MARTINE.

Quand on fe fait entendre, on parle toujours bien;
Et tous vos biaux dictons ne fervent pas de rien.

PHILAMINTE.

Hé bien? Ne voilà pas encore de fon ftile?
Ne fervent pas de rien!

BELISE.

O cervelle indocile!
Faut-il qu'avec les foins qu'on prend inceffamment,
On ne te puiffe apprendre à parler congruement?
De *pas*, mis avec *rien*, tu fais la récidive,
Et c'eft, comme on t'a dit, trop d'une négative.

MARTINE.

Mon Dieu! Je n'avons pas étugué comme vous,
Et je parlons tout droit comme on parle cheux nous.

PHILAMINTE.

Ah! Peut-on y tenir!

BELISE.

Quel folécifme horrible!

PHILAMINTE.

En voilà pour tüer une oreille fenfible.

BELISE.

Ton efprit, je l'avoüe, eft bien matériel.
Je, n'eft qu'un fingulier, *avons*, eft pluriel.

Veux-tu toute ta vie offenſer la grammaire?

MARTINE.

Qui parle d'offenſer grand'mere, ni grand-pere?

PHILAMINTE.

O Ciel!

BELISE.

Grammaire eſt priſe à contre-ſens par toi;
Et je t'ai dit déjà d'où vient ce mot.

MARTINE.

Ma foi,
Qu'il vienne de Chaillot, d'Auteuil, ou de Pontoiſe,
Cela ne me fait rien.

BELISE.

Quelle ame villageoiſe!
La grammaire, du verbe & du nominatif,
Comme de l'adjectif avec le ſubſtantif,
Nous enſeigne les loix.

MARTINE.

J'ai, Madame, à vous dire,
Que je ne connois point ces gens-là.

PHILAMINTE.

Quel martyre!

BELISE.

Ce ſont les noms des mots, & l'on doit regarder
En quoi c'eſt qu'il les faut faire enſemble accorder.

MARTINE.

Qu'ils s'accordent entr'eux, ou se gourment, qu'importe?

PHILAMINTE à *Belife.*

Hé, mon Dieu! Finiffez un difcours de la forte.

[*A Chrifale.*]

Vous ne voulez pas, vous, me la faire fortir?

CHRISALE.

[*à part.*]

Si fait. A fon caprice il me faut confentir.
Va, ne l'irrite point; retire-toi, Martine.

PHILAMINTE.

Comment! Vous avez peur d'offenfer la coquine?
Vous lui parlez d'un ton tout-à-fait obligeant?

CHRISALE.

[*d'un ton ferme.*]   [*bas, d'un ton plus doux.*]

Moi? Point. Allons, fortez. Va-t-en, ma pauvre enfant.

SCENE VII.

PHILAMINTE, CHRISALE, BELISE.

CHRISALE.

Vous êtes fatisfaite, & la voilà partie;
Mais je n'approuve point une telle fortie,
C'eft une fille propre aux chofes qu'elle fait,
Et vous me la chaffez pour un maigre fujet.

PHILAMINTE.

Vous voulez que toujours je l'aye à mon fervice,
Pour mettre inceffamment mon oreille au fupplice ;
Pour rompre toute loi d'ufage & de raifon,
Par un barbare amas de vices d'oraifon,
De mots eftropiés, coufus par intervalles,
De proverbes traînés dans les ruiffeaux des halles ?

BELISE.

Il eft vray que l'on fuë à fouffrir fes difcours,
Elle y met Vaugelas en piéces tous les jours ;
Et les moindres défauts de ce groffier génie,
Sont ou le pléonafme, ou la cacophonie.

CHRISALE.

Qu'importe qu'elle manque aux loix de Vaugelas,
Pourvû qu'à la cuifine elle ne manque pas ?
J'aime bien mieux, pour moi, qu'en épluchant fes herbes,
Elle accommode mal les noms avec les verbes,
Et redife cent fois un bas & méchant mot,
Que de brûler ma viande, ou faler trop mon pot.
Je vis de bonne foupe, & non de beau langage.
Vaugelas n'apprend point à bien faire un potage ;
Et Malherbe & Balzac, fi fçavans en beaux mots,
En cuifine, peut-être, auroient été des fots.

PHILAMINTE.

Que ce difcours groffier terriblement affomme ;
Et quelle indignité pour ce qui s'appelle homme,
D'être baiffé fans ceffe aux foins matériels,
Au lieu de fe hauffer vers les fpirituels !

Le corps, cette guenille, eft-il d'une importance,
D'un prix à mériter feulement qu'on y penfe?
Et ne devons-nous pas laiffer cela bien loin?

CHRISALE.

Oui, mon corps eft moi-même, & j'en veux prendre foin;
Guenille, fi l'on veut, ma guenille m'eft chére.

BELISE.

Le corps avec l'efprit, fait figure, mon frere;
Mais, fi vous en croyez tout le monde fçavant,
L'efprit doit fur le corps prendre le pas devant;
Et notre plus grand foin, notre premiére inftance,
Doit être à le nourrir du fuc de la fcience.

CHRISALE.

Ma foi, fi vous fongez à nourrir votre efprit,
C'eft de viande bien creufe, à ce que chacun dit;
Et vous n'avez nul foin, nulle follicitude,
Pour....

PHILAMINTE.

Ah! *Sollicitude*, à mon oreille eft rude,
Il put étrangement fon ancienneté.

BELISE.

Il eft vray que le mot eft bien collet-monté.

CHRISALE.

Voulez-vous que je dife? Il faut qu'enfin j'éclate,
Que je léve le mafque, & décharge ma rate.
De folles on vous traite, & j'ai fort fur le cœur....

PHILAMINTE.

Comment donc?

CHRISALE à *Bélife.*

C'eſt à vous que jè parle, ma ſœur.
Le moindre ſolécifme en parlant vous irrite;
Mais vous en faites, vous, d'étranges en conduite.
Vos livres éternels ne me contentent pas,
Et, hors un gros Plutarque à mettre mes rabats,
Vous devriez brûler tout ce meuble inutile,
Et laiſſer la ſcience aux docteurs de la ville;
M'ôter, pour faire bien, du grenier de céans
Cette longue lunette à faire peur aux gens,
Et cent brimborions dont l'aſpect importune;
Ne point aller chercher ce qu'on fait dans la lune,
Et vous mêler un peu de ce qu'on fait chez vous,
Où nous voyons aller tout ſans deſſus deſſous.
Il n'eſt pas bien honnête, & pour beaucoup de cauſes,
Qu'une femme étudie, & ſçache tant de choſes.
Former aux bonnes mœurs l'eſprit de ſes enfans,
Faire aller ſon ménage, avoir l'œil ſur ſes gens,
Et régler la dépenſe avec œconomie,
Doit être ſon étude & ſa philoſophie.
Nos peres ſur ce point étoient gens bien ſenſés,
Qui diſoient qu'une femme en ſçait toujours aſſez,
Quand la capacité de ſon eſprit ſe hauſſe
A connoître un pourpoint d'avec un haut de chauſſe.

Les

Les leurs ne lifoient point, mais elles vivoient bien ;
Leurs ménages étoient tout leur docte entretien ;
Et leurs livres, un dé, du fil, & des aiguilles,
Dont elles travailloient au trouſſeau de leurs filles.
Les femmes d'à préſent ſont bien loin de ces mœurs,
Elles veulent écrire, & devenir auteurs ;
Nulle ſcience n'eſt pour elles trop profonde,
Et céans, beaucoup plus qu'en aucun lieu du monde,
Les ſecrets les plus hauts s'y laiſſent concevoir ;
Et l'on ſçait tout chez moi, hors ce qu'il faut ſçavoir.
On y ſçait comme vont lune, étoile polaire,
Vénus, Saturne & Mars, dont je n'ai point affaire ;
Et, dans ce vain ſçavoir qu'on va chercher ſi loin,
On ne ſçait comme va mon pot dont j'ai beſoin.
Mes gens à la ſcience aſpirent pour vous plaire,
Et tous ne font rien moins que ce qu'ils ont à faire.
Raiſonner eſt l'emploi de toute ma maiſon ;
Et le raiſonnement en bannit la raiſon.
L'un me brûle mon rôt en liſant quelque hiſtoire,
L'autre rêve à des vers quand je demande à boire ;
Enfin je vois par eux votre exemple ſuivi,
Et j'ai des ſerviteurs, & ne ſuis point ſervi.
Une pauvre ſervante au moins m'étoit reſtée,
Qui de ce mauvais air n'étoit point infectée ;
Et voilà qu'on la chaſſe avec un grand fracas,
A cauſe qu'elle manque à parler Vaugelas.

Je vous le dis, ma sœur, tout ce train-là me bleffe,
Car c'eft, comme j'ai dit, à vous que je m'adreffe.
Je n'aime point céans tous vos gens à latin,
Et principalement ce monfieur Triffotin ;
C'eft lui qui dans des vers vous a timpanifées,
Tous les propos qu'il tient font des billevefées,
On cherche ce qu'il dit après qu'il a parlé ;
Et je lui crois, pour moi, le timbre un peu fêlé.

PHILAMINTE.

Quelle baffeffe, ô Ciel, & d'ame, & de langage !

BELISE.

Eft-il de petits corps un plus lourd affemblage,
Un efprit compofé d'atômes plus bourgeois ?
Et de ce même fang fe peut-il que je fois ?
Je me veux mal de mort d'être de votre race ;
Et, de confufion, j'abandonne la place.

SCENE XIII.

PHILAMINTE, CHRISALE.

PHILAMINTE.

AVez-vous à lâcher encore quelque trait ?

CHRISALE.

Moi ? Non. Ne parlons plus de querelle, c'eft fait.
Difcourons d'autre affaire. A votre fille aînée
On voit quelque dégoût pour les nœuds d'hyménée,

C'eſt une philoſophe enfin, je n'en dis rien,
Elle eſt bien gouvernée, & vous faites fort bien;
Mais de toute autre humeur ſe trouve ſa cadette,
Et je crois qu'il eſt bon de pourvoir Henriette,
De choiſir un mari....

PHILAMINTE.

C'eſt à quoi j'ai ſongé;
Et je veux vous ouvrir l'intention que j'ai.
Ce monſieur Triſſotin, dont on nous fait un crime,
Et qui n'a pas l'honneur d'être dans votre eſtime,
Eſt celui que je prends pour l'époux qu'il lui faut;
Et je ſçais mieux que vous juger de ce qu'il vaut.
La conteſtation eſt ici ſuperfluë;
Et de tout point chez moi l'affaire eſt réſoluë.
Au moins, ne dites mot du choix de cet époux;
Je veux à votre fille en parler avant vous.
J'ai des raiſons à faire approuver ma conduite;
Et je connoîtrai bien ſi vous l'aurez inſtruite.

SCENE IX.

ARISTE, CHRISALE.

ARISTE.

HE bien? La femme fort, mon frere; & je vois bien
Que vous venez d'avoir enſemble un entretien.

CHRISALE.

Oui.

ARISTE.

Quel eſt le ſuccès ? Aurons-nous Henriette ?
A-t-elle conſenti ? L'affaire eſt-elle faite ?

CHRISALE.

Pas tout-à-fait encor.

ARISTE.
Refuſe-t-elle ?

CHRISALE.

Non.

ARISTE.

Eſt-ce qu'elle balance ?

CHRISALE.

En aucune façon.

ARISTE.

Quoi donc ?

CHRISALE.

C'eſt que pour gendre elle m'offre un autre homme.

ARISTE.

Un autre homme pour gendre !

CHRISALE.

Un autre.

ARISTE.

Qui ſe nomme ?

CHRISALE.

Monſieur Triſſotin.

ARISTE.

Quoi! Ce monfieur Triffotin....

CHRISALE.

Oui, qui parle toujours de vers & de latin.

ARISTE.

Vous l'avez accepté?

CHRISALE..

Moi! Point. A Dieu ne plaife.

ARISTE.

Qu'avez-vous répondu?

CHRISALE.

Rien ; & je fuis bien aife
De n'avoir point parlé, pour ne m'engager pas.

ARISTE.

La raifon eft fort belle, & c'eft faire un grand pas.
Avez-vous fçû du moins lui propofer Clitandre?

CHRISALE.

Non ; car, comme j'ai vû qu'on parloit d'autre gendre,
J'ai crû qu'il étoit mieux de ne m'avancer point.

ARISTE.

Certes votre prudence eft rare au dernier point.
N'avez-vous point de honte avec votre molleffe?
Et fe peut-il qu'un homme ait affez de foibleffe
Pour laiffer à fa femme un pouvoir abfolu,
Et n'ofer attaquer ce qu'elle a réfolu?

CHRISALE.

Mon Dieu! Vous en parlez, mon frere, bien à l'aife ;
Et vous ne fçavez pas comme le bruit me péfe.

J'aime fort le repos, la paix & la douceur,
Et ma femme eſt terrible avecque ſon humeur.
Du nom de philoſophe elle fait grand myſtére,
Mais elle n'en eſt pas pour cela moins colére ;
Et ſa morale, faite à mépriſer le bien,
Sur l'aigreur de ſa bile opére comme rien.
Pour peu que l'on s'oppoſe à ce que veut ſa tête,
On en a pour huit jours d'effroyable tempête,
Elle me fait trembler dès qu'elle prend ſon ton,
Je ne ſçais où me mettre, & c'eſt un vray dragon ;
Et cependant, avec toute ſa diablerie,
Il faut que je l'appelle & mon cœur & mamie.

ARISTE.

Allez, c'eſt ſe moquer. Votre femme, entre nous,
Eſt, par vos lâchetés, ſouveraine ſur vous.
Son pouvoir n'eſt fondé que ſur votre foibleſſe,
C'eſt de vous qu'elle prend le tître de maîtreſſe,
Vous-même à ſes hauteurs vous vous abandonnez,
Et vous faites mener en bête par le néz.
Quoi ? Vous ne pouvez pas, voyant comme on vous nomme,
Vous réſoudre une fois à vouloir être un homme,
A faire condeſcendre une femme à vœux ;
Et prendre aſſez de cœur pour dire un, Je le veux ?
Vous laiſſerez, ſans honte, immoler votre fille
Aux folles viſions qui tiennent la famille ;
Et de tout votre bien revêtir un nigaud,
Pour ſix mots de latin qu'il leur fait ſonner haut,

Un pédant, qu'à tout coup votre femme apoſtrophe
Du nom de bel eſprit, & de grand philoſophe,
D'homme qu'en vers galans jamais on n'égala,
Et qui n'eſt, comme on ſçait, rien moins que tout cela?
Allez, encore un coup, c'eſt une moquerie,
Et votre lâcheté mérite qu'on en rie.

CHRISALE.

Oui, vous avez raiſon, & je vois que j'ai tort.
Allons, il faut enfin montrer un cœur plus fort,
Mon frere.

ARISTE.

C'eſt bien dit.

CHRISALE.

C'eſt une choſe infame
Que d'être ſi ſoumis au pouvoir d'une femme.

ARISTE.

Fort bien.

CHRISALE.

De ma douceur elle a trop profité.

ARISTE.

Il eſt vray.

CHRISALE.

Trop joui de ma facilité.

ARISTE.

Sans doute.

CHRISALE.

Et je lui veux faire aujourd'hui connoître
Que ma fille eſt ma fille, & que j'en ſuis le maître,

Pour lui prendre un mari qui ſoit ſelon mes vœux.

ARISTE.

Vous voilà raiſonnable, & comme je vous veux.

CHRISALE.

Vous étes pour Clitandre, & ſçavez ſa demeure;
Faites-le moi venir, mon frere, tout-à-l'heure.

ARISTE.

J'y cours tout de ce pas.

CHRISALE.

C'eſt ſouffrir trop long-tems;
Et je m'en vais être homme à la barbe des gens.

Fin du ſecond Acte.

ACTE

ACTE TROISIÈME.

SCENE PREMIERE.

PHILAMINTE, ARMANDE, BELISE, TRISSOTIN, L'EPINE.

PHILAMINTE.

AH! Mettons-nous ici pour écouter à l'aise
Ces vers que mot à mot il est besoin qu'on
pése.

ARMANDE.

Je brûle de les voir.

BELISE.

Et l'on s'en meurt chez nous.

PHILAMINTE *à Trissotin.*

Ce sont charmes pour moi, que ce qui part de vous.

ARMANDE.

Ce m'est une douceur à nulle autre pareille.

BELISE.

Ce sont repas friands qu'on donne à mon oreille.

PHILAMINTE.

Ne faites point languir de fi preffans défirs.

ARMANDE.

Dépêchez.

BELISE.

——— Faites tôt, & hâtez nos plaifirs.

PHILAMINTE.

A notre impatience offrez votre épigramme.

TRISSOTIN *à Philaminte.*

Hélas! C'eft un enfant tout nouveau né, Madame.
Son fort affûrément a lieu de vous toucher;
Et c'eft dans votre cour que j'en viens d'accoucher.

PHILAMINTE.

Pour me le rendre cher il fuffit de fon pere.

TRISSOTIN.

Votre approbation lui peut fervir de mere.

BELISE.

Qu'il a d'efprit!

SCENE II.

HENRIETTE, PHILAMINTE, BELISE,
ARMANDE, TRISSOTIN, L'EPINE.

PHILAMINTE *à Henriette qui veut fe retirer.*

Holà. Pourquoy donc fuyez-vous?

HENRIETTE.

C'eft de peur de troubler un entretien fi doux.

PHILAMINTE.

Approchez ; & venez, de toutes vos oreilles ,
Prendre part au plaifir d'entendre des merveilles.

HENRIETTE.

Je fçais peu les beautés de tout ce qu'on écrit ,
Et ce n'eft pas mon fait que les chofes d'efprit.

PHILAMINTE.

Il n'importe. Auffi-bien ai-je à vous dire enfuite
Un fecret, dont il faut que vous foyez inftruite.

TRISSOTIN à *Henriette.*

Les fciences n'ont rien qui vous puiffe enflammer ,
Et vous ne vous piquez que de fçavoir charmer.

HENRIETTE.

Auffi peu l'un que l'autre ; & je n'ai nulle envie .....

BELISE.

Ah ! Songeons à l'enfant nouveau né , je vous prie.

PHILAMINTE à *l'Epine.*

Allons, petit garçon , vîte, de quoi s'affeoir.

[*L'Epine fe laiffe tomber.*]

Voyez l'impertinent ! Eft-ce que l'on doit cheoir,
Après avoir appris l'équilibre des chofes ?

BELISE.

De ta chûte, ignorant, ne vois-tu pas les caufes ?
Et qu'elle vient d'avoir , du point fixe , écarté
Ce que nous appellons centre de gravité ?

L'EPINE.

Je m'en fuis apperçû , Madame, étant par terre.

L l ij

PHILAMINTE *à l'Epine qui sort.*

Le lourdaut!

TRISSOTIN.

Bien lui prend de n'être pas de verre.

ARMANDE.

Ah! De l'esprit par tout!

BELISE.

Cela ne tarit pas.

[*Ils s'asséyent.*] PHILAMINTE.

Servez-nous promtement votre aimable repas.

TRISSOTIN.

Pour cette grande faim qu'à mes yeux on expose,
Un plat seul de huit vers me semble peu de chose;
Et je pense qu'ici je ne ferai pas mal
De joindre à l'épigramme, ou bien au madrigal,
Le ragoût d'un sonnet qui, chez une princesse
A passé pour avoir quelque délicatesse.
Il est de sel attique assaisonné par tout,
Et vous le trouverez, je crois, d'assez bon goût.

ARMANDE.

Ah! Je n'en doute point.

PHILAMINTE.

Donnons vîte audiance.

BELISE *interrompant Trissotin, chaque fois qu'il se dispose*
à lire.

Je sens d'aise mon cœur tressaillir par avance.
J'aime la poësie avec entêtement,
Et sur tout quand les vers sont tournés galamment.

PHILAMINTE.

Si nous parlons toujours, il ne pourra rien dire.

TRISSOTIN.

SO...

BELISE *à Henriette.*

Silence, ma niéce.

ARMANDE.

Ah! Laiffez-le donc lire.

TRISSOTIN.

SONNET A LA PRINCESSE URANIE SUR SA FIEVRE.

*Votre prudence eft endormie
De traiter magnifiquement,
Et de loger fuperbement
Votre plus cruelle ennemie.*

BELISE.

Ah! Le joli début!

ARMANDE.

Qu'il a le tour galant!

PHILAMINTE.

Lui feul, des vers aifés, poffédé le talent.

ARMANDE.

A *prudence endormie*, il faut rendre les armes.

BELISE.

Loger fon ennemie, eft pour moi plein de charmes.

PHILAMINTE.

J'aime *fuperbement & magnifiquement* ;
Ces deux adverbes joints font admirablement.

BELISE.

Prêtons l'oreille au reſte.

TRISSOTIN.

Votre prudence eſt endormie
De traiter magnifiquement,
Et de loger ſuperbement
Votre plus cruelle ennemie.

ARMANDE.

Prudence endormie!

BELISE.

Loger ſon ennemie!

PHILAMINTE.

Superbement & magnifiquement!

TRISSOTIN.

Faites-la ſortir, quoiqu'on die,
De votre riche appartement,
Où cette ingrate inſolemment
Attaque votre belle vie.

BELISE.

Ah! Tout doux. Laiſſez-moi, de grace, reſpirer.

ARMANDE.

Donnez-nous, s'il vous plaît, le loiſir d'admirer.

PHILAMINTE.

On ſe ſent, à ces vers, juſques au fond de l'ame,
Couler je ne ſçais quoi qui fait que l'on ſe pâme.

ARMANDE.

Faites-la ſortir, quoiqu'on die,
De votre riche appartement.

Que *riche appartement* eft là joliment dit;
Et que la métaphore eft mife avec efprit!

PHILAMINTE.

Faites-la fortir, quoiqu'on die.

Ah! Que ce, *quoiqu'on die*, eft d'un goût admirable!
C'eft, à mon fentiment, un endroit impayable.

ARMANDE.

De *quoiqu'on die* auffi mon cœur eft amoureux.

BELISE.

Je fuis de votre avis, *quoiqu'on die* eft heureux.

ARMANDE.

Je voudrois l'avoir fait.

BELISE.

Il vaut toute une piéce.

PHILAMINTE.

Mais en comprend-on bien, comme moi, la fineffe?

ARMANDE & BELISE.

Oh, oh!

PHILAMINTE.

Faites-la fortir, quoiqu'on die.

Que de la fiévre on prenne ici les intérêts,
N'ayez aucun égard, moquez-vous des caquets.

Faites-la fortir, quoiqu'on die,
Quoiqu'on die, quoiqu'on die.

Ce *quoiqu'on die* en dit beaucoup plus qu'il ne femble.
Je ne fçais pas, pour moi, fi chacun me reffemble;
Mais j'entends là-deffous un million de mots.

BELISE.

Il eſt vray qu'il dit plus de choſes qu'il n'eſt gros.

PHILAMINTE *à Triſſotin.*

Mais, quand vous avez fait ce charmant *quoiqu'on die*,
Avez-vous compris, vous, toute ſon énergie ?
Songiez-vous bien vous-même à tout ce qu'il nous dit ;
Et penſiez-vous, alors, y mettre tant d'eſprit ?

TRISSOTIN.

Hai, hai.

ARMANDE.

J'ai fort auſſi *l'ingrate* dans la tête,
Cette ingrate de fiévre, injuſte, mal-honnête,
Qui traite mal les gens qui la logent chez eux.

PHILAMINTE.

Enfin, les quatrains ſont admirables tous deux.
Venons-en promtement aux tiercets, je vous prie.

ARMANDE.

Ah ! S'il vous plaît, encore une fois *quoiqu'on die.*

TRISSOTIN.

Faites-la ſortir, quoiqu'on die,

PHILAMINTE, ARMANDE, & BELISE.

Quoiqu'on die !

TRISSOTIN.

De votre riche appartement,

PHILAMINTE, ARMANDE, & BELISE.

Riche appartement !

TRISSOTIN.

Où cette ingrate inſolemment

PHI-

PHILAMINTE, ARMANDE, & BELISE.

Cette *ingrate* de fiévre.

TRISSOTIN.

Attaque votre belle vie.

PHILAMINTE.

Votre belle vie!

ARMANDE & BELISE.

Ah!

TRISSOTIN.

Quoi! Sans respecter votre rang,
Elle se prend à votre sang,

PHILAMINTE, ARMANDE, & BELISE.

Ah!

TRISSOTIN.

Et nuit & jour vous fait outrage?

Si vous la conduisez aux bains,
Sans la marchander davantage,
Noyez-la de vos propres mains.

PHILAMINTE.

On n'en peut plus.

BELISE.

On pâme.

ARMANDE.

On se meurt de plaisir.

PHILAMINTE.

De mille doux frissons vous vous sentez saisir.

ARMANDE.

Si vous la conduisez aux bains,

BELISE.

Sans la marchander davantage,

PHILAMINTE.

Noyez-la de vos propres mains.

De vos propres mains, là, noyez-la dans les bains.

ARMANDE.

Chaque pas dans vos vers rencontre un trait charmant.

BELISE.

Par tout on s'y proméne avec raviffement.

PHILAMINTE.

On n'y fçauroit marcher que fur de belles chofes.

ARMANDE.

Ce font petits chemins tout parfemés de rofes.

TRISSOTIN.

Le fonnet donc vous femble.....

PHILAMINTE.

Admirable, nouveau,

Et perfonne jamais n'a rien fait de fi beau.

BELISE *à Henriette.*

Quoi ! Sans émotion pendant cette lecture ?

Vous faites-là, ma niéce, une étrange figure.

HENRIETTE.

Chacun fait ici bas la figure qu'il peut,

Ma tante ; &, bel efprit, il ne l'eft pas qui veut.

TRISSOTIN.

Peut-être que mes vers importunent madame.

HENRIETTE.

Point. Je n'écoute pas.

PHILAMINTE.

Ah ! Voyons l'épigramme.

TRISSOTIN.

Sur un carosse de couleur amarante,
donné à une dame de ses amies.

PHILAMINTE.

Ses titres ont toujours quelque chose de rare.

ARMANDE.

A cent beaux traits d'esprit leur nouveauté prépare.

TRISSOTIN.

L'Amour si chérement m'a vendu son lien,

BELISE, ARMANDE, & PHILAMINTE.

Ah !

TRISSOTIN.

Qu'il m'en coûte déjà la moitié de mon bien ;
Et , quand tu vois ce beau carosse ,
Où tant d'or se reléve en bosse
Qu'il étonne tout le pays ,
Et fait pompeusement triompher ma Lays,

PHILAMINTE.

Ah ! *Ma Lays !* Voilà de l'érudition.

BELISE.

L'enveloppe est jolie, & vaut un million.

TRISSOTIN.

Et , quand tu vois ce beau carosse ,
Où tant d'or se reléve en bosse

Qu'il étonne tout le pays,
Et fait pompeusement triompher ma Lays,
Ne di plus qu'il est amarante,
Di plûtôt qu'il est de ma rente.

ARMANDE.

Oh, oh, oh! Celui-là ne s'attend point du tout.

PHILAMINTE.

On n'a que lui qui puisse écrire de ce goût.

BELISE.

Ne di plus qu'il est amarante,
Di plûtôt qu'il est de ma rente.

Voilà qui se décline, *ma rente, de ma rente, à ma rente.*

PHILAMINTE.

Je ne sçais, du moment que je vous ai connu,
Si, sur votre sujet, j'eus l'esprit prévenu;
Mais j'admire par tout vos vers & votre prose.

TRISSOTIN *à Philaminte.*

Si vous vouliez de vous nous montrer quelque chose,
A notre tour aussi nous pourrions admirer.

PHILAMINTE.

Je n'ai rien fait en vers; mais j'ai lieu d'espérer
Que je pourrai bien-tôt vous montrer en amie,
Huit chapitres du plan de notre academie.
Platon s'est au projet simplement arrêté,
Quand de sa république il a fait le traité;
Mais à l'effet entier je veux pousser l'idée,
Que j'ai sur le papier en prose accommodée;

Car enfin je me fens un étrange dépit
Du tort que l'on nous fait du côté de l'efprit ;
Et je veux nous venger, toutes tant que nous fommes,
De cette indigne claffe où nous rangent les hommes,
De borner nos talens à des futilités,
Et nous fermer la porte aux fublimes clartés.

ARMANDE.

C'eft faire à notre fexe une trop grande offenfe,
De n'étendre l'effort de notre intelligence
Qu'à juger d'une juppe & de l'air d'un manteau,
Ou des beautés d'un point, ou d'un brocard nouveau.

BELISE.

Il faut fe relever de ce honteux partage,
Et mettre hautement notre efprit hors de page.

TRISSOTIN.

Pour les dames on fçait mon refpect en tous lieux ;
Et, fi je rends hommage aux brillans de leurs yeux,
De leur efprit auffi j'honore les lumiéres.

PHILAMINTE.

Le fexe auffi vous rend juftice en ces matiéres ;
Mais nous voulons montrer à de certains efprits
Dont l'orgueilleux fçavoir nous traite avec mépris,
Que de fcience auffi les femmes font meublées,
Qu'on peut faire, comme eux, de doctes affemblées,
Conduites en cela par des ordres meilleurs ;
Qu'on y veut réunir ce qu'on fépare ailleurs,
Mêler le beau langage, & les hautes fciences,
Découvrir la nature en mille expériences ;

Et , fur les queftions qu'on pourra propofer ,
Faire entrer chaque fecte , & n'en point époufer.

TRISSOTIN.

Je m'attache pour l'ordre au péripatétifme.

PHILAMINTE.

Pour les abftractions j'aime le platonifme.

ARMANDE.

Epicure me plaît , & fes dogmes font forts.

BELISE.

Je m'accommode affez , pour moi , des petits corps ;
Mais le vuide à fouffrir me femble difficile,
Et je goûte bien mieux la matiére fubtile.

TRISSOTIN.

Defcartes, pour l'aiman , donne fort dans mon fens.

ARMANDE.

J'aime fes tourbillons.

PHILAMINTE.

Moi , fes mondes tombans.

ARMANDE.

Il me tarde de voir notre affemblée ouverte ,
Et de nous fignaler par quelque découverte.

TRISSOTIN.

On en attend beaucoup de vos vives clartés,
Et pour vous la nature a peu d'obfcurités.

PHILAMINTE.

Pour moi, fans me flater, j'en ai déjà fait une ,
Et j'ai vû clairement des hommes dans la lune.

BELISE.

Je n'ai point encor vû d'hommes, comme je crois ;
Mais j'ai vû des clochers tout comme je vous vois.

ARMANDE.

Nous approfondirons, ainſi que la phyſique,
Grammaire, hiſtoire, vers, morale, & politique.

PHILAMINTE.

La morale a des traits dont mon cœur eſt épris,
Et c'étoit autrefois l'amour des grands eſprits ;
Mais aux Stoïciens je donne l'avantage,
Et je ne trouve rien de ſi beau que leur ſage.

ARMANDE.

Pour la langue, on verra dans peu nos réglemens,
Et nous y prétendons faire des remuemens.
Par une antipathie ou juſte, ou naturelle,
Nous avons pris chacune une haine mortelle
Pour un nombre de mots, ſoit ou verbes, ou noms,
Que mutuellement nous nous abandonnons ;
Contr'eux nous préparons de mortelles ſentences,
Et nous devons ouvrir nos doctes conférences
Par les proſcriptions de tous ces mots divers,
Dont nous voulons purger & la proſe & les vers.

PHILAMINTE.

Mais le plus beau projet de notre académie,
Une entrepriſe noble, & dont je ſuis ravie,
Un deſſein plein de gloire, & qui ſera vanté
Chez tous les beaux eſprits de la poſtérité,

C'eft le retranchement de ces fyllabes fales,
Qui, dans les plus beaux mots, produifent des fcandales;
Ces jouets éternels des fots de tous les tems;
Ces fades lieux communs de nos méchans plaifans;
Ces fources d'un amas d'équivoques infames
Dont on vient faire infulte à la pudeur des femmes.

TRISSOTIN.

Voilà certainement d'admirables projets.

BELISE.

Vous verrez nos ftatuts quand ils feront tous faits.

TRISSOTIN.

Ils ne fçauroient manquer d'être tous beaux & fages.

ARMANDE.

Nous ferons par nos loix les juges des ouvrages;
Par nos loix, profe & vers, tout nous fera foumis,
Nul n'aura de l'efprit, hors nous & nos amis.
Nous chercherons par tout à trouver à redire;
Et ne verrons que nous qui fçachent bien écrire.

SCENE III.

TRISSOTIN, PHILAMINTE, BELISE, ARMANDE, HENRIETTE, L'EPINE.

L'EPINE à *Triſſotin.*

Monfieur, un homme eft là qui veut parler à vous,
Il eft vêtu de noir, & parle d'un ton doux.

TRIS-

[*ils se levent.*]   T R I S S O T I N.

C'est cet ami sçavant qui m'a fait tant d'instance
De lui donner l'honneur de votre connoissance.

PHILAMINTE.

Pour le faire venir, vous avez tout crédit.

S C E N E   I V.

PHILAMINTE, BELISE, ARMANDE, HENRIETTE.

F PHILAMINTE *à Armande & à Bélise.*
Aisons bien les honneurs au moins de notre esprit.

[*à Henriette qui veut sortir.*]

Holà. Je vous ai dit, en paroles bien claires,
Que j'ai besoin de vous.

HENRIETTE.

Mais pour quelles affaires?

PHILAMINTE.

Venez, on va dans peu vous les faire sçavoir.

S C E N E   V.

PHILAMINTE, BELISE, ARMANDE, HENRIETTE, VADIUS, TRISSOTIN.

TRISSOTIN *présentant Vadius.*

V Oici l'homme qui meurt du désir de vous voir;
En vous le produisant, je ne crains point le blâme
D'avoir admis chez vous un profane, Madame.

Tome VI. N n

Il peut tenir fon coin parmi de beaux efprits.

PHILAMINTE.

La main qui le préfente en dit affez le prix.

TRISSOTIN.

Il a des vieux auteurs la pleine intelligence ;
Et fçait du grec, Madame, autant qu'homme de France.

PHILAMINTE à *Bélife.*

Du grec ! O Ciel ! Du grec ! Il fçait du grec, ma fœur !

BELISE à *Armande.*

Ah ! Ma niéce, du grec !

ARMANDE.

Du grec ! Quélle douceur !

PHILAMINTE.

Quoi ! Monfieur fçait du grec ? Ah ! Permettez, de grace,
Que, pour l'amour du grec, Monfieur, on vous embraffe.

[*Vadius embraffe auffi Bélife & Armande.*]

HENRIETTE à *Vadius qui veut auffi l'embraffer.*

Excufez-moi, Monfieur, je n'entends pas le grec,

[*ils s'afféyent.*]

PHILAMINTE.

J'ai pour les livres grecs un merveilleux refpect.

VADIUS.

Je crains d'être fâcheux, par l'ardeur qui m'engage
A vous rendre aujourd'hui, Madame, mon hommage ;
Et j'aurai pû troubler quelque docte entretien.

PHILAMINTE.

Monfieur, avec du grec, on ne peut gâter rien.

TRISSOTIN.

Au reste, il fait merveille en vers, ainsi qu'en prose;
Et pourroit, s'il vouloit, vous montrer quelque chose.

VADIUS.

Le défaut des auteurs, dans leurs productions,
C'est d'en tyranniser les conversations,
D'être au palais, au cours, aux ruelles, aux tables,
De leurs vers fatigans lecteurs infatigables.
Pour moi, je ne vois rien de plus sot à mon sens
Qu'un auteur qui par tout va gueuser des encens;
Qui, des premiers venus saisissant les oreilles,
En fait, le plus souvent, les martyrs de ses veilles.
On ne m'a jamais vû ce fol entêtement;
Et, d'un grec, là-dessus, je suis le sentiment,
Qui, par un dogme exprès, défend à tous ses sages
L'indigne empressement de lire leurs ouvrages.
Voici de petits vers pour de jeunes amans,
Sur quoi je voudrois bien avoir vos sentimens.

TRISSOTIN.

Vos vers ont des beautés que n'ont point tous les autres.

VADIUS.

Les Graces & Vénus regnent dans tous les vôtres.

TRISSOTIN.

Vous avez le tour libre, & le beau choix des mots.

VADIUS.

On voit par tout chez vous l'*ithos* & le *pathos*.

TRISSOTIN.

Nous avons vû de vous des églogues, d'un ftile
Qui paffe en doux attraits Théocrite & Virgile.

VADIUS.

Vos odes ont un air noble, galant & doux,
Qui laiffe de bien loin votre Horace après vous.

TRISSOTIN.

Eft-il rien d'amoureux comme vos chanfonnettes ?

VADIUS.

Peut-on voir rien d'égal aux fonnets que vous faites ?

TRISSOTIN.

Rien qui foit plus charmant que vos petits rondeaux ?

VADIUS.

Rien de fi plein d'efprit que tous vos madrigaux ?

TRISSOTIN.

Aux ballades fur tout vous étes admirable.

VADIUS.

Et dans les bouts-rimés je vous trouve adorable.

TRISSOTIN.

Si la France pouvoit connoître votre prix,

VADIUS.

Si le fiécle rendoit juftice aux beaux efprits,

TRISSOTIN.

En carroffe doré vous iriez par les ruës.

VADIUS.

On verroit le public vous dreffer des ftatuës.

[*à Triſſotin.*]

Hom. C'eſt une ballade, & je veux que tout net
Vous m'en . . . .

TRISSOTIN *à Vadius.*

Avez-vous vû certain petit ſonnet
Sur la fiévre qui tient la princeſſe Uranie?

VADIUS.

Oui. Hier il me fut lû dans une compagnie.

TRISSOTIN.

Vous en ſçavez l'auteur?

VADIUS.

Non; mais je ſçais fort bien,
Qu'à ne le point flater, ſon ſonnet ne vaut rien.

TRISSOTIN.

Beaucoup de gens pourtant le trouvent admirable.

VADIUS.

Cela n'empêche pas qu'il ne ſoit miſérable;
Et, ſi vous l'avez vû, vous ſerez de mon goût.

TRISSOTIN.

Je ſçais que là-deſſus je n'en ſuis point du tout;
Et que d'un tel ſonnet peu de gens ſont capables.

VADIUS.

Me préſerve le Ciel d'en faire de ſemblables.

TRISSOTIN.

Je ſoutiens qu'on ne peut en faire de meilleur;
Et ma grande raiſon eſt que j'en ſuis l'auteur.

VADIUS.

Vous?

TRISSOTIN.

Moi.

VADIUS.

Je ne fçais donc comment fe fit l'affaire.

TRISSOTIN.

C'eft qu'on fut malheureux de ne pouvoir vous plaire.

VADIUS.

Il faut qu'en écoutant, j'aye eu l'efprit diftrait;
Ou bien que le lecteur m'ait gâté le fonnet.
Mais laiffons ce difcours, & voyons ma ballade.

TRISSOTIN.

La ballade, à mon goût, eft une chofe fade;
Ce n'en eft plus la mode, elle fent fon vieux tems.

VADIUS.

La ballade pourtant charme beaucoup de gens.

TRISSOTIN.

Cela n'empêche pas qu'elle ne me déplaife.

VADIUS.

Elle n'en refte pas pour cela plus mauvaife.

TRISSOTIN.

Elle a pour les pédans de merveilleux appas.

VADIUS.

Cependant nous voyons qu'elle ne vous plaît pas.

TRISSOTIN.

Vous donnez fottement vos qualités aux autres.

[*Ils fe lévent tous.*]

VADIUS.

Fort impertinemment vous me jettez les vôtres.

TRISSOTIN.

Allez, petit grimaud, barbouilleur de papier.

VADIUS.

Allez, rimeur de balle, opprobre du métier.

TRISSOTIN.

Allez, frippier d'écrits, impudent plagiaire.

VADIUS.

Allez, cuiſtre....

PHILAMINTE.

Hé, Meſſieurs, que prétendez-vous faire ?

TRISSOTIN *à Vadius.*

Va, va reſtituer tous les honteux larcins
Que réclament ſur toi les grecs & les latins.

VADIUS.

Va, va-t-en faire amende honorable au parnaſſe,
D'avoir fait à tes vers eſtropier Horace.

TRISSOTIN.

Souvien-toi de ton livre, & de ſon peu de bruit.

VADIUS.

Et toi, de ton libraire à l'hôpital réduit.

TRISSOTIN.

Ma gloire eſt établie, en vain tu la déchires.

VADIUS.

Oui, oui, je te renvoye à l'auteur des ſatyres.

TRISSOTIN.

Je t'y renvoye auſſi.

VADIUS.

J'ai le contentement

Qu'on voit qu'il m'a traité plus honorablement.

Il me donne en paffant une atteinte légére

Parmi plufieurs auteurs qu'au palais on révére ;

Mais jamais dans fes vers il ne te laiffe en paix ,

Et l'on t'y voit par tout 'être en butte à fes traits.

TRISSOTIN.

C'eft par là que j'y tiens un rang plus honorable.

Il te met dans la foule ainfi qu'un miférable,

Il croit que c'eft affez d'un coup pour t'accabler;

Et ne t'a jamais fait l'honneur de redoubler.

Mais il m'attaque à part comme un noble adverfaire

Sur qui tout fon effort lui femble néceffaire ;

Et fes coups, contre moi redoublés en tous lieux ,

Montrent qu'il ne fe croit jamais victorieux.

VADIUS.

Ma plume t'apprendra quel homme je puis être.

TRISSOTIN.

Et la mienne fçaura te faire voir ton maître.

VADIUS.

Je te défie en vers, profe, grec & latin.

TRISSOTIN.

Hé bien, nous nous verrons feul à feul chez Barbin.

SCENE

SCENE VI.

TRISSOTIN, PHILAMINTE, ARMANDE, BELISE, HENRIETTE.

TRISSOTIN.

A Mon emportement ne donnez aucun blâme ;
C'eſt votre jugement que je défends, Madame,
Dans le ſonnet qu'il a l'audace d'attaquer.

PHILAMINTE.

A vous remettre bien, je me veux appliquer ;
Mais parlons d'autre affaire. Approchez, Henriette.
Depuis aſſez long-tems mon ame s'inquiéte
De ce qu'aucun eſprit en vous ne ſe fait voir ;
Mais je trouve un moyen de vous en faire avoir.

HENRIETTE.

C'eſt prendre un ſoin pour moi qui n'eſt pas néceſſaire.
Les doctes entretiens ne ſont point mon affaire,
J'aime à vivre aiſément ; &, dans tout ce qu'on dit,
Il faut ſe trop peiner pour avoir de l'eſprit ;
C'eſt une ambition que je n'ai point en tête.
Je me trouve fort bien, ma mere, d'être bête ;
Et j'aime mieux n'avoir que de communs propos,
Que de me tourmenter pour dire de beaux mots.

PHILAMINTE.

Oui ; mais j'y ſuis bleſſée, & ce n'eſt pas mon compte
De ſouffrir dans mon ſang une pareille honte.

La beauté du vifage eft un frêle ornement,
Une fleur paffagére, un éclat d'un moment,
Et qui n'eft attaché qu'à la fimple épiderme;
Mais celle de l'efprit eft inhérente & ferme.
J'ai donc cherché long-tems un biais de vous donner
La beauté que les ans ne peuvent moiffonner,
De faire entrer chez vous le défir des fciences,
De vous infinuer les belles connoiffances,
Et la penfée enfin où mes veux ont foufcrit,
C'eft d'attacher à vous un homme plein d'efprit;

[*montrant Triffotin.*]

Et cet homme eft monfieur, que je vous détermine
A voir comme l'époux que mon choix vous deftine.

HENRIETTE.

Moi, ma mere ?

PHILAMINTE.

Oui, vous. Faites la fotte un peu.

BELISE *à Triffotin.*

Je vous entends. Vos yeux demandent mon aveu,
Pour engager ailleurs un cœur que je poffède.
Allez, je le veux bien. A ce nœud je vous céde;
C'eft un hymen qui fait votre établiffement.

TRISSOTIN *à Henriette.*

Je ne fçais que vous dire, en mon raviffement,
Madame; & cet hymen dont je vois qu'on m'honore,
Me met . . . . .

HENRIETTE.

Tout beau, Monfieur, il n'eft pas fait encore;

Ne vous preffez pas tant.

PHILAMINTE.

Comme vous répondez ?

Sçavez-vous bien que fi... Suffit. Vous m'entendez.

[*à Triffotin.*]

Elle fe rendra fage. Allons, laiffons-la faire.

SCENE VII.

HENRIETTE, ARMANDE.

ARMANDE.

ON voit briller pour vous les foins de notre mere;
Et fon choix ne pouvoit d'un plus illuftre époux...

HENRIETTE.

Si le choix eft fi beau ; que ne le prenez-vous ?

ARMANDE

C'eft à vous, non à moi, que fa main eft donnée.

HENRIETTE.

Je vous le céde tout, comme à ma fœur aînée.

ARMANDE.

Si l'hymen, comme à vous, me paroiffoit charmant,
J'accepterois votre offre avec raviffement.

HENRIETTE.

Si j'avois, comme vous, les pédans dans la tête,
Je pourrois le trouver un parti fort honnête.

ARMANDE.

Cependant, bien qu'ici nos goûts foient différens,
Nous devons obéïr, ma fœur, à nos parens.

Une mere a fur nous une entiére puiſſance ;
Et vous croyez envain, par votre réſiſtance...

SCENE VIII.

CHRISALE, ARISTE, CLITANDRE, HENRIETTE, ARMANDE.

CHRISALE *à Henriette, lui préſentant Clitandre.*

ALlons, ma fille, il faut approuver mon deſſein.
Otez ce gand. Touchez à monſieur dans la main ;
Et le conſidérez déſormais dans votre ame
En homme dont je veux que vous ſoyiez la femme.

ARMANDE.

De ce côté, ma ſœur, vos panchans ſont fort grands.

HENRIETTE.

Il nous faut obéïr, ma ſœur, à nos parens ;
Un pere a ſur nos vœux une entiére puiſſance.

ARMANDE.

Une mere a ſa part à notre obéïſſance.

CHRISALE.

Qu'eſt-ce à dire ?

ARMANDE.

Je dis que j'appréhende fort
Qu'ici ma mere & vous ne ſoyiez pas d'accord ;
Et c'eſt un autre époux....

CHRISALE.

Taiſez-vous, perronelle,
Allez philoſopher tout le ſaoul avec elle,

Et de mes actions ne vous mêlez en rien.

Dites-lui ma penſée ; & l'avertiſſez bien

Qu'elle ne vienne pas m'échauffer les oreilles ;

Allons vîte.

SCENE IX.

CHRISALE, ARISTE, HENRIETTE, CLITANDRE.

ARISTE.

Fort bien. Vous faites des merveilles.

CLITANDRE.

Quel tranſport! Quelle joye! Ah! Que mon fort eſt doux!

CHRISALE à *Clitandre.*

Allons, prenez ſa main, & paſſez devant nous ;

Menez-là dans ſa chambre. Ah! Les douces careſſes!

   [*à Ariſte.*]

Tenez, mon cœur s'émeut à toutes ces tendreſſes ,

Cela ragaillardit tout-à- fait mes vieux jours ;

Et je me reſſouviens de mes jeunes amours.

Fin du troiſiéme Acte.

ACTE QUATRIÉME.

SCENE PREMIERE.

PHILAMINTE, ARMANDE.

ARMANDE.

UI, rien n'a retenu fon efprit en balance,
Elle a fait vanité de fon obéiffance,
Son cœur, pour fe livrer, à peine devant
   moi,
S'eft-il donné le tems d'en recevoir la loi;
Et fembloit fuivre moins les volontés d'un pere,
Qu'affecter de braver les ordres d'une mere.

PHILAMINTE.

Je lui montrerai bien aux loix de qui des deux
Les droits de la raifon foumettent tous fes vœux ;
Et qui doit gouverner, ou fa mere, ou fon pere,
Ou l'efprit, ou le corps, la forme, ou la matiére.

ARMANDE.

On vous en devoit bien, au moins, un compliment;
Et ce petit monfieur en ufe étrangement

De vouloir, malgré vous, devenir votre gendre.

PHILAMINTE.

Il n'en eft pas encore où fon cœur peut prétendre.
Je le trouvois bien fait, & j'aimois vos amours;
Mais, dans fes procédés, il m'a déplû toujours.
Il fçait que, Dieu merci, je me mêle d'écrire;
Et jamais il ne m'a prié de lui rien lire.

SCENE II.

CLITANDRE *entrant doucement, & écoutant fans fe montrer,* ARMANDE, PHILAMINTE.

ARMANDE.

JE ne fouffrirois point, fi j'étois que de vous,
Que jamais d'Henriette il pût être l'époux.
On me feroit grand tort d'avoir quelque penfée
Que là-deffus je parle en fille intéreffée;
Et que le lâche tour que l'on voit qu'il me fait,
Jette au fond de mon cœur quelque dépit fecret.
Contre de pareils coups, l'ame fe fortifie
Du folide fecours de la philofophie,
Et par elle on fe peut mettre au deffus de tout;
Mais, vous traiter ainfi, c'eft vous pouffer à bout.
Il eft de votre honneur d'être à fes vœux contraire;
Et c'eft un homme, enfin, qui ne doit point vous plaire.
Jamais je n'ai connu, difcourant entre nous,
Qu'il eût au fond du cœur de l'eftime pour vous.

PHILAMINTE.

Petit fot!

ARMANDE.

Quelque bruit que votre gloire faffe,
Toujours à vous louer il a paru de glace.

PHILAMINTE.

Le brutal!

ARMANDE.

Et vingt fois, comme ouvrages nouveaux,
J'ai lû des vers de vous qu'il n'a point trouvés beaux.

PHILAMINTE.

L'impertinent!

ARMANDE.

Souvent nous en étions aux prifes;
Et vous ne croiriez point de combien de fottifes....

CLITANDRE *à Armande.*

Hé! Doucement, de grace. Un peu de charité,
Madame, ou, tout au moins, un peu d'honnêteté.
Quel mal vous ai-je fait? Et quelle eft mon offenfe
Pour armer contre moi toute votre éloquence,
Pour vouloir me détruire, & prendre tant de foin
De me rendre odieux aux gens dont j'ai befoin?
Parlez, dites, d'où vient ce courroux effroyable?
Je veux bien que madame en foit juge équitable.

ARMANDE.

Si j'avois le courroux dont on veut m'accufer,
Je trouverois affez de quoi l'autorifer,

Vous

Vous en feriez trop digne ; & les premiéres flâmes
S'établiffent des droits fi facrés fur les ames,
Qu'il faut perdre fortune, & renoncer au jour,
Plûtôt que de brûler des feux d'un autre amour.
Au changement de vœux nulle horreur ne s'égale ;
Et tout cœur infidéle eft un monftre en morale.

CLITANDRE.

Appellez-vous, Madame, une infidélité
Ce que m'a de votre ame ordonné la fierté ?
Je ne fais qu'obéïr aux loix qu'elle m'impofe ;
Et, fi je vous offenfe, elle feule en eft caufe.
Vos charmes ont d'abord poffédé tout mon cœur,
Il a brûlé deux ans d'une conftante ardeur ;
Il n'eft foins empreffés, devoirs, refpects, fervices
Dont il ne vous ait fait d'amoureux facrifices.
Tous mes feux, tous mes foins ne peuvent rien fur vous,
Je vous trouve contraire à mes vœux les plus doux,
Ce que vous refufez, je l'offre au choix d'une autre ;
Voyez. Eft-ce, Madame, ou ma faute, ou la vôtre ?
Mon cœur court-il au change, ou fi vous l'y pouffez ?
Eft-ce moi qui vous quitte, ou vous qui me chaffez ?

ARMANDE.

Appellez-vous, Monfieur, être à vos vœux contraire
Que de leur arracher ce qu'ils ont de vulgaire ;
Et vouloir les réduire à cette pureté,
Où du parfait amour confifte la beauté ?
Vous ne fçauriez pour moi tenir votre penfée
Du commerce des fens nette & débarraffée ;

Tome VI.　　　　　　　　　　　　P p

Et vous ne goûtez point, dans ſes plus doux appas,
Cette union des cœurs, où les corps n'entrent pas.
Vous ne pouvez aimer que d'une amour groſſiére,
Qu'avec tout l'attirail des nœuds de la matiére;
Et, pour nourrir les feux que chez vous on produit,
Il faut un mariage, & tout ce qui s'enſuit.
Ah! Quel étrange amour; & que les belles ames
Sont bien loin de brûler de ces terreſtres flâmes!
Les ſens n'ont point de part à toutes leurs ardeurs,
Et ce beau feu ne veut marier que les cœurs,
Comme une choſe indigne, il laiſſe là le reſte;
C'eſt un feu pur & net comme le feu céleſte,
On ne pouſſe avec lui que d'honnêtes ſoupirs,
Et l'on ne panche point vers les ſales déſirs.
Rien d'impur ne ſe mêle au but qu'on ſe propoſe,
On aime pour aimer, & non pour autre choſe,
Ce n'eſt qu'à l'eſprit ſeul que vont tous les tranſports;
Et l'on ne s'apperçoit jamais qu'on ait un corps.

CLITANDRE.

Pour moi, par un malheur, je m'apperçois, Madame,
Que j'ai, ne vous déplaiſe, un corps tout comme une ame,
Je ſens qu'il y tient trop pour le laiſſer à part;
De ces détachemens je ne connois point l'art,
Le Ciel m'a dénié cette philoſophie;
Et mon ame & mon corps marchent de compagnie.
Il n'eſt rien de plus beau, comme vous avez dit,
Que ces vœux épurés qui ne vont qu'à l'eſprit,

Ces unions de cœurs, & ces tendres penfées,
Du commerce des fens fi bien débarraffées ;
Mais ces amours pour moi font trop fubtilifés,
Je fuis un peu groffier, comme vous m'accufez ;
J'aime avec tout moi-même, & l'amour qu'on me donne,
En veut, je le confeffe, à toute là perfonne.
Ce n'eft pas là matiére à de grands châtimens ;
Et, fans faire de tort à vos beaux fentimens,
Je vois que dans le monde on fuit fort ma méthode,
Et que le mariage eft affez à la mode,
Paffe pour un lien affez honnête & doux,
Pour avoir défiré de me voir votre époux,
Sans que la liberté d'une telle penfée
Ait dû vous donner lieu d'en paroître offenfée.

ARMANDE.

Hé bien, Monfieur, hé bien, puifque, fans m'écouter,
Vos fentimens brutaux veulent fe contenter,
Puifque, pour vous réduire à des ardeurs fidéles,
Il faut des nœuds de chair, des chaînes corporelles,
Si ma mere le veut, je réfous mon efprit
A confentir pour vous à ce dont il s'agit.

CLITANDRE.

Il n'eft plus tems, Madame, une autre a pris la place ;
Et par un tel retour j'aurois mauvaife grace
De maltraiter l'azyle, & bleffer les bontés,
Où je me fuis fauvé de toutes vos fiertés.

PHILAMINTE.

Mais enfin, comptez-vous, Monſieur, ſur mon ſuffrage,
Quand vous vous promettez cet autre mariage ;
Et, dans vos viſions, ſçavez-vous, s'il vous plaît,
Que j'ai pour Henriette un autre époux tout prêt ?
CLITANDRE.

Hé, Madame, voyez votre choix, je vous prie,
Expoſez-moi, de grace, à moins d'ignominie ;
Et ne me rangez pas à l'indigne deſtin
De me voir le rival de monſieur Triſſotin.
L'amour des beaux eſprits, qui chez vous m'eſt contraire,
Ne pouvoit m'oppoſer un moins noble adverſaire.
Il en eſt, & pluſieurs, que, pour le bel eſprit,
Le mauvais goût du ſiécle a ſçû mettre en crédit ;
Mais monſieur Triſſotin n'a pû dupper perſonne,
Et chacun rend juſtice aux écrits qu'il nous donne.
Hors céans, on le priſe en tous lieux ce qu'il vaut ;
Et ce qui m'a vingt fois fait tomber de mon haut,
C'eſt de vous voir au Ciel élever des ſornettes
Que vous déſavoueriez, ſi vous les aviez faites.
PHILAMINTE.

Si vous jugez de lui tout autrement que nous,
C'eſt que nous le voyons par d'autres yeux que vous.

SCENE III.

TRISSOTIN, PHILAMINTE, ARMANDE, CLITANDRE.

TRISSOTIN *à Philaminte.*

JE viens vous annoncer une grande nouvelle.
Nous l'avons en dormant, Madame, échapé belle.
Un monde près de nous a paſſé tout du long,
Eſt chû tout au travers de notre tourbillon ;
Et, s'il eût en chemin rencontré notre terre,
Elle eût été briſée en morceaux comme verre.

PHILAMINTE.

Remettons ce diſcours pour une autre ſaiſon,
Monſieur n'y trouveroit ni rime, ni raiſon ;
Il fait profeſſion de chérir l'ignorance,
Et de haïr, ſur tout, l'eſprit & la ſcience.

CLITANDRE.

Cette vérité veut quelque adouciſſement.
Je m'explique, Madame ; & je hais ſeulement
La ſcience & l'eſprit qui gâtent les perſonnes.
Ce ſont choſes, de ſoi, qui ſont belles & bonnes ;
Mais j'aimerois mieux être au rang des ignorans,
Que de me voir ſçavant comme certaines gens.

TRISSOTIN.

Pour moi, je ne tiens pas, quelque effet qu'on ſuppoſe,
Que la ſcience ſoit pour gâter quelque choſe.

CLITANDRE.

Et c'eſt mon ſentiment qu'en faits, comme en propos,
La ſcience eſt ſujette à faire de grands ſots.

TRISSOTIN.

Le paradoxe eſt fort.

CLITANDRE.

Sans être fort habile,
La preuve m'en feroit, je penſe, aſſez facile.
Si les raiſons manquoient, je ſuis ſûr qu'en tout cas
Les exemples fameux ne me manqueroient pas.

TRISSOTIN.

Vous en pourriez citer qui ne concluroient guére.

CLITANDRE.

Je n'irois pas bien loin pour trouver mon affaire.

TRISSOTIN.

Pour moi, je ne vois pas ces exemples fameux.

CLITANDRE.

Moi, je les vois ſi bien qu'ils me crévent les yeux.

TRISSOTIN.

J'ai crû juſques ici que c'étoit l'ignorance
Qui faiſoit les grands ſots, & non pas la ſcience.

CLITANDRE.

Vous avez crû fort mal ; & je vous ſuis garant
Qu'un ſot ſçavant eſt ſot plus qu'un ſot ignorant.

TRISSOTIN.

Le ſentiment commun eſt contre vos maximes,
Puis qu'ignorant & ſot ſont termes ſynonimes.

CLITANDRE.

Si vous le voulez prendre aux usages du mot,
L'alliance est plus forte entre pédant & sot.

TRISSOTIN.

La sottise, dans l'un, se fait voir toute pure.

CLITANDRE.

Et l'étude, dans l'autre, ajoûte à la nature.

TRISSOTIN.

Le sçavoir garde en soi son mérite éminent.

CLITANDRE.

Le sçavoir, dans un fat, devient impertinent.

TRISSOTIN.

Il faut que l'ignorance ait pour vous de grands charmes,
Puisque pour elle ainsi vous prenez tant les armes.

CLITANDRE.

Si pour moi l'ignorance a des charmes bien grands,
C'est depuis qu'à mes yeux s'offrent certains sçavans.

TRISSOTIN.

Ces certains sçavans-là peuvent, à les connoître,
Valoir certaines gens que nous voyons paroître.

CLITANDRE.

Oui, si l'on s'en rapporte à ces certains sçavans;
Mais on n'en convient pas chez ces certaines gens.

PHILAMINTE *à Clitandre.*

Il me semble, Monsieur . . . . .

CLITANDRE.

Hé, Madame, de grace.
Monsieur est assez fort, sans qu'à son aide on passe,

Je n'ai déjà que trop d'un si rude assaillant;
Et, si je me défends, ce n'est qu'en reculant.

ARMANDE.

Mais l'offensante aigreur de chaque repartie,
Dont vous . . . . .

CLITANDRE.

Autre second? Je quitte la partie.

PHILAMINTE.

On souffre aux entretiens ces sortes de combats,
Pourvû qu'à la personne on ne s'attaque pas.

CLITANDRE.

Hé, mon Dieu, tout cela n'a rien dont il s'offense,
Il entend raillerie autant qu'homme de France;
Et de bien d'autres traits il s'est senti piquer,
Sans que jamais sa gloire ait fait que s'en moquer.

TRISSOTIN.

Je ne m'étonne pas, au combat que j'essuye,
De voir prendre à monsieur la thése qu'il appuye;
Il est fort enfoncé dans la cour, c'est tout dit.
La cour, comme l'on sçait, ne tient pas pour l'esprit,
Elle a quelque intérêt d'appuyer l'ignorance;
Et c'est, en courtisan, qu'il en prend la défense.

CLITANDRE.

Vous en voulez beaucoup à cette pauvre cour;
Et son malheur est grand de voir que, chaque jour,
Vous autres beaux esprits vous déclamiez contre elle,
Que de tous vos chagrins vous lui fassiez querelle,

Et

Et, fur fon méchant goût lui faifant fon procès;
N'accufiez que lui feul de vos méchans fuccès.
Permettez-moi, Monfieur Triffotin, de vous dire,
Avec tout le refpect que votre nom m'infpire,
Que vous feriez fort bien, vos confreres & vous,
De parler de la cour d'un ton un peu plus doux;
Qu'à le bien prendre au fond, elle n'eft pas fi bête
Que vous autres meffieurs vous vous mettez en tête;
Qu'elle a du fens commun pour fe connoître à tout;
Que chez elle on fe peut former quelque bon goût;
Et que l'efprit du monde y vaut, fans flaterie,
Tout le fçavoir obfcur de la pédanterie.

TRISSOTIN.

De fon bon goût, Monfieur, nous voyons des effets.

CLITANDRE.

Où voyez-vous, Monfieur, qu'elle l'ait fi mauvais?

TRISSOTIN.

Ce que je vois, Monfieur? C'eft que pour la fcience
Rafius & Baldus font honneur à la France;
Et que tout leur mérite expofé fort au jour,
N'attire point les yeux & les dons de la cour.

CLITANDRE.

Je vois votre chagrin, & que, par modeftie,
Vous ne vous mettez point, Monfieur, de la partie;
Et pour ne vous point mettre auffi dans le propos;
Que font-ils pour l'Etat vos habiles heros?
Qu'eft-ce que leurs écrits lui rendent de fervice,
Pour accufer la cour d'une horrible injuftice;

Et fe plaindre en tous lieux que fur leurs doctes noms
Elle manque à verfer la faveur de fes dons?
Leur fçavoir à la France eft beaucoup néceffaire;
Et des livres qu'ils font la cour a bien affaire.
Il femble à trois gredins, dans leur petit cerveau,
Que pour être imprimés, & reliés en veau,
Les voilà dans l'Etat d'importantes perfonnes;
Qu'avec leur plume ils font les deftins des couronnes;
Qu'au moindre petit bruit de leurs productions,
Ils doivent voir chez eux voler les penfions;
Que fur eux l'univers a la vûë attachée;
Que par tout de leur nom la gloire eft épanchée;
Et qu'en fcience ils font des prodiges fameux,
Pour fçavoir ce qu'ont dit les autres avant eux,
Pour avoir eu trente ans des yeux & des oreilles,
Pour avoir employé neuf ou dix mille veilles
A fe bien barbouiller de grec & de latin,
Et fe charger l'efprit d'un ténébreux butin
De tous les vieux fatras qui traînent dans les livres.
Gens, qui de leur fçavoir paroiffent toujours yvres,
Riches, pour tout mérite, en babil importun,
Inhabiles à tout, vuides de fens commun;
Et pleins d'un ridicule & d'une impertinence
A décrier par tout l'efprit & la fcience.

PHILAMINTE.

Votre chaleur eft grande; & cet emportement
De la nature en vous marque le mouvement.
C'eft le nom de rival qui dans votre ame excite....

SCENE IV.

TRISSOTIN, PHILAMINTE, CLITANDRE, ARMANDE, JULIEN.

JULIEN.

LE sçavant qui tantôt vous a rendu visite,
Et de qui j'ai l'honneur d'être l'humble valet,
Madame, vous exhorte à lire ce billet.

PHILAMINTE.

Quelque important que soit ce qu'on veut que je lise,
Apprenez, mon ami, que c'est une sottise
De se venir jetter au travers d'un discours;
Et qu'aux gens d'un logis il faut avoir recours,
Afin de s'introduire en valet qui sçait vivre.

JULIEN.

Je noterai cela, Madame, dans mon livre.

PHILAMINTE.

Trissotin s'est vanté, Madame, qu'il épouseroit votre fille. Je vous donne avis que sa philosophie n'en veut qu'à vos richesses, & que vous ferez bien de ne point conclure ce mariage, que vous n'ayiez vû le poëme que je compose contre lui. En attendant cette peinture où je prétends vous le dépeindre de toutes ses couleurs, je vous envoye Horace, Virgile, Térence & Catulle, où vous verrez notés en marge tous les endroits qu'il a pillés.

Voilà, fur cet hymen que je me fuis promis,
Un mérite attaqué de beaucoup d'ennemis;
Et ce déchaînement aujourd'hui me convie,
A faire une action qui confonde l'envie,
Qui lui faffe fentir que l'effort qu'elle fait,
De ce qu'elle veut rompre, aura preffé l'effet.

[*à Julien.*]

Reportez tout cela fur l'heure à votre maître;
Et lui dites qu'afin de lui faire connoître
Quel grand état je fais de fes nobles avis,
Et comme je les crois dignes d'être fuivis,

[*montrant Triffotin.*]

Dès ce foir, à monfieur, je marierai ma fille.

S C E N E V.

PHILAMINTE, ARMANDE,
CLITANDRE.

PHILAMINTE *à Clitandre.*

VOus, Monfieur, comme ami de toute la famille,
A figner leur contrat vous pourrez affifter;
Et je vous y veux bien, de ma part, inviter.
Armande, prenez foin d'envoyer au notaire,
Et d'aller avertir votre fœur de l'affaire.

ARMANDE.

Pour avertir ma fœur, il n'en eft pas befoin,
Et monfieur que voilà, fçaura prendre le foin

De courir lui porter bientôt cette nouvelle ;
Et difpofer fon cœur à vous être rébelle.

PHILAMINTE.

Nous verrons qui fur elle aura plus de pouvoir ;
Et fi je la fçaurai réduire à fon devoir.

SCENE VI.

ARMANDE, CLITANDRE.

ARMANDE.

J'Ai grand regret, Monfieur, de voir qu'à vos vifées,
Les chofes ne foient pas tout-à-fait difpofées.

CLITANDRE.

Je m'en vais travailler, Madame, avec ardeur,
A ne vous point laiffer ce grand regret au cœur.

ARMANDE.

J'ai peur que votre effort n'ait pas trop bonne iffuë.

CLITANDRE.

Peut-être verrez-vous votre crainte déçûë.

ARMANDE.

Je le fouhaite ainfi.

CLITANDRE.

J'en fuis perfuadé ;
Et que de votre appui je ferai fecondé.

ARMANDE.

Oui, je vais vous fervir de toute ma puiffance.

CLITANDRE.

Et ce fervice eft fûr de ma reconnoiffance.

SCENE VII.

CHRISALE, ARISTE, HENRIETTE, CLITANDRE.

CLITANDRE.

SAns votre appui, monſieur, je ſerai malheureux.
Madame votre femme a rejetté mes vœux ;
Et ſon cœur prévenu veut Triſſotin pour gendre.

CHRISALE.

Mais quelle fantaiſie a-t-elle donc pû prendre ?
Pourquoi diantre vouloir ce monſieur Triſſotin ?

ARISTE.

C'eſt par l'honneur qu'il a de rimer à latin,
Qu'il a ſur ſon rival emporté l'avantage.

CLITANDRE.

Elle veut dès ce ſoir faire ce mariage.

CHRISALE.

Dès ce ſoir ?

CLITANDRE.

Dès ce ſoir.

CHRISALE.

Et dès ce ſoir je veux,
Pour la contrequarrer, vous marier vous deux.

CLITANDRE.

Pour dreſſer le contrat, elle envoye au notaire.

CHRISALE.

Et je vais le querir pour celui qu'il doit faire.

CLITANDRE *montrant Henriette.*

Et madame doit être inftruite par fa fœur,
De l'hymen où l'on veut qu'elle apprête fon cœur.

CHRISALE.

Et moi, je lui commande, avec pleine puiffance,
De préparer fa main à cette autre alliance.
Ah! Je leur ferai voir, fi, pour donner la loi,
Il eft dans ma maifon d'autre maître que moi.

[*à Henriette.*]

Nous allons revenir, fongez à nous attendre.
Allons, fuivez mes pas, mon frere, & vous, mon gendre.

HENRIETTE *à Arifte.*

Hélas! Dans cette humeur confervez-le toujours.

ARISTE.

J'employerai toute chofe à fervir vos amours.

SCENE VIII.

HENRIETTE, CLITANDRE.

CLITANDRE.

Quelque fecours puiffant qu'on promette à ma flâme,
Mon plus folide efpoir, c'eft votre cœur, Madame.

HENRIETTE.

Pour mon cœur, vous pouvez vous affûrer de lui.

CLITANDRE.

Je ne puis qu'être heureux, quand j'aurai fon appui.

HENRIETTE.

Vous voyez à quels nœuds on prétend le contraindre.

CLITANDRE.

Tant qu'il fera pour moi , je ne vois rien à craindre.

HENRIETTE.

Je vais tout effayer pour nos vœux les plus doux ;
Et , fi tous mes efforts ne me donnent à vous ,
Il eſt une retraite où notre ame fe donne,
Qui m'empêchera d'être à toute autre perfonne.

CLITANDRE.

Veuille le juſte Ciel me garder en ce jour
De recevoir de vous cette preuve d'amour !

Fin du quatriéme Acte.

Blondel Invent   Joullain Sculpſit

ACTE

ACTE CINQUIÉME.

SCENE PREMIERE.

HENRIETTE, TRISSOTIN.

HENRIETTE

Est sur le mariage où ma mere s'apprête,
Que j'ai voulu, Monsieur, vous parler tête
   à tête ;
Et j'ai crû, dans le trouble où je vois la
   maison,
Que je pourrois vous faire écouter la raison.
Je sçais qu'avec mes vœux vous me jugez capable
De vous porter en dot un bien considérable ;
Mais l'argent, dont on voit tant de gens faire cas,
Pour un vray philosophe a d'indignes appas ;
Et le mépris du bien & des grandeurs frivoles,
Ne doit point éclater dans vos seules paroles.

TRISSOTIN.

Aussi n'est-ce point là ce qui me charme en vous ;
Et vos brillans attraits, vos yeux perçans & doux,

Tome *VI.*   R r

Votre grace & votre air font les biens, les richeffes,
Qui vous ont attiré mes vœux & mes tendreffes ;
C'eft de ces feuls tréfors que je fuis amoureux.

HENRIETTE.

Je fuis fort redevable à vos feux généreux.
Cet obligeant amour a de quoi me confondre ;
Et j'ai regret, Monfieur, de n'y pouvoir répondre.
Je vous eftime autant qu'on fçauroit eftimer ;
Mais je trouve un obftacle à vous pouvoir aimer.
Un cœur, vous le fçavez, à deux ne fçauroit être ;
Et je fens que du mien Clitandre s'eft fait maître.
Je fçais qu'il a bien moins de mérite que vous,
Que j'ai de méchans yeux pour le choix d'un époux,
Que par cent beaux talens vous devriez me plaire,
Je vois bien que j'ai tort, mais je n'y puis que faire ;
Et tout ce que fur moi peut le raifonnement,
C'eft de me vouloir mal d'un tel aveuglement.

TRISSOTIN.

Le don de votre main, où l'on me fait prétendre,
Me livrera ce cœur que poffède Clitandre ;
Et, par mille doux foins, j'ai lieu de préfumer
Que je pourrai trouver l'art de me faire aimer.

HENRIETTE.

Non ; à fes premiers vœux mon ame eft attachée,
Et ne peut de vos foins, Monfieur, être touchée.
Avec vous librement j'ofe ici m'expliquer ;
Et mon aveu n'a rien qui vous doive choquer.

Cette amoureufe ardeur qui dans les cœurs s'excite,
N'eft point, comme l'on fçait, un effet du mérite,
Le caprice y prend part ; &, quand quelqu'un nous plaît,
Souvent nous avons peine à dire pourquoi c'eft.
Si l'on aimoit, Monfieur, par choix & par fageffe,
Vous auriez tout mon cœur & toute ma tendreffe ;
Mais on voit que l'amour fe gouverne autrement.
Laiffez-moi, je vous prie, à mon aveuglement ;
Et ne vous fervez point de cette violence
Que, pour vous, on veut faire à mon obéiffance.
Quand on eft honnête homme, on ne veut rien devoir
A ce que des parens ont fur nous de pouvoir,
On répugne à fe faire immoler ce qu'on aime ;
Et l'on veut n'obtenir un cœur que de lui-même.
Ne pouffez point ma mere à vouloir, par fon choix,
Exercer fur mes vœux la rigueur de fes droits.
Otez-moi votre amour ; & portez à quelqu'autre
Les hommages d'un cœur auffi cher que le vôtre.

TRISSOTIN.

Le moyen que ce cœur puiffe vous contenter ?
Impofez-lui des loix qu'il puiffe exécuter.
De ne vous point aimer peut-il être capable,
A moins que vous ceffiez, Madame, d'être aimable,
Et d'étaler aux yeux les céleftes appas...

HENRIETTE.

Hé, Monfieur, laiffons-là ce galimathias.
Vous avez tant d'Iris, de Philis, d'Amarantes
Que par tout dans vos vers vous peignez fi charmantes ;

Et pour qui vous jurez tant d'amoureuse ardeur...

TRISSOTIN.

C'est mon esprit qui parle, & ce n'est pas mon cœur.

D'elles on ne me voit amoureux qu'en poëte ;

Mais j'aime tout de bon l'adorable Henriette.

HENRIETTE.

Hé, de grace, Monsieur...

TRISSOTIN.

      Si c'est vous offenser,

Mon offense envers vous n'est pas prête à cesser.

Cette ardeur jusqu'ici de vos yeux ignorée,

Vous consacre des vœux d'éternelle durée,

Rien n'en peut arrêter les aimables transports ;

Et, bien que vos beautés condamnent mes efforts,

Je ne puis refuser le secours d'une mere

Qui prétend couronner une flâme si chere ;

Et, pourvû que j'obtienne un bonheur si charmant,

Pourvû que je vous aye, il n'importe comment.

HENRIETTE.

Mais sçavez-vous qu'on risque un peu plus qu'on ne pense,

A vouloir sur un cœur user de violence ?

Qu'il ne fait pas bien sûr, à vous le trancher net,

D'épouser une fille en dépit qu'elle en ait ;

Et qu'elle peut aller, en se voyant contraindre,

A des ressentimens que le mari doit craindre ?

TRISSOTIN.

Un tel discours n'a rien dont je sois altéré ;

A tous événemens le sage est préparé.

Guéri, par la raifon, des foibleffes vulgaires,
Il fe met au-deffus de ces fortes d'affaires ;
Et n'a garde de prendre aucune ombre d'ennui,
De tout ce qui n'eft pas pour dépendre de lui.

HENRIETTE.

En verité, Monfieur, je fuis de vous ravie ;
Et je ne penfois pas que la philofophie
Fût fi belle qu'elle eft, d'inftruire ainfi les gens
A porter conftamment de pareils accidens.
Cette fermeté d'ame, à vous fi finguliere,
Mérite qu'on lui donne une illuftre matiére,
Eft digne de trouver qui prenne avec amour
Les foins continuels de la mettre en fon jour ;
Et comme, à dire vray, je n'oferois me croire
Bien propre à lui donner tout l'éclat de fa gloire,
Je le laiffe à quelqu'autre ; & vous jure, entre nous,
Que je renonce au bien de vous voir mon époux.

TRISSOTIN *en fortant.*

Nous allons voir bientôt comment ira l'affaire ;
Et l'on a là-dedans fait venir le notaire.

SCENE II.

CHRISALE, CLITANDRE, HENRIETTE, MARTINE.

CHRISALE.

AH ! Ma fille, je fuis bien-aife de vous voir.
Allons, venez vous en faire votre devoir,

Et foumettre vos vœux aux volontés d'un pere.

Je veux, je veux apprendre à vivre à votre mere ;

Et, pour la mieux braver, voilà, malgré fes dents,

Martine que j'améne, & rétablis céans.

HENRIETTE.

Vos réfolutions font dignes de louange.

Gardez que cette humeur, mon pere, ne vous change,

Soyez ferme à vouloir ce que vous fouhaitez ;

Et ne vous laiffez point féduire à vos bontés.

Ne vous relâchez pas ; & faites bien en forte

D'empêcher que fur vous ma mere ne l'emporte.

CHRISALE.

Comment ? Me prenez-vous ici pour un benêt ?

HENRIETTE.

M'en préferve le Ciel !

CHRISALE.

Suis-je un fat, s'il vous plaît?

HENRIETTE.

Je ne dis pas cela.

CHRISALE.

Me croit-on incapable

Des fermes fentimens d'un homme raifonnable ?

HENRIETTE.

Non, mon pere.

CHRISALE.

Eft-ce donc qu'à l'âge où je me voi,

Je n'aurois pas l'efprit d'être maître chez moi ?

HENRIETTE.

Si fait.

CHRISALE.

Et que j'aurois cette foiblesse d'ame,
De me laisser mener par le néz à ma femme?

HENRIETTE.

Hé, non, mon pere.

CHRISALE.

Ouais! Qu'est-ce donc que ceci?
Je vous trouve plaisante à me parler ainsi.

HENRIETTE.

Si je vous ai choqué, ce n'est pas mon envie.

CHRISALE.

Ma volonté céans doit être en tout suivie.

HENRIETTE.

Fort bien, mon pere.

CHRISALE.

Aucun, hors moi, dans la maison
N'a droit de commander.

HENRIETTE.

Oui, vous avez raison.

CHRISALE.

C'est moi qui tiens le rang de chef de la famille.

HENRIETTE.

D'accord.

CHRISALE.

C'est moi qui dois disposer de ma fille.

HENRIETTE.

Hé , oui.

CHRISALE.

Le Ciel me donne un plein pouvoir fur vous.

HENRIETTE.

Qui vous dit le contraire?

CHRISALE.

Et , pour prendre un époux,
Je vous ferai bien voir que c'eft à votre pere
Qu'il vous faut obéïr, non pas à votre mere.

HENRIETTE.

Hélas! Vous flatez-là les plus doux de mes vœux ;
Veuillez être obéi, c'eft tout ce que je veux.

CHRISALE.

Nous verrons fi ma femme à mes défirs rébelle . . . .

CLITANDRE.

La voici qui conduit le notaire avec elle.

CHRISALE.

Secondez-moi bien tous.

MARTINE.

Laiffez-moi. J'aurai foin
De vous encourager , s'il en eft de befoin.

SCENE

SCENE III.

PHILAMINTE, BELISE, ARMANDE, TRISSOTIN, UN NOTAIRE, CHRISALE, CLITANDRE, HENRIETTE, MARTINE.

PHILAMINTE *au notaire.*

Vous ne fçauriez changer votre ftile fauvage;
Et nous faire un contrat qui foit en beau langage?

LE NOTAIRE.

Notre ftile eft très bon; & je ferois un fot,
Madame, de vouloir y changer un feul mot.

BELISE.

Ah! Quelle barbarie au milieu de la France!
Mais au moins en faveur, Monfieur, de la fcience,
Veuillez au lieu d'écus, de livres & de francs,
Nous exprimer la dot en mines & talens;
Et datter par les mots d'ides & de calendes.

LE NOTAIRE.

Moi? Si j'allois, Madame, accorder vos demandes,
Je me ferois fifler de tous mes compagnons.

PHILAMINTE.

De cette barbarie en vain nous nous plaignons.
Allons, Monfieur, prenez la table pour ecrire.

[*appercevant Martine.*]

Ah, ah! Cette impudente ofe encor fe produire?

Tome VI. S f

Pourquoi donc, s'il vous plaît, la ramener chez moi?

CHRISALE.

Tantôt avec loifir on vous dira pourquoi.

Nous avons maintenant autre chofe à conclure.

LE NOTAIRE.

Procédons au contrat. Où donc eft la future?

PHILAMINTE.

Celle que je marie eft la cadette.

LE NOTAIRE.

Bon.

CHRISALE *montrant Henriette.*

Oui, la voilà, Monfieur; Henriette eft fon nom.

LE NOTAIRE.

Fort bien. Et le futur?

PHILAMINTE *montrant Triffotin.*

L'époux que je lui donne,

Eft monfieur.

CHRISALE *montrant Clitandre.*

Et celui, moi, qu'en propre perfonne,
Je prétends qu'elle époufe, eft monfieur.

LE NOTAIRE.

Deux époux!

C'eft trop pour la coutume.

PHILAMINTE *au notaire.*

Où vous arrêtez-vous?

Mettez, mettez monfieur Triffotin pour mon gendre.

CHRISALE.

Pour mon gendre, mettez, mettez monfieur Clitandre.

LE NOTAIRE.

Mettez-vous donc d'accord ; & , d'un jugement mûr,
Voyez à convenir entre vous du futur.

PHILAMINTE.

Suivez, fuivez, Monfieur, le choix où je m'arrête.

CHRISALE.

Faites, faites, Monfieur les chofes à ma tête.

LE NOTAIRE

Dites-moi donc à qui j'obéïrai des deux ?

PHILAMINTE *à Chrifale.*

Quoi donc ? Vous combattrez les chofes que je veux ?

CHRISALE.

Je ne fçaurois fouffrir qu'on ne cherche ma fille,
Que pour l'amour du bien qu'on voit dans ma famille.

PHILAMINTE.

Vrayment à votre bien on fonge bien ici,
Et c'eft-là, pour un fage, un fort digne fouci.

CHRISALE.

Enfin, pour fon époux, j'ai fait choix de Clitandre.

PHILAMINTE.

[montrant Triffotin.]

Et moi pour fon époux, voici qui je veux prendre.
Mon choix fera fuivi ; c'eft un point réfolu.

CHRISALE.

Ouais ! Vous le prenez-là d'un ton bien abfolu ?

MARTINE.

Ce n'eft point à la femme à prefcrire ; & je fommes
Pour céder le deffus en toute chofe aux hommes.

CHRISALE.

C'eſt bien dit.

MARTINE.

Mon congé cent fois me fût-il hoc,
La poule ne doit point chanter devant le coq.

CHRISALE.

Sans doute.

MARTINE.

Et nous voyons que d'un homme on ſe gauſſe,
Quand ſa femme, chez lui, porte le haut-de-chauſſe.

CHRISALE.

Il eſt vray.

MARTINE.

Si j'avois un mari, je le dis,
Je voudrois qu'il ſe fît le maître du logis.
Je ne l'aimerois point, s'il faiſoit le jocriſſe;
Et, ſi je conteſtois contre lui par caprice,
Si je parlois trop haut, je trouverois fort bon
Qu'avec quelques foufflets il rabaiſſât mon ton.

CHRISALE.

C'eſt parler comme il faut.

MARTINE.

Monſieur eſt raiſonnable
De vouloir pour ſa fille un mari convenable.

CHRISALE.

Oui.

MARTINE.

Par quelle raison, jeune, & bien fait qu'il est,
Lui refuser Clitandre ? Et pourquoi, s'il vous plaît,
Lui bailler un sçavant, qui sans cesse épilogue ?
Il lui faut un mari, non pas un pédagogue ;
Et, ne voulant sçavoir le grais, ni le latin,
Elle n'a pas besoin de monsieur Trissotin.

CHRISALE.

Fort bien.

PHILAMINTE.

Il faut souffrir qu'elle jase à son aise.

MARTINE.

Les sçavans ne sont bons que pour prêcher en chaise ;
Et, pour mon mari, moi, mille fois je l'ai dit,
Je ne voudrois jamais prendre un homme d'esprit.
L'esprit n'est point du tout ce qu'il faut en ménage.
Les livres quadrent mal avec le mariage ;
Et je veux, si jamais on engage ma foi,
Un mari qui n'ait point d'autre livre que moi,
Qui ne sçache A, ne B, n'en déplaise à madame ;
Et ne soit, en un mot, docteur que pour sa femme.

PHILAMINTE *à Chrisale.*

Est-ce fait ? Et, sans trouble, ai-je assez écouté
Votre digne interpréte ?

CHRISALE.

Elle a dit vérité.

PHILAMINTE.

Et moi, pour trancher court toute cette difpute,
Il faut qu'abfolument mon défir s'éxécute.

[*montrant Triffotin.*]

Henriette & monfieur feront joints de ce pas,
Je l'ai dit, je le veux, ne me repliquez pas;
Et, fi votre parole à Clitandre eft donnée,
Offrez-lui le parti d'époufer fon aînée.

CHRISALE.

Voilà dans cette affaire un accommodement.

[*à Henriette & à Clitandre.*]

Voyez; y donnez-vous votre confentement?

HENRIETTE.

Hé, mon pere!

CLITANDRE *à Chrifale.*

Hé, Monfieur!

BELISE.

On pourroit bien lui faire
Des propofitions qui pourroient mieux lui plaire;
Mais nous établiffons une efpéce d'amour
Qui doit être épuré comme l'aftre du jour;
La fubftance qui penfe y peut être reçûë,
Mais nous en banniffons la fubftance étenduë.

SCENE IV.

ARISTE, CHRISALE, PHILAMINTE,
BELISE, HENRIETTE, ARMANDE,
TRISSOTIN, UN NOTAIRE,
CLITANDRE, MARTINE.

ARISTE.

J'Ai regret de troubler un myſtére joyeux,
Par le chagrin qu'il faut que j'apporte en ces lieux.
Ces deux lettres me font porteur de deux nouvelles
Dont j'ai ſenti pour vous les atteintes cruelles;
    [*à Philaminte.*]
L'une, pour vous, me vient de votre procureur;
    [*à Chriſale.*]
L'autre, pour vous, me vient de Lion.

PHILAMINTE.

                  Quel malheur,
Digne de nous troubler, pourroit-on nous écrire?

ARISTE.

Cette lettre en contient un que vous pouvez lire.

PHILAMINTE.

Madame, j'ai prié monſieur votre frere de vous rendre cette lettre, qui vous dira ce que je n'ai oſé vous aller dire. La grande négligence que vous avez pour vos affaires, a été cauſe que le clerc de votre rapporteur ne m'a point averti, & vous avez perdu abſolument votre procès que vous deviez gagner.

CHRISALE à Philaminte.

Votre procès perdu !

PHILAMINTE *à Chrisale.*

Vous vous troublez beaucoup,

Mon cœur n'eſt point du tout ébranlé de ce coup.

Faites, faites paroître une ame moins commune

A braver, comme moi, les traits de la fortune.

Le peu de ſoin que vous avez, vous coûte quarante mille écus ;
& c'eſt à payer cette ſomme, avec les dépens, que vous êtes con-
damnée par arrêt de la cour.

Condamnée ? Ah ! Ce mot eſt choquant, & n'eſt fait

Que pour les criminels.

ARISTE.

Il a tort en effet ;

Et vous vous étés là juſtement récriée.

Il devoit avoir mis que vous étes priée

Par l'arrêt de la cour, de payer au plûtôt

Quarante mille écus, & les dépens qu'il faut.

PHILAMINTE.

Voyons l'autre.

CHRISALE.

M Onſieur, *l'amitié qui me lie à monſieur votre frere, me*
fait prendre intérêt à tout ce qui vous touche. Je ſçais
que vous avez mis votre bien entre les mains d'Argante & de
Damon, & je vous donne avis qu'en même jour ils ont fait tous
deux banqueroute.

O Ciel ! Tout-à-la fois, perdre ainſi tout ſon bien !

PHI-

PHILAMINTE *à Chrisale.*

Ah! Quel honteux transport! Fi. Tout cela n'est rien.
Il n'est pour le vray sage aucun revers funeste;
Et, perdant toute chose, à soi-même il se reste.
Achevons notre affaire, & quittez votre ennui;

[*montrant Trissotin.*]

Son bien nous peut suffire & pour nous & pour lui.

TRISSOTIN.

Non, Madame, cessez de presser cette affaire.
Je vois qu'à cet hymen tout le monde est contraire;
Et mon dessein n'est point de contraindre les gens.

PHILAMINTE.

Cette réflexion vous vient en peu de tems;
Elle suit de bien près, Monsieur, notre disgrace.

TRISSOTIN.

De tant de résistance à la fin je me lasse.
J'aime mieux renoncer à tout cet embarras;
Et ne veux point d'un cœur qui ne se donne pas.

PHILAMINTE.

Je vois, je vois de vous, non pas pour votre gloire,
Ce que jusques ici j'ai refusé de croire.

TRISSOTIN.

Vous pouvez voir de moi tout ce que vous voudrez,
Et je regarde peu comment vous le prendrez;
Mais je ne suis pas homme à souffrir l'infamie
Des refus offensans qu'il faut qu'ici j'essuye.
Je vaux bien que de moi l'on fasse plus de cas;
Et je baise les mains à qui ne me veut pas.

SCENE DERNIERE.

ARISTE, CHRISALE, PHILAMINTE, BELISE, ARMANDE, HENRIETTE, CLITANDRE, UN NOTAIRE, MARTINE.

PHILAMINTE.

Qu'il a bien découvert fon ame mercénaire !
Et que peu philofophe eft ce qu'il vient de faire !

CLITANDRE.

Je ne me vante point de l'être ; mais enfin
Je m'attache, Madame, à tout votre deftin ;
Et j'ofe vous offrir, avecque ma perfonne,
Ce qu'on fçait que de bien la fortune me donne.

PHILAMINTE.

Vous me charmez, Monfieur, par ce trait généreux ;
Et je veux couronner vos défirs amoureux.
Oui, j'accorde Henriette à l'ardeur empreffée...

HENRIETTE.

Non, ma mere, je change à prefent de penfée.
Souffrez que je réfifte à votre volonté.

CLITANDRE.

Quoi ! Vous vous oppofez à ma félicité ?
Et lorfqu'à mon amour je vois chacun fe rendre....

HENRIETTE.

Je fçais le peu de bien que vous avez, Clitandre ;

Et je vous ai toujours fouhaité pour époux,
Lorfqu'en fatisfaifant à mes vœux les plus doux,
J'ai vû que mon hymen ajuftoit vos affaires;
Mais, lorfque nous avons les deftins fi contraires,
Je vous chéris affez dans cette extrêmité,
Pour ne vous charger point de notre adverfité.

CLITANDRE.

Tout deftin avec vous me peut être agréable;
Tout deftin me feroit fans vous infupportable.

HENRIETTE.

L'amour, dans fon tranfport, parle toujours ainfi.
Des retours importuns évitons le fouci.
Rien n'ufe tant l'ardeur de ce nœud qui nous lie,
Que les fâcheux befoins des chofes de la vie;
Et l'on en vient fouvent à s'accufer tous deux,
De tous les noirs chagrins qui fuivent de tels feux.

ARISTE à *Henriette*.

N'eft-ce que le motif que nous venons d'entendre,
Qui vous fait réfifter à l'hymen de Clitandre?

HENRIETTE.

Sans cela, vous verriez tout mon cœur y courir;
Et je ne fuis fa main, que pour le trop chérir.

ARISTE.

Laiffez-vous donc lier par des chaînes fi belles.
Je ne vous ai porté que de fauffes nouvelles;
Et c'eft un ftratagême, un furprenant fecours
Que j'ai voulu tenter pour fervir vos amours;

Pour détromper ma fœur ; & lui faire connoître
Ce que fon philofophe à l'effai pouvoit être.

CHRISALE.

Le Ciel en foit loué !

PHILAMINTE.

J'en ai la joye au cœur,
Par le chagrin qu'aura ce lâche déferteur.
Voilà le châtiment de fa baffe avarice,
De voir qu'avec éclat cet hymen s'accompliffe.

CHRISALE à *Clitandre.*

Je le fçavois bien, moi, que vous l'époufériez.

ARMANDE à *Philaminte.*

Ainfi donc à leurs vœux vous me facrifiez ?

PHILAMINTE.

Ce ne fera point vous que je leur facrifie ;
Et vous avez l'appui de la philofophie,
Pour voir d'un œil content couronner leur ardeur.

BELISE.

Qu'il prenne garde au moins que je fuis dans fon cœur.
Par un promt défefpoir fouvent on fe marie,
Qu'on s'en repent après tout le tems de fa vie.

CHRISALE au *notaire.*

Allons, Monfieur, fuivez l'ordre que j'ai prefcrit ;
Et faites le contrat ainfi que je l'ai dit.

F I N.

LA COMTESSE DESCARBAGNAS.

L A
COMTESSE
D'ESCARBAGNAS,
COMÉDIE.

ACTEURS.

LA COMTESSE D'ESCARBAGNAS.

LE COMTE, fils de la comtesse d'Escarbagnas.

LE VICOMTE, *CLÉANTE* amant de Julie.

JULIE, amante du vicomte.

MONSIEUR TIBAUDIER, conseiller, amant de la comtesse.

MONSIEUR HARPIN, receveur des tailles, autre amant de la comtesse.

MONSIEUR BOBINET, précepteur de monsieur le comte.

ANDRÉE, suivante de la comtesse.

JEANNOT, valet de monsieur Tibaudier.

CRIQUET, valet de la comtesse.

La scene est à Angoulême.

LA COMTESSE
D'ESCARBAGNAS,
COMÉDIE.

ACTE PREMIER.
SCENE PREMIERE.

JULIE, LE VICOMTE.

LE VICOMTE.

E quoi, Madame, vous étes déjà ici?

JULIE.

Oui. Vous en devriez rougir de honte, Cléante ; & il n'eft guére honnête à un amant de venir le dernier au rendez-vous.

LE VICOMTE.

Je ferois ici il y a une heure, s'il n'y avoit point de fâcheux au monde, & j'ai été arrêté en chemin par un vieux importun de qualité, qui m'a demandé tout exprès des nouvelles de la cour, pour trouver moyen de m'en dire des plus extravagantes qu'on puiſſe débiter ; & c'eſt là, comme vous ſçavez, le fléau des petites villes, que ces grands nouvelliſtes qui cherchent par tout où répandre les contes qu'ils ramaſſent. Celui-ci m'a montré d'abord deux feuilles de papier, pleines juſques aux bords d'un grand fatras de balivernes, qui viennent, m'a-t-il dit, de l'endroit le plus ſûr du monde. Enſuite, comme d'une choſe fort curieuſe, il m'a fait avec grand myſtére une fatiguante lecture de toutes les méchantes plaiſanteries de la gazette de Hollande, dont il épouſe les intérêts. Il tient que la France eſt battuë en ruine par la plume de cet écrivain, & qu'il ne faut que ce bel eſprit pour défaire toutes nos troupes, & de là s'eſt jetté à corps perdu dans le raiſonnement du miniſtére, dont il remarque tous les défauts, & d'où j'ai crû qu'il ne ſorti-roit point. A l'entendre parler, il ſçait les ſecrets du cabinet, mieux que ceux qui les font. La politique de l'Etat lui laiſſe voir tous ſes deſſeins ; & elle ne fait pas un pas, dont il ne pénétre les intentions. Il nous apprend les reſſorts cachés de tout ce qui ſe fait, nous découvre les vûës de la prudence de nos voiſins, & remuë, à ſa fantaiſie, toutes les affaires de l'Europe. Ses intelligences même s'étendent juſques en Afrique, & en Aſie ; & il eſt informé de tout ce qui s'agite dans le conſeil d'en haut du Prête-Jean, & du grand Mogol.

J U L I E.

Vous parez votre excuſe du mieux que vous pouvez, afin

de

de la rendre agréable, & faire qu'elle foit plus aifément reçûë.

LE VICOMTE.

C'eft là, belle Julie, la véritable caufe de mon retarde-
ment ; & fi je voulois y donner une excufe galante, je
n'aurois qu'à vous dire que le rendez-vous que vous voulez prendre peut autorifer la pareffe dont vous me querellez, que m'engager à faire l'amant de la maîtreffe du logis, c'eft me mettre en état de craindre de me trouver ici
le premier, que, cette feinte où je me force n'étant que
pour vous plaire, j'ai lieu de ne vouloir en fouffrir la contrainte que devant les yeux qui s'en divertiffent, que j'é-
vite le tête à tête avec cette comteffe ridicule dont vous
m'embarraffez ; &, en un mot, que, ne venant ici que pour
vous, j'ai toutes les raifons du monde d'attendre que vous
y foyez.

JULIE.

Nous fçavons bien que vous ne manquerez jamais d'efprit,
pour donner de belles couleurs aux fautes que vous pouvez faire. Cependant, fi vous étiez venu une demie-heure
plûtôt, nous aurions profité de tous ces momens, car j'ai
trouvé en arrivant que la comteffe étoit fortie ; & je ne
doute point qu'elle ne foit allée par la ville fe faire honneur de la comédie que vous me donnez fous fon nom.

LE VICOMTE.

Mais tout de bon, Madame, quand voulez-vous mettre
fin à cette contrainte, & me faire moins acheter le bonheur de vous voir ?

Tome VI.   V u

JULIE.

Quand nos parens pourront être d'accord, ce que je n'ofe efpérer. Vous fçavez, comme moi, que les démêlés de nos deux familles ne nous permettent point de nous voir autre part; & que mes freres, non plus que votre pere, ne font pas affez raifonnables pour fouffrir notre attachement.

LE VICOMTE.

Mais pourquoi ne pas mieux jouir du rendez-vous que leur inimitié nous laiffe, & me contraindre à perdre, en une fotte feinte, les momens que j'ai près de vous?

JULIE.

Pour mieux cacher notre amour; & puis, à vous dire la vérité, cette feinte, dont vous parlez, m'eft une comédie fort agréable; & je ne fçais fi celle que vous nous donnez aujourd'hui me divertira davantage. Notre comteffe d'Efcarbagnas, avec fon perpétuel entêtement de qualité, eft un auffi bon perfonnage qu'on en puiffe mettre fur le théatre. Le petit voyage qu'elle a fait à Paris, la raméne dans Angoulême plus achévée qu'elle n'étoit. L'approche de l'air de la cour a donné à fon ridicule de nouveaux agrémens; & fa fottife tous les jours ne fait que croître & embellir.

LE VICOMTE.

Oui; mais vous ne confidérez pas que le jeu qui vous divertit tient mon cœur au fupplice, & qu'on n'eft point capable de fe jouer long-tems, lorfqu'on a dans l'efprit une paffion auffi férieufe que celle que je fens pour vous. Il eft cruel, belle Julie, que cet amufement dérobe à mon

amour un tems qu'il voudroit employer à vous expliquer
fon ardeur; &, cette nuit, j'ai fait là-deffus quelques vers
que je ne puis m'empêcher de vous réciter, fans que vous
me le demandiez, tant la démangeaifon de dire fes ouvrages eft un vice attaché à la qualité de poëte.

> C'eft trop long-tems, Iris, me mettre à la torture.

Iris, comme vous le voyez, eft mis là pour Julie.

> C'eft trop long-tems, Iris/me mettre à la torture;
> Et, fi je fuis vos loix, je les blâme tout bas
> De me forcer à taire un tourment que j'endure,
> Pour déclarer un mal que je ne reffens pas.

> Faut-il que vos beaux yeux, à qui je rends les armes,
> Veuillent fe divertir de mes triftes foupirs?
> Et n'eft-ce pas affez de fouffrir pour vos charmes,
> Sans me faire fouffrir encor pour vos plaifirs?

> C'en eft trop à la fois que ce double martyre;
> Et ce qu'il me faut taire, & ce qu'il me faut dire,
> Exerce fur mon cœur pareille cruauté.

> L'amour le met en feu, la contrainte le tuë;
> Et, fi par la pitié vous n'étes combattuë,
> Je meurs & de la feinte & de la vérité.

JULIE.

Je vois que vous vous faites-là bien plus mal traité que
vous n'étes; mais c'eft une licence que prennent meffieurs

les poëtes, de mentir de gayeté de cœur, & de donner à leurs maîtreſſes des cruautés qu'elles n'ont pas, pour s'accommoder aux penſées qui leur peuvent venir. Cependant je ſerai bien aiſe que vous me donniez ces vers par écrit.

LE VICOMTE.

C'eſt aſſez de vous les avoir dits, & je dois en demeurer là. Il eſt permis d'être par fois aſſez fou pour faire des vers; mais non pour vouloir qu'ils ſoient vûs.

JULIE.

C'eſt en vain que vous vous retranchez ſur vne fauſſe modeſtie, on ſçait dans le monde que vous avez de l'eſprit; & je ne vois pas la raiſon qui vous oblige à cacher les vôtres.

LE VICOMTE.

Mon Dieu! Madame, marchons là-deſſus, s'il vous plaît, avec beaucoup de retenuë; il eſt dangéreux dans le monde de ſe mêler d'avoir de l'eſprit. Il y a là-dedans un certain ridicule qu'il eſt facile d'attraper, & nous avons de nos amis qui me font craindre leur exemple.

JULIE.

Mon Dieu! Cléante, vous avez beau dire, je vois avec tout cela que vous mourez d'envie de me les donner; & je vous embarraſſerois, ſi je faiſois ſemblant de ne m'en pas ſoucier.

LE VICOMTE.

Moi, Madame? Vous vous moquez, & je ne ſuis pas ſi poëte que vous pourriez croire pour ... Mais voici votre madame la comteſſe d'Eſcarbagnas. Je ſors par l'autre porte

pour ne la point trouver ; & vais difpofer tout mon monde.
au divèrtiffement que je vous ai promis.

SCENE II.

LA COMTESSE, JULIE, ANDREE
& CRIQUET dans le fond du théatre.

LA COMTESSE.

AH! Mon Dieu! Madame, vous voilà toute feule!
Quelle pitié eft-ce-là ? Toute feule! Il me femble que
mes gens m'avoient dit que le vicomte étoit ici.

JULIE.

Il eft vray qu'il y eft venu ; mais c'eft affez pour lui de
fçavoir que vous n'y étiez pas, pour l'obliger à fortir.

LA COMTESSE.

Comment ! Il vous a vûë ?

JULIE.

Oui.

LA COMTESSE.

Et il ne vous a rien dit ?

JULIE.

Non, Madame ; & il a voulu témoigner par là qu'il eft
tout entier à vos charmes.

LA COMTESSE.

Vrayment, je le veux quereller de cette action. Quelque
amour que l'on ait pour moi, j'aime que ceux qui m'aiment,
rendent ce qu'ils doivent au fexe ; & je ne fuis point de

l'humeur de ces femmes injuftes, qui s'applaudiffent des in-
civilités que leurs amans font aux autres belles.

JULIE.

Il ne faut point, Madame, que vous foyiez furprife de fon
procédé. L'amour que vous lui donnez éclate dans toutes fes actions, & l'empêche d'avoir des yeux que pour
vous.

LA COMTESSE.

Je crois être en état de pouvoir faire naître une paffion affez forte, & je me trouve pour cela affez de beauté, de
jeuneffe, & de qualité, Dieu merci ; mais cela n'empêche
pas qu'avec ce que j'infpire, on ne puiffe garder de l'honnêteté, & de la complaifance pour les autres. [*appercevant*
Criquet.] Que faites-vous donc là, laquais ? Eft-ce qu'il n'y
a pas une antichambre où fe tenir, pour venir quand on
vous appelle ? Cela eft étrange qu'on ne puiffe avoir en
province un laquais qui fçache fon monde. A qui eft-ce
donc que je parle ? Voulez-vous vous en aller là dehors,
petit fripon ?

SCENE III.

LA COMTESSE, JULIE, ANDREE.

LA COMTESSE *à Andrée.*

Fille, approchez.

ANDREE.

Que vous plaît-il, Madame ?

LA COMTESSE.

Otez-moi mes coëffes. Doucement donc, maladroite, comme vous me faboulez la tête avec vos mains pefantes.

ANDREE.

Je fais, Madame, le plus doucement que je puis.

LA COMTESSE.

Oui; mais le plus doucement que vous pouvez eft fort rudement pour ma tête, & vous me l'avez déboëtée. Tenez encore ce manchon, ne laiffez point traîner tout cela, & portez-le dans ma garderobe. Hé bien, où va-t-elle, où va-t-elle, que veut elle faire, cet oifon bridé ?

ANDREE.

Je veux, Madame, comme vous m'avez dit, porter cela aux garderobes.

LA COMTESSE.

Ah! Mon Dieu! L'impertinente! [*à Julie.*] Je vous demande pardon, Madame. [*à Andrée.*] Je vous ai dit ma garderobe, groffe bête, c'eft-à-dire, où font mes habits.

ANDREE.

Eft-ce, Madame, qu'à la cour une armoire s'appelle une garderobe ?

LA COMTESSE.

Oui, butorde; on appelle ainfi le lieu où l'on met les habits.

ANDREE.

Je m'en reffouviendrai, Madame, auffi bien que de votre grenier, qu'il faut appeller gardemeuble.

SCENE IV.

LA COMTESSE, JULIE.

LA COMTESSE.

QUelle peine il faut prendre pour inſtruire ces animaux là !

JULIE.

Je les trouve bienheureux, Madame, d'être ſous votre diſcipline.

LA COMTESSE.

C'eſt une fille de ma mere nourrice que j'ai miſe à la chambre, & elle eſt toute neuve encore.

JULIE.

Cela eſt d'une belle ame, Madame ; & il eſt glorieux de faire ainſi des créatures.

LA COMTESSE.

Allons des ſiéges. Holà, laquais, laquais, laquais. En vérité voilà qui eſt violent, de ne pouvoir pas avoir un laquais pour donner des ſiéges. Filles, laquais, laquais, filles, quelqu'un. Je penſe que tous mes gens ſont morts, & que nous ſerons contraints de nous donner des ſiéges nous-mêmes.

SCENE

SCENE V.

LA COMTESSE, JULIE, ANDREE.

ANDREE.

Que voulez-vous, Madame?

LA COMTESSE.

Il se faut bien égosiller avec vous autres.

ANDREE.

J'enfermois votre manchon, & vos coëffes dans votre armoi..... dis-je, dans votre garderobe.

LA COMTESSE.

Appellez-moi ce petit fripon de laquais.

ANDREE.

Holà, Criquet.

LA COMTESSE.

Laissez-là votre Criquet, bouviére ; & appellez, laquais.

ANDREE.

Laquais donc, & non pas Criquet, venez parler à mada-me. Je pense qu'il est sourd, Criq.... Laquais, laquais.

SCENE VI.

LA COMTESSE, JULIE, ANDREE, CRIQUET.

CRIQUET.

Plaît-il ?

Tome VI. X x

LA COMTESSE.

Où étiez-vous donc, petit coquin ?

CRIQUET.

Dans la ruë, Madame.

LA COMTESSE.

Et pourquoi dans la ruë ?

CRIQUET.

Vous m'avez dit d'aller là-dehors.

LA COMTESSE.

Vous étes un petit impertinent, mon ami, & vous devez fçavoir que là-dehors, en terme de perfonnes de qualité, veut dire, l'antichambre. Andrée, ayez foin tantôt de faire donner le fouet à ce petit fripon-là, par mon écuyer ; c'eft un petit incorrigible.

ANDREE.

Qu'eft-ce que c'eft, Madame, que votre écuyer ? Eft-ce maître Charles, que vous appellez comme cela ?

LA COMTESSE

Taifez-vous, fotte que vous étes, vous ne fçauriez ouvrir la bouche, que vous ne difiez une impertinence. [*à Criquet.*] Des fiéges. [*à Andrée.*] Et vous, allumez deux bougies dans mes flambeaux d'argent, il fe fait déjà tard. Qu'eft-ce que c'eft donc, que vous me regardez toute effarée ?

ANDREE.

Madame . . . . .

LA COMTESSE.

Hé bien, madame. Qu'y a-t'il ?

ANDREE.

C'eſt que . . . . .

LA COMTESSE.

Quoi?

ANDREE.

C'eſt que je n'ai point de bougie.

LA COMTESSE.

Comment ? Vous n'en avez point?

ANDREE.

Non, Madame, ſi ce n'eſt des bougies de ſuif.

LA COMTESSE.

La bouviére ! Et où eſt donc la cire que je fis acheter ces jours paſſés ?

ANDREE.

Je n'en ai point vûe depuis que je ſuis céans.

LA COMTESSE.

Otez-vous de-là, inſolente. Je vous renvoyerai chez vos parens. Apportez-moi un verre d'eau.

SCENE VII.

LA COMTESSE & JULIE *faiſant des cérémonies pour s'aſſeoir.*

LA COMTESSE.

Madame.

JULIE.

Madame.

LA COMTESSE.

Ah! Madame.

JULIE.

Ah! Madame.

LA COMTESSE.

Mon Dieu! Madame.

JULIE.

Mon Dieu! Madame.

LA COMTESSE.

Oh! Madame.

JULIE.

Oh! Madame.

LA COMTESSE.

Hé! Madame.

JULIE.

Hé! Madame.

LA COMTESSE.

Hé! Allons donc, Madame.

JULIE.

Hé! Allons donc, Madame.

LA COMTESSE.

Je fuis chez moi, Madame. Nous fommes demeurées d'accord de cela. Me prenez-vous pour une provinciale, Madame?

JULIE.

Dieu m'en garde, Madame.

SCENE VIII.

LA COMTESSE, JULIE, ANDREE,
apportant un verre d'eau, CRIQUET.

LA COMTESSE à *Andrée.*

ALlez, impertinente, je bois avec une foucoupe. Je vous dis que vous m'alliez querir une foucoupe pour boire.

ANDREE.

Criquet, qu'eft-ce que c'eft qu'une foucoupe?

CRIQUET.

Une foucoupe?

ANDREE.

Oui.

CRIQUET.

Je ne fçais.

LA COMTESSE à *Andrée.*

Vous ne grouillez pas?

ANDREE.

Nous ne fçavons tous deux, Madame, ce que c'eft qu'une foucoupe.

LA COMTESSE.

Apprenez que c'eft une affiette, fur laquelle on met le verre.

SCENE IX.

LA COMTESSE, JULIE.

LA COMTESSE.

Vive Paris pour être bien fervie ; on vous entend-là au moindre coup d'œil.

SCENE X.

LA COMTESSE, JULIE, ANDREE
apportant un verre d'eau avec une affiette deffus,
CRIQUET.

LA COMTESSE.

HE bien ! Vous ai-je dit comme cela, tête de bœuf ? C'eft deffous qu'il faut mettre l'affiette.

ANDREE.

Cela eft bien aifé. [*Andrée caffe le verre en le pofant fur l'affiette.*]

LA COMTESSE.

Hé bien, ne voilà pas l'étourdie ? En vérité, vous me paye-rez mon verre.

ANDREE.

Hé bien, oui, Madame, je le payerai.

LA COMTESSE.

Mais voyez cette mal-adroite, cette bouviére, cette bu-torde, cette....

ANDREE *s'en allant.*

Dame! Madame, fi je le paye, je ne veux point être querellée.

LA COMTESSE.

Otez-vous de devant mes yeux.

SCENE XI.

LA COMTESSE, JULIE.

LA COMTESSE.

EN vérité, Madame, c'eft une chofe étrange que les petites villes, on n'y fçait point du tout fon monde; & je viens de faire deux ou trois vifites, où ils ont penfé me défefpérer, par le peu de refpect qu'ils rendent à ma qualité.

JULIE.

Où auroient-ils appris à vivre? Ils n'ont point fait de voyage à Paris?

LA COMTESSE.

Ils ne laifferoient pas de l'apprendre s'ils vouloient écouter les perfonnes; mais le mal que j'y trouve, c'eft qu'ils veulent en fçavoir autant que moi, qui ai été deux mois à Paris, & vû toute la cour.

JULIE.

Les fottes gens que voilà!

LA COMTESSE.

Ils font infupportables, avec les impertinentes égalités dont ils traitent les gens. Car enfin, il faut qu'il y ait de la sub-ordination dans les chofes; & ce qui me met hors de moi, c'eft qu'un gentilhomme de ville de deux jours, ou de deux cens ans, aura l'effronterie de dire qu'il eft auffi bien gentilhomme que feu monfieur mon mari, qui demeuroit à la campagne, qui avoit meute de chiens courans, & qui prenoit la qualité de comte dans tous les contrats qu'il paffoit.

JULIE.

On fçait bien mieux vivre à Paris dans ces hôtels dont la mémoire doit être fi chére. Cet hôtel de Moï, Madame, cet hôtel de Lion, cet hôtel de Hollande, les agréables demeures que voilà!

LA COMTESSE.

Il eft vray qu'il y a bien de la différence de ces lieux là, à tout ceci. On y voit venir du beau monde, qui ne marchande point à vous rendre tous les refpects qu'on fçauroit fouhaiter. On ne s'en léve pas, fi l'on veut, de deffus fon fiége; &, lorfque l'on veut voir la revûë, ou le grand ballet de Pfiché, on eft fervie à point nommé.

JULIE.

Je penfe, Madame, que, durant votre féjour à Paris, vous avez fait bien des conquêtes de qualité.

LA COMTESSE.

Vous pouvez bien croire, Madame, que tout ce qui s'appelle les galans de la cour, n'a pas manqué de venir à ma porte, & de m'en conter; & je garde dans ma caffette de leurs billets qui peuvent faire voir quelles propofitions j'ai

refufées

refufées ; il n'eft pas néceffaire de vous dire leurs noms, on fçait ce qu'on veut dire par les galans de la cour.

JULIE.

Je m'étonne, Madame, que, de tous ces grands noms que je devine, vous ayez pû redefcendre à un monfieur Tibaudier le confeiller, & à un monfieur Harpin le receveur des tailles. La chûte eft grande, je vous l'avoüe ; car pour monfieur votre vicomte, quoique vicomte de province, c'eft toujours un vicomte, & il peut faire un voyage à Paris, s'il n'en a point fait ; mais un confeiller, & un receveur font des amans un peu bien minces, pour une grande comteffe comme vous.

LA COMTESSE.

Ce font gens qu'on ménage dans les provinces pour le befoin qu'on en peut avoir, ils fervent au moins à remplir les vuides de la galanterie, à faire nombre de foupirans. Il eft bon, Madame, de ne pas laiffer un amant feul maître du terrain, de peur que, faute de rivaux, fon amour ne s'endorme fur trop de confiance.

JULIE.

Je vous avoüe, Madame, qu'il y a merveilleufement à profiter de tout ce que vous dites, c'eft une école que votre converfation ; & j'y viens tous les jours apprendre quelque chofe.

SCENE XII.

LA COMTESSE, JULIE, ANDREE, CRIQUET.

CRIQUET *à la comtesse.*

Voilà Jeannot de monſieur le conſeiller qui vous demande, Madame.

LA COMTESSE.

Hé bien, petit coquin, voilà encore une de vos âneries. Un laquais qui ſçauroit vivre, auroit été parler tout bas à la demoiſelle ſuivante, qui ſeroit venuë dire doucement à l'oreille de ſa maîtreſſe, Madame, voilà le laquais de monſieur un tel, qui demande à vous dire un mot; à quoi la maîtreſſe auroit répondu, faites-le entrer.

SCENE XIII.

LA COMTESSE, JULIE, ANDREE, CRIQUET, JEANNOT.

CRIQUET.

Entrez, Jeannot.

LA COMTESSE.

Autre lourderie. [*à Jeannot.*] Qu'y a-t-il, laquais? Que portes-tu-là?

JEANNOT.

C'eſt monſieur le conſeiller, Madame, qui vous ſouhaite

le bon jour; &, auparavant que de venir, vous envoye des
poires de fon jardin, avec ce petit mot d'écrit.

LA COMTESSE.

C'eft du bon chrétien, qui eft fort beau. Andrée, faites
porter cela à l'office.

SCENE XIV.

LA COMTESSE, JULIE, CRIQUET, JEANNOT.

LA COMTESSE *donnant de l'argent à Criquet.*

Tien, mon enfant, voilà pour boire.

JEANNOT.

Oh! Non, Madame.

LA COMTESSE.

Tien, te dis-je.

JEANNOT.

Mon maître m'a défendu, Madame, de rien prendre de
vous.

LA COMTESSE.

Cela ne fait rien.

JEANNOT.

Pardonnez-moi, Madame.

CRIQUET.

Hé, prenez, Jeannot. Si vous n'en voulez pas, vous me
le baillerez.

LA COMTESSE.

Dis à ton maître que je le remercie.

CRIQUET à *Jeannot*, *qui s'en va*.

Donne-moi donc cela.

JEANNOT.

Oui? Quelque fot!

CRIQUET.

C'eft moi qui te l'ai fait prendre.

JEANNOT.

Je l'aurois bien pris fàns toi.

LA COMTESSE.

Ce qui me plaît de ce monfieur Tibaudier, c'eft qu'il fçait vivre avec les perfonnes de ma qualité, & qu'il eft fort refpectueux.

SCENE XV.

LE VICOMTE, LA COMTESSE, JULIE, CRIQUET.

LE VICOMTE.

Madame, je viens vous avertir que la comédie fera bien-tôt prête ; & que, dans un quart d'heure, nous pouvons paffer dans la fale.

LA COMTESSE.

Je ne veux point de cohuë au moins. [*à Criquet.*] Que l'on dife à mon fuiffe qu'il ne laiffe entrer perfonne.

LE VICOMTE.

En ce cas, Madame, je vous déclare que je renonce à la

comédie, & je n'y sçaurois prendre de plaisir, lorsque la compagnie n'est pas nombreuse. Croyez-moi, si vous voulez vous bien divertir, qu'on dise à vos gens de laisser entrer toute la ville.

LA COMTESSE.

Laquais, un siége. [*au vicomte, après qu'il s'est assis.*] Vous voilà venu·à propos pour recevoir un petit sacrifice que je veux bien vous faire. Tenez, c'est un billet de monsieur Tibaudier, qui m'envoye des poires. Je vous donne la liberté de le lire tout haut, je ne l'ai point encore vû.

LE VICOMTE *après avoir lû tout bas le billet.*

Voici un billet du beau stile, Madame, & qui mérite d'être bien écouté.

*M*Adame, je n'aurois pas pû vous faire le présent que je vous envoye, si je ne recueillois pas plus de fruit de mon jardin, que j'en recueille de mon amour.

LA COMTESSE.

Cela vous marque clairement qu'il ne se passe rien entre nous.

LE VICOMTE.

Les poires ne font pas encore bien mûres, mais elles en quadrent mieux avec la dureté de votre ame, qui, par ses continuels dédains, ne me promet pas poires molles. Trouvez bon, Madame, que sans m'engager dans une énumération de vos perfections & charmes, qui me jetteroit dans un progrès à l'infini, je concluë ce mot, en vous faisant considérer que je suis d'un aussi franc chrétien que les poires que je vous envoye, puisque je rends le bien pour le mal ; c'est-à-dire, Madame, pour m'expliquer plus intel-

ligiblement, puifque je vous préfente des poires de bon chrétien,
pour des poires d'angoiffe que vos cruautés me font avaler tous
les jours.

     T I B A U D I E R, votre efclave indigne.

Voilà, Madame, un billet à garder.

     LA COMTESSE.

Il y a peut-être quelque mot qui n'eft pas de l'académie;
mais j'y remarque un certain refpect qui me plaît beaucoup.

      JULIE.

Vous avez raifon, Madame; &, monfieur le vicomte dût-
il s'en offenfer, j'aimerois un homme qui m'écriroit comme
cela.

SCENE XVI.

M. TIBAUDIER, LE VICOMTE, LA COMTESSE, JULIE, CRIQUET.

     LA COMTESSE.

Approchez, monfieur Tibaudier, ne craignez point
d'entrer. Votre billet a été bien reçû, auffi-bien
que vos poires; & voilà madame qui parle pour vous contre
votre rival.

     M. TIBAUDIER.

Je lui fuis bien obligé, Madame; &, fi elle a jamais quelque procès en notre fiége, elle verra que je n'oublierai pas

l'honneur qu'elle me fait, de se rendre auprès de vos beautés l'avocat de ma flâme.

JULIE.

Vous n'avez pas besoin d'avocat, Monsieur, & votre cause est juste.

M. TIBAUDIER.

Ce néanmoins, Madame, bon droit a besoin d'aide ; & j'ai sujet d'appréhender de me voir supplanté par un tel rival, & que madame ne soit circonvenuë par la qualité de vicomte.

LE VICOMTE.

J'espérois quelque chose, monsieur Tibaudier, avant votre billet ; mais il me fait craindre pour mon amour.

M. TIBAUDIER.

Voici encore, Madame, deux petits versets, ou couplets que j'ai composés à votre honneur & gloire.

LE VICOMTE.

Ah! Je ne pensois pas que monsieur Tibaudier fût poëte ; & voilà pour m'achever, que ces deux petits versets-là....

LA COMTESSE.

Il veut dire deux strophes. [*à Criquet.*] Laquais, donnez un siége à monsieur Tibaudier. [*bas à Criquet, qui apporte une chaise.*] Un pliant, petit animal. Monsieur Tibaudier, mettez-vous-là ; & nous lisez vos strophes.

M. TIBAUDIER.

Une personne de qualité
    Ravit mon ame,
Elle a de la beauté,

J'ai de la flâme ;
Mais je la blâme
D'avoir de la fierté.

LE VICOMTE.

Je fuis perdu après cela.

LA COMTESSE.

Le premier vers eft beau. Une perfonne de qualité.

JULIE.

Je crois qu'il eft un peu trop long, mais on peut prendre une licence pour dire une belle penfée.

LA COMTESSE *à m. Tibaudier.*

Voyons l'autre ftrophe.

M. TIBAUDIER.

Je ne fçais pas fi vous doutez de mon parfait amour ;
Mais je fçais bien que mon cœur, à toute heure,
Veut quitter fa chagrine demeure,
Pour aller, par refpect, faire au vôtre fa cour.
Après cela pourtant, fûre de ma tendreffe,
Et de ma foi, dont unique eft l'efpéce,
Vous devriez à votre tour,
Vous contentant d'être comteffe,
Vous dépouiller, en ma faveur, d'une peau de tigreffe,
Qui couvre vos appas, la nuit comme le jour.

LE VICOMTE.

Me voilà fupplanté, moi, par monfieur Tibaudier.

LA COMTESSE.

Ne penfez pas vous moquer ; pour des vers faits dans la province, ces vers-là font fort beaux.

LE

LE VICOMTE.

Comment, Madame ! Me moquer ? Quoique fon rival, je
trouve fes vers admirables, & ne les appelle pas feulement
deux ftrophes, comme vous; mais deux épigrammes, auffi
bonnes que toutes celles de Martial.

LA COMTESSE.

Quoi ? Martial fait-il des vers ? Je penfois qu'il ne fît que
des gands ?

M. TIBAUDIER.

Ce n'eft pas ce Martial-là, Madame, c'eft un auteur qui
vivoit il y a trente ou quarante ans. ....

LE VICOMTE.

Monfieur Tibaudier a lû les auteurs, comme vous le voyez.
Mais allons voir, Madame, fi ma mufique & ma comédie,
avec mes entrées de ballet, pourront combattre dans votre
efprit les progrès des deux ftrophes, & du billet que nous
venons de voir.

LA COMTESSE.

Il faut que mon fils le comte foit de la partie; car il eft
arrivé ce matin de mon château avec fon précepteur, que
je vois là-dedans.

SCENE XVII.

LA COMTESSE, JULIE, LE VICOMTE, M. TIBAUDIER, M. BOBINET, CRIQUET.

LA COMTESSE.

HOlà, monfieur Bobinet! Monfieur Bobinet, approchez-vous du monde.

M. BOBINET.

Je donne le bon vêpre à toute l'honorable compagnie. Que défire madame la comteffe d'Efcarbagnas, de fon très-humble ferviteur Bobinet?

LA COMTESSE.

A quelle heure, monfieur Bobinet, êtes-vous parti d'Efcarbagnas, avec mon fils le comte?

M. BOBINET.

A huit heures trois quarts, Madame, comme votre commandement me l'avoit ordonné.

LA COMTESSE.

Comment fe portent mes deux autres fils, le marquis & le commandeur?

M. BOBINET.

Ils font, Dieu grace, Madame, en parfaite fanté.

LA COMTESSE.

Où eft le comte?

M. BOBINET.

Dans votre belle chambre à alcove, Madame.

LA COMTESSE.

Que fait-il, monfieur Bobinet?

M. BOBINET.

Il compofe un théme, Madame, que je viens de lui dicter fur une épître de Cicéron.

LA COMTESSE.

Faites-le venir, monfieur Bobinet.

M. BOBINET.

Soit fait, Madame, ainfi que vous le commandez.

SCENE XVIII.

LA COMTESSE, JULIE, LE VICOMTE, M. TIBAUDIER.

LE VICOMTE *à la comteffe.*

CE monfieur Bobinet, Madame, a la mine fort fage; & je crois qu'il a de l'efprit.

SCENE XIX.

LA COMTESSE, JULIE, LE VICOMTE, LE COMTE, M. BOBINET, M. TIBAUDIER.

M. BOBINET.

ALlons, monfieur le comte, faites voir que vous profitez des bons documens qu'on vous donne. La révérence à toute l'honnête affemblée.

LA COMTESSE *montrant Julie.*

Comte, faluez madame, faites la révérence à monfieur le vicomte, faluez monfieur le confeiller.

M. TIBAUDIER.

Je fuis ravi, Madame, que vous me concédiez la grace d'embraffer monfieur le comte votre fils. On ne peut pas aimer le tronc, qu'on n'aime auffi les branches.

LA COMTESSE.

Mon Dieu! Monfieur Tibaudier, de quelle comparaifon vous fervez-vous-là?

JULIE.

En vérité, Madame, monfieur le comte a tout-à-fait bon air.

LE VICOMTE.

Voilà un jeune gentilhomme qui vient bien dans le monde.

JULIE.

Qui diroit que madame eût un fi grand enfant?

LA COMTESSE.

Hélas! Quand je le fis, j'étois fi jeune, que je me jouois encore avec une poupée.

JULIE.

C'eft monfieur votre frere, & non pas monfieur votre fils.

LA COMTESSE.

Monfieur Bobinet, ayez bien foin au moins de fon éducation.

M. BOBINET.

Madame, je n'oublierai aucune chofe pour cultiver cette jeune plante, dont vos bontés m'ont fait l'honneur de me confier la conduite; & je tâcherai de lui inculquer les femences de la vertu.

LA COMTESSE.

Monfieur Bobinet, faites-lui un peu dire quelque petite galanterie de ce que vous lui apprenez.

M. BOBINET.

Allons, monfieur le comte, récitez votre leçon d'hier au matin.

LE COMTE.

Omne viro foli quod convenit efto virile, omne vir.,..

LA COMTESSE.

Fi, monfieur Bobinet, quelles fottifes eft-ce que vous lui apprenez-là?

M. BOBINET.

C'eft du latin, Madame, & la premiére régle de Jean Defpautére.

LA COMTESSE.

Mon Dieu! Ce Jean Defpautére-là eft un infolent; & je vous prie de lui enfeigner du latin plus honnête que celui-là.

M. BOBINET.

Si vous voulez, Madame, qu'il achéve, la glofe expliquera ce que cela veut dire.

LA COMTESSE.

Non, non, cela s'explique affez.

SCENE XX.

LA COMTESSE, JULIE, LE VICOMTE, M. TIBAUDIER, LE COMTE, M. BOBINET, CRIQUET.

CRIQUET.

LEs comédiens envoyent dire, qu'ils font tout prêts.

LA COMTESSE.

Allons nous placer. [*montrant Julie.*] Monfieur Tibaudier, prenez madame.

[*Criquet range tous les fiéges fur un des côtés du théâtre, la comtelle, Julie, & le vicomte s'alléyent, monfieur Tibaudier s'alliéd aux piéds de la comtelle.*]

LE VICOMTE.

Il eft néceffaire de dire que cette comédie n'a été faite que pour lier enfemble les différens morceaux de mufique, & de danfe, dont on a voulu compofer ce divertiffement, & que ....

LA COMTESSE.

Mon Dieu! Voyons l'affaire. On a affez d'efprit pour comprendre les chofes.

LE VICOMTE.

Qu'on commence le plûtôt qu'on pourra, & qu'on empêche, s'il fe peut, qu'aucun fâcheux ne vienne troubler notre divertiffement.

[*Les violons commencent une ouverture.*]

SCENE XXI.

LA COMTESSE, JULIE, LE VICOMTE, LE COMTE, MONSIEUR HARPIN, M. TIBAUDIER, M. BOBINET, CRIQUET.

M. HARPIN.

Parbleu, la chofe eft belle, & je me réjouis de voir ce que je vois.

LA COMTESSE.

Holà, monfieur le receveur, que voulez-vous donc dire avec l'action que vous faites ? Vient-on interrompre, comme cela, une comédie ?

M. HARPIN.

Morbleu, Madame, je fuis ravi de cette avanture, & ceci me fait voir ce que je dois croire de vous, & l'affûrance qu'il y a au don de votre cœur, & aux fermens que vous m'avez faits de fa fidélité.

LA COMTESSE.

Mais, vrayment! On ne vient point ainfi fe jetter au travers d'une comédie, & troubler un acteur qui parle.

M. HARPIN.

Hé, tête-bleu, la véritable comédie qui fe fait ici, c'eft celle que vous jouez; &, fi je vous trouble, c'eft dequoi je me foucie peu.

LA COMTESSE.

En vérité, vous ne sçavez ce que vous dites.

M. HARPIN.

Si fait, morbleu, je le sçais bien; je le sçais bien, morbleu; &.... [*monsieur Bobinet épouvanté emporte le comte & s'enfuit; il est suivi par Criquet.*]

LA COMTESSE.

Hé, fi, Monsieur, que cela est vilain de jurer de la sorte.

M. HARPIN.

Hé, ventrebleu, s'il y a ici quelque chose de vilain, ce ne sont point mes juremens, ce sont vos actions; & il vaudroit bien mieux que vous jurassiez, vous, la tête, la mort & le sang, que de faire ce que vous faites avec monsieur le vicomte.

LE VICOMTE.

Je ne sçais pas, monsieur le receveur, dequoi vous vous plaignez; & si....

M. HARPIN *au vicomte.*

Pour vous, Monsieur, je n'ai rien à vous dire, vous faites bien de pousser votre pointe, cela est naturel, je ne le trouve point étrange; & je vous demande pardon si j'interromps votre comédie; mais vous ne devez point trouver étrange aussi que je me plaigne de son procédé, & nous avons raison tous deux de faire ce que nous faisons.

LE VICOMTE.

Je n'ai rien à dire à cela; & je ne sçais point les sujets de plainte que vous pouvez avoir contre madame la comtesse d'Escarbagnas.

LA

LA COMTESSE.

Quand on a des chagrins jaloux, on n'en ufe point de la forte; & l'on vient doucement fe plaindre à la perfonne que l'on aime.

M. HARPIN.

Moi, me plaindre doucement?

LA COMTESSE.

Oui. L'on ne vient point crier, de deffus un théatre, ce qui fe doit dire en particulier.

M. HARPIN.

J'y viens, moi, morbleu, tout exprès; c'eft le lieu qu'il me faut, & je fouhaiterois que ce fût un théatre public, pour vous dire, avec plus d'éclat, toutes vos vérités.

LA COMTESSE.

Faut-il faire un fi grand vacarme pour une comédie que monfieur le vicomte me donne? Vous voyez que monfieur Tibaudier, qui m'aime, en ufe plus refpectueufement que vous.

M. HARPIN.

Monfieur Tibaudier en ufe comme il lui plaît, je ne fçais pas de quelle façon monfieur Tibaudier a été avec vous, mais monfieur Tibaudier n'eft pas un exemple pour moi, & je ne fuis point d'humeur à payer les violons pour faire danfer les autres.

LA COMTESSE.

Mais, vrayment, monfieur le receveur, vous ne fongez pas à ce que vous dites. On ne traite point de la forte les femmes de qualité; & ceux qui vous entendent croiroient qu'il y a quelque chofe d'étrange entre vous & moi.

M. HARPIN.

Hé! Ventrebleu, Madame, quittons la faribole.

LA COMTESSE.

Que voulez-vous donc dire avec votre, quittons la faribole?

M. HARPIN.

Je veux dire que je ne trouve point étrange que vous vous rendiez au mérite de monfieur le vicomte ; vous n'étes pas la premiére femme qui jouë dans le monde de ces fortes de caractéres, & qui ait auprès d'elle un monfieur le receveur, dont on lui voit trahir & la paffion & la bourfe, pour le premier venu qui lui donnera dans la vûë. Mais ne trouvez point étrange auffi que je ne fois point la duppe d'une infidélité fi ordinaire aux coquettes du tems, & que je vienne vous affûrer, devant bonne compagnie, que je romps commerce avec vous ; & que monfieur le receveur ne fera plus pour vous monfieur le donneur.

LA COMTESSE.

Cela eft merveilleux, comme les amans emportés deviennent à la mode! On ne voit autre chofe de tous côtés. Là, là, monfieur le receveur, quittez votre colére ; & venez prendre place pour voir la comédie.

M. HARPIN.

Moi, morbleu, prendre place! Cherchez [*montrant monfieur Tibaudier.*] vos benêts à vos piéds. Je vous laiffe, madame la comteffe, à monfieur le vicomte ; & ce fera à lui que j'envoyerai tantôt vos lettres. Voilà ma fcene faite, voilà mon rôle joué. Serviteur à la compagnie.

M. TIBAUDIER.

Monfieur le receveur, nous vous verrons autre part qu'ici; & je vous ferai voir que je fuis au poil & à la plume.

M. HARPIN *en fortant.*

Tu as raifon, monfieur Tibaudier.

LA COMTESSE.

Pour moi, je fuis confufe de cette infolence.

LE VICOMTE.

Les jaloux, Madame, font comme ceux qui perdent leur procès, ils ont permiffion de tout dire. Prêtons filence à la comédie.

SCENE DERNIERE.

LA COMTESSE, LE VICOMTE, JULIE, MONSIEUR TIBAUDIER, JEANNOT.

JEANNOT *au vicomte.*

V Oilà un billet, Monfieur, qu'on nous a dit de vous donner vîte.

LE VICOMTE *lifant.*

En cas que vous ayez quelque mefure à prendre, je vous envoye promtement un avis. La querelle de vos parens, & de ceux de Julie vient d'être accommodée; & les conditions de cet accord, c'eft le mariage de vous & d'elle. Bon foir.

[*à Julie.*]

Ma foi, Madame, voilà notre comédie achevée auffi.

[*Le vicomte, la comteffe, Julie, & monfieur Tibaudier fe lévent.*]

A a a ij

JULIE.

Ah! Cléante, quel bonheur! Notre amour eût-il osé espérer un si heureux succès?

LA COMTESSE.

Comment donc? Qu'est-ce que cela veut dire?

LE VICOMTE.

Cela veut dire, Madame, que j'épouse Julie; &, si vous
m'en croyez, pour rendre la comédie complette de tout
point, vous épouserez monsieur Tibaudier, & donnerez
mademoiselle Andrée à son laquais, dont il fera son valet
de chambre.

LA COMTESSE.

Quoi! Jouer de la sorte une personne de ma qualité?

LE VICOMTE.

C'est sans vous offenser, Madame; & les comédies veulent
de ces sortes de choses.

LA COMTESSE.

Oui, monsieur Tibaudier, je vous épouse, pour faire enrager tout le monde.

M. TIBAUDIER.

Ce m'est bien de l'honneur, Madame.

LE VICOMTE *à la comtesse.*

Souffrez, Madame, qu'en enrageant, nous puissions voir ici
le reste du spectacle.

F I N.

NOMS DE CEUX QUI REPRÉSENTOIENT
dans la comtesse d'Escarbagnas.

La comtesse, *mademoiselle Marotte*. Julie, marquise, *mademoiselle Beauval*. Cléante, vicomte, *le sieur la Grange*. Le petit comte, fils de la comtesse, *le sieur Gaudon*. Bobinet, *le sieur Beauval*. m. Tibaudier, conseiller, *le sieur Hubert*. m. Harpin, receveur des tailles, *le sieur du Croisy*. Andrée, *mademoiselle Bonneau*. Criquet, *le sieur Finet*. Jeannot, *le sieur Boulonnois*.

AVERTISSEMENT.

LE Roi s'étant proposé de donner un divertissement à Madame, à son arrivée à la cour, choisit les plus beaux endroits des ballets qui avoient été représentés devant lui depuis quelques années, & ordonna à Moliere de composer une comédie, qui enchaînât tous ces morceaux différens de musique & de danse. Moliere composa pour cette fête, la comtesse d'Escarbagnas, comédie en prose, & une pastorale ; ce divertissement parut à saint Germain en Laye au mois de Decembre 1671, sous le titre de, *ballet des ballets.*

Ces deux piéces composoient sept actes, qui étoient précédés d'un prologue, & qui étoient chacun suivi d'un interméde. La comtesse d'Escarbagnas ne parut sur le théatre du palais royal qu'en un acte, au mois de Juillet 1672, telle qu'on la joue encore aujourd'hui, & telle qu'elle est imprimée. Il y a apparence qu'elle étoit divisée d'abord en plusieurs actes. Pour ce qui est de la pastorale, il ne nous en reste que le nom des acteurs, & des comédiens qui la représentoient.

ACTEURS DE LA PASTORALE.

UNE NYMPHE . . . . *mademoiselle de Brie.*
LA BERGERE en homme . . . *mademoiselle Moliere.*
LA BERGERE en femme . . . *mademoiselle Moliere.*
UN BERGER amant . . . . . . *le sieur Baron.*

I. PASTRE . . . . *le fieur Moliere.*

II. PASTRE . . . . *le fieur la Thorilliere.*

UN TURC . . . . *le fieur Moliere.*

Voici quel étoit l'ordre & la diftribution des actes & des intermédes de ce divertiffement.

PROLOGUE.

Le prologue réuniffoit le premier interméde des amans magnifiques, avec les chants & les danfes du prologue de Pfiché. Vénus defcenduë du Ciel, jettoit les fondemens de toute la comédie & des divertiffemens qui devoient fuivre.

PREMIER ACTE DE LA COMEDIE.

PREMIER INTERMEDE.

La plainte qui fait le premier interméde de Pfiché.

SECOND ACTE DE LA COMEDIE.

SECOND INTERMEDE.

Cérémonie magique de la paftorale comique, repréfentée dans la troifiéme entrée du ballet des Mufes.

TROISIEME ACTE DE LA COMEDIE.

TROISIEME INTERMEDE.

Combat des fuivans de l'Amour, & des fuivans de Bacchus, qui fait le quatriéme interméde de George Dandin.

QUATRIEME ACTE DE LA COMEDIE.

QUATRIEME INTERMEDE.

Entrée d'une égyptienne, danfante & chantante, fuivie de douze égyptiens danfans, tirée de la paftorale comique, repréfentée dans la troifiéme entrée du ballet des Mufes.

Entrée de Vulcain, des Cyclopes, & des Fées, qui fait le fecond interméde de Pfiché.

CINQUIEME ACTE DE LA COMEDIE.

CINQUIEME INTERMEDE.

Cérémonie turque, du quatriéme acte du bourgeois gentilhomme.

SIXIEME ACTE DE LA COMEDIE.

SIXIEME INTERMEDE.

Entrée d'italiens, tirée du ballet des nations, repréſenté à la ſuite du bourgeois gentilhomme.

Entrée d'eſpagnols, tirée du même ballet des nations.

SEPTIEME & dernier ACTE DE LA COMEDIE.

SEPTIEME & dernier INTERMEDE.

Entrée d'Apollon, de Bacchus, de Mome, & de Mars, qui fait le dernier interméde de Pſiché.

Fin du ballet des ballets.

Joullain. Sculpsit

LE MALADE

LE MALADE IMAGINAIRE

LE
MALADE
IMAGINAIRE,
COMÉDIE-BALLET.

ACTEURS.

ACTEURS DE LA COMÉDIE.

ARGAN, malade imaginaire.

BÉLINE, feconde femme d'Argan.

ANGÉLIQUE, fille d'Argan.

LOUISON, petite fille, fœur d'Angélique.

BÉRALDE, frere d'Argan.

CLÉANTE, amant d'Angélique.

MONSIEUR DIAFOIRUS, médecin.

THOMAS DIAFOIRUS, fils de monfieur Diafoirus.

MONSIEUR PURGON, médecin.

MONSIEUR FLEURANT, Apoticaire.

MONSIEUR BONNEFOI, notaire.

TOINETTE, fervante d'Argan.

ACTEURS DU PROLOGUE.

FLORE.

DEUX ZÉPHIRS, danfans.

CLIMÉNE.

DAPHNÉ.

TIRCIS, amant de Climéne, chef d'une troupe de bergers.

DORILAS, amant de Daphné, chef d'une troupe de bergers.

BERGERS & BERGERES de la suite de Tircis, chantans & dansans.

BERGERS & BERGERES de la suite de Dorilas, chantans & dansans.

PAN.

FAUNES, dansans.

ACTEURS DES INTERMÈDES.

DANS LE PREMIER ACTE.

POLICHINELLE.

UNE VIEILLE.

VIOLONS.

ARCHERS, chantans & dansans.

DANS LE SECOND ACTE.

UNE ÉGYPTIENNE, chantante.

UN ÉGYPTIEN, chantant.

ÉGYPTIENS & ÉGYPTIENNES, chantans & dansans.

DANS LE TROISIEME ACTE.

TAPISSIERS, dansans.

LE PRESIDENT de la faculté de médecine.

DOCTEURS.

ARGAN, bachelier.

APOTICAIRES, avec leurs mortiers & leurs pilons.

PORTE SERINGUES.

CHIRURGIENS.

La scene est à Paris.

LE MALADE
IMAGINAIRE,
COMÉDIE-BALLET.

Près les glorieuſes fatigues, & les exploits victorieux de notre auguſte Monarque, il eſt bien juſte que tous ceux qui ſe mêlent d'écrire, travaillent ou à ſes louanges, ou à ſon divertiſſement. C'eſt ce qu'ici l'on a voulu faire ; & ce prologue eſt un eſſai des louanges de ce grand Prince, qui donne entrée à la comédie du *Malade imaginaire*, dont le projet a été fait pour le délaſſer de ſes nobles travaux.

Ce prologue eſt bien puerile, bien indigne de Molière.

PROLOGUE.

Le théatre repréſente un lieu champêtre.

SCENE PREMIERE.

FLORE, DEUX ZEPHIRS danſans.

FLORE.

Quittez, quittez vos troupeaux,
Venez, Bergers, venez, Bergéres,
Accourez, accourez ſous ces tendres ormeaux ;

Je viens vous annoncer des nouvelles bien chéres,

Et réjouir tous ces hameaux.

Quittez, quittez vos troupeaux,

Venez, Bergers, venez, Bergéres,

Accourez, accourez fous ces tendres ormeaux.

SCENE II.

FLORE, DEUX ZEPHIRS *danfans,* CLIMENE, DAPHNE, TIRCIS, DORILAS.

CLIMENE *à Tircis,* & DAPHNE *à Dorilas.*

BErger, laiffons-là tes feux,
Voilà Flore qui nous appelle.

TIRCIS *à Climéne,* & DORILAS *à Daphné.*

Mais au moins, di-moi, cruelle,

TIRCIS.

Si d'un peu d'amitié tu payeras mes vœux.

DORILAS.

Si tu feras fenfible à mon ardeur fidéle.

CLIMENE, & DAPHNE.

Voilà Flore qui nous appelle.

TIRCIS, & DORILAS.

Ce n'eft qu'un mot, un mot, un feul mot que je veux.

TIRCIS.

Languirai-je toujours dans ma peine mortelle?

DORILAS.

Puis-je efpérer qu'un jour tu me rendras heureux?

CLIMENE, & DAPHNE.

Voilà Flore qui nous appelle.

SCENE III.

FLORE, DEUX ZEPHIRS *danfans*, CLIMENE, DAPHNE, TIRCIS, DORILAS, BERGERS *&* BERGERES

de la fuite de Tircis & de Dorilas, chantans & danfans.

PREMIERE ENTRÉE DE BALLET.

Les bergers, & les bergéres vont fe placer en cadence autour de Flore.

CLIMENE.

Quelle nouvelle parmi nous,
Déeffe, doit jetter tant de réjouiffance?

DAPHNE.

Nous brûlons d'apprendre de vous
Cette nouvelle d'importance.

DORILAS.

D'ardeur nous en foupirons tous.

CLIMENE, DAPHNE, TIRCIS, DORILAS.

Nous en mourons d'impatience.

FLORE.

La voici; filence, filence.
Vos vœux font exaucés, LOUIS eft de retour,
Il raméne en ces lieux les plaifirs & l'amour;

Et vous voyez finir vos mortelles alarmes.

Par ses vastes exploits son bras voit tout soumis,

Il quitte les armes

Faute d'ennemis.

CHOEUR.

Ah ! Quelle douce nouvelle !

Qu'elle est grande, qu'elle est belle !

Que de plaisirs ! Que de ris ! Que de jeux !

Que de succès heureux !

Et que le Ciel a bien rempli nos vœux !

Ah ! Quelle douce nouvelle !

Qu'elle est grande, qu'elle est belle !

II. ENTRÉE DE BALLET.

Les bergers & les bergéres, expriment, par leurs danses, les tranf-
ports de leur joye.

FLORE.

DE vos flûtes bocagéres

Réveillez les plus beaux sons ;

LOUIS offre à vos chansons

La plus belle des matiéres.

Après cent combats

Où cueille son bras

Une ample victoire,

Formez, entre vous,

Cent combats plus doux,

Pour chanter sa gloire.

CHOEUR

CHOEUR.

Formons, entre nous,
Cent combats plus doux,
Pour chanter fa gloire.

FLORE.

Mon jeune amant, dans ce bois,
Des préfens de mon empire,
Prépare un prix à la voix
Qui fçaura le mieux nous dire
Les vertus & les exploits
Du plus augufte des rois.

CLIMENE.

Si Tircis a l'avantage,

DAPHNE.

Si Dorilas eft vainqueur,

CLIMENE.

A le chérir je m'engage.

DAPHNE.

Je me donne à fon ardeur.

TIRCIS.

O trop chére efpérance !

DORILAS.

O mot plein de douceur !

TIRCIS & DORILAS.

Plus beau fujet, plus belle récompenfe
Peuvent-ils animer un cœur ?

Tandis que les violons jouënt un air pour animer les deux ber-
gers au combat, Flore, comme juge, va fe placer au piéd d'un

Tome *V I.* Ccc

arbre, qui est au milieu du théâtre ; les deux troupes de bergers & de bergéres se placent chacune du côté de leur chef.

TIRCIS.

Quand la neige fonduë enfle un torrent fameux,
Contre l'effort soudain de ses flots écumeux
  Il n'est rien d'assez solide ;
  Digues, châteaux, villes, & bois,
  Hommes, & troupeaux à la fois,
  Tout céde au courant qui le guide ;
  Tel, & plus fier & plus rapide,
  Marche LOUIS dans ses exploits.

III. ENTRÉE DE BALLET.

Les bergers & les bergéres de la suite de Tircis, dansent autour de lui pour exprimer leurs applaudissemens.

DORILAS.

LE foudre menaçant qui perce avec fureur
L'affreuse obscurité de la nuë enflammée,
  Fait, d'épouvante & d'horreur,
  Trembler le plus ferme cœur ;
  Mais, à la tête d'une armée,
  LOUIS jette plus de terreur.

IV. ENTRÉE DE BALLET.

Les bergers & les bergéres de la suite de Dorilas applaudissent à ses chants en dansant autour de lui.

TIRCIS.

DEs fabuleux (exploits) que la Gréce a chantés,
Par un brillant amas de belles vérités,
    Nous voyons la gloire effacée;
    Et tous ces fameux demi-dieux
    Que vante l'histoire passée
    Ne sont point à notre pensée,
    Ce que LOUIS est à nos yeux.

V. ENTRÉE DE BALLET.

*Les bergers & les bergéres du côté de Tircis recommencent leurs
danses.*

DORILAS.

LOUIS fait à nos tems, par ses faits inouis,
Croire tous les beaux faits que nous chante l'histoire
    Des siécles évanouis;
    Mais nos neveux, dans leur gloire,
    N'auront rien qui fasse croire
    Tous les beaux faits de LOUIS.

VI. ENTRÉE DE BALLET.

*Les bergers & les bergéres du côté de Dorilas recommencent aussi
leurs danses.*

VII. ENTRÉE DE BALLET.

*Les bergers & les bergéres de la suite de Tircis & de Dorilas,
se mêlent, & dansent ensemble.*

SCENE IV.

FLORE, PAN, DEUX ZEPHIRS *danſans*,
CLIMENE, DAPHNE, TIRCIS,
DORILAS, FAUNES *danſans*, BERGERS
& BERGERES *chantans & danſans*.

PAN.

LAiſſez, laiſſez, Bergers, ce deſſein téméraire,
  Hé, que voulez-vous faire?
  Chanter ſur vos chalumeaux,
  Ce qu'Apollon ſur ſa lyre,
  Avec ſes chants les plus beaux,
  N'entreprendroit pas de dire,
C'eſt donner trop d'eſſor au feu qui vous inſpire;
C'eſt monter vers les Cieux ſur des aîles de cire,
  Pour tomber dans le fonds des eaux.
Pour chanter de L O U I S l'intrépide courage,
  Il n'eſt point d'aſſez docte voix,
Point de mots aſſez grands pour en tracer l'image;
  Le ſilence eſt le langage
  Qui doit louer ſes exploits.
Conſacrez d'autres ſoins à ſa pleine victoire,
Vos louanges n'ont rien qui flate ſes déſirs;
  Laiſſez, laiſſez-là ſa gloire,
  Ne ſongez qu'à ſes plaiſirs.

CHOEUR.

  Laiſſons, laiſſons-là ſa gloire,
  Ne ſongeons qu'à ſes plaiſirs.

FLORE *à Tircis, & à Dorilas.*

Bien que, pour étaler ses vertus immortelles,

  La force manque à vos esprits,

Ne laissez pas tous deux de recevoir le prix.

  Dans les choses grandes & belles,

  Il suffit d'avoir entrepris.

VIII. ENTRÉE DE BALLET.

Les deux Zéphirs dansent avec deux couronnes de fleurs à la main,
qu'ils viennent donner ensuite à Tircis & à Dorilas.

CLIMENE & DAPHNE *donnant la main à leurs amans.*

D Ans les choses grandes & belles,
 Il suffit d'avoir entrepris.

  TIRCIS & DORILAS.

Ah! Que d'un doux succès notre audace est suivie!

  FLORE & PAN.

Ce qu'on fait pour LOUIS, on ne le perd jamais.

  CLIMENE, DAPHNE, TIRCIS, DORILAS.

Au soin de ses plaisirs donnons-nous désormais.

  FLORE & PAN.

Heureux, heureux qui peut lui consacrer sa vie.

  CHOEUR.

  Joignons tous dans ces bois

  Nos flûtes & nos voix,

  Ce jour nous y convie;

Et faisons aux échos redire mille fois,

  LOUIS est le plus grand des rois,

Heureux, heureux qui peut lui consacrer sa vie.

IX. & derniére ENTRÉE DE BALLET.

LEs Faunes, les bergers, & les bergéres se mêlent ensemble; il se fait entr'eux des jeux de danse, après quoi ils se vont préparer pour la comédie.

AUTRE PROLOGUE.
UNE BERGERE *chantante.*

VOtre plus haut sçavoir n'est que pure chimére,
Vains, & peu sages médecins;
Vous ne pouvez guérir, par vos grands mots latins,
La douleur qui me désespére.
Votre plus haut sçavoir n'est que pure chimére.

Hélas, hélas! Je n'ose découvrir
Mon amoureux martyre
Au berger pour qui je soupire,
Et qui seul peut me secourir.
Ne prétendez pas le finir,
Ignorans médecins, vous ne sçauriez le faire,
Votre plus haut sçavoir n'est que pure chimére.

Ces remédes peu sûrs, dont le simple vulgaire
Croit que vous connoissez l'admirable vertu,
Pour les maux que je sens n'ont rien de salutaire;
Et tout votre caquet ne peut être reçû
Que d'un malade imaginaire;
Votre plus haut sçavoir n'est que pure chimére.
Fin des Prologues.

LE MALADE
IMAGINAIRE,
COMÉDIE-BALLET.

ACTE PREMIER.

Le théatre repréſente la chambre d'Argan.

SCENE PREMIERE.

ARGAN *aſſis, ayant une table devant lui, comptant avec des jettons les parties de ſon apoticaire.*

 Rois & deux font cinq, & cinq font dix, & dix font vingt. Trois & deux font cinq. *Plus, du vingt-quatriéme, un petit clyſtére inſinuatif, préparatif, & rémolliant pour amollir, humecter, & rafraîchir les entrailles de monſieur.* Ce qui me plaît de monſieur Fleurant mon apoticaire, c'eſt que ſes parties ſont toujours fort civiles. *Les entrailles*

de monſieur, trente ſols. Oui, mais, monſieur Fleurant, ce n'eſt pas tout que d'être civil, il faut être auſſi raiſonnable, & ne pas écorcher les malades. Trente ſols un lavement! Je ſuis votre ſerviteur, je vous l'ai déjà dit ; vous ne me les avez mis dans les autres parties qu'à vingt ſols, & vingt ſols, en langage d'apoticaire, c'eſt-à-dire, dix ſols ; les voilà, dix ſols. *Plus, dudit jour, un bon clyſtére déterſif, compoſé avec catholicon double, rhubarbe, miel roſat, & autres, ſuivant l'ordonnance, pour balayer, laver & nettoyer le bas ventre de monſieur, trente ſols ;* avec votre permiſſion dix ſols. *Plus, dudit jour, le ſoir, un julep hépatique, ſoporatif, & ſomnifére, compoſé pour faire dormir monſieur, trente-cinq ſols ;* je ne me plains pas de celui-là, car il me fit bien dormir. Dix, quinze, ſeize & dix-ſept ſols ſix deniers. *Plus, du vingt-cinquiéme, une bonne médecine purgative & corroborative, compoſée de caſſe récente avec ſéné levantin, & autres, ſuivant l'ordonnance de monſieur Purgon, pour expulſer & évacuer la bile de monſieur, quatre livres.* Ah ! Monſieur Fleurant, c'eſt ſe moquer, il faut vivre avec les malades. Monſieur Purgon ne vous a pas ordonné de mettre quatre francs. Mettez, mettez trois livres, s'il vous plaît. Vingt & trente ſols. *Plus, dudit jour, une potion anodine & aſtringente, pour faire repoſer monſieur, trente ſols.* Bon, dix & quinze ſols. *Plus, du vingt-ſixiéme, un clyſtére carminatif, pour chaſſer les vents de monſieur, trente ſols.* Dix ſols, monſieur Fleurant. *Plus, le clyſtére de monſieur, réïtéré le ſoir, comme deſſus, trente ſols.* Monſieur Fleurant, dix ſols. *Plus, du vingt-ſeptiéme, une bonne médecine, compoſée pour hâter d'aller, & chaſſer dehors*

les

les mauvaifes humeurs de monfieur, trois livres. Bon, vingt,
& trente fols ; je fuis bien aife que vous foyez raifonnable.
Plus, du vingt-huitiéme, une prife de petit lait clarifié & dul-
coré, pour adoucir, lénifier, tempérer, & rafraîchir le fang de
monfieur, vingt fols. Bon, dix fols. *Plus, une potion cordiale*
& préfervative, compofée avec douze grains de bézoard, fyrops
de limon & grenade, & autres, fuivant l'ordonnance, cinq livres.
Ah ! Monfieur Fleurant, tout doux, s'il vous plaît, fi vous en
ufez comme cela, on ne voudra plus être malade, contentez-vous de quatre francs, vingt & quarante fols. Trois &
deux font cinq, & cinq font dix, & dix font vingt. Soi-
xante & trois livres quatre fols fix deniers. Si bien donc
que, de ce mois, j'ai pris une, deux, trois, quatre, cinq,
fix, fept & huit médecines ; & un, deux, trois, quatre,
cinq, fix, fept, huit, neuf, dix, onze & douze lavemens;
& l'autre mois, il y avoit douze médecines, & vingt lavemens. Je ne m'étonne pas fi je ne me porte pas fi bien ce
mois-ci, que l'autre. Je le dirai à monfieur Purgon, afin
qu'il mette ordre à cela. Allons, qu'on m'ôte tout ceci.
[*Voyant que perfonne ne vient, & qu'il n'y a aucun de fes gens*
dans fa chambre.] Il n'y a perfonne ? J'ai beau dire, on me
laiffe toujours feul ; il n'y a pas moyen de les arrêter ici.
[*après avoir fonné une fonnette qui eft fur fa table.*] Ils n'entendent point, & ma fonnette ne fait pas affez de bruit. [*après*
avoir fonné pour la deuxiéme fois.] Point d'affaire. [*après avoir*
fonné encore.] Ils font fourds. Toinette. [*après avoir fait le plus*
de bruit qu'il peut avec fa fonnette.] Tout comme fi je ne fon-
nois point. Chienne, coquine. [*voyant qu'il fonne encore inu-*

tilement.] J'enrage. Drelin, drelin, drelin. Carogne, à tous les diables. Eft-il poffible qu'on laiffe comme cela un pauvre malade ? Drelin, drelin, drelin. Voilà qui eft pitoyable ! Drelin, drelin, drelin. Ah, mon Dieu ! Ils me laifferont ici mourir. Drelin, drelin, drelin.

SCENE II.

ARGAN, TOINETTE.

TOINETTE *en entrant.*

ON y va.

ARGAN.

Ah ! Chienne. Ah ! Carogne . . . .

TOINETTE *faifant femblant de s'être cogné la tête.*
Diantre foit de votre impatience ! Vous preffez fi fort les perfonnes, que je me fuis donné un grand coup à la tête contre la carne d'un volet.

ARGAN *en colére.*

Ah ! Traîtreffe . . . .

TOINETTE *interrompant Argan.*

Ah !

ARGAN.

Il y a . . . . .

TOINETTE.

Ah !

ARGAN.

Il y a une heure....

TOINETTE.

Ah!

ARGAN.

Tu m'as laiſſé....

TOINETTE.

Ah!

ARGAN.

Tai-toi donc, coquine, que je te querelle.

TOINETTE.

Çamon, ma foi, j'en ſuis d'avis, après ce que je me ſuis fait.

ARGAN.

Tu m'as fait égoſiller, carogne.

TOINETTE.

Et vous m'avez fait, vous, caſſer la tête ; l'un vaut bien l'autre. Quitte à quitte, ſi vous voulez.

ARGAN.

Quoi, coquine....

TOINETTE.

Si vous querellez, je pleurerai.

ARGAN.

Me laiſſer, traîtreſſe....

TOINETTE *interrompant encore Argan.*

Ah!

ARGAN.

Chienne, tu veux....

TOINETTE.

Ah!

ARGAN.

Quoi! Il faudra encore que je n'aye pas le plaisir de la quereller!

TOINETTE.

Querellez tout votre saoul, je le veux bien.

ARGAN.

Tu m'en empêches, chienne, en m'interrompant à tous coups.

TOINETTE

Si vous avez le plaisir de quereller, il faut bien que de mon côté j'aye le plaisir de pleurer; chacun le sien ce n'est pas trop. Ah!

ARGAN.

Allons, il faut en passer par là. Ote-moi ceci, coquine, ôte-moi ceci. [*après s'être levé.*] Mon lavement d'aujourd'hui a-t-il bien opéré?

TOINETTE.

Votre lavement?

ARGAN.

Oui. Ai-je bien fait de la bile?

TOINETTE.

Ma foi, je ne me mêle point de ces affaires là; c'est à monsieur Fleurant à y mettre le néz, puisqu'il en a le profit.

ARGAN.

Qu'on ait soin de me tenir un bouillon prêt, pour l'autre que je dois tantôt prendre.

TOINETTE.

Ce monfieur Fleurant-là, & ce monfieur Purgon s'égayent bien fur votre corps ; ils ont en vous une bonne vache à lait ; & je voudrois bien leur demander quel mal vous avez, pour vous faire tant de remédes.

ARGAN.

Taifez-vous, ignorante ; ce n'eft pas à vous à contrôler les ordonnances de la médecine. Qu'on me faffe venir ma fille Angélique, j'ai à lui dire quelque chofe.

TOINETTE.

La voici qui vient d'elle-même ; elle a deviné votre penfée.

SCENE III.

ARGAN, ANGELIQUE, TOINETTE.

ARGAN.

APprochez, Angélique, vous venez à propos ; je voulois vous parler.

ANGELIQUE.

Me voilà prête à vous oüir.

ARGAN.

Attendez. [*à Toinette.*] Donnez-moi mon baton. Je vais revenir tout-à-l'heure.

TOINETTE.

Allez vîte, Monfieur, allez ; monfieur Fleurant nous donne des affaires.

SCENE IV.

ANGELIQUE, TOINETTE.

ANGELIQUE.

Toinette.

TOINETTE.

Quoi?

ANGELIQUE.

Regarde-moi un peu.

TOINETTE.

Hé bien, je vous regarde.

ANGELIQUE.

Toinette.

TOINETTE.

Hé bien, quoi? Toinette.

ANGELIQUE.

Ne devines-tu point de quoi je veux parler?

TOINETTE.

Je m'en doute affez, de notre jeune amant? Car c'eft fur lui depuis fix jours que roulent tous nos entretiens; & vous n'étes point bien fi vous n'en parlez à toute heure.

ANGELIQUE.

Puifque tu connois cela, que n'es-tu donc la premiére à m'en entretenir? Et que ne m'épargnes-tu la peine de te jetter fur ce difcours?

TOINETTE.

Vous ne m'en donnez pas le tems ; & vous avez des soins là-dessus, qu'il est difficile de prévenir.

ANGELIQUE.

Je t'avouë que je ne sçaurois me lasser de te parler de lui ; & que mon cœur profite avec chaleur de tous les momens de s'ouvrir à toi. Mais di-moi, condamnes-tu, Toinette, les sentimens que j'ai pour lui ?

TOINETTE.

Je n'ai garde.

ANGELIQUE.

Ai-je tort de m'abandonner à ces douces impressions ?

TOINETTE.

Je ne dis pas cela.

ANGELIQUE.

Et voudrois-tu que je fusse insensible aux tendres protesta-tions de cette passion ardente qu'il témoigne pour moi ?

TOINETTE.

A Dieu ne plaise.

ANGELIQUE.

Di-moi un peu, ne trouves-tu pas, comme moi, quelque chose du Ciel, quelque effet du destin, dans l'avanture ino-pinée de notre connoissance ?

TOINETTE.

Oui.

ANGELIQUE.

Ne trouves-tu pas que cette action d'embrasser ma défense sans me connoître, est tout-à-fait d'un honnête homme ?

TOINETTE.

Oui.

ANGELIQUE.

Que l'on ne peut pas en ufer plus généreufement ?

TOINETTE.

D'accord.

ANGELIQUE.

Et qu'il fit tout cela de la meilleure grace du monde ?

TOINETTE.

Oh ! Oui.

ANGELIQUE.

Ne trouves-tu pas, Toinette, qu'il eft bien fait de fa perfonne ?

TOINETTE.

Affûrément.

ANGELIQUE.

Qu'il a le meilleur air du monde ?

TOINETTE.

Sans doute.

ANGELIQUE.

Que fes difcours, comme fes actions, ont quelque chofe
de noble ?

TOINETTE.

Cela eft fûr.

ANGELIQUE.

Qu'on ne peut rien entendre de plus paffionné que tout
ce qu'il me dit ?

TOINETTE.

TOINETTE.

Il eſt vray.

ANGELIQUE.

Et qu'il n'eſt rien de plus fâcheux, que la contrainte où l'on
me tient, qui bouche tout commerce aux doux empreſſemens de cette mutuelle ardeur que le Ciel nous inſpire?

TOINETTE.

Vous avez raiſon.

ANGELIQUE.

Mais, ma pauvre Toinette, crois-tu qu'il m'aime autant qu'il
me le dit?

TOINETTE.

Hé, hé, ces choſes-là par fois ſont un peu ſujettes à cau-
tion. Les grimaces d'amour reſſemblent fort à la vérité;
& j'ai vû de grands comédiens là-deſſus.

ANGELIQUE.

Ah! Toinette, que dis-tu là? Hélas! De la façon qu'il parle,
ſeroit-il bien poſſible qu'il ne me dît pas vray?

TOINETTE.

En tout cas, vous en ſerez bien-tôt éclaircie; & la réſolution où il vous écrivit hier qu'il étoit de vous faire demander en mariage, eſt une promte voye à vous faire connoître s'il vous dit vray, ou non. C'en ſera là la bonne preuve.

ANGELIQUE.

Ah! Toinette, ſi celui-là me trompe, je ne croirai de ma
vie aucun homme.

TOINETTE.

Voilà votre pere qui revient.

Tome VI. E e e

SCENE V.

ARGAN, ANGELIQUE, TOINETTE.

ARGAN *s'asséyant.*

OR ça, ma fille, je vais vous dire une nouvelle, où peut-être ne vous attendez-vous pas. On vous demande en mariage. Qu'est-ce que cela ? Vous riez ! Cela est plaisant, oui, ce mot de mariage. Il n'est rien de plus drôle pour les jeunes filles. Ah ! Nature, nature ! A ce que je puis voir, ma fille, je n'ai que faire de vous demander si vous voulez bien vous marier.

ANGELIQUE.

Je dois faire, mon pere, tout ce qu'il vous plaira de m'ordonner.

ARGAN.

Je suis bien aise d'avoir une fille si obéïssante, la chose est donc concluë, & je vous ai promise.

ANGELIQUE.

C'est à moi, mon pere, de suivre aveuglément toutes vos volontés.

ARGAN.

Ma femme, votre belle-mere, avoit envie que je vous fisse religieuse, & votre petite sœur Louison aussi ; &, de tout tems elle a été aheurtée à cela.

TOINETTE *à part.*

La bonne bête a ses raisons.

ARGAN.

Elle ne vouloit point confentir à ce mariage ; mais je l'ai emporté, & ma parole eſt donnée.

ANGELIQUE.

Ah! Mon pere, que je vous ſuis obligée de toutes vos bontés.

TOINETTE *à Argan.*

En vérité, je vous ſçais bon gré de cela ; & voilà l'action la plus ſage que vous ayez faite de votre vie.

ARGAN.

Je n'ai point encore vû la perſonne ; mais on m'a dit que j'en ſerois content, & toi auſſi.

ANGELIQUE.

Aſſûrément, mon pere.

ARGAN.

Comment! L'as-tu vû ?

ANGELIQUE.

Puiſque votre conſentement m'autoriſe à vous pouvoir ouvrir mon cœur, je ne feindrai point de vous dire que le hazard nous a fait connoître il y a ſix jours ; & que la demande qu'on vous a faite, eſt un effet de l'inclination que, dès cette premiére vûë, nous avons priſe l'un pour l'autre.

ARGAN.

Ils ne m'ont pas dit cela ; mais j'en ſuis bien aiſe , & c'eſt tant mieux que les choſes ſoient de la ſorte. Ils diſent que c'eſt un grand jeune garçon bien fait.

ANGELIQUE.

Oui, mon pere.

ARGAN.

De belle taille.

ANGELIQUE.

Sans doute.

ARGAN.

Agréable de fa perfonne.

ANGELIQUE.

Affûrément.

ARGAN.

De bonne phyfionomie.

ANGELIQUE.

Très-bonne.

ARGAN.

Sage & bien né.

ANGELIQUE.

Tout-à-fait.

ARGAN.

Fort honnête.

ANGELIQUE.

Le plus honnête du monde.

ARGAN.

Qui parle bien latin, & grec.

ANGELIQUE.

C'eſt ce que je ne ſçais pas.

ARGAN.

Et qui fera reçû médecin dans trois jours.

ANGELIQUE.

Lui, mon pere?

ARGAN.

Oui. Eſt-ce qu'il ne te l'a pas dit?

ANGELIQUE.

Non vrayment. Qui vous l'a dit à vous?

ARGAN.

Monſieur Purgon.

ANGELIQUE.

Eſt-ce que monſieur Purgon le connoît?

ARGAN.

La belle demande! Il faut bien qu'il le connoiſſe, puiſque c'eſt ſon neveu.

ANGELIQUE.

Cléante, neveu de monſieur Purgon!

ARGAN.

Quel Cléante? Nous parlons de celui pour qui l'on t'a de-
mandée en mariage.

ANGELIQUE.

Hé, oui.

ARGAN.

Hé bien, c'eſt le neveu de monſieur Purgon, qui eſt le fils
de ſon beau-frere le médecin, monſieur Diafoirus; & ce fils
s'appelle Thomas Diafoirus, & non pas Cléante; & nous
avons conclu ce mariage-là ce matin, monſieur Purgon,
monſieur Fleurant & moi; & demain ce gendre prétendu
me doit être amené par ſon pere. Qu'eſt-ce? Vous voilà
toute ébaubie?

ANGELIQUE.

C'eſt, mon pere, que je connois que vous avez parlé d'une perſonne, & que j'ai entendu une autre.

TOINETTE.

Quoi! Monſieur, vous auriez fait ce deſſein burleſque; &, avec tout le bien que vous avez, vous voudriez marier votre fille avec un médecin?

ARGAN.

Oui. De quoi te mêles-tu, coquine, impudente que tu es?

TOINETTE.

Mon Dieu! Tout doux. Vous allez d'abord aux invectives. Eſt-ce que nous ne pouvons pas raiſonner enſemble, ſans nous emporter? Là, parlons de ſang froid. Quelle eſt votre raiſon, s'il vous plaît, pour un tel mariage?

ARGAN.

Ma raiſon eſt que, me voyant infirme & malade comme je ſuis, je veux me faire un gendre, & des alliés médecins, afin de m'appuyer de bon ſecours contre ma maladie, d'avoir dans ma famille les ſources des remédes qui me ſont néceſſaires; & d'être à même des conſultations, & des ordonnances.

TOINETTE.

Hé bien, voilà dire une raiſon; & il y a plaiſir à ſe répondre doucement les uns aux autres. Mais, Monſieur, mettez la main à la conſcience. Eſt-ce que vous êtes malade?

ARGAN.

Comment, coquine, ſi je ſuis malade? Si je ſuis malade, impudente?

TOINETTE.

Hé bien, oui, Monſieur, vous êtes malade; n'ayons point

de querelle là-deſſus. Oui , vous étes fort malade , j'en demeure d'accord , & plus malade que vous ne penſez ; voilà qui eſt fait. Mais votre fille doit épouſer un mari pour elle ; & , n'étant point malade , il n'eſt pas néceſſaire de lui donner un médecin.

ARGAN.

C'eſt pour moi que je lui donne ce médecin ; & une fille de bon naturel doit être ravie d'épouſer ce qui eſt utile à la ſanté de ſon pere.

TOINETTE.

Ma foi, Monſieur, voulez-vous qu'en amie je vous donne un conſeil ?

ARGAN.

Quel eſt-il ce conſeil ?

TOINETTE.

De ne point ſonger à ce mariage-là.

ARGAN.

Et la raiſon ?

TOINETTE.

C'eſt que votre fille n'y conſentira point.

ARGAN.

Elle n'y conſentira point ?

TOINETTE.

Non.

ARGAN.

Ma fille ?

TOINETTE.

Votre fille. Elle vous dira qu'elle n'a que faire de monfieur Diafoirus, ni de fon fils Thomas Diafoirus, ni de tous les Diafoirus du monde.

ARGAN.

J'en ai affaire, moi. Outre que le parti eft plus avantageux qu'on ne penfe, monfieur Diafoirus n'a que ce fils-là pour tout héritier ; &, de plus, monfieur Purgon qui n'a ni femme, ni enfans, lui donne tout fon bien en faveur de ce mariage ; & monfieur Purgon eft un homme qui a huit mille bonnes livres de rente.

TOINETTE.

Il faut qu'il ait tué bien des gens, pour s'être fait fi riche.

ARGAN.

Huit mille livres de rente font quelque chofe, fans compter le bien du pere.

TOINETTE.

Monfieur, tout cela eft bel & bon ; mais j'en reviens toujours là. Je vous confeille, entre nous, de lui choifir un autre mari, & elle n'eft point faite pour être madame Diafoirus.

ARGAN.

Et je veux, moi, que cela foit.

TOINETTE.

Hé, fi! Ne dites pas cela.

ARGAN.

Comment! Que je ne dife pas cela?

TOINETTE.

Hé! Non.

ARGAN.

Et pourquoi ne le dirai-je pas?

TOINETTE

TOINETTE.

On dira que vous ne songez pas à ce que vous dites.

ARGAN.

On dira ce qu'on voudra; mais je vous dis que je veux qu'elle exécute la parole que j'ai donnée.

TOINETTE.

Non, je suis sûre qu'elle ne le fera pas.

ARGAN.

Je l'y forcerai bien.

TOINETTE.

Elle ne le fera pas, vous dis-je.

ARGAN.

Elle le fera, ou je la mettrai dans un couvent.

TOINETTE.

Vous?

ARGAN.

Moi.

TOINETTE.

Bon!

ARGAN.

Comment bon?

TOINETTE.

Vous ne la mettrez point dans un couvent.

ARGAN.

Je ne la mettrai point dans un couvent?

TOINETTE

Non.

ARGAN.

Non?

TOINETTE.

Non.

ARGAN.

Ouais! Voici qui eſt plaiſant. Je ne mettrai pas ma fille dans un couvent, ſi je veux?

TOINETTE.

Non, vous dis-je.

ARGAN.

Qui m'en empêchera?

TOINETTE.

Vous-même.

ARGAN.

Moi?

TOINETTE.

Oui. Vous n'aurez pas ce cœur là.

ARGAN.

Je l'aurai.

TOINETTE.

Vous vous moquez.

ARGAN.

Je ne me moque point.

TOINETTE.

La tendreſſe paternelle vous prendra.

ARGAN.

Elle ne me prendra point.

TOINETTE.

Une petite larme ou deux, des bras jettés au cou, un mon petit papa mignon, prononcé tendrement, fera affez pour vous toucher.

ARGAN.

Tout cela ne fera rien.

TOINETTE.

Oui, oui.

ARGAN.

Je vous dis que je n'en démordrai point.

TOINETTE.

Bagatelles.

ARGAN.

Il ne faut point dire, bagatelles.

TOINETTE.

Mon Dieu! Je vous connois, vous étes bon naturellement.

ARGAN *avec emportement.*

Je ne fuis point bon; & je fuis méchant quand je veux.

TOINETTE.

Doucement, Monfieur. Vous ne fongez pas que vous étes malade.

ARGAN.

Je lui commande abfolument de fe préparer à prendre le mari que je dis.

TOINETTE.

Et moi, je lui défends abfolument d'en faire rien.

ARGAN.

Où eft-ce donc que nous fommes; & quelle audace eft-ce-là, à une coquine de fervante, de parler de la forte devant fon maître?

TOINETTE.

Quand un maître ne fonge pas à ce qu'il fait, une fervante bien fenfée eft en droit de le redreffer.

ARGAN *courant après Toinette.*

Ah! Infolente, il faut que je t'affomme.

TOINETTE *évitant Argan, & mettant la chaife entre elle & lui.*

Il eft de mon devoir de m'oppofer aux chofes qui vous peuvent déshonorer.

ARGAN *courant après Toinette, autour de la chaife, avec fon bâton.*

Vien, vien, que je t'apprenne à parler.

TOINETTE *fe fauvant du côté où n'eft pas Argan.*

Je m'intéreffe, comme je dois, à ne vous point laiffer faire de folie.

ARGAN *de même.*

Chienne.

TOINETTE *de même.*

Non, je ne confentirai jamais à ce mariage.

ARGAN *de même.*

Pendarde.

TOINETTE *de même.*

Je ne veux point qu'elle époufe votre Thomas Diafoirus.

ARGAN *de même.*

Carogne.

TOINETTE *de même.*

Et elle m'obéïra plûtôt qu'à vous.

ARGAN *s'arrêtant.*

Angélique, tu ne veux pas m'arrêter cette coquine-là.

ANGELIQUE.

Hé, mon pere, ne vous faites point malade.

ARGAN *à Angélique.*

Si tu ne me l'arrêtes, je te donnerai ma malédiction.

TOINETTE *en s'en allant.*

Et moi, je la déshériterai, si elle vous obéit.

ARGAN *se jettant dans sa chaise.*

Ah! Ah! Je n'en puis plus. Voilà pour me faire mourir.

SCENE VI.

BELINE, ARGAN.

ARGAN.

AH! Ma femme, approchez.

BELINE.

Qu'avez-vous, mon pauvre mari?

ARGAN.

Venez-vous en ici à mon secours.

BELINE.

Qu'est-ce que c'est donc qu'il y a, mon petit fils?

ARGAN.

Mamie.

BELINE.

Mon ami.

ARGAN.

On vient de me mettre en colére.

BELINE.

Hélas! Mon pauvre petit mari! Comment donc, mon ami?

ARGAN.

Votre coquine de Toinette eſt devenuë plus inſolente que jamais.

BELINE.

Ne vous paſſionnez donc point.

ARGAN.

Elle m'a fait enrager, mamie.

BELINE.

Doucement, mon fils.

ARGAN.

Elle a contrequarré, une heure durant, les choſes que je veux faire;

BELINE.

Là, là, tout doux.

ARGAN.

Et a eu l'effronterie de me dire que je ne ſuis point malade.

BELINE.

C'eſt une impertinente.

ARGAN.

Vous ſçavez, mon cœur, ce qui en eſt.

BELINE.

Oui, mon cœur, elle a tort.

ARGAN.

Mamour , cette coquine-là me fera mourir.

BELINE.

Hé là , hé là.

ARGAN.

Elle est cause de toute la bile que je fais ;

BELINE.

Ne vous fâchez point tant.

ARGAN.

Et il y a je ne sçais combien que je vous dis de me la chasser.

BELINE.

Mon Dieu! Mon fils , il n'y a point de serviteurs & de servantes qui n'ayent leurs défauts. On est contraint parfois de souffrir leurs mauvaises qualités , à cause des bonnes. Celle-ci est adroite , soigneuse , diligente , & sur tout fidéle; & vous sçavez qu'il faut maintenant de grandes précautions pour les gens que l'on prend. Holà , Toinette.

SCENE VII.

ARGAN, BELINE, TOINETTE.

TOINETTE.

Madame.

BELINE.

Pourquoi donc est-ce que vous mettez mon mari en colére?

TOINETTE *d'un ton doucereux.*

Moi, Madame? Hélas! Je ne fçais pas ce que vous me voulez dire; & je ne fonge qu'à complaire à monfieur en toutes chofes.

ARGAN.

Ah! La traîtreffe!

TOINETTE.

Il nous a dit qu'il vouloit donner fa fille en mariage au fils de monfieur Diafoirus, je lui ai répondu que je trouvois le parti avantageux pour elle; mais que je croyois qu'il feroit mieux de la mettre dans un couvent.

BELINE.

Il n'y a pas fi grand mal à cela; & je trouve qu'elle a raifon.

ARGAN.

Ah! Mamour, vous la croyez. C'eft une fcélérate; elle m'a dit cent infolences.

BELINE.

Hé bien, je vous crois, mon ami. Là remettez-vous. Ecoutez, Toinette, fi vous fâchez jamais mon mari, je vous mettrai dehors. Ça, donnez-moi fon manteau fourré, & des oreillers, que je l'accommode dans fa chaife. Vous voilà je ne fçais comment. Enfoncez bien votre bonnet jufques fur vos oreilles; il n'y a rien qui enrhume tant que de prendre l'air par les oreilles.

ARGAN.

Ah! Mamie, que je vous fuis obligé de tous les foins que vous prenez de moi.

BELINE.

BELINE *accommodant les oreillers qu'elle met autour d'Argan.*

Levez-vous que je mette ceci fous vous. Mettons celui-ci pour vous appuyer, & celui-là de l'autre côté. Mettons celui-ci derriére votre dos, & cet autre-là pour foutenir votre tête.

TOINETTE *lui mettant rudement un oreiller fur la tête.*

Et celui-ci pour vous garder du ferein.

ARGAN *fe levant en colére, & jettant tous les oreillers à Toinette qui s'enfuit.*

Ah! Coquine, tu veux m'étouffer.

SCENE VIII.

ARGAN, BELINE.

BELINE.

HE là, hé là. Qu'eft-ce que c'eft donc?

ARGAN *fe jettant dans fa chaife.*

Ah, ah, ah! Je n'en puis plus.

BELINE.

Pourquoi vous emporter ainfi? Elle a crû faire bien.

ARGAN.

Vous ne connoiffez pas, mamour, la malice de la pendarde. Ah! Elle m'a mis tout hors de moi; & il faudra plus de huit médecines, & de douze lavemens pour réparer tout ceci.

Tome VI.

BELINE.

Là, là, mon petit ami, appaifez-vous un peu.

ARGAN.

Mamie, vous étes toute ma confolation.

BELINE.

Pauvre petit fils!

ARGAN.

Pour tâcher de reconnoître l'amour que vous me portez, je veux, mon cœur, comme je vous ai dit, faire mon teftament.

BELINE.

Ah! Mon ami, ne parlons point de cela, je vous prie, je ne fçaurois fouffrir cette penfée; & le feul mot de teftament me fait treffaillir de douleur.

ARGAN.

Je vous avois dit de parler pour cela à votre notaire.

BELINE.

Le voilà là-dedans, que j'ai amené avec moi.

ARGAN.

Faites-le donc entrer, mamour.

BELINE.

Hélas! Mon ami, quand on aime bien un mari, on n'eft guéres en état de fonger à tout cela.

SCENE IX.

M. DE BONNEFOI, BELINE, ARGAN.

ARGAN.

Approchez, monsieur de Bonnefoi, approchez. Prenez un siége, s'il vous plaît. Ma femme m'a dit que vous étiez fort honnête homme, & tout-à-fait de ses amis; & je l'ai chargée de vous parler pour un testament.

BELINE.

Hélas! Je ne suis point capable de parler de ces choses-là.

M. DE BONNEFOI.

Elle m'a, Monsieur, expliqué vos intentions, & le dessein où vous étes pour elle; & j'ai à vous dire, là-dessus, que vous ne sçauriez rien donner à votre femme par votre testament.

ARGAN.

Mais pourquoi?

M. DE BONNEFOI.

La coutume y résiste. Si vous étiez en pays de droit écrit, cela se pourroit faire; mais, à Paris, & dans les pays coutumiers, au moins dans la plûpart, c'est ce qui ne se peut; & la disposition seroit nulle. Tout l'avantage qu'homme & femme conjoints par mariage se peuvent faire l'un à l'autre, c'est un don mutuel entre vifs; encore faut-il qu'il ny ait enfans, soit des deux conjoints, ou de l'un d'eux, lors du décès du premier mourant.

ARGAN.

Voilà une coutume bien impertinente, qu'un mari ne puiſſe
rien laiſſer à une femme, dont il eſt aimé tendrement, &
qui prend de lui tant de ſoin. J'aurois envie de conſulter
mon avocat, pour voir comment je pourrois faire.

M. DE BONNEFOI.

Ce n'eſt point à des avocats qu'il faut aller, car ils ſont
d'ordinaire ſévéres là deſſus ; & s'imaginent que c'eſt un
grand crime que de diſpoſer en fraude de la loi. Ce ſont gens
de difficultés ; & qui ſont ignorans des détours de la conſcience. Il y a d'autres perſonnes à conſulter qui ſont bien
plus accommodantes, qui ont des expédiens pour paſſer
doucement par-deſſus la loi, & rendre juſte ce qui n'eſt
pas permis, qui ſçavent applanir les difficultés d'une affaire,
& trouver des moyens d'éluder la coutume par quelque
avantage indirect. Sans cela, où en ſerions-nous tous les
jours ? Il faut de la facilité dans les choſes, autrement nous ne
ferions rien ; & je ne donnerois pas un ſol de notre métier.

ARGAN,

Ma femme m'avoit bien dit, Monſieur, que vous étiez fort
habile, & fort honnête homme. Comment puis-je faire, s'il
vous plaît, pour lui donner mon bien, & en fruſtrer mes
enfans ?

M. DE BONNEFOI.

Comment vous pouvez faire ? Vous pouvez choiſir doucement un ami intime de votre femme, auquel vous donnerez, en bonne forme, par votre teſtament tout ce que vous
pouvez ; & cet ami enſuite lui rendra tout. Vous pouvez

encore contracter un grand nombre d'obligations, non fuf-
pectes, au profit de divers créanciers, qui prêteront leur
nom à votre femme, & entre les mains de laquelle ils met-
tront leur déclaration, que ce qu'ils en ont fait n'a été que
pour lui faire plaifir. Vous pouvez auffi, pendant que vous
étes en vie, mettre entre fes mains de l'argent comptant,
ou des billets que vous pouvez avoir payables au porteur.

BELINE.

Mon Dieu! Il ne faut point vous tourmenter de tout cela.
S'il vient faute de vous, mon fils, je ne veux plus refter
au monde.

ARGAN.

Mamie.

BELINE.

Oui, mon ami, fi je fuis affez malheureufe, pour vous perdre. . . .

ARGAN.

Ma chére femme.

BELINE.

La vie ne me fera plus de rien;

ARGAN.

Mamour.

BELINE.

Et je fuivrai vos pas, pour vous faire connoître la tendreffe
que j'ai pour vous.

ARGAN.

Mamie, vous me fendez le cœur. Confolez-vous, je vous
en prie.

M. DE BONNEFOI *à Béline.*

Ces larmes font hors de faifon, & les chofes n'en font point
encore là.

BELINE.

Ah! Monfieur, vous ne fçavez pas ce que c'eft qu'un mari
qu'on aime tendrement.

ARGAN.

Tout le regret que j'aurai, fi je meurs, mamie, c'eft de n'a-
voir point un enfant de vous. Monfieur Purgon m'avoit
dit qu'il m'en feroit faire un.

M. DE BONNEFOI.

Cela pourra venir encore.

ARGAN.

Il faut faire mon teftament, mamour, de la façon que monfieur dit; mais, par précaution, je veux vous mettre entre
les mains vingt mille francs en or, que j'ai dans le lambris
de mon alcove, & deux billets payables au porteur, qui
me font dûs, l'un par monfieur Damon, & l'autre par monfieur Gérante.

BELINE.

Non, non, je ne veux point de tout cela. Ah!.... Combien
dites-vous qu'il y a dans votre alcove?

ARGAN.

Vingt mille francs, mamour.

BELINE.

Ne me parlez point de bien, je vous prie. Ah!.... De combien font les deux billets?

ARGAN.

Ils font, mamie, l'un de quatre mille livres, & l'autre de fix.

BELINE.

Tous les biens du monde, mon ami, ne me font rien, au prix de vous.

M. DE BONNEFOI *à Argan.*

Voulez-vous que nous procédions au teftament?

ARGAN.

Oui, Monfieur ; mais nous ferions mieux dans mon petit cabinet. Mamour, conduifez-moi, je vous prie.

BELINE.

Allons, mon pauvre petit fils.

SCENE X.

ANGELIQUE, TOINETTE.

TOINETTE.

LEs voilà avec un notaire, & j'ai oüi parler de tefta-ment. Votre belle-mere ne s'endort point ; & c'eft, fans doute, quelque confpiration contre vos intérêts, où elle pouffe votre pere.

ANGELIQUE.

Qu'il difpofe de fon bien à fa fantaifie, pourvû qu'il ne difpofe point de mon cœur. Tu vois, Toinette, les deffeins violens que l'on fait fur lui. Ne m'abandonne point, je te prie, dans l'extrémité où je fuis.

TOINETTE.

Moi, vous abandonner ? J'aimerois mieux mourir. Votre

belle-mere a beau me faire fa confidente, & me vouloir
jetter dans fes intérêts, je n'ai jamais pû avoir d'inclination
pour elle; & j'ai toujours été de votre parti. Laiffez-moi
faire, j'employerai toute chofe pour vous fervir; mais, pour
vous fervir avec plus d'effet, je veux changer de batterie,
couvrir le zéle que j'ai pour vous; & feindre d'entrer dans
les fentimens de votre pere, & de votre belle-mere.

ANGELIQUE.

Tâche, je t'en conjure, de faire donner avis à Cléante du
mariage qu'on a conclu.

TOINETTE.

Je n'ai perfonne à employer à cet office, que le vieux ufu-
rier Polichinelle mon amant; & il m'en coûtera pour cela
quelques paroles de douceur, que je veux bien dépenfer
pour vous. Pour aujourd'hui il eft trop tard; mais, demain,
de grand matin, je l'envoyerai querir, & il fera ravi de...

SCENE XI.
BELINE *dans la maifon*, ANGELIQUE, TOINETTE.

BELINE.

Toinette.

TOINETTE *à Angélique.*

Voilà qu'on m'appelle. Bon foir. Repofez-vous fur moi.

Fin du premier Acte.

PREMIER

PREMIER INTERMÉDE.

Le théatre repréfente une place publique.

SCENE PREMIERE.

POLICHINELLE.

O Amour, Amour, Amour, Amour ! Pauvre Polichinelle, quelle diable de fantaifie t'es-tu allé mettre dans la cervelle ? A quoi t'amufes-tu, miférable infenfé que tu es ? Tu quittes le foin de ton négoce, & tu laiffes aller tes affaires à l'abandon ; tu ne manges plus, tu ne bois prefque plus, tu perds le repos de la nuit ; & tout cela, pour qui ? Pour une dragonne, franche dragonne ; une diableffe qui te rembarre, & fe moque de tout ce que tu peux lui dire. Mais il n'y a point à raifonner là-deffus. Tu le veux, Amour ; il faut être fou comme beaucoup d'autres. Cela n'eft pas le mieux du monde à un homme de mon âge ; mais qu'y faire ? On n'eft pas fage quand on veut ; & les vieilles cervelles fe démontent comme les jeunes.

Je viens voir fi je ne pourrai point adoucir ma tigreffe par une férénade. Il n'y a rien, par fois, qui foit fi touchant qu'un amant qui vient chanter fes doléances aux gonds & aux verroux de la porte de fa maîtreffe. [*après avoir pris fon luth.*] Voici de quoi accompagner ma voix. O nuit, ô chére nuit, porte mes plaintes amoureufes jufques dans le lit de mon infléxible.

Nott' e dì v'am' e v'adoro
Cerc' un sì per mio riftoro,
   Ma fe voi dite di nò,
   Bell' ingrata, io morirò.

      Frà la fperanza
      S'afflige il cuore,
      In lontananza
      Confum' a l'hore;
      Si dolce inganno
      Che mi figura
      Breve l'affanno,
      Ahi troppo dura!
Cofi per tropp' amar languifco e muoro.

   Nott' e dì v'am' e v'adoro.
Cerc' un sì per mio riftoro,
   Ma fe voi dite di nò,
   Bell' ingrata, io morirò.

      Se non dormite,
      Almen penfate
      Alle ferite
      Ch' al cuor mi fate,
      D'almen fingete
      Per mio conforto,
      Se m'uccidete,
      D'haver il torto;
Voftra pietà mi fcemera' il martiro.

Nott' e dì v'am' e v'adoro,
Cerc' un sì per mio riſtoro,
Ma ſe voi dite di nò,
Bell' ingrata, io morirò.

SCENE II.

POLICHINELLE, UNE VIEILLE
à la fenêtre.

LA VIEILLE *chante.*

Zerbinetti, ch' ogn' hor con finti ſguardi,
Mentiti deſiri,
Fallaci foſpiri,
Accenti buggiardi,
Di fede vi preggiate,
Ah! Che non m'ingannate.
Che gia sò per prova,
Ch' in voi non ſi trova
Conſtanza ne fede;
Oh! Quanto è pazza colei che vi crede.

Quei ſguardi languidi
Non m'innamorano,
Quei ſoſpir' fervidi
Più non m'infiammano,
Vel' giuro à fe.

Hhh ij

Zerbino mifero ,

Del voftro piangere ,

Il mio cuor libero

Vuol fempre ridere ;

Credet' à me.

Che gia sò per prova ,

Ch' in voi non fi trova .

Conftanza ne fede ;

Oh! Quanto è pazza colei che vi crede.

SCENE III.

POLICHINELLE, VIOLONS
derriére le théatre.

LES VIOLONS *commencent un air.*

POLICHINELLE.

Quelle impertinente harmonie vient interrompre ici ma voix?

LES VIOLONS *continuant à jouer.*

POLICHINELLE.

Paix-là, taifez-vous, violons. Laiffez-moi me plaindre à mon aife des cruautés de mon inexorable.

LES VIOLONS *de même.*

POLICHINELLE.

Taifez-vous, vous dis-je. C'eft moi qui veux chanter.

LES VIOLONS.

POLICHINELLE.

Paix donc.

LES VIOLONS.

POLICHINELLE.

Ouais!

LES VIOLONS.

POLICHINELLE.

Ah!

LES VIOLONS.

POLICHINELLE.

Eſt-ce pour rire?

LES VIOLONS.

POLICHINELLE.

Ah! Que de bruit!

LES VIOLONS.

POLICHINELLE.

Le diable vous emporte.

LES VIOLONS.

POLICHINELLE.

J'enrage.

LES VIOLONS.

POLICHINELLE.

Vous ne vous tairez pas? Ah! Dieu ſoit loué.

LES VIOLONS.

POLICHINELLE.

Encore?

LES VIOLONS.

POLICHINELLE.

Peſte des violons!

LES VIOLONS.

POLICHINELLE.

La fotte mufique que voilà!

LES VIOLONS.

POLICHINELLE *chantant pour fe moquer des violons.*

La, la, la, la, la, la.

LES VIOLONS.

POLICHINELLE *de même.*

La, la, la, la, la, la.

LES VIOLONS.

POLICHINELLE *de même.*

La, la, la, la, la, la.

LES VIOLONS.

POLICHINELLE *de même.*

La, la, la, la, la, la.

LES VIOLONS.

POLICHINELLE *de même.*

La, la, la, la, la, la.

LES VIOLONS.

POLICHINELLE.

Par ma foi, cela me divertit. Pourfuivez, meffieurs les violons ; vous me ferez plaifir. [*n'entendant plus rien.*] Allons
donc, continuez. Je vous en prie.

SCENE IV.

POLICHINELLE *seul.*

Voilà le moyen de les faire taire. La mufique eft accoutumée à ne point faire ce qu'on veut. Or fus, à nous. Avant que de chanter, il faut que je prélude un peu, & jouë quelque piéce , afin de mieux prendre mon ton. [*Il prend fon luth, dont il fait femblant de jouer, en imitant avec les lévres & la langue le fon de cet inftrument.*] Plan, plan, plan. Plin, plin, plin. Voilà un tems fâcheux pour mettre un luth d'accord. Plin, plin, plin. Plin, tan, plan. Plin, plin. Les cordes ne tiennent point par ce tems-là. Plin, plan. J'entends du bruit. Mettons mon luth contre la porte.

SCENE V.

POLICHINELLE, ARCHERS
chantans & danfans.

UN ARCHER *chantant.*
Qui va-là ? Qui va-là ?

POLICHINELLE *bas.*
Qui diable eft-ce là ? Eft-ce la mode de parler en mufique ?

L'ARCHER.
Qui va là, qui va là, qui va là ?

POLICHINELLE *épouvanté.*

Moi, moi, moi.

L'ARCHER.

Qui va là, qui va là ? vous dis-je.

POLICHINELLE.

Moi, moi, vous dis-je.

L'ARCHER.

Et qui toi, & qui toi?

POLICHINELLE.

Moi, moi, moi, moi, moi, moi.

L'ARCHER.

Di ton nom, di ton nom, sans davantage attendre.

POLICHINELLE *feignant d'être bien hardi.*

Mon nom est, va te faire pendre.

L'ARCHER.

Ici, camarades, ici.

Saisissons l'insolent qui nous répond ainsi.

PREMIERE ENTRÉE DE BALLET.

Les archers dansans cherchent Polichinelle dans l'obscurité, pour le saisir.

POLICHINELLE.

Qui va là ?

[*entendant encore du bruit autour de lui.*]

Qui sont les coquins que j'entends ? . . . .

Hé ? . . . . Holà, mes laquais, mes gens . . . .

Par la mort ! . . . . Par la sang ! . . . . J'en jetterai par terre . . .

Champagne,

Champagne, Poitevin, Picard, Basque, Breton.....
Donnez-moi mon mousqueton.....

[*Pendant les intervalles qui sont marqués avec des points, les archers dansent au son de la symphonie, en cherchant Polichinelle.*]

POLICHINELLE *faisant semblant de tirer
un coup de pistolet.*

Pouë.

[*Les archers tombent tous, & s'enfuyent.*]

SCENE VI.

POLICHINELLE *seul.*

AH, ah, ah, ah! Comme je leur ai donné l'épouvante!
Voilà de sottes gens d'avoir peur de moi qui ai peur
des autres. Ma foi, il n'est que de jouer d'adresse en ce
monde. Si je n'avois tranché du grand seigneur, & n'avois
fait le brave, ils n'auroient pas manqué de me haper. Ah,
ah, ah! [*Pendant que Polichinelle croit être seul, des archers
reviennent sans faire de bruit, pour entendre ce qu'il dit.*]

SCENE VII.

POLICHINELLE, DEUX ARCHERS
chantans.

LES DEUX ARCHERS *saisissant Polichinelle.*

NOus le tenons. A nous, camarades, à nous;
Dépêchez, de la lumiére.

SCENE VIII.

POLICHINELLE, LES DEUX ARCHERS
chantans, ARCHERS *chantans & danfans, venant avec des lanternes.*

QUATRE ARCHERS *chantans, enfemble.*

AH! Traître. Ah! Fripon. C'eſt donc vous,
Faquin, maraud, pendard, impudent, téméraire,
Infolent, effronté, coquin, filou, voleur,
  Vous ofez nous faire peur?
  POLICHINELLE.
Meſſieurs, c'eſt que j'étois yvre.
 LES QUATRE ARCHERS.
  Non, non, point de raifon;
 Il faut vous apprendre à vivre.
 En prifon, vîte, en prifon.
  POLICHINELLE.
Meſſieurs, je ne fuis point voleur.
  LES QUATRE ARCHERS.
En prifon.
   POLICHINELLE.
Je fuis un bourgeois de la ville.
  LES QUATRE ARCHERS.
En prifon.

POLICHINELLE.

Qu'ai-je fait ?

LES QUATRE ARCHERS.

En prifon, vîte, en prifon.

POLICHINELLE.

Meffieurs, laiffez-moi aller.

LES QUATRE ARCHERS.

Non.

POLICHINELLE.

Je vous prie.

LES QUATRE ARCHERS.

Non.

POLICHINELLE.

Hé !

LES QUATRE ARCHERS.

Non.

POLICHINELLE.

De grace.

LES QUATRE ARCHERS.

Non, non.

POLICHINELLE.

Meffieurs.

LES QUATRE ARCHERS.

Non, non, non.

POLICHINELLE.

S'il vous plaît.

LES QUATRE ARCHERS.

Non, non.

POLICHINELLE.

Par charité.

LES QUATRE ARCHERS.

Non, non.

POLICHINELLE.

Au nom du Ciel.

LES QUATRE ARCHERS.

Non, non.

POLICHINELLE.

Miféricorde.

LES QUATRE ARCHERS.

Non, non, point de raifon ;
Il faut vous apprendre à vivre.
En prifon, vîte, en prifon.

POLICHINELLE.

Hé ! N'eft-il rien, Meffieurs, qui foit capable d'attendrir
vos ames ?

LES QUATRE ARCHERS.

Il eft aifé de nous toucher;
Et nous fommes humains plus qu'on ne fçauroit croire.
Donnez-nous doucement fix piftoles pour boire;
Nous allons vous lâcher.

POLICHINELLE.

Hélas! Meffieurs, je vous affûre que je n'ai pas un fou fur
moi.

LES QUATRE ARCHERS.

Au défaut de fix piftoles,
Choififfez donc, fans façon,

D'avoir trente croquignoles,
Ou douze coups de bâton.

POLICHINELLE.

Si c'eft une néceſſité, & qu'il faille en paſſer par là, je choifis les croquignoles.

LES QUATRE ARCHERS.

Allons, préparez-vous,
Et comptez bien les coups.

II. ENTRÉE DE BALLET.

Les archers danſans, donnent en cadence des croquignoles à Poli-chinelle.

POLICHINELLE *pendant qu'on lui donne des croquignoles.*

UNe & deux, trois & quatre, cinq & fix, fept & huit, neuf & dix, onze & douze, quatorze & quinze.

LES QUATRE ARCHERS.

Ah! Ah! Vous en voulez paſſer?
Allons, c'eft à recommencer.

POLICHINELLE.

Ah! Meſſieurs, ma pauvre tête n'en peut plus ; & vous venez de me la rendre comme une pomme cuite. J'aime mieux encore les coups de bâton, que de recommencer.

LES QUATRE ARCHERS.

Soit. Puifque le bâton eft pour vous plus charmant,
Vous aurez contentement.

III. ENTRÉE DE BALLET.

Les archers donnent en cadence des coups de bâton à Polichinelle.

POLICHINELLE *comptant les coups de bâton.*

UN, deux, trois, quatre, cinq, fix. Ah, ah, ah ! Je n'y fçaurois plus réfifter. Tenez, meffieurs, voilà fix piftoles que je vous donne.

LES QUATRE ARCHERS.

Ah ! L'honnête homme ! Ah ! L'ame noble & belle ! Adieu, Seigneur ; adieu, feigneur Polichinelle.

POLICHINELLE.

Meffieurs, je vous donne le bon foir.

LES QUATRE ARCHERS.

Adieu, Seigneur ; adieu, feigneur Polichinelle.

POLICHINELLE.

Votre ferviteur.

LES QUATRE ARCHERS.

Adieu, Seigneur ; adieu, feigneur Polichinelle.

POLICHINELLE.

Très-humble valet.

LES QUATRE ARCHERS.

Adieu, Seigneur ; adieu, feigneur Polichinelle.

POLICHINELLE.

Jufqu'au revoir.

IV. & derniére ENTRÉE DE BALLET.

Les archers danfent en réjouiffance de l'argent qu'ils ont reçu.

Fin du premier Interméde.

ACTE SECOND.

Le théatre repréfente la chambre d'Argan.

SCENE PREMIERE.

CLEANTE, TOINETTE.

TOINETTE *ne reconnoiffant pas Cléante.*

UE demandez-vous, Monfieur?

CLEANTE.

Ce que je demande?

TOINETTE.

Ah, ah! C'eft vous! Quelle furprife! Que venez-vous faire céans?

CLEANTE.

Sçavoir ma deftinée, parler à l'aimable Angélique, confulter les fentimens de fon cœur; & lui demander fes réfolutions fur ce mariage fatal, dont on m'a averti.

TOINETTE.

Oui; mais on ne parle pas comme cela de but en blanc à Angélique, il y faut des myftéres; & l'on vous a dit l'étroite garde où elle eft retenuë, qu'on ne la laiffe ni fortir, ni parler à perfonne; & que ce ne fut que la curiofité d'une vieille tante, qui nous fit accorder la liberté d'aller à cette comédie, qui donna lieu à la naiſſance de votre paſſion ; & nous nous ſommes bien gardées de parler de cette avanture.

CLEANTE.

Auſſi ne viens-je pas ici comme Cléante , & ſous l'apparence de ſon amant ; mais comme ami de ſon maître de muſique, dont j'ai obtenu le pouvoir de dire qu'il m'envoye à ſa place.

TOINETTE.

Voici ſon pere. Retirez-vous un peu ; & me laiſſez lui dire que vous étes là.

SCENE II.

ARGAN, TOINETTE.

ARGAN *ſe croyant ſeul , & ſans voir Toinette.*

MOnſieur Purgon m'a dit de me promener le matin dans ma chambre douze allées , & douze venuës ; mais j'ai oublié à lui demander ſi c'eſt en long ou en large.

TOINETTE.

Monſieur, voilà un . . . .

ARGAN.

Parle bas, pendarde. Tu viens m'ébranler tout le cerveau, & tu ne ſonges pas qu'il ne faut point parler ſi haut à des malades.

TOINETTE.

TOINETTE.

Je voudrois vous dire, Monſieur....

ARGAN.

Parle bas, te dis-je.

TOINETTE.

Monſieur....

[*elle fait ſemblant de parler.*]

ARGAN.

Hé?

TOINETTE.

Je vous dis que....

[*elle fait encore ſemblant de parler.*]

ARGAN.

Qu'eſt-ce que tu dis?

TOINETTE *haut.*

Je dis que voilà un homme qui veut parler à vous.

ARGAN.

Qu'il vienne.

[*Toinette fait ſigne à Cléante d'avancer.*]

SCENE III.

ARGAN, CLEANTE, TOINETTE.

CLEANTE.

Monſieur....

TOINETTE *à Cléante.*

Ne parlez pas ſi haut, de peur d'ébranler le cerveau de
monſieur.

Tome VI.   K k k

CLEANTE.

Monſieur, je ſuis ravi de vous trouver debout; & de voir que vous vous portez mieux.

TOINETTE *feignant d'être en colére.*

Comment! Qu'il ſe porte mieux? Cela eſt faux. Monſieur ſe porte toujours mal.

CLEANTE.

J'ai oüi dire que monſieur étoit mieux; & je lui trouve bon viſage.

TOINETTE.

Que voulez-vous dire avec votre bon viſage? Monſieur l'a fort mauvais; & ce ſont des impertinens qui vous ont dit qu'il étoit mieux. Il ne s'eſt jamais ſi mal porté.

ARGAN.

Elle a raiſon.

TOINETTE.

Il marche, dort, mange & boit tout comme les autres; mais cela n'empêche pas qu'il ne ſoit fort malade.

ARGAN.

Cela eſt vray.

CLEANTE.

Monſieur, j'en ſuis au déſeſpoir. Je viens de la part du maître à chanter de mademoiſelle votre fille, il s'eſt vû obligé d'aller à la campagne pour quelques jours; &, comme ſon ami intime, il m'envoye à ſa place pour lui continuer ſes leçons, de peur qu'en les interrompant, elle ne vînt à oublier ce qu'elle ſçait déjà.

ARGAN.

Fort bien. [*à Toinette.*] Appellez Angélique.

TOINETTE.

Je crois, Monfieur, qu'il fera mieux de mener monfieur à fa chambre.

ARGAN.

Non. Faites-là venir.

TOINETTE.

Il ne pourra lui donner leçon, comme il faut, s'ils ne font en particulier.

ARGAN.

Si fait, fi fait.

TOINETTE.

Monfieur, cela ne fera que vous étourdir ; & il ne faut rien pour vous émouvoir en l'état où vous étes ; & vous ébranler le cerveau.

ARGAN.

Point, point, j'aime la mufique ; & je ferai bien aife de . . . . Ah ! La voici. [*à Toinette.*] Allez-vous-en voir, vous, fi ma femme eft habillée.

SCENE IV.

ARGAN, ANGELIQUE, CLEANTE.

ARGAN.

VEnez, ma fille. Votre maître de mufique eft allé aux champs, & voilà une perfonne qu'il envoye à fa place pour vous montrer.

ANGELIQUE *reconnoiſſant Cléante.*

Ah, Ciel!

ARGAN.

Qu'eſt-ce ? D'où vient cette ſurpriſe?

ANGELIQUE.

C'eſt . . . . .

ARGAN.

Quoi ? Qui vous émeut de la ſorte?

ANGELIQUE.

C'eſt, mon pere, une avanture ſurprenante qui ſe rencontre ici.

ARGAN,

Comment ?

ANGELIQUE.

J'ai ſongé cette nuit que j'étois dans le plus grand embarras du monde, & qu'une perſonne faite tout comme monſieur, s'eſt préſentée à moi, à qui j'ai demandé du ſecours, & qui m'eſt venu tirer de la peine où j'étois ; & ma ſurpriſe a été grande de voir inopinément, en arrivant ici, ce que j'ai eu dans l'idée toute la nuit.

CLEANTE.

Ce n'eſt pas être malheureux que d'occuper votre penſée, ſoit en dormant, ſoit en veillant ; & mon bonheur ſeroit grand, ſans doute, ſi vous étiez dans quelque peine dont vous me jugeaſſiez digne de vous tirer ; & il n'y a rien que je ne fiſſe pour . . . . .

SCENE V.

ARGAN, ANGELIQUE, CLEANTE, TOINETTE.

TOINETTE *à Argan.*

MA foi, Monfieur, je fuis pour vous maintenant ; & je me dédis de tout ce que je difois hier. Voici monfieur Diafoirus le pere , & monfieur Diafoirus le fils qui viennent vous rendre vifite. Que vous ferez bien engendré ! Vous allez voir le garçon le mieux fait du monde, & le plus fpirituel. Il n'a dit que deux mots qui m'ont ravie, & votre fille va être charmée de lui.

ARGAN *à Cléante , qui feint de vouloir s'en aller.*

Ne vous en allez point, Monfieur. C'eft que je marie ma fille ; & voilà qu'on lui améne fon prétendu mari, qu'elle n'a point encore vû.

CLEANTE.

C'eft m'honorer beaucoup, Monfieur, de vouloir que je fois témoin d'une entrevûë fi agréable.

ARGAN.

C'eft le fils d'un habile médecin; & le mariage fe fera dans quatre jours.

CLEANTE.

Fort bien.

ARGAN.

Mandez-le un peu à fon maître de mufique , afin qu'il fe trouve à la nôce.

CLEANTE.

Je n'y manquerai pas.

ARGAN.

Je vous y prie auffi.

CLEANTE.

Vous me faites beaucoup d'honneur.

TOINETTE.

Allons, qu'on fe range, les voici.

SCENE VI.

MONSIEUR DIAFOIRUS, THOMAS DIAFOIRUS, ARGAN, ANGELIQUE, CLEANTE, TOINETTE, LAQUAIS.

ARGAN *mettant la main à fon bonnet fans l'ôter.*

MOnfieur Purgon, Monfieur, m'a défendu de découvrir ma tête. Vous étes du métier, vous fçavez les conféquences.

M. DIAFOIRUS.

Nous fommes dans toutes nos vifites pour porter fecours aux malades, & non pour leur porter de l'incommodité.

[*Argan & m. Diafoirus parlent en même tems.*]

ARGAN.

Je reçois, Monfieur,

M. DIAFOIRUS.

Nous venons ici, Monfieur,

ARGAN.

Avec beaucoup de joye,

M. DIAFOIRUS.

Mon fils Thomas, & moi,

ARGAN.

L'honneur que vous me faites;

M. DIAFOIRUS.

Vous témoigner, Monfieur,

ARGAN.

Et j'aurois fouhaité

M. DIAFOIRUS.

Le raviffement où nous fommes,

ARGAN.

De pouvoir aller chez vous,

M. DIAFOIRUS.

De la grace que vous nous faites,

ARGAN.

Pour vous en affûrer.

M. DIAFOIRUS.

De vouloir bien nous recevoir

ARGAN.

Mais vous fçavez, Monfieur,

M. DIAFOIRUS.

Dans l'honneur, Monfieur,

ARGAN.

Ce que c'eft qu'un pauvre malade,

M. DIAFOIRUS.

De votre alliance;

ARGAN.

Qui ne peut faire autre chofe

M. DIAFOIRUS.

Et vous affûrer

ARGAN.

Que de vous dire ici

M. DIAFOIRUS.

Que, dans les chofes qui dépendront de notre métier,

ARGAN.

Qu'il cherchera toutes les occafions

M. DIAFOIRUS.

De même qu'en tout autre,

ARGAN.

De vous faire connoître, Monfieur,

M. DIAFOIRUS.

Nous ferons toujours prêts, Monfieur,

ARGAN.

Qu'il eft tout à votre fervice.

M. DIAFOIRUS.

A vous témoigner notre zéle.

[*à fon fils.*] Allons, Thomas, avancez. Faites vos complimens.

THOMAS DIAFOIRUS *à m. Diafoirus.*

N'eft-ce pas par le pere qu'il convient commencer ?

M. DIAFOIRUS.

Oui.

THOMAS DIAFOIRUS *à Argan.*

Monfieur, je viens faluer, reconnoître, chérir, & révérer
en vous un fecond pere ; mais un fecond pere, auquel j'ofe
dire

dire que je me trouve plus redevable qu'au premier. Le premier m'a engendré ; mais vous m'avez choifi. Il m'a reçû par néceffité ; mais vous m'avez accepté par grace. Ce que je tiens de lui, eft un ouvrage de fon corps, mais ce que je tiens de vous, eft un ouvrage de votre volonté ; & d'autant plus que les facultés fpirituelles font au-deffus des corporelles, d'autant plus je vous dois ; & d'autant plus je tiens précieufe cette future filiation, dont je viens aujourd'hui vous rendre, par avance, les très-humbles, & très-refpectueux hommages.

TOINETTE.

Vivent les colléges, d'où l'on fort fi habile homme.

THOMAS DIAFOIRUS *à m. Diafoirus.*

Cela a-t-il bien été, mon pere ?

M. DIAFOIRUS.

Optimè.

ARGAN *à Angélique.*

Allons, faluez monfieur.

THOMAS DIAFOIRUS *à m. Diafoirus.*

Baiferai-je ?

M. DIAFOIRUS.

Oui, oui.

THOMAS DIAFOIRUS *à Angélique.*

Madame, c'eft avec juftice, que le Ciel vous a concédé le nom de belle-mere, puifque l'on . . . . .

ARGAN *à Thomas Diafoirus.*

Ce n'eft pas ma femme, c'eft ma fille à qui vous parlez.

THOMAS DIAFOIRUS.

Où donc eft-elle?

ARGAN.

Elle va venir.

THOMAS DIAFOIRUS.

Attendrai-je, mon pere, qu'elle foit venuë?

M. DIAFOIRUS.

Faites toujours le compliment de mademoifelle.

THOMAS DIAFOIRUS.

Mademoifelle, ne plus ne moins que la ftatuë de Memnon rendoit un fon harmonieux, lorfqu'elle venoit à être éclairée des rayons du foleil, tout de même me fens-je animé d'un doux tranfport à l'apparition du foleil de vos beautés; & comme les naturaliftes remarquent que la fleur nommée héliotrope tourne fans ceffe vers cet aftre du jour, auffi mon cœur dores-en-avant tournera-t-il toujours vers les aftres refplendiffans de vos yeux adorables, ainfi que vers fon pôle unique. Souffrez donc, Mademoifelle, que j'appende aujourd'hui à l'autel de vos charmes l'offrande de ce cœur, qui ne refpire, & n'ambitionne autre gloire, que d'être toute fa vie, Mademoifelle, votre très-humble, très-obéïffant, & très-fidéle ferviteur, & mari.

TOINETTE.

Voilà ce que c'eft que d'étudier; on apprend à dire de belles chofes.

ARGAN à *Cléante.*

Hé? Que dites-vous de cela?

CLEANTE.

Que monfieur fait merveilles, &, que s'il eft auffi bon médecin, qu'il eft bon orateur, il y aura plaifir à être de fes
malades.

TOINETTE.

Affûrément. Ce fera quelque chofe d'admirable, s'il fait
d'auffi belles cures, qu'il fait de beaux difcours.

ARGAN.

Allons, vîte, ma chaife, & des fiéges à tout le monde.
[*Des laquais donnent des fiéges.*] Mettez-vous-là, ma fille.
[*à m. Diafoirus.*] Vous voyez, Monfieur, que tout le monde
admire monfieur votre fils ; & je vous trouve bien-heureux
de vous voir un garçon comme cela.

M. DIAFOIRUS.

Monfieur, ce n'eft pas parce que je fuis fon pere, mais je
puis dire que j'ai fujet d'être content de lui ; & que tous
ceux qui le voyent, en parlent comme d'un garçon qui n'a
point de méchanceté. Il n'a jamais eu l'imagination bien
vive, ni ce feu d'efprit qu'on remarque dans quelques-
uns ; mais c'eft par là que j'ai toujours bien auguré de fa
judiciaire, qualité requife pour l'exercice de notre art. Lorfqu'il étoit petit, il n'a jamais été, ce qu'on appelle, mié-
vre & éveillé. On le voyoit toujours doux, paifible, &
taciturne, ne difant jamais mot ; & ne jouant jamais à tous
ces petits jeux, que l'on nomme enfantins. On eut toutes
les peines du monde à lui apprendre à lire ; & il avoit neuf
ans qu'il ne connoiffoit pas encore fes lettres. Bon, difois-
je en moi-même, les arbres tardifs font ceux qui portent

les meilleurs fruits. On grave fur le marbre bien plus mal-
aifément que fur le fable ; mais les chofes y font confervées
bien plus long-tems, & cette lenteur à comprendre, cette
pefanteur d'imagination, eft la marque d'un bon jugement
à venir. Lorfque je l'envoyai au collége, il trouva de la
peine ; mais il fe roidiffoit contre les difficultés, & fes ré-
gens fe louoient toujours à moi de fon affiduité, & de fon
travail. Enfin, à force de battre le fer, il en eft venu glo-
rieufement à avoir fes licences ; & je puis dire, fans vanité,
que, depuis deux ans qu'il eft fur les bancs, il n'y a point
de candidat qui ait fait plus de bruit que lui dans toutes
les difputes de notre école. Il s'y eft rendu redoutable ; &
il ne s'y paffe point d'acte où il n'aille argumenter à ou-
trance pour la propofition contraire. Il eft ferme dans la
difpute, fort comme un turc fur fes principes, ne démord
jamais de fon opinion ; & pourfuit un raifonnement jufques
dans les derniers recoins de la logique. Mais, fur toute chofe,
ce qui me plaît en lui, & en quoi il fuit mon exemple,
c'eft qu'il s'attache aveuglément aux opinions de nos anciens, & que jamais il n'a voulu comprendre, ni écouter
les raifons, & les expériences des prétenduës découvertes
de notre fiécle, touchant la circulation du fang, & autres
opinions de même farine.

  T H O M A S D I A F O I R U S tirant de fa poche
  une grande théfe roulée, qu'il préfente à Angélique.

J'ai, contre les circulateurs, foutenu une théfe, qu'avec la
permiffion de monfieur, [*faluant Argan.*] j'ofe préfenter à mademoifelle, comme un hommage que je lui dois des pré-

mices de mon efprit.

ANGELIQUE.

Monfieur, c'eft pour moi un meuble inutile ; & je ne me connois pas à ces chofes-là.

TOINETTE *prenant la théfe*.

Donnez, donnez. Elle eft toujours bonne à prendre pour l'image ; cela fervira à parer notre chambre.

THOMAS DIAFOIRUS *faluant encore Argan*.

Avec la permiffion auffi de monfieur, je vous invite à venir voir, l'un de ces jours, pour vous divertir, la diffection d'une femme, fur quoi je dois raifonner.

TOINETTE.

Le divertiffement fera agréable. Il y en a qui donnent la comédie à leurs maîtreffes ; mais donner une diffection, eft quelque chofe de plus galand.

M. DIAFOIRUS.

Au refte, pour ce qui eft des qualités requifes pour le mariage & la propagation, je vous affûre que, felon les régles de nos docteurs, il eft tel qu'on le peut fouhaiter, qu'il poffède en un dégré louable la vertu prolifique ; & qu'il eft du tempérament qu'il faut pour engendrer, & procréer des enfans bien conditionnés.

ARGAN.

N'eft-ce pas votre intention, Monfieur, de le pouffer à la cour ; & d'y ménager pour lui une charge de médecin?

M. DIAFOIRUS.

A vous en parler franchement, notre métier auprès des grands ne m'a jamais paru agréable ; & j'ai toujours trouvé

qu'il valoit mieux, pour nous autres, demeurer au public.
Le public eft commode. Vous n'avez à répondre de vos
actions à perfonne ; &, pourvû que l'on fuive le courant
des régles de l'art, on ne fe met point en peine de tout ce
qui peut arriver. Mais ce qu'il y a de fâcheux auprès des
grands, c'eft que, quand ils viennent à être malades, ils
veulent abfolument que leurs médecins les guériffent.

TOINETTE.

Cela eft plaifant ; & ils font bien impertinens de vouloir
que, vous autres meffieurs, vous les guériffiez. Vous n'étes
point auprès d'eux pour cela, vous n'y étes que pour recevoir vos penfions, & leur ordonner des remédes ; c'eft à
eux à guérir s'ils peuvent.

M. DIAFOIRUS.

Cela eft vray. On n'eft obligé qu'à traiter les gens dans
les formes.

ARGAN à Cléante.

Monfieur, faites un peu chanter ma fille, devant la compagnie.

CLEANTE.

J'attendois vos ordres, Monfieur ; & il m'eft venu en penfée, pour divertir la compagnie, de chanter avec mademoifelle une fcene d'un petit opéra qu'on a fait depuis peu.
[à Angélique, lui donnant un papier.] Tenez, voilà votre
partie.

ANGELIQUE.

Moi ?

CLEANTE *bas à Angélique.*

Ne vous défendez point, s'il vous plaît; & me laiffez vous faire comprendre ce que c'eft que la fcene que nous devons chanter. [*haut.*] Je n'ai pas une voix à chanter; mais ici il fuffit que je me faffe entendre; & l'on aura la bonté de m'excufer, par la néceffité où je me trouve de faire chanter mademoifelle.

ARGAN.

Les vers en font-ils beaux ?

CLEANTE.

C'eft proprement ici un petit opéra impromptu; & vous n'allez entendre chanter que de la profe cadencée, ou des maniéres de vers libres, tels que la paffion, & la néceffité peuvent faire trouver à deux perfonnes, qui difent les chofes d'eux-mêmes, & parlent fur le champ.

ARGAN.

Fort bien. Ecoutons.

CLEANTE.

Voici le fujet de la fcene. Un berger étoit attentif aux beautés d'un fpectacle qui ne faifoit que commencer, lorfqu'il fut tiré de fon attention, par un bruit qu'il entendit à fes côtés. Il fe retourne, & voit un brutal qui, de paroles infolentes, maltraitoit une bergére. D'abord il prend les intérêts d'un fexe à qui tous les hommes doivent hommage; &, après avoir donné au brutal le châtiment de fon infolence, il vient à la bergére, & voit une jeune perfonne qui, des plus beaux yeux qu'il eût jamais vûs, verfoit des larmes qu'il trouva les plus belles du monde. Hélas! dit-il

en lui-même, eft-on capable d'outrager une perfonne fi aimable, & quel inhumain, quel barbare ne feroit touché
par de telles larmes ? Il prend foin de les arrêter, ces larmes qu'il trouve fi belles, & l'aimable bergére prend foin
en même tems de le remercier de fon léger fervice ; mais
d'une maniére fi charmante, fi tendre & fi paffionnée, que
le berger n'y peut réfifter ; & chaque mot, chaque regard,
eft un trait plein de flâme, dont fon cœur fe fent pénétré.
Eft-il, difoit-il, quelque chofe qui puiffe mériter les aimables paroles d'un tel remerciement ? Et que ne voudroit-
on pas faire ; à quels fervices, à quels dangers ne feroit-
on pas ravi de courir, pour s'attirer un feul moment des
touchantes douceurs d'une ame fi reconnoiffante ? Tout le
fpectacle paffe fans qu'il y donne aucune attention ; mais il
fe plaint qu'il eft trop court, parce qu'en finiffant, il le fépare
de fon adorable bergére ; &, de cette premiére vûë, de ce
premier moment, il emporte chez lui tout ce qu'un amour
de plufieurs années peut avoir de plus violent. Le voilà auffi-tôt à fentir tous les maux de l'abfence ; & il eft tourmen-
té de ne plus voir ce qu'il a fi peu vû. Il fait tout ce qu'il
peut pour fe redonner cette vûë, dont il conferve nuit &
jour une fi chere idée ; mais la grande contrainte où l'on
tient fa bergére, lui en ôte tous les moyens. La violence
de fa paffion le fait réfoudre à demander en mariage l'adorable beauté, fans laquelle il ne peut plus vivre ; & il en
obtient d'elle la permiffion, par un billet qu'il a l'adreffe
de lui faire tenir. Mais, dans le même tems, on l'avertit que
le pere de cette belle a conclu fon mariage avec un autre ;

&

& que tout fe difpofe pour en célébrer la cérémonie. Jugez quelle atteinte cruelle au cœur de ce trifte berger. Le
voilà accablé d'une mortelle douleur, il ne peut fouffrir
l'effroyable idée de voir tout ce qu'il aime entre les bras
d'un autre ; & fon amour au defefpoir lui fait trouver moyen
de s'introduire dans la maifon de fa bergére pour apprendre fes fentimens, & fçavoir d'elle la deftinée à laquelle
il doit fe réfoudre. Il y rencontre les apprêts de tout ce
qu'il craint, il y voit venir l'indigne rival que le caprice
d'un pere oppofe aux tendreffes de fon amour, il le voit
triomphant, ce rival ridicule, auprès de l'aimable bergére,
ainfi qu'auprès d'une conquête qui lui eft affûrée ; & cette
vûë le remplit d'une colére, dont il a peine à fe rendre le
maître. Il jette de douloureux regards fur celle qu'il adore;
& fon refpeEt, & la préfence de fon pere l'empêchent
de lui rien dire que des yeux. Mais, enfin, il force toute
contrainte, & le tranfport de fon amour l'oblige à lui parler ainfi. [*Il chante.*]

    Belle Philis, c'eft trop, c'eft trop fouffrir,
Rompons ce dur filence, & m'ouvrez vos penfées.
      Apprenez-moi ma deftinée ;
      Faut-il vivre ? Faut-il mourir ?
      A N G E L I Q U E *en chantant.*
Vous me voyez, Tircis, trifte & mélancolique,
Aux apprêts de l'hymen, dont vous vous alarmez.
Je léve au Ciel les yeux, je vous regarde, je foupire ;
      C'eft vous en dire affez.

ARGAN.

Ouais ! Je ne croyois pas que ma fille fût fi habile, que de chanter ainfi à livre ouvert, fans héfiter.

CLEANTE.

Hélas ! Belle Philis,

Se pourroit-il que l'amoureux Tircis,

Eût affez de bonheur,

Pour avoir quelque place dans votre cœur ?

ANGELIQUE.

Je ne m'en défends point, dans cette peine extrême ;

Oui, Tircis, je vous aime.

CLEANTE.

O parole pleine d'appas !

Ai-je bien entendu ? Hélas !

Redites-la, Philis, que je n'en doute pas.

ANGELIQUE.

Oui, Tircis, je vous aime.

CLEANTE.

De grace encor, Philis.

ANGELIQUE.

Je vous aime.

CLEANTE.

Recommencez cent fois, ne vous en laffez pas.

ANGELIQUE.

Je vous aime, je vous aime,

Oui, Tircis, je vous aime.

CLEANTE.

Dieux, rois, qui fous vos piéds regardez tout le monde,

Pouvez-vous comparer votre bonheur au mien?

Mais, Philis, une penſée,

Vient troubler ce doux tranſport,

Un rival, un rival . . . . .

ANGELIQUE.

Ah! Je le hais plus que la mort;

Et ſa préſence, ainſi qu'à vous,

M'eſt un cruel ſupplice.

CLEANTE.

Mais un pere à ſes vœux vous veut aſſujettir.

ANGELIQUE.

Plûtôt, plûtôt mourir,

Que de jamais y conſentir;

Plûtôt, plûtôt mourir, plûtôt mourir.

ARGAN.

Et que dit le pere à tout cela?

CLEANTE.

Il ne dit rien.

ARGAN.

Voilà un ſot pere que ce pere-là, de ſouffrir toutes ces ſottiſes-là, ſans rien dire.

CLEANTE *voulant continuer à chanter.*

Ah! Mon amour . . . . .

ARGAN.

Non, non, en voilà aſſez. Cette comédie-là eſt de fort mauvais exemple. Le berger Tircis eſt un impertinent; & la bergére Philis une impudente de parler de la ſorte devant ſon pere. [*à Angélique.*] Montrez-moi ce papier. Ah, ah ! Où font donc les paroles que vous avez dites ? Il n'y a là que de la muſique écrite.

CLEANTE.

Eſt-ce que vous ne ſçavez pas, Monſieur, qu'on a trouvé, depuis peu, l'invention d'écrire les paroles avec les notes même ?

ARGAN.

Fort bien. Je ſuis votre ſerviteur, Monſieur; juſqu'au revoir. Nous nous ſerions bien paſſés de votre impertinent opéra.

CLEANTE.

J'ai crû vous divertir.

ARGAN.

Les ſottiſes ne divertiſſent point. Ah ! Voici ma femme.

SCENE VII.

BELINE, ARGAN, ANGELIQUE, MONSIEUR DIAFOIRUS, THOMAS DIAFOIRUS, TOINETTE,

ARGAN.

M Amour, voilà le fils de monſieur Diafoirus.

THOMAS DIAFOIRUS.

Madame, c'eſt avec juſtice que le Ciel vous a concédé le nom de belle-mere, puiſque l'on voit ſur votre viſage....

BELINE.

Monſieur, je ſuis ravie d'être venuë ici à propos, pour avoir l'honneur de vous voir.

THOMAS DIAFOIRUS.

Puifque l'on voit fur votre vifage..... Puifque l'on voit fur votre vifage.....Madame, vous m'avez interrompu dans le milieu de ma période, & cela m'a troublé la mémoire.

M. DIAFOIRUS.

Thomas, réfervez cela pour une autre fois.

ARGAN.

Je voudrois, mamie, que vous euffiez été ici tantôt.

TOINETTE.

Ah ! Madame, vous avez bien perdu de n'avoir point été au fecond pere, à la ftatuë de Memnon, & à la fleur nommée héliotrope.

ARGAN.

Allons, ma fille, touchez dans la main de monfieur, & lui donnez votre foi, comme à votre mari.

ANGELIQUE.

Mon pere.

ARGAN.

Hé bien, mon pere. Qu'eft-ce que cela veut dire ?

ANGELIQUE.

De grace, ne précipitez pas les chofes. Donnez-nous au moins le tems de nous connoître, & de voir naître en nous, l'un pour l'autre, cette inclination fi néceffaire à compofer une union parfaite.

THOMAS DIAFOIRUS.

Quant à moi, Mademoifelle, elle eft déjà toute née en moi, & je n'ai pas befoin d'attendre d'avantage.

ANGELIQUE.

Si vous êtes si promt, Monsieur, il n'en est pas de même de moi ; & je vous avoue que votre mérite n'a pas encore fait assez d'impression dans mon ame.

ARGAN.

Oh bien, bien, cela aura tout le loisir de se faire, quand vous serez mariés ensemble.

ANGELIQUE.

Hé! Mon pere, donnez-moi du tems, je vous prie. Le mariage est une chaîne, où l'on ne doit jamais soumettre un cœur par force ; &, si monsieur est honnête homme, il ne doit point vouloir accepter une personne, qui seroit à lui par contrainte.

THOMAS DIAFOIRUS.

Nego consequentiam, Mademoiselle ; & je puis être honnête homme, & vouloir bien vous accepter des mains de monsieur votre pere.

ANGELIQUE.

C'est un méchant moyen de se faire aimer de quelqu'un, que de lui faire violence.

THOMAS DIAFOIRUS.

Nous lisons des anciens, Mademoiselle, que leur coutume étoit d'enlever par force de la maison des peres les filles qu'on menoit marier, afin qu'il ne semblât pas que ce fût de leur consentement, qu'elles convoloient dans les bras d'un homme.

ANGELIQUE.

Les anciens, Monsieur, sont les anciens, & nous sommes

les gens de maintenant. Les grimaces ne font point néceffaires dans notre fiécle ; &, quand un mariage nous plaît,
nous fçavons fort bien y aller, fans qu'on nous y traîne.
Donnez-vous patience ; fi vous m'aimez, Monfieur, vous
devez vouloir tout ce que je veux.

THOMAS DIAFOIRUS.

Oui, Mademoifelle, jufqu'aux intérêts de mon amour ex-
clufivement.

ANGELIQUE.

Mais la grande marque d'amour, c'eft d'être foumis aux
volontés dé celle qu'on aime.

THOMAS DIAFOIRUS.

Diftinguo, Mademoifelle. Dans ce qui ne regarde point fa
poffeffion, *conçedo* ; mais dans ce qui la regarde, *nego*.

TOINETTE *à Angélique*.

Vous avez beau raifonner. Monfieur eft frais émoulu du
collége ; & il vous donnera toujours votre refte. Pourquoi
tant réfifter, & refufer la gloire d'être attachée au corps
de la faculté ?

BELINE.

Elle a peut-être quelque inclination en tête.

ANGELIQUE.

Si j'en avois, Madame, elle feroit telle que la raifon, &
l'honnêteté pourroient me la permettre.

ARGAN.

Ouais ! Je jouë ici un plaifant perfonnage.

BELINE.

Si j'étois que de vous, mon fils, je ne la forcerois point à fe marier ; & je fçais bien ce que je ferois.

ANGELIQUE.

Je fçais, Madame, ce que vous voulez dire, & les bontés
que vous avez pour moi ; mais peut-être que vos confeils
ne feront pas affez heureux pour être exécutés.

BELINE.

C'eft que les filles bien fages, & bien honnêtes comme
vous, fe moquent d'être obéiffantes, & foumifes aux volontés de leurs peres. Cela étoit bon autrefois.

ANGELIQUE.

Le devoir d'une fille a des bornes, Madame ; & la raifon
& les loix ne l'étendent point à toutes fortes de chofes.

BELINE.

C'eft-à-dire que vos penfées ne font que pour le mariage;
mais vous voulez choifir un époux à votre fantaifie.

ANGELIQUE.

Si mon pere ne veut pas me donner un mari qui me plaife,
je le conjurerai, au moins, de ne me point forcer à en époufer un que je ne puiffe pas aimer.

ARGAN.

Meffieurs, je vous demande pardon de tout ceci.

ANGELIQUE.

Chacun a fon but en fe mariant. Pour moi qui ne veux un
mari que pour l'aimer véritablement, & qui prétends en
faire tout l'attachement de ma vie, je vous avouë que j'y
cherche quelque précaution. Il y en a d'aucunes qui prennent des maris feulement pour fe tirer de la contrainte de
leurs parens, & fe mettre en état de faire tout ce qu'elles
voudront.

voudront. Il y en a d'autres, Madame, qui font du mariage un commerce de pur intérêt, qui ne se marient que pour gagner des douaires, que pour s'enrichir par la mort de ceux qu'elles épousent, & courent sans scrupule de mari en mari, pour s'approprier leurs dépouilles. Ces personnes-là à la vérité n'y cherchent pas tant de façons, & regardent peu la personne.

BELINE.

Je vous trouve aujourd'hui bien raisonnante; & je voudrois bien sçavoir ce que vous voulez dire par là.

ANGELIQUE.

Moi, Madame? Que voudrois-je dire que ce que je dis?

BELINE.

Vous êtes si sotte, mamie, qu'on ne sçauroit plus vous souffrir.

ANGELIQUE.

Vous voudriez bien, Madame, m'obliger à vous répondre quelque impertinence; mais je vous avertis que vous n'aurez pas cet avantage.

BELINE.

Il n'est rien d'égal à votre insolence.

ANGELIQUE.

Non, Madame, vous avez beau dire.

BELINE.

Et vous avez un ridicule orgueil, une impertinente présomption qui fait hausser les épaules à tout le monde.

ANGELIQUE.

Tout cela, Madame, ne servira de rien. Je serai sage en

Tome VI.   N n n dépit de vous ; & , pour vous ôter l'efpérance de pouvoir réuffir dans ce que vous voulez , je vais m'ôter de votre vûë.

SCENE VIII.

ARGAN, BELINE, M. DIAFOIRUS, THOMAS DIAFOIRUS, TOINETTE.

ARGAN *à Angélique qui fort.*

ECoute, il n'y a point de milieu à cela. Choifij d'époufer dans quatre jours ou monfieur, ou un couvent. [*à Béline.*] Ne vous mettez pas en peine, je la rangerai bien.

BELINE.

Je fuis fâchée de vous quitter, mon fils ; mais j'ai une affaire en ville , dont je ne puis me difpenfer. Je reviendrai bientôt.

ARGAN.

Allez, mamour ; & paffez chez votre notaire, afin qu'il expédie ce que vous fçavez.

BELINE.

Adieu, mon petit ami.

ARGAN.

Adieu, mamie.

SCENE IX.

ARGAN, MONSIEUR DIAFOIRUS, THOMAS DIAFOIRUS, TOINETTE.

ARGAN.

V Oilà une femme qui m'aime...... Cela n'eft pas croyable.

M. DIAFOIRUS.

Nous allons, Monfieur, prendre congé de vous.

ARGAN.

Je vous prie, Monfieur, de me dire un peu comment je fuis.

M. DIAFOIRUS *tâtant le pouls d'Argan.*

Allons, Thomas, prenez l'autre bras de monfieur, pour voir fi vous fçaurez porter un bon jugement de fon pouls. *Quid dicis?*

THOMAS DIAFOIRUS.

Dico que le pouls de monfieur, eft le pouls d'un homme qui ne fe porte point bien.

M. DIAFOIRUS.

Bon.

THOMAS DIAFOIRUS.

Qu'il eft duriufcule, pour ne pas dire dur,

M. DIAFOIRUS.

Fort bien.

THOMAS DIAFOIRUS.

Repouſſant,

M. DIAFOIRUS.

Benè.

THOMAS DIAFOIRUS.

Et même un peu capriçant; *(il faut écrire Caprizant)*

M. DIAFOIRUS.

Optimè.

THOMAS DIAFOIRUS.

Ce qui marque une intempérie dans le parenchyme ſpléni-
que, c'eſt-à-dire, la rate.

M. DIAFOIRUS.

Fort bien.

ARGAN.

Non. Monſieur Purgon dit que c'eſt mon foye qui eſt malade.

M. DIAFOIRUS.

Et oui; qui dit parenchyme, dit l'un & l'autre, à cauſe de
l'étroite ſympathie qu'ils ont enſemble, par le moyen du
vas breve du pylore, & ſouvent des meats cholidoques. Il
vous ordonne ſans doute de manger force rôti?

+ cholédoques de χολη et δοχός

ARGAN.

Non, rien que du bouilli,

M. DIAFOIRUS.

Et oui; rôti, bouilli, même choſe. Il vous ordonne fort
prudemment, & vous ne pouvez être en de meilleures
mains,

ARGAN.

Monſieur, combien eſt-ce qu'il faut mettre de grains de ſel dans un œuf?

M. DIAFOIRUS.

Six, huit, dix, par les nombres pairs, comme dans les médicamens, par les nombres impairs.

ARGAN.

Juſqu'au revoir, Monſieur.

SCENE X.

BELINE, ARGAN.

BELINE.

JE viens, mon fils, avant que de ſortir, vous donner avis d'une choſe, à laquelle il faut que vous preniez garde. En paſſant pardevant la chambre d'Angélique, j'ai vû un jeune homme avec elle, qui s'eſt ſauvé d'abord qu'il m'a vûë.

ARGAN.

Un jeune homme avec ma fille?

BELINE.

Oui. Votre petite fille Louiſon étoit avec eux, qui pourra vous en dire des nouvelles.

ARGAN.

Envoyez-là ici, mamour; envoyez-là ici. [ſeul.] Ah! L'effrontée! Je ne m'étonne plus de ſa réſiſtance.

SCENE XI.

ARGAN, LOUISON.

LOUISON.

QU'eft-ce que vous me voulez, mon papa? Ma belle maman m'a dit que vous me demandez.

ARGAN.

Oui, venez-çà. Avancez là. Tournez-vous. Levez les yeux. Regardez-moi. Hé?

LOUISON.

Quoi, mon papa?

ARGAN.

Là?

LOUISON.

Quoi?

ARGAN.

N'avez-vous rien à me dire?

LOUISON.

Je vous dirai, fi vous voulez, pour vous défennuyer, le conte de peau-d'âne, ou bien la fable du corbeau, & du renard, qu'on m'a apprife depuis peu.

ARGAN.

Ce n'eft pas cela que je demande.

LOUISON.

Quoi donc?

ARGAN.

Ah ! Rufée, vous fçavez bien ce que je veux dire.

LOUISON.

Pardonnez-moi, mon papa.

ARGAN.

Eft-ce là comme vous m'obéïffez ?

LOUISON.

Quoi ?

ARGAN.

Ne vous ai-je pas recommandé de me venir dire d'abord tout ce que vous voyez ?

LOUISON.

Oui, mon papa.

ARGAN.

L'avez-vous fait ?

LOUISON.

Oui, mon papa. Je vous fuis venu dire tout ce que j'ai vû.

ARGAN.

Et n'avez-vous rien vû aujourd'hui ?

LOUISON.

Non, mon papa.

ARGAN.

Non ?

LOUISON.

Non, mon papa.

ARGAN.

Affûrément ?

LOUISON.

Aſſûrément.

ARGAN.

Or ça, je m'en vais vous faire voir quelque choſe moi.

LOUISON *voyant une poignée de verges qu'Argan*
a été prendre.

Ah! Mon papa.

ARGAN.

Ah, ah! Petite maſque, vous ne me dites pas que vous avez vû un homme dans la chambre de votre ſœur.

LOUISON *pleurant.*

Mon papa.

ARGAN *prenant Louiſon par le bras.*

Voici qui vous apprendra à mentir.

LOUISON *ſe jettant à genoux.*

Ah! Mon papa, je vous demande pardon. C'eſt que ma ſœur m'avoit dit de ne pas vous le dire; mais je m'en vais vous dire tout.

ARGAN.

Il faut premiérement que vous ayez le fouet pour avoir menti. Puis après nous verrons au reſte.

LOUISON.

Pardon, mon papa.

ARGAN.

Non, non.

LOUISON.

Mon pauvre papa, ne me donnez pas le fouet.

ARGAN

ARGAN.

Vous l'aurez.

LOUISON.

Au nom de Dieu, mon papa, que je ne l'aye pas.

ARGAN *voulant la fouetter.*

Allons, allons.

LOUISON.

Ah! Mon papa, vous m'avez bleffée. Attendez, je fuis morte. [*Elle contrefait la morte.*]

ARGAN.

Holà. Qu'eft-ce-là ? Louifon, Louifon. Ah! Mon Dieu! Louifon. Ah! Ma fille! Ah! Malheureux, ma pauvre fille eft morte. Qu'ai-je fait, miférable ? Ah! Chiennes de ver- ges. La pefte foit des verges. Ah! Ma pauvre fille, ma pau- vre fille, ma pauvre petite Louifon.

LOUISON.

Là, là, mon papa, ne pleurez point tant, je ne fuis pas morte tout-à-fait.

ARGAN.

Voyez-vous la petite rufée ? Or ça, ça, je vous pardonne pour cette fois-ci, pourvû que vous me difiez bien tout.

LOUISON.

Oh! Oui, mon papa.

ARGAN.

Prenez-y bien garde au moins; car voilà un petit doigt qui fçait tout, qui me dira fi vous mentez.

LOUISON.

Mais, mon papa, ne dites pas à ma fœur que je vous l'ai dit.

Tome VI. O o o

ARGAN.

Non , non.

LOUISON *après avoir regardé fi perfonne n'écoute.*

C'eſt, mon papa, qu'il eſt venu un homme dans la chambre de ma ſœur comme j'y étois.

ARGAN.

Hé bien?

LOUISON.

Je lui ai demandé ce qu'il demandoit , & il m'a dit qu'il étoit ſon maître à chanter.

ARGAN *à part.*

Hom , hom ! Voilà l'affaire. [*à Louiſon.*] Hé bien?

LOUISON.

Ma ſœur eſt venuë après.

ARGAN.

Hé bien ?

LOUISON.

Elle lui a dit , ſortez , ſortez , ſortez ; mon Dieu! Sortez , vous me mettez au déſeſpoir.

ARGAN.

Hé bien?

LOUISON.

Et lui ne vouloit pas ſortir.

ARGAN.

Qu'eſt-ce qu'il lui diſoit ?

LOUISON.

Il lui diſoit je ne ſçais combien de choſes.

ARGAN.

Et quoi encore ?

LOUISON.

Il lui difoit tout-ci, tout-ça, qu'il l'aimoit bien, & qu'elle étoit la plus belle du monde.

ARGAN.

Et puis après ?

LOUISON.

Et puis après, il fe mettoit à genoux devant elle.

ARGAN.

Et puis après ?

LOUISON.

Et puis après, il lui baifoit les mains.

ARGAN.

Et puis après ?

LOUISON.

Et puis après, ma belle maman eft venuë à la porte, & il s'eft enfui.

ARGAN.

Il n'y a point autre chofe ?

LOUISON.

Non, mon papa.

ARGAN.

Voilà mon petit doigt pourtant qui gronde quelque chofe. [*mettant fon doigt à fon oreille.*] Attendez. Hé ! Ah, ah ! Oui ? Oh, oh ! Voilà mon petit doigt qui me dit quelque chofe que vous avez vû, & que vous ne m'avez pas dit.

LOUISON.

Ah ! Mon papa, votre petit doigt eſt un menteur.

ARGAN.

Prenez garde.

LOUISON.

Non, mon papa ; ne le croyez pas, il ment, je vous aſſûre.

ARGAN.

Oh bien, bien, nous verrons cela. Allez-vous-en, & prenez bien garde à tout, allez. [ſeul.] Ah! Il n'y a plus d'enfans. Ah ! Que d'affaires ! Je n'ai pas ſeulement le loiſir de
ſonger à ma maladie. En vérité, je n'en puis plus.

[Il ſe laiſſe tomber dans ſa chaiſe.]

SCENE XII.

BERALDE, ARGAN.

BERALDE.

HE bien, mon frere, qu'eſt-ce ? Comment vous portez-
vous ?

ARGAN.

Ah ! Mon frere, fort mal.

BERALDE.

Comment fort mal ?

ARGAN.

Oui. Je ſuis dans une foibleſſe ſi grande, que cela n'eſt pas
croyable.

BERALDE.

Voilà qui eft fâcheux.

ARGAN.

Je n'ai pas feulement la force de pouvoir parler.

BERALDE.

J'étois venu ici, mon frere, vous propofer un parti pour ma niéce Angélique.

ARGAN *parlant avec emportement, & fe levant de fa chaife.*
Mon frere, ne me parlez point de cette coquine-là. C'eft une friponne, une impertinente, une effrontée, que je mettrai dans un couvent avant qu'il foit deux jours.

BERALDE.

Ah ! Voilà qui eft bien. Je fuis bien aife que la force vous revienne un peu ; & que ma vifite vous faffe du bien. Or çà, nous parlerons d'affaires tantôt. Je vous améne ici un divertiffement que j'ai rencontré, qui diffipera votre chagrin, & vous rendra l'ame mieux difpofée aux chofes que nous avons à dire. Ce font des égyptiens vêtus en maures, qui font des danfes mêlées de chanfons, où je fuis fûr que vous prendrez plaifir ; & cela vaudra bien une ordonnance de monfieur Purgon. Allons.

Fin du fecond Acte.

II. INTERMÉDE.

UNE EGYPTIENNE *chantante*, UN EGYPTIEN *chantant*, EGYPTIENS & EGYPTIENNES *danfans*, *vêtus en maures*, & *portant des finges*.

UNE EGYPTIENNE.

Profitez du printems
De vos beaux ans,
Aimable jeuneffe.
Profitez du printems
De vos beaux ans ;
Donnez-vous à la tendreffe.

Les plaifirs les plus charmans,
Sans l'amoureufe flâme,
Pour contenter une ame
N'ont point d'attraits affez puiffans.

Profitez du printems
De vos beaux ans,
Aimable jeuneffe.
Profitez du printems
De vos beaux ans ;
Donnez-vous à la tendreffe.

Ne perdez point ces précieux momens ;
La beauté paffe ,
Le tems l'efface ;
L'âge de glace
Vient à fa place,
Qui nous ôte le goût de ces doux paffe-tems.

Profitez du printems
De vos beaux ans ,
Aimable jeuneffe.
Profitez du printems
De vos beaux ans ;
Donnez-vous à la tendreffe.

PREMIERE ENTRÉE DE BALLET.

Danfe des égyptiens & des égyptiennes.

UN EGYPTIEN.

Quand d'aimer on nous preffe ,
A quoi fongez-vous ?
Nos cœurs , dans la jeuneffe ,
N'ont vers la tendreffe
Qu'un panchant trop doux.
L'amour a , pour nous prendre,
De fi doux attraits ,
Que, de foi , fans attendre,
On voudroit fe rendre
A fes premiers traits ;

Mais tout ce qu'on écoute
Des vives douleurs
Et des pleurs qu'il nous coûte,
Fait qu'on en redoute
Toutes les douceurs.

[*à l'égyptienne.*]

Il est doux, à votre âge,
D'aimer tendrement
Un amant
Qui s'engage;
Mais, s'il est volage,
Hélas! Quel tourment!

L'EGYPTIENNE.

L'amant qui se dégage
N'est pas le malheur;
La douleur
Et la rage,
C'est que le volage
Garde notre cœur.

L'EGYPTIEN.

Quel parti faut-il prendre
Pour nos jeunes cœurs?

L'EGYPTIENNE.

Faut-il nous en défendre,
Et fuir ses douceurs?

L'EGYPTIEN.

Devons-nous nous y rendre
Malgré ses rigueurs?

TOUS

T OUS DEUX ENSEMBLE.

Oui, fuivons fes caprices,

Ses douces langueurs;

S'il a quelques fupplices,

Il a cent délices

Qui charment les cœurs.

II. ENTRÉE DE BALLET.

L Es égyptiens & égyptiennes danfent, & font fauter des finges qu'ils ont amenés avec eux.

Fin du fecond Intermède.

Blondel. In. & fculp.

ACTE TROISIÉME.

SCENE PREMIERE.

BERALDE, ARGAN, TOINETTE.

BERALDE.

E bien, mon frere, qu'en dites-vous? Cela ne vaut-il pas bien une prife de caffe?

TOINETTE.

Hom! De bonne caffe eft bonne.

BERALDE.

Or-çà, voulez-vous que nous parlions un peu enfemble?

ARGAN.

Un peu de patience, mon frere, je vais revenir.

TOINETTE.

Tenez, Monfieur; vous ne fongez pas que vous ne fçauriez marcher fans bâton.

ARGAN.

Tu as raifon.

SCENE II.

BERALDE, TOINETTE.

TOINETTE.

N'Abandonnez pas, s'il vous plaît, les intérêts de votre niéce.

BERALDE.

J'employerai toutes chofes pour lui obtenir ce qu'elle fouhaite.

TOINETTE

Il faut abfolument empêcher ce mariage extravagant qu'il s'eft mis dans la fantaifie ; & j'avois fongé en moi-même, que ç'auroit été une bonne affaire de pouvoir introduire ici un médecin à notre pofte, pour le dégoûter de fon monfieur Purgon, & lui décrier fa conduite. Mais, comme nous n'avons perfonne en main pour cela, j'ai réfolu de jouer un tour de ma tête.

BERALDE.

Comment ?

TOINETTE.

C'eft une imagination burlefque. Cela fera peut-être plus heureux que fage. Laiffez-moi faire. Agiffez de votre côté. Voici notre homme.

SCENE III.
ARGAN, BERALDE.

BERALDE.

VOus voulez bien, mon frere, que je vous demande, avant toute chofe, de ne vous point échauffer l'efprit dans notre converfation,

ARGAN.

Voilà qui eft fait.

BERALDE.

De répondre, fans nulle aigreur, aux chofes que je pourrai vous dire ;

ARGAN.

Oui.

BERALDE.

Et de raifonner enfemble fur les affaires dont nous avons à parler, avec un efprit détaché de toute paffion.

ARGAN.

Mon Dieu ! Oui. Voilà bien du préambule.

BERALDE.

D'où vient, mon frere, qu'ayant le bien que vous avez, & n'ayant d'enfans qu'une fille, car je ne compte pas la petite, d'où vient, dis-je, que vous parlez de la mettre dans un couvent ?

ARGAN.

D'où vient, mon frere, que je fuis maître dans ma famille, pour faire ce que bon me femble.

BERALDE.

Votre femme ne manque pas de vous confeiller de vous défaire ainfi de vos deux filles ; & je ne doute point que, par un efprit de charité, elle ne fût ravie de les voir toutes deux bonnes religieufes.

ARGAN.

Or-çà, nous y voici. Voilà d'abord la pauvre femme en jeu. C'eft elle qui fait tout le mal ; & tout le monde lui en veut.

BERALDE.

Non, mon frere, laiffons-la là ; c'eft une femme qui a les meilleures intentions du monde pour votre famille, & qui eft détachée de toute forte d'intérêt, qui a pour vous une tendreffe merveilleufe ; & qui montre pour vos enfans une affection & une bonté qui n'eft pas concevable, cela eft certain. N'en parlons point, & revenons à votre fille. Sur quelle penfée, mon frere, la voulez-vous donner en mariage au fils d'un médecin ?

ARGAN.

Sur la penfée, mon frere, de me donner un gendre tel qu'il me faut.

BERALDE.

Ce n'eft point là, mon frere, le fait de votre fille ; & il fe préfente un parti plus fortable pour elle.

ARGAN.

Oui ; mais celui-ci, mon frere, eft plus fortable pour moi.

BERALDE.

Mais le mari qu'elle doit prendre, doit-il être, mon frere, ou pour elle, ou pour vous?

ARGAN.

Il doit être, mon frere, & pour elle, & pour moi ; & je veux mettre dans ma famille les gens dont j'ai befoin.

BERALDE.

Par cette raifon-là, fi votre petite étoit grande, vous lui donneriez en mariage un apoticaire.

ARGAN.

Pourquoi non?

BERALDE.

Eft-il poffible que vous ferez toujours embéguiné de vos apoticaires, & de vos médecins ; & que vous vouliez être malade en dépit des gens, & de la nature?

ARGAN.

Comment l'entendez-vous, mon frere?

BERALDE.

J'entends, mon frere, que je ne vois point d'homme qui foit moins malade que vous; & que je ne demanderois point une meilleure conftitution que la vôtre. Une grande marque que vous vous portez bien, & que vous avez un corps parfaitement bien compofé, c'eft qu'avec tous les foins que vous avez pris, vous n'avez pû parvenir encore à gâter la bonté de votre tempérament, & que vous n'êtes point crévé de toutes les médecines qu'on vous a fait prendre.

ARGAN.

Mais fçavez-vous, mon frere, que c'eft cela qui me conferve;

& que monsieur Purgon dit que je succomberois, s'il étoit seulement trois jours sans prendre soin de moi?

BERALDE.

Si vous n'y prenez garde, il prendra tant de soin de vous, qu'il vous envoyera en l'autre monde.

ARGAN.

Mais raisonnons un peu, mon frere. Vous ne croyez donc point à la médecine?

BERALDE.

Non, mon frere; & je ne vois pas que, pour son salut, il soit nécessaire d'y croire.

ARGAN.

Quoi? Vous ne tenez pas véritable une chose établie par tout le monde, & que tous les siécles ont révérée?

BERALDE.

Bien loin de la tenir véritable, je la trouve, entre nous, une des plus grandes folies qui soit parmi les hommes; &, à regarder les choses en philosophe, je ne vois point de plus plaisante mommerie, je ne vois rien de plus ridicule, qu'un homme qui se veut mêler d'en guérir un autre.

ARGAN.

Pourquoi ne voulez-vous pas, mon frere, qu'un homme en puisse guérir un autre?

BERALDE.

Par la raison, mon frere, que les ressorts de notre machine sont des mystéres, jusques ici, où les hommes ne voyent goutte; & que la nature nous a mis au-devant des yeux des voiles trop épais pour y connoître quelque chose.

ARGAN.

Les médecins ne sçavent donc rien, à votre compte?

BERALDE.

Si fait, mon frere. Ils sçavent la plûpart de fort belles hu-
manités, sçavent parler en beau latin, sçavent nommer en
grec toutes les maladies, les définir & les diviser ; mais, pour
ce qui est de les guérir, c'est ce qu'ils ne sçavent point du
tout.

ARGAN.

Mais toujours faut-il demeurer d'accord que, sur cette
matiére, les médecins en sçavent plus que les autres.

BERALDE.

Ils sçavent, mon frere, ce que je vous ai dit, qui ne guérit
pas de grand' chose ; & toute l'excellence de leur art con-
siste en un pompeux galimathias, en un spécieux babil, qui
vous donne des mots pour des raisons, & des promesses
pour des effets.

ARGAN.

Mais enfin, mon frere, il y a des gens aussi sages, & aussi
habiles que vous ; & nous voyons que, dans la maladie,
tout le monde a recours aux médecins.

BERALDE.

C'est une marque de la foiblesse humaine, & non pas de
la vérité de leur art.

ARGAN.

Mais il faut bien que les médecins croyent leur art véritable, puisqu'ils s'en servent pour eux-mêmes.

BERALDE

BERALDE.

C'eft qu'il y en a parmi eux, qui font eux-mêmes dans l'erreur populaire, dont ils profitent, & d'autres qui en profitent fans y être. Votre monfieur Purgon, par exemple, n'y fçait point de fineffe, c'eft un homme tout médecin, depuis la tête jufqu'aux piéds ; un homme qui croit à fes régles, plus qu'à toutes les démonftrations des mathématiques, & qui croiroit du crime à les vouloir examiner, qui ne voit rien d'obfcur dans la médecine, rien de douteux, rien de difficile ; & qui, avec une impétuofité de prévention, une roideur de confiance, une brutalité de fens commun & de raifon, donne au travers des purgations & des faignées, & ne balance aucune chofe. Il ne lui faut point vouloir mal de tout ce qu'il pourra vous faire, c'eft de la meilleure foi du monde, qu'il vous expédiera ; & il ne fera, en vous tuant, que ce qu'il a fait à fa femme & à fes enfans, & ce qu'en un befoin il feroit à lui-même.

ARGAN.

C'eft que vous avez, mon frere une dent de lait contre lui. Mais, enfin, venons au fait. Que faire donc, quand on eft malade ?

BERALDE.

Rien, mon frere.

ARGAN.

Rien ?

BERALDE.

Rien. Il ne faut que demeurer en repos. La nature d'elle-même, quand nous la laiffons faire, fe tire doucement du

Tome VI. Qqq

défordre où elle eft tombée. C'eft notre inquiétude, c'eft notre impatience qui gâte tout, & prefque tous les hommes meurent de leurs remédes, & non pas de leurs maladies.

ARGAN.

Mais il faut demeurer d'accord, mon frere, qu'on peut aider cette nature par de certaines chofes.

BERALDE.

Mon Dieu! Mon frere, ce font pures idées, dont nous aimons à nous repaître ; &, de tout tems, il s'eft gliffé parmi les hommes de belles imaginations que nous venons à croire, parce qu'elles nous flatent, & qu'il feroit à fouhaiter qu'elles fuffent véritables. Lorfqu'un médecin vous parle d'aider, de fecourir, de foulager la nature, de lui ôter ce qui lui nuit, & lui donner ce qui lui manque, de la rétablir, & de la remettre dans une pleine facilité de fes fonctions ; lorfqu'il vous parle de rectifier le fang, de tempérer les entrailles & le cerveau, de dégonfler la rate, de raccommoder la poitrine, de réparer le foye, de fortifier le cœur, de rétablir & conferver la chaleur naturelle ; & d'avoir des fecrets pour étendre la vie à de longues années, il vous dit juftement le roman de la médecine. Mais, quand vous en venez à la vérité & à l'expérience, vous ne trouvez rien de tout cela ; & il en eft comme des beaux fonges, qui ne vous laiffent au réveil que le déplaifir de les avoir crûs.

ARGAN.

C'eft-à-dire que toute la fcience du monde eft renfermée dans votre tête ; & vous voulez en fçavoir plus que tous les grands médecins de notre siécle.

BERALDE.

Dans les discours, & dans les choses, ce sont deux sortes
de personnes que vos grands médecins. Entendez-les parler,
les plus habiles gens du monde ; voyez-les faire, les plus
ignorans de tous les hommes.

ARGAN.

Ouais ! Vous étes un grand docteur, à ce que je vois, &
je voudrois bien qu'il y eût ici quelqu'un de ces messieurs,
pour rembarrer vos raisonnemens, & rabaisser votre caquet.

BERALDE.

Moi, mon frere, je ne prends point à tâche de combattre
la médecine, & chacun, à ses périls & fortune, peut croire
tout ce qu'il lui plaît. Ce que j'en dis n'est qu'entre nous ;
& j'aurois souhaité de pouvoir un peu vous tirer de l'erreur
où vous étes, &, pour vous divertir, vous mener voir sur
ce chapitre, quelqu'une des comédies de Moliere.

ARGAN.

C'est un bon impertinent que votre Moliere, avec ses comédies ; & je le trouve bien plaisant d'aller jouer d'honnêtes gens comme les médecins.

BERALDE.

Ce ne sont point les médecins qu'il joue ; mais le ridicule
de la médecine.

ARGAN.

C'est bien à lui à faire de se mêler de contrôler la médecine. Voilà un bon nigaud, un bon impertinent, de se moquer des consultations & des ordonnances, de s'attaquer

au corps des médecins, & d'aller mettre sur son théatre des personnes vénérables comme ces messieurs-là.

BERALDE.

Que voulez-vous qu'il y mette, que les diverses professions des hommes ? On y met bien tous les jours les princes & les rois, qui sont d'aussi bonne maison que les médecins.

ARGAN.

Par la mort-non-de-diable, si j'étois que des médecins, je me vengerois de son impertinence ; & , quand il sera malade, je le laisserois mourir sans secours. Il auroit beau faire & beau dire, je ne lui ordonnerois pas la moindre petite saignée, le moindre petit lavement ; & je lui dirois, créve, créve, cela t'apprendra une autre fois à te jouer à la faculté.

BERALDE.

Vous voilà bien en colére contre lui.

ARGAN.

Oui. C'est un mal avisé ; & , si les médecins sont sages, ils feront ce que je dis.

BERALDE.

Il sera encore plus sage que vos médecins ; car il ne leur demandera point de secours.

ARGAN.

Tant pis pour lui, s'il n'a point recours aux remédes.

BERALDE.

Il a ses raisons pour n'en point vouloir, & il soutient que cela n'est permis qu'aux gens vigoureux & robustes, & qui ont des forces de reste pour porter les remédes avec la maladie ; mais que, pour lui, il n'a juftement de la force que pour porter fon mal.

ARGAN.

Les fottes raifons que voilà ! Tenez, mon frere, ne parlons point de cet homme-là davantage ; car cela m'échauffe la bile, & vous me donneriez mon mal.

BERALDE.

Je le veux bien, mon frere ; &, pour changer de difcours, je vous dirai que, fur une petite répugnance que vous té-moigne votre fille, vous ne devez point prendre les réfo-lutions violentes de la mettre dans un couvent, que, pour le choix d'un gendre, il ne vous faut pas fuivre aveuglé-ment la paffion qui vous emporte ; & qu'on doit, fur cette matiére, s'accommoder un peu à l'inclination d'une fille, puifque c'eft pour toute la vie, & que de-là dépend tout le bonheur d'un mariage.

SCENE IV.

MONSIEUR FLEURANT *une feringue à la main*, ARGAN, BERALDE.

ARGAN.

AH! Mon Frere, avec votre permiffion.

BERALDE.

Comment ? Que voulez-vous faire ?

ARGAN.

Prendre ce petit lavement-là, ce fera bien-tôt fait.

BERALDE.

Vous vous moquez. Eſt-ce que vous ne ſçauriez un moment être ſans lavement ou ſans médecine? Remettez cela à une autrefois, & demeurez un peu en repos.

ARGAN.

Monſieur Fleurant, à ce ſoir, ou à demain matin.

MONSIEUR FLEURANT *à Beralde.*

De quoy vous mêlez-vous de vous oppoſer aux ordonnances de la médecine, & d'empêcher monſieur de prendre mon clyſtere? Vous étes bien plaiſant d'avoir cette hardieſſe-là?

BERALDE.

Allez, Monſieur, on voit bien que vous n'avez pas accoutumé de parler à des viſages.

MONSIEUR FLEURANT.

On ne doit point ainſi ſe jouer des remédes, & me faire perdre mon tems. Je ne ſuis venu ici que ſur une bonne ordonnance ; & je vais dire à monſieur Purgon comme on m'a empêché d'exécuter ſes ordres, & de faire ma fonction. Vous verrez, vous verrez...

SCENE V.

ARGAN, BERALDE.

ARGAN.

Mon frere, vous ferez cauſe ici de quelque malheur.

BERALDE.

Le grand malheur de ne pas prendre un lavement que monsieur Purgon a ordonné ! Encore un coup, mon frere, est-il possible qu'il n'y ait pas moyen de vous guérir de la maladie des médecins, & que vous vouliez être toute votre vie enseveli dans leurs remédes.

ARGAN.

Mon Dieu ! Mon frere, vous en parlez comme un homme qui se porte bien ; mais, si vous étiez à ma place, vous changeriez bien de langage. Il est aisé de parler contre la médecine, quand on est en pleine santé.

BERALDE.

Mais quel mal avez-vous ?

ARGAN.

Vous me feriez enrager. Je voudrois que vous l'eussiez, mon mal, pour voir si vous jaseriez tant. Ah ! Voici monsieur Purgon.

SCENE VI.

MONSIEUR PURGON, ARGAN, BERALDE, TOINETTE.

MONSIEUR PURGON.

JE viens d'apprendre là bas à la porte de jolies nouvelles, qu'on se moque ici de mes ordonnances, & qu'on a fait refus de prendre le remède que j'avois prescrit.

ARGAN.

Monsieur, ce n'est pas....

MONSIEUR PURGON.

Voilà une hardieſſe bien grande, une étrange rébellion d'un malade contre ſon médecin.

TOINETTE.

Cela eſt épouvantable.

M. PURGON.

Un clyſtére que j'avois pris plaiſir à compoſer moi-même,

ARGAN.

Ce n'eſt pas moi.....

M. PURGON.

Inventé, & formé dans toutes les régles de l'art ;

TOINETTE.

Il a tort.

M. PURGON.

Et qui devoit faire dans des entrailles un effet merveilleux.

ARGAN.

Mon frere......

M. PURGON.

Le renvoyer avec mépris !

ARGAN *montrant Béralde.*

C'eſt lui.....

M. PURGON.

C'eſt une action exorbitante,

TOINETTE.

Cela eſt vray.

M. PURGON.

Un attentat énorme contre la médecine ;

ARGAN

ARGAN *montrant Béralde.*

Il est cause.....

M. PURGON.

Un crime de léze-faculté, qui ne se peut assez punir.

TOINETTE.

Vous avez raison.

M. PURGON.

Je vous déclare que je romps commerce avec vous,

ARGAN.

C'est mon frere.....

M. PURGON.

Que je ne veux plus d'alliance avec vous;

TOINETTE.

Vous ferez bien.

M. PURGON.

Et que, pour finir toute liaison avec vous, voilà la dona-
tion que je faisois à mon neveu, en faveur du mariage.

ARGAN.

C'est mon frere qui a fait tout le mal.

M. PURGON.

Mépriser mon clystére !

ARGAN.

Faites-le venir, je m'en vais le prendre.

M. PURGON.

Je vous aurois tiré d'affaire avant qu'il fût peu.

TOINETTE.

Il ne le mérite pas.

M. PURGON.

J'allois nettoyer votre corps, & en évacuer entiérement les mauvaiſes humeurs ;

ARGAN.

Ah ! Mon frere !

M. PURGON.

Et je ne voulois plus qu'une douzaine de médecines, pour vuider le fond du ſac.

TOINETTE.

Il eſt indigne de vos ſoins.

M. PURGON.

Mais, puiſque vous n'avez pas voulu guérir par mes mains,

ARGAN.

Ce n'eſt pas ma faute.

M. PURGON.

Puiſque vous vous étes ſouſtrait de l'obéïſſance que l'on doit à ſon médecin,

TOINETTE.

Cela crie vengeance.

M. PURGON.

Puiſque vous vous étes déclaré rébelle aux remédes que je vous ordonnois,

ARGAN.

Hé, point du tout.

M. PURGON.

J'ai à vous dire que je vous abandonne à votre mauvaiſe conſtitution, à l'intempérie de vos entrailles, à la corruption

de votre fang, à l'âcreté de votre bile, & à la féculence
de vos humeurs ;

TOINETTE.

C'eft fort bien fait.

ARGAN.

Mon Dieu !

M. PURGON.

Et je veux qu'avant qu'il foit quatre jours, vous deveniez
dans un état incurable,

ARGAN.

Ah ! Miféricorde !

M. PURGON.

Que vous tombiez dans la bradipepfie.

ARGAN.

Monfieur Purgon.

M. PURGON.

De la bradipepfie dans la difpepfie.

ARGAN.

Monfieur Purgon.

M. PURGON.

De la difpepfie dans l'apepfie.

ARGAN.

Monfieur Purgon.

M. PURGON.

De l'apepfie dans la lienterie.

ARGAN.

Monfieur Purgon.

M. PURGON.

De la lienterie dans la diſſenterie. *Dyſenterie*

ARGAN.

Monſieur Purgon.

M. PURGON.

De la diſſenterie dans l'hydropiſie.

ARGAN.

Monſieur Purgon.

M. PURGON.

De l'hydropiſie dans la privation de la vie, où vous aura conduit votre folie.

SCENE VII.

ARGAN, BERALDE.

ARGAN.

AH ! Mon Dieu ! Je ſuis mort. Mon frere, vous m'a-vez perdu.

BERALDE.

Quoi ? Qu'y a-t-il ?

ARGAN.

Je n'en puis plus. Je ſens déjà que la médecine ſe venge.

BERALDE.

Ma foi, mon frere, vous êtes fou ; & je ne voudrois pas, pour beaucoup de choſes, qu'on vous vît faire ce que vous faites. Tâtez-vous un peu, je vous prie, revenez à vous-même ; & ne donnez point tant à votre imagination.

ARGAN.

Vous voyez, mon frere, les étranges maladies dont il m'a menacé.

BERALDE.

Le fimple homme que vous étes!

ARGAN.

Il dit que je deviendrai incurable avant qu'il foit quatre jours.

BERALDE.

Et ce qu'il dit, que fait-il à la chofe? Eft-ce un oracle qui a parlé? Il femble à vous entendre, que monfieur Purgon tienne dans fes mains le filet de vos jours; & que, d'auto-rité fuprême, il vous l'allonge, & vous le racourciffe com-me il lui plaît. Songez que les principes de votre vie font en vous-même, & que le courroux de monfieur Purgon eft auffi peu capable de vous faire mourir, que fes remé-des de vous faire vivre. Voici une avanture, fi vous vou-lez, à vous défaire des médecins; ou, fi vous étes né à ne pouvoir vous en paffer, il eft aifé d'en avoir un autre, avec lequel, mon frere, vous puiffiez courir un peu moins de rifque.

ARGAN.

Ah! Mon frere, il fçait tout mon tempérament, & la maniére dont il faut me gouverner.

BERALDE.

Il faut vous avouer que vous étes un homme d'une grande prévention; & que vous voyez les chofes avec d'étranges yeux.

SCENE VIII.

ARGAN, BERALDE, TOINETTE.

TOINETTE *à Argan.*

Monfieur, voilà un médecin qui demande à vous voir.

ARGAN.

Et quel médecin?

TOINETTE.

Un médecin de la médecine.

ARGAN.

Je te demande qui il eft?

TOINETTE.

Je ne le connois pas, mais il me reffemble comme deux gouttes d'eau ; & , fi je n'étois fûre que ma mere étoit honnête femme , je dirois que ce feroit quelque petit frere , qu'elle m'auroit donné depuis le trépas de mon pere.

ARGAN.

Fais-le venir.

SCENE IX.

ARGAN, BERALDE.

BERALDE.

Vous étes fervi à fouhait. Un médecin vous quitte , un autre fe préfente.

ARGAN.

J'ai bien peur que vous ne foyez caufe de quelque malheur.

BERALDE.

Encore ? Vous en revenez toujours-là.

ARGAN.

Voyez-vous, j'ai fur le cœur toutes ces maladies-là que je ne connois point, ces....

SCENE X.

ARGAN, BERALDE, TOINETTE
en médecin.

TOINETTE.

Monfieur, agréez que je vienne vous rendre vifite, & vous offrir mes petits fervices pour toutes les faignées & les purgations, dont vous aurez befoin.

ARGAN.

Monfieur, je vous fuis fort obligé. [*à Béralde.*] Par ma foi, voilà Toinette elle-même.

TOINETTE.

Monfieur, je vous prie de m'excufer, j'ai oublié de donner une commiffion à mon valet ; je reviens tout à l'heure.

SCENE XI.

ARGAN, BERALDE.

ARGAN.

HE ? Ne diriez-vous pas que c'eſt effectivement Toinette ?

BERALDE.

Il eſt vray que la reſſemblance eſt tout à fait grande. Mais
ce n'eſt pas la premiére fois qu'on a vû de ces ſortes de
choſes, & les hiſtoires ne ſont pleines que de ces jeux de
la nature.

ARGAN.

Pour moi, j'en ſuis ſurpris ; & ...

SCENE XII.

ARGAN, BERALDE, TOINETTE.

TOINETTE.

Que voulez-vous, Monſieur ?

ARGAN.

Comment ?

TOINETTE.

Ne m'avez-vous pas appellée ?

ARGAN.

Moi ? Non.

TOINETTE.

TOINETTE

Il faut donc que les oreilles m'ayent corné.

ARGAN.

Demeure un peu ici pour voir comme ce médecin te reffemble.

TOINETTE.

Oui, vrayment! J'ai affaire là-bas ; & je l'ai affez vû.

SCENE XIII.

ARGAN, BERALDE.

ARGAN.

SI je ne les voyois tous deux, je croirois que ce n'eft
qu'un.

BERALDE.

J'ai lû des chofes furprenantes de ces fortes de reffemblan-
ces ; & nous en avons vû, de notre tems, où tout le monde
s'eft trompé.

ARGAN.

Pour moi, j'aurois été trompé à celle-là ; & j'aurois juré que
c'eft la même perfonne.

SCENE XIV.

ARGAN, BERALDE, TOINETTE
en médecin.

TOINETTE.

MOnſieur, je vous demande pardon de tout mon cœur.

ARGAN *bas à Béralde.*

Cela eſt admirable.

TOINETTE.

Vous ne trouverez pas mauvais, s'il vous plaît, la curioſité que j'ai euë de voir un illuſtre malade comme vous étes; & votre réputation qui s'étend par tout, peut excuſer la liberté que j'ai priſe.

ARGAN.

Monſieur, je ſuis votre ſerviteur.

TOINETTE.

Je vois, Monſieur, que vous me regardez fixement. Quel âge croyez-vous bien que j'aye?

ARGAN.

Je crois que tout au plus vous pouvez avoir vingt-ſix, ou vingt-ſept ans.

TOINETTE.

Ah, ah, ah, ah, ah! J'en ai quatre-vingt-dix.

ARGAN.

Quatre-vingt-dix?

TOINETTE.

Oui. Vous voyez un effet des fecrets de mon art , de me conferver ainfi frais & vigoureux.

ARGAN.

Par ma foi , voilà un beau jeune vieillard pour quatre-vingt-dix ans.

TOINETTE.

Je fuis médecin paffager qui vais de ville en ville, de province en province, de royaume en royaume, pour chercher d'illuftres matiéres à ma capacité, pour trouver des malades dignes de m'occuper, capables d'exercer les grands & beaux fecrets que j'ai trouvés dans la médecine. Je dédaigne de m'amufer à ce menu fatras de maladies ordinaires, à ces bagatelles de rhumatifmes & de fluxions, à ces fiévrotes, à ces vapeurs, & à ces migraines. Je veux des maladies d'importance, de bonnes fiévres continuës, avec des tranfports au cerveau, de bonnes fiévres pourprées, de bonnes peftes, de bonnes hydropifies formées , de bonnes pleuréfies avec des inflammations de poitrine, c'eft là que je me plais, c'eft là que je triomphe ; & je voudrois, Monfieur, que vous euffiez toutes les maladies que je viens de dire, que vous fuffiez abandonné de tous les médecins, défefpéré, à l'agonie, pour vous montrer l'excellence de mes remédes, & l'envie que j'aurois de vous rendre fervice.

ARGAN.

Je vous fuis obligé, Monfieur, des bontés que vous avez pour moi.

TOINETTE.

Donnez-moi votre pouls. Allons donc, que l'on batte comme il faut. Ah ! Je vous ferai bien aller comme vous devez. Ouais ! Ce pouls-là fait l'impertinent ; je vois bien que vous ne me connoiffez pas encore. Qui eft votre médecin ?

ARGAN.

Monfieur Purgon.

TOINETTE.

Cet homme-là n'eft point écrit fur mes tablettes entre les grands médecins. De quoi, dit-il, que vous êtes malade ?

ARGAN.

Il dit que c'eft du foye, & d'autres difent que c'eft de la rate.

TOINETTE.

Ce font tous des ignorans, c'eft du poumon que vous êtes malade.

ARGAN.

Du poumon ?

TOINETTE.

Oui. Que fentez-vous ?

ARGAN.

Je fens, de tems en tems, des douleurs de tête.

TOINETTE.

Juftement, le pour on.

ARGAN.

Il me femble parfois que j'ai un voile devant les yeux.

TOINETTE.

Le poumon.

ARGAN.

J'ai quelquefois des maux de cœur.

TOINETTE.

Le poumon.

ARGAN.

Je fens parfois des laffitudes par tous les membres;

TOINETTE.

Le poumon.

ARGAN.

Et quelquefois il me prend des douleurs dans le ventre, comme fi c'étoient des coliques.

TOINETTE.

Le poumon. Vous avez appétit à ce que vous mangez?

ARGAN.

Oui, Monfieur.

TOINETTE.

Le poumon. Vous aimez à boire un peu de vin?

ARGAN.

Oui, Monfieur.

TOINETTE.

Le poumon. Il vous prend un petit fommeil après le repas, & vous étes bien aife de dormir?

ARGAN.

Oui, Monfieur.

TOINETTE.

Le poumon, le poumon, vous dis-je. Que vous ordonne votre médecin pour votre nourriture?

ARGAN.

Il m'ordonne du potage,

TOINETTE.

Ignorant.

ARGAN.

De la volaille,

TOINETTE.

Ignorant.

ARGAN.

Du veau,

TOINETTE.

Ignorant.

ARGAN.

Des bouillons,

TOINETTE.

Ignorant.

ARGAN.

Des œufs frais,

TOINETTE.

Ignorant.

ARGAN.

Et le foir de petits pruneaux pour lâcher le ventre;

CLEANTE.

Ignorant.

ARGAN.

Et fur tout de boire mon vin fort trempé.

TOINETTE.

Ignorantus , ignoranta , ignorantum. Il faut boire votre vin pur ; &, pour épaiffir votre fang qui eft trop fubtil, il faut manger de bon gros bœuf, de bon gros porc, de bon fromage de Hollande, du gruau & du ris, & des marons & des oublies, pour coller & conglutiner. Votre médecin eft une bête. Je veux vous en envoyer un de ma main, & je viendrai vous voir de tems en tems, tandis que je ferai en cette ville.

ARGAN.

Vous m'obligez beaucoup.

TOINETTE.

Que diantre faites-vous de ce bras-là ?

ARGAN.

Comment ?

TOINETTE.

Voilà un bras que je me ferois couper tout à l'heure, fi j'étois que de vous.

ARGAN.

Et pourquoy ?

TOINETTE.

Ne voyez-vous pas qu'il tire à foi toute la nourriture, & qu'il empêche ce côté-là de profiter ?

ARGAN.

Oui ; mais j'ai befoin de mon bras.

TOINETTE.

Vous avez-là auffi un œil droit que je me ferois créver, fi j'étois en votre place.

ARGAN.

Créver un œil ?

TOINETTE.

Ne voyez-vous pas qu'il incommode l'autre , & lui dérobe fa nourriture? Croyez-moi, faites-vous-le créver au plûtôt, vous en verrez plus clair de l'œil gauche.

ARGAN.

Cela n'eft pas preffé.

TOINETTE.

Adieu. Je fuis fâché de vous quitter fi-tôt ; mais il faut que
je me trouve à une grande confultation qui fe doit faire ;
pour un homme qui mourut hier.

ARGAN.

Pour un homme qui mourut hier ?

TOINETTE.

Oui, pour avifer & voir ce qu'il auroit fallu lui faire pour
le guérir. Jufqu'au revoir.

ARGAN.

Vous fçavez que les malades ne reconduifent point.

SCENE XV.

ARGAN, BERALDE.

BERALDE.

Voilà un médecin, vrayment, qui paroît fort habile.

ARGAN.

Oui ; mais il va un peu bien vîte.

BERALDE.

Tous les grands médecins font comme cela.

ARGAN.

ARGAN.

Me couper un bras, & me créver un œil, afin que l'autre se porte mieux ? J'aime bien mieux qu'il ne se porte pas si bien. La belle opération, de me rendre borgne & manchot.

SCENE XVI.

ARGAN, BERALDE, TOINETTE.

TOINETTE *feignant de parler à quelqu'un.*

ALlons, allons, je suis votre servante. Je n'ai pas envie de rire.

ARGAN.

Qu'est-ce que c'est?

TOINETTE.

Votre médecin, ma foi, qui vouloit me tâter le pouls.

ARGAN.

Voyez un peu, à l'âge de quatre-vingt-dix ans.

BERALDE.

Or-çà, mon frere, puisque voilà votre monsieur Purgon brouillé avec vous, ne voulez-vous pas bien que je vous parle du parti qui s'offre pour ma niéce ?

ARGAN.

Non, mon frere, je veux la mettre dans un couvent, puisqu'elle s'est opposée à mes volontés. Je vois bien qu'il y a quelque amourette là-dessous ; & j'ai découvert certaine entrevûë secrette, qu'on ne sçait pas que j'aye découverte.

BERALDE.

Hé bien, mon frere, quand il y auroit quelque petite inclination, cela seroit-il si criminel ; & rien peut-il vous offenser, quand tout ne va qu'à des choses honnêtes, comme le mariage ?

ARGAN.

Quoi qu'il en soit, mon frere, elle sera religieuse, c'est une chose résoluë.

BERALDE.

Vous voulez faire plaisir à quelqu'un.

ARGAN.

Je vous entends. Vous en revenez toujours là, & ma femme vous tient au cœur.

BERALDE.

Hé bien, oui, mon frere, puisqu'il faut parler à cœur ouvert, c'est votre femme que je veux dire ; &, non plus que l'entêtement de la médecine, je ne puis vous souffrir l'entêtement où vous êtes pour elle ; & voir que vous donniez, tête baissée, dans tous les piéges qu'elle vous tend.

TOINETTE.

Ah ! Monsieur, ne parlez point de madame, c'est une femme sur laquelle il n'y a rien à dire ; une femme sans artifice, & qui aime monsieur, qui l'aime . . . . . On ne peut pas dire cela.

ARGAN.

Demandez-lui un peu les caresses qu'elle me fait,

TOINETTE.

Cela est vray.

ARGAN.

L'inquiétude que lui donne ma maladie;

TOINETTE.

Aſſûrément.

ARGAN.

Et les ſoins, & les peines qu'elle prend autour de moi.

TOINETTE.

Il eſt certain. [*à Béralde.*] Voulez-vous que je vous convainque; & vous faſſe voir, tout-à-l'heure, comme madame aime monſieur ? [*à Argan.*] Monſieur, ſouffrez que je lui montre ſon béjaune, & le tire d'erreur.

ARGAN.

Comment ?

TOINETTE.

Madame s'en va revenir. Mettez-vous tout étendu dans cette chaiſe, & contrefaites le mort. Vous verrez la douleur où elle ſera, quand je lui dirai la nouvelle.

ARGAN.

Je le veux bien.

TOINETTE.

Oui; mais ne la laiſſez pas long-tems dans le déſeſpoir, car elle en pourroit bien mourir.

ARGAN.

Laiſſe-moi faire.

TOINETTE *à Béralde.*

Cachez-vous, vous, dans ce coin-là.

SCENE XVII.

ARGAN, TOINETTE.

ARGAN.

N'Y a-t-il point quelque danger à contrefaire le mort?

TOINETTE.

Non, non. Quel danger y auroit-il? Etendez-vous là feulement. Il y aura plaifir à confondre votre frere. Voici madame. Tenez-vous bien.

SCENE XVIII.

BELINE, ARGAN *étendu dans fa chaife,* TOINETTE.

TOINETTE *feignant de ne pas voir Béline.*

AH, mon Dieu! Ah, malheur! Quel étrange accident!

BELINE.

Qu'eft-ce, Toinette?

TOINETTE.

Ah! Madame.

BELINE.

Qu'y a-t-il?

TOINETTE.

Votre mari eft mort.

BELINE.

Mon mari eft mort?

TOINETTE.

Hélas! Oui. Le pauvre défunt est trépaffé.

BELINE.

Affûrément?

TOINETTE.

Affûrément. Perfonne ne fçait encore cet accident-là; & je me fuis trouvée ici toute feule. Il vient de paffer entre mes bras. Tenez, le voilà tout de fon long dans cette chaife.

BELINE.

Le Ciel en foit loué. Me voilà délivrée d'un grand fardeau. Que tu es fotte, Toinette, de t'affliger de cette mort.

TOINETTE.

Je penfois, Madame, qu'il fallût pleurer.

BELINE.

Va, va, cela n'en vaut pas la peine. Quelle perte eft-ce que la fienne, & de quoi fervoit-il fur la terre? Un homme incommode à tout le monde, mal propre, dégoûtant, fans ceffe un lavement, ou une médecine dans le ventre, mouchant, touffant, crachant toujours, fans efprit, ennuyeux, de mauvaife humeur, fatigant fans ceffe les gens, & grondant jour & nuit fervantes & valets.

TOINETTE.

Voilà une belle oraifon funébre.

BELINE.

Il faut, Toinette, que tu m'aides à éxécuter mon deffein; & tu peux croire qu'en me fervant ta récompenfe eft fûre. Puifque, par un bonheur, perfonne n'eft encore averti de la chofe, portons-le dans fon lit, & tenons cette mort cachée,

jufqu'à ce que j'aye fait mon affaire. Il y a des papiers, il y
a de l'argent, dont je me veux faifir ; & il n'eft pas jufte
que j'aye paffé, fans fruit auprès de lui, mes plus belles années. Vien, Toinette, prenons auparavant toutes fes clés.

A R G A N *fe levant brufquement.*

Doucement.

B E L I N E.

Ahi !

A R G A N.

Oui, madame ma femme, c'eft ainfi que vous m'aimez?

T O I N E T T E.

Ah, ah ! Le défunt n'eft pas mort.

A R G A N *à Béline, qui fort.*

Je fuis bien aife de voir votre amitié, & d'avoir entendu le
beau panégyrique que vous avez fait de moi. Voilà un avis
au lecteur, qui me rendra fage à l'avenir, & qui m'empêchera de faire bien des chofes.

S C E N E XIX.

B E R A L D E *fortant de l'endroit où il s'étoit caché,*
A R G A N, T O I N E T T E.

B E R A L D E.

HE bien, mon frere, vous le voyez.

T O I N E T T E.

Par ma foi, je n'aurois jamais crû cela. Mais j'entends votre
fille, remettez-vous comme vous étiez, & voyons de quelle

maniére elle recevra votre mort. C'eſt une choſe qu'il n'eſt pas mauvais d'éprouver ; &, puiſque vous étes en train, vous connoîtrez par là les ſentimens que votre famille a pour vous.

[Béralde va encore ſe cacher.]

SCENE XX.

ARGAN, ANGELIQUE, TOINETTE.

TOINETTE *feignant de ne pas voir Angélique.*
O Ciel ! Ah, fâcheuſe avanture ! Malheureuſe journée !

ANGELIQUE.
Qu'as-tu, Toinette, & de quoi pleures-tu ?

TOINETTE.
Hélas ! J'ai de triſtes nouvelles à vous donner.

ANGELIQUE.
Hé quoi ?

TOINETTE.
Votre pere eſt mort.

ANGELIQUE.
Mon pere eſt mort, Toinette ?

TOINETTE.
Oui. Vous le voyez là ; il vient de mourir tout-à-l'heure d'une foibleſſe qui lui a pris.

ANGELIQUE.
O Ciel ! Quelle infortune ! Quelle atteinte cruelle ! Hélas ! Faut-il que je perde mon pere, la ſeule choſe qui me reſtoit

au monde ; & qu'encore, pour un furcroît de défefpoir, je le perde dans un moment où il étoit irrité contre moi! Que deviendrai-je, malheureufe, & quelle confolation trouver après une fi grande perte?

SCENE XXI.

ARGAN, ANGELIQUE, CLEANTE, TOINETTE.

CLEANTE.

QU'avez-vous donc, belle Angélique, & quel malheur pleurez-vous?

ANGELIQUE.

Hélas! Je pleure tout ce que dans la vie je pouvois perdre de plus cher, & de plus précieux. Je pleure la mort de mon pere.

CLEANTE.

O Ciel! Quel accident! Quel coup inopiné! Hélas! Après la demande que j'avois conjuré votre oncle de faire pour moi, je venois me préfenter à lui ; & tâcher, par mes refpects & par mes priéres, de difpofer fon cœur à vous accorder à mes vœux.

ANGELIQUE.

Ah! Cléante, ne parlons plus de rien. Laiffons-là toutes les penfées du mariage. Après la perte de mon pere, je ne veux plus être du monde, & j'y renonce pour jamais. Oui, mon pere, fi j'ai réfifté tantôt à vos volontés, je veux fuivre

du

moins une de vos intentions, & réparer par là le chagrin que je m'accuse de vous avoir donné. [*se jettant à genoux.*] Souffrez, mon pere, que je vous en donne ici ma parole, & que je vous embrasse, pour vous témoigner mon ressentiment.

ARGAN *embrassant Angélique.*

Ah ! Ma fille.

ANGELIQUE.

Ahi !

ARGAN.

Vien. N'aye point de peur, je ne suis pas mort. Va, tu es mon vray sang, ma véritable fille ; & je suis ravi d'avoir vû ton bon naturel.

SCENE XXII.

ARGAN, BERALDE, ANGELIQUE, CLEANTE, TOINETTE.

ANGELIQUE.

AH ! Quelle surprise agréable ! Mon pere, puisque par un bonheur extrême, le Ciel vous redonne à mes vœux, souffrez qu'ici je me jette à vos pieds pour vous supplier d'une chose. Si vous n'étes pas favorable au panchant de mon cœur, si vous me refusez Cléante pour époux, je vous conjure, au moins, de ne me point forcer d'en épouser un autre. C'est toute la grace que je vous demande.

CLEANTE *fe jettant aux genoux d'Argan.*

Hé! Monfieur, laiffez-vous toucher à fes priéres & aux miennes ; & ne vous montrez point contraire aux mutuels empreffemens d'une fi belle inclination.

BERALDE.

Mon frere, pouvez-vous tenir là-contre ?

TOINETTE.

Monfieur, ferez-vous infenfible à tant d'amour ?

ARGAN.

Qu'il fe faffe médecin, je confens au mariage. [*à Cléante.*] Oui, faites-vous médecin, je vous donne ma fille.

CLEANTE.

Très-volontiers, Monfieur. S'il ne tient qu'à cela pour être votre gendre, je me ferai médecin, apoticaire même, fi vous voulez. Ce n'eft pas une affaire que cela, & je ferois bien d'autres chofes pour obtenir la belle Angélique.

BERALDE.

Mais, mon frere ; il me vient une penfée. Faites-vous médecin vous-même. La commodité fera encore plus grande, d'avoir en vous tout ce qu'il vous faut.

TOINETTE.

Cela eft vray. Voilà le vray moyen de vous guérir bien-tôt ; & il n'y a point de maladie fi ofée, que de fe jouer à la perfonne d'un médecin.

ARGAN.

Je penfe, mon frere, que vous vous moquez de moi. Eft-ce que je fuis en âge d'étudier ?

BERALDE.

Bon! Etudier. Vous étes affez fçavant, & il y en a beaucoup parmi eux, qui ne font pas plus habiles que vous.

ARGAN.

Mais il faut fçavoir bien parler latin, connoître les maladies, & les remédes qu'il y faut faire.

BERALDE.

En recevant la robe & le bonnet de médecin, vous appren-
drez tout cela; & vous ferez après plus habile que vous ne
voudrez.

ARGAN.

Quoi! L'on fçait difcourir fur les maladies, quand on a cet
habit-là?

BERALDE.

Oui. L'on n'a qu'à parler avec une robe, & un bonnet,
tout galimathias devient fçavant, & toute fottife devient
raifon.

TOINETTE.

Tenez, Monfieur, quand il n'y auroit que votre barbe, c'eft
déjà beaucoup, & la barbe fait plus de la moitié d'un médecin.

CLEANTE.

En tout cas, je fuis prêt à tout.

BERALDE à *Argan.*

Voulez-vous que l'affaire fe faffe tout-à-l'heure?

ARGAN.

Comment tout-à-l'heure?

BERALDE.

Oui, & dans votre maifon.

ARGAN.

Dans ma maifon?

BERALDE.

Oui. Je connois une faculté de mes amies, qui viendra tout-
à-l'heure en faire la cérémonie dans votre fale. Cela ne vous
coutera rien.

ARGAN.

Mais, moi, que dire, que répondre?

BERALDE.

On vous inftruira en deux mots, & l'on vous donnera par
écrit ce que vous devez dire. Allez-vous-en vous mettre en
habit décent, je vais les envoyer querir.

ARGAN.

Allons, voyons cela.

SCENE DERNIERE.

BERALDE, ANGELIQUE, CLEANTE, TOINETTE.

CLEANTE.

QUe voulez-vous dire, & qu'entendez-vous avec cette
faculté de vos amies?

TOINETTE.

Quel eft donc votre deffein?

BERALDE.

De nous divertir un peu ce foir. Les comédiens ont fait un petit interméde de la réception d'un médecin, avec des danfes & de la mufique, je veux que nous en prenions enfemble le divertiffement ; & que mon frere y faffe le premier perfonnage.

ANGELIQUE.

Mais, mon oncle, il me femble que vous vous jouez un peu beaucoup de mon pere.

BERALDE.

Mais, ma niéce, ce n'eft pas tant le jouer, que s'accommoder à fes fantaifies. Tout ceci n'eft qu'entre nous. Nous y pouvons auffi prendre chacun un perfonnage, & nous donner ainfi la comédie les uns aux autres. Le carnaval autorife cela. Allons vîte préparer toutes chofes.

CLEANTE à *Angélique.*

Y confentez-vous?

ANGELIQUE.

Oui, puifque mon oncle nous conduit.

Fin du troifiéme Aĉte.

III. INTERMÉDE.

PREMIERE ENTRÉE DE BALLET.

Des tapiſſiers viennent, en danſant, préparer la ſale; & placer les bancs en cadence.

II. ENTRÉE DE BALLET.

Marche de la faculté de médecine, au ſon des inſtrumens.
Les porte ſeringues repréſentant les maſſiers, entrent les premiers.
Après eux, viennent, deux à deux, les apoticaires avec des mor-tiers, les chirurgiens & les docteurs, qui vont ſe placer aux deux côtés du théatre. Le préſident monte dans une chaire, qui eſt au milieu; & Argan qui doit être reçû docteur, ſe place dans une chaire plus petite, qui eſt au-devant de celle du préſident.

LE PRESIDENT.

Sçavantiſſimi doctores,
 Medicinæ profeſſores,
Qui hic aſſemblati eſtis;
Et vos altri Meſſiores,
Sententiarum facultatis
Fideles executores,
Chirurgiani & apoticari,
Atque tota compania auſſi,
 Salus, honor, & argentum,
 Atque bonum appetitum.
 Non poſſum, docti confreri,

En moi satis admirari,
Qualis bona inventio,
Est medici professio;
Quam bella chosa est & bene trovata,
Medicina illa benedicta,
Quæ, suo nomine solo,
Surprenanti miraculo,
Depuis si longo tempore,
Facit à gogo vivere
Tant de gens omni genere.

Per totam terram videmus
Grandam vogam ubi sumus;
Et quod grandes & petiti
Sunt de nobis infatuti.
Totus mundus currens ad nostros remedios,
Nos regardat sicut Deos;
Et nostris ordonnanciis
Principes & reges soumissos videtis.

Donque il est nostræ sapientiæ,
Boni sensus atque prudentiæ,
De fortement travaillare,
A nos bene conservare
In tali credito, vogâ, & honore;
Et prandere gardam à non recevere,
In nostro docto corpore,
Quam personas capabiles,

Et totas dignas ramplire
Has plaças honorabiles.

C'est pour cela que nunc convocati estis,
Et credo quod trovabitis
Dignam matieram medici,
In sçavanti homine que voici;
Lequel, in chosis omnibus,
Dono ad interrogandum,
Et à fond examinandum
Vestris capacitatibus.

PREMIER DOCTEUR.

Si mihi licentiam dat dominus præses,
Et tanti docti doctores,
Et assistantes illustres,
Très sçavanti bacheliero
Quem estimo & honoro,
Domandabo causam & rationem, quare
Opium facit dormire.

ARGAN.

Mihi à docto doctore
Domandatur causam & rationem quare
Opium facit dormire.
A quoi respondeo,
Quia est in eo
Virtus dormitiva,
Cujus est natura
Sensus assoupire.

CHOEUR

CHOEUR.

Benè, benè, benè, benè respondere,
Dignus, dignus est intrare
In nostro docto corpore.
Benè, benè respondere.

SECOND DOCTEUR,

Cum permissione domini præsidis,
Doctissimæ facultatis,
Et totius his nostris actis
Companiæ assistantis,
Domandabo tibi, docte Bacheliere,
Quæ sunt remedia,
Quæ in maladiâ
Ditte hydropisia
Convenit facere ?

ARGAN.

Clysterium donare,
Posteà seignare,
Ensuita purgare.

CHOEUR.

Benè, benè, benè, benè respondere
Dignus, dignus est intrare
In nostro docto corpore.

TROISIEME DOCTEUR.

Si bonum semblatur domino præsidi,
Doctissimæ facultati
Et companiæ præsenti,
Domandabo tibi, docte bacheliere,
Tome VI.

X x x

Quæ remedia hécticis,

Pulmonicis atque afmaticis

Trovas à propos facere.

ARGAN.

Clyfterium donare,

Pofteà feignare,

Enfuita purgare.

CHOEUR.

Benè, benè, benè, benè refpondere ;

Dignus, dignus eft intrare

In noftro docto corpore.

QUATRIEME DOCTEUR.

Super illas maladias,

Doctus bachelierus dixit maravillas ;

Mais fi non ennuyo dominum præfidem ,

Doctiffimam facultatem ,

Et totam honorabilem

Companiam ecoutantem ;

Faciam illi unam quæftionem.

Dès hiero maladus unus

Tombavit in meas manus ;

Habet grandam fievram cum redoublamentis ,

Grandam dolorem capitis ,

Et grandum malum au côté ,

Cum grandâ difficultate

Et penâ refpirare.

Veillas mihi dire,

Docte bacheliere ,

Quid illi facere?

ARGAN.

Clysterium donare ,

Posteà seignare ,

Ensuita purgare.

CINQUIEME DOCTEUR.

Mais si maladia

Opiniatria

Non vult se garire ,

Quid illi facere?

ARGAN.

Clysterium donare ,

Posteà seignare ,

Ensuita purgare.

Reseignare , repurgare ; & reclysterisare.

CHOEUR.

Benè , benè , benè , benè respondere ;

Dignus , dignus est intrare

In nostro docto corpore.

LE PRESIDENT *à Argan.*

Juras gardare statuta

Per facultatem præscripta ,

Cum sensu & jugeamento?

ARGAN.

Juro.

LE PRESIDENT.

Essere in omnibus

Consultationibus

X x x ij

Ancieni aviſo ;

Aut bono ,

Aut mauvaiſo ?

ARGAN.

Juro.

LE PRESIDENT.

De non jamais te ſervire

De remediis aucunis ,

Quam de ceux ſeulement doctæ facultatis ;

Maladus dût-il crevare

Et mori de ſuo malo ?

ARGAN.

Juro.

LE PRESIDENT.

Ego cum iſto boneto

Venerabili & docto ,

Dono tibi & concedo

Virtutem & puiſſanciam ,

Medicandi ,

Purgandi ,

Seignandi ,

Perçandi ,

Taillandi ,

Coupandi ,

Et occidendi

Impunè per totam terram.

III. ENTRÉE DE BALLET.

Les chirurgiens & les apoticaires viennent faire la révérence en cadence à Argan.

ARGAN.

Grandes doctores doctrinæ,
De la rhubarbe & du séné ;
Ce seroit sans douta à moi chosa folla,
Inepta & ridicula,
Si j'alloibam m'engageare
Vobis louangeas donare,
Et entreprenoibam adjoûtare
Des lumieras au soleilo,
Et des étoilas au Cielo,
Des ondas à l'oceano ;
Et des rosas au printanno.
Agreate qu'avec uno moto
Pro toto remercimento
Randam gratiam corpori tam docto.
Vobis, vobis debeo
Bien plus qu'à naturæ, & qu'à patri meo.
Natura & pater meus
Hominem me habent factum ;
Mais vos me, ce qui est bien plus,
Avetis factum medicum.
Honor, favor, & gratia,
Qui in hoc corde que voilà,

534 LE MALADE IMAGINAIRE,

Imprimant reſſentimenta
Qui dureront in ſæcula.

CHOEUR.

Vivat, vivat, vivat, vivat, cent fois vivat
Novus doctor, qui tam benè parlat,
Mille, mille annis, & manget, & bibat,
Et ſeignet, & tuat.

IV. ENTRÉE DE BALLET.

Tous les chirurgiens & les apoticaires danſent au ſon des inſtru-
mens & des voix, & des battemens de mains, & des mortiers
d'apoticaires.

PREMIER CHIRURGIEN.

Puiſſe-t-il voir doctas
Suas ordonnancias,
Omnium chirurgorum,
Et apoticarum
Ramplire boutiquas.

CHOEUR.

Vivat, vivat, vivat, vivat, cent fois vivat
Novus doctor, qui tam benè parlat,
Mille, mille annis, & manget, & bibat,
& ſeignet, & tuat.

SECOND CHIRURGIEN.

Puiſſe toti anni,
Lui eſſere boni
Et favorabiles,

Et n'habere jamais
Quam peftas, verolas,
Fiévras, pleurefias,
Fluxus de fang & diffenterias.

CHOEUR.

Vivat, vivat, vivat, vivat, cent fois vivat
Novus doctor, qui tam benè parlat,
Mille, mille annis, & manget, & bibat,
Et feignet, & tuat.

V. & derniére ENTRÉE DE BALLET.

Pendant que le dernier chœur fe chante, les médecins, les chirur-
giens & les apoticaires fortent tous felon leur rang en cérémonie,
comme ils font entrés.

FIN.

REMERCIEMENT

REMERCIEMENT
AU ROI.

V Otre pareffe enfin me fcandalife,
   Ma mufe, obéïffez-moi;
Il faut ce matin, fans remife,
   Aller au lever du Roi.
     Vous fçavez bien pourquoi;
    Et ce vous eft une honte
  De n'avoir pas été plus promte
A le remercier de fes fameux bienfaits,
   Mais il vaut mieux tard que jamais;
    Faites donc votre compte
  D'aller au louvre accomplir mes fouhaits.
  Gardez-vous bien d'être en mufe bâtie,
  Un air de mufe eft choquant dans ces lieux;
On y veut des objets à réjouir les yeux,
   Vous en devez être avertie;
  Et vous ferez votre cour beaucoup mieux,
  Lorfqu'en marquis vous ferez traveftie.
Vous fçavez ce qu'il faut pour paroître marquis;
  N'oubliez rien de l'air, ni des habits,
Arborez un chapeau chargé de trente plumes
   Sur une perruque de prix,

Tome VI.   Y y y

Que le rabat foit des plus grands volumes,
Et le pourpoint des plus petits.
Mais fur tout je vous recommande
Le manteau, d'un ruban, fur le dos retrouffé,
La galanterie en eft grande;
Et, parmi les marquis de la plus haute bande,
C'eft pour être placé.
Avec vos brillantes hardes,
Et votre ajuftement,
Faites tout le trajet de la fale des gardes;
Et, vous peignant galamment,
Portez de tous côtés vos regards brufquement,
Et ceux que vous pourrez connoître,
Ne manquez pas d'un haut ton,
De les faluer par leur nom,
De quelque rang qu'ils puiffent être;
Cette familiarité
Donne, à quiconque en ufe, un air de qualité.
Grattez du peigne à la porte
De la chambre du Roi;
Ou, fi, comme je prévoi,
La preffe s'y trouve forte,
Montrez de loin votre chapeau,
Ou montez fur quelque chofe
Pour faire voir votre mufeau,
Et criez, fans aucune paufe,
D'un ton rien moins que naturel,
Monfieur l'huiffier, pour le marquis un tel.

Jettez-vous dans la foule, & tranchez du notable ;
Coudoyez un chacun, point du tout de quartier,
  Preſſez, pouſſez, faites le diable,
   Pour vous mettre le premier ;
   Et, quand même l'huiſſier,
  A vos déſirs inéxorable,
Vous trouveroit en face un marquis repouſſable,
  Ne démordez point pour cela.
  Tenez toujours ferme là,
A déboucher la porte il iroit trop du vôtre,
  Faites qu'aucun n'y puiſſe pénétrer ;
Et qu'on ſoit obligé de vous laiſſer entrer,
   Pour faire entrer quelqu'autre.
Quand vous ſerez entré, ne vous relâchez pas,
Pour aſſiéger la chaiſe, il faut d'autres combats,
  Tâchez d'en être des plus proches,
 En y gagnant le terrain pas à pas ;
Et, ſi des aſſiégeans le prévenant amas
  En bouche toutes les approches,
  Prenez le parti doucement,
  D'attendre le prince au paſſage.
  Il connoîtra votre viſage,
  Malgré votre déguiſement ;
  Et lors, ſans tarder davantage,
  Faites-lui votre compliment.
  Vous pourriez aiſément l'étendre,
Et parler des tranſports qu'en vous font éclater
Les ſurprenans bienfaits que, ſans les mériter,

     Y y y ij

Sa libérale main fur vous daigne répandre,
Et des nouveaux efforts, où s'en va vous porter
L'excès de cet honneur où vous n'ofiez prétendre;
   Lui dire comme vos défirs
Sont, après fes bontés qui n'ont point de pareilles,
D'employer à fa gloire, ainfi qu'à fes plaifirs
   Tout votre art, & toutes vos veilles;
  Et, là-deffus, lui promettre merveilles.
  Sur ce chapitre on n'eft jamais à fec;
  Les mufes font de grandes prometteufes,
   Et, comme vos fœurs les caufeufes,
Vous ne manquerez pas, fans doute, par le bec;
   Mais les grands princes n'aiment guéres
   Que les complimens qui font courts;
Et le nôtre, fur tout, a bien d'autres affaires
   Que d'écouter tous vos difcours.
La louange & l'encens n'eft pas ce qui le touche;
   Dès que vous ouvrirez la bouche
  Pour lui parler de grace & de bienfait,
Il comprendra d'abord ce que vous voudrez dire,
  Et, fe mettant doucement à fourire
D'un air qui, fur les cœurs, fait un charmant effet,
   Il paffera comme un trait,
   Et cela vous doit fuffire.
  Voilà votre compliment fait.

F I N.

LA GLOIRE
DU
VAL-DE-GRACE.

DIGNE fruit de vingt ans de travaux fomptueux,
　Augufte bâtiment, Temple majeftueux,
Dont le dôme fuperbe, élevé dans la nuë,
Pare du grand Paris la magnifique vûë,
Et, parmi tant d'objets femés de toutes parts,
Du voyageur furpris prend les premiers regards;
Fais briller à jamais, dans ta noble richeffe,
La fplendeur du faint vœu d'une grande princeffe,
Et porte un témoignage à la poftérité
De fa magnificence, & de fa piété;
Conferve à nos neveux une montre fidéle
Des exquifes beautés que tu tiens de fon zéle.
Mais défends bien fur-tout de l'injure des ans
Le chef-d'œuvre fameux de fes riches préfens,
Cet éclatant morceau de fçavante peinture,
Dont elle a couronné ta noble architecture;
C'eft le plus bel effet des grands foins qu'elle a pris,
Et ton marbre, & ton or ne font point de ce prix.
　Toi qui dans cette coupe, à ton vafte génie
Comme un ample théatre heureufement fournie,

Es venu déployer les précieux tréfors

Que le Tibre t'a vû ramaffer fur fes bords,

Di-nous, fameux Mignard, par qui te font verfées

Les charmantes beautés de tes nobles penfées;

Et dans quel fonds tu prends cette variété,

Dont l'efprit eft furpris, & l'œil eft enchanté.

Di-nous quel feu divin, dans tes fécondes veilles,

De tes expreffions enfante les merveilles,

Quels charmes ton pinceau répand dans tous fes traits,

Quelle force il y mêle à fes plus doux attraits,

Et quel eft ce pouvoir, qu'au bout des doigts tu portes,

Qui fçait faire à nos yeux vivre des chofes mortes;

Et d'un peu de mélange & de bruns & de clairs,

Rendre efprit la couleur, & les pierres des chairs.

Tu te tais; & prétends que ce font des matiéres

Dont tu dois nous cacher les fçavantes lumiéres,

Et que ces beaux fecrets, à tes travaux vendus,

Te coûtent un peu trop pour être répandus;

Mais ton pìnceau s'explique, & trahit ton filence,

Malgré toi, de ton art, il nous fait confidence;

Et, dans fes beaux efforts à nos yeux étalés,

Les myftéres profonds nous en font révélés.

Une pleine lumiére ici nous eft offerte;

Et ce dôme pompeux eft une école ouverte,

Où l'ouvrage faifant l'office de la voix,

Dicte de ton grand art les fouveraines loix.

* L'invention,
le deffein, le
coloris.

Il nous dit fortement les trois nobles parties *

Qui rendent d'un tableau les beautés afforties,

Et dont, en s'unissant, les talens relevés
Donnent à l'univers les peintres achevés.

Mais des trois, comme reine, il nous expose celle
Que ne peut nous donner le travail, ni le zéle ;
Et qui, comme un présent de la faveur des Cieux,
Est du nom de divine appellée en tous lieux ;
Elle, dont l'essor monte au-dessus du tonnerre,
Et sans qui l'on demeure à ramper contre terre,
Qui meut tout, régle tout, en ordonne à son choix,
Et des deux autres méne & régit les emplois.
Il nous enseigne à prendre une digne matiére,
Qui donne au feu d'un peintre une vaste carriére,
Et puisse recevoir tous les grands ornemens,
Qu'enfante un beau génie en ses accouchemens,
Et dont la poësie, & sa sœur la peinture,
Parant l'instruction de leur docte imposture,
Composent avec art ces attraits, ces douceurs
Qui font à leurs leçons un passage à nos cœurs ;
Et par qui, de tout tems, ces deux sœurs si pareilles
Charment, l'une les yeux, & l'autre les oreilles.
Mais il nous dit de fuir un discord apparent
Du lieu que l'on nous donne, & du sujet qu'on prend ;
Et de ne point placer dans un tombeau des fêtes,
Le Ciel contre nos piéds, & l'enfer sur nos têtes.
Il nous apprend à faire, avec détachement,
De grouppes contrastés un noble ageancement
Qui, du champ du tableau, fasse un juste partage
En conservant les bords un peu légers d'ouvrage,

1.
*L'invention,
premiere partie
de la peinture.*

N'ayant nul embarras, nul fracas vicieux
Qui rompe ce repos si fort ami des yeux;
Mais où, sans se presser, le grouppe se rassemble,
Et forme un doux concert, fasse un beau tout ensemble,
Où rien ne soit à l'œil mendié, ni redit,
Tout s'y voyant tiré d'un vaste fonds d'esprit,
Assaisonné du sel de nos graces antiques,
Et non du fade goût des ornemens gothiques;
Ces monstres odieux des siécles ignorans,
Que de la barbarie ont produit les torrens,
Quand leur cours, inondant presque toute la terre,
Fit à la politesse une mortelle guerre;
Et de la grande Rome abbattant les remparts,
Vint, avec son empire, étouffer les beaux arts.
Il nous montre à poser avec noblesse & grace
La premiere figure à la plus belle place,
Riche d'un agrément, d'un brillant de grandeur
Qui s'empare d'abord des yeux du spectateur;
Prenant un soin exact que, dans tout son ouvrage,
Elle jouë aux regards le plus beau personnage;
Et que, par aucun rôle au spectacle placé,
Le heros du tableau ne se voye effacé.
Il nous enseigne à fuir les ornemens débiles
Des épisodes froids & qui sont inutiles,
A donner au sujet toute sa verité,
A lui garder par tout pleine fidélité,
Et ne se point porter à prendre de licence,
A moins qu'à des beautés elle donne naissance.

Il

Il nous dicte amplement les leçons du deſſein,
Dans la maniére grecque, & dans le goût romain;
Le grand choix du beau vray, de la belle nature,
Sur les reſtes exquis de l'antique ſculpture,
Qui, prenant d'un ſujet la brillante beauté,
En ſçavoit ſéparer la foible vérité,
Et formant de pluſieurs une beauté parfaite,
Nous corrige par l'art la nature qu'on traite.
Il nous explique à fond, dans ſes inſtructions,
L'union de la grace, & des proportions;
Les figures par tout doctement dégradées,
Et leurs extrémités ſoigneuſement gardées;
Les contraſtes ſçavans des membres agrouppés,
Grands, nobles, étendus, & bien développés,
Balancés ſur leur centre en beautés d'attitude,
Tous formés l'un pour l'autre avec exactitude,
Et n'offrant point aux yeux ces galimathias,
Où la tête n'eſt point de la jambe, ou du bras;
Leur juſte attachement aux lieux qui les font naître,
Et les muſcles touchés autant qu'ils doivent l'être;
La beauté des contours obſervés avec ſoin,
Point durement traités, amples, tirés de loin,
Inégaux, ondoyans, & tenant de la flâme,
Afin de conſerver plus d'action & d'ame;
Les nobles airs de tête amplement variés,
Et tous au caractére avec choix mariés;
Et c'eſt là qu'un grand peintre, avec pleine largeſſe,
D'une féconde idée étale la richeſſe,

Tome VI. Z z z

Faifant briller par tout de la diverfité,

Et ne tombant jamais dans un air répété;

Mais un peintre commun trouve une peine extrême

A fortir dans fes airs, de l'amour de foi-même;

De redites fans nombre, il fatigue les yeux,

Et, plein de fon image, il fe peint en tous lieux.

Il nous enfeigne auffi les belles draperies,

De grands plis bien jettés, fuffifamment nourries,

Dont l'ornement aux yeux doit conferver le nud;

Mais qui, pour le marquer, foit un peu retenu,

Qui ne s'y colle point, mais en fuive la grace,

Et, fans la ferrer trop, la carreffe & l'embraffe.

Il nous montre à quel air, dans quelles actions

Se diftinguent à l'œil toutes les paffions;

Les mouvemens du cœur, peints d'une adreffe extrême

Par des geftes puifés dans la paffion même,

Bien marqués pour parler, appuyés, forts, & nets;

Imitans en vigueur les geftes des muets

Qui veulent réparer la voix que la nature

Leur a voulu nier, ainfi qu'à la peinture.

III. *Le coloris, troi-fiéme partie de la peinture.*   Il nous étale enfin les myftéres exquis

De la belle partie où triompha Zeuxis;

Et qui, le revêtant d'une gloire immortelle,

Le fit aller du pair avec le grand Apelle;

L'union, les concerts, & les tons des couleurs,

Contraftes, amitiés, ruptures & valeurs,

Qui font les grands effets, les fortes impoftures,

L'achévement de l'art, & l'ame des figures.

Il nous dit clairement dans quel choix le plus beau,
On peut prendre le jour, & le champ du tableau,
Les diftributions, & d'ombre, & de lumiére,
Sur chacun des objets & fur la maffe entiére,
Leur dégradation dans l'efpace de l'air
Par les tons différens de l'obfcur & du clair,
Et quelle force il faut aux objets mis en place
Que l'approche diftingue, & le lointain efface;
Les gracieux repos que, par des foins communs,
Les bruns donnent aux clairs, comme les clairs aux bruns,
Avec quel agrément d'infenfible paffage
Doivent cès oppofés entrer en affemblage,
Par quelle douce chûte ils doivent y tomber,
Et dans un milieu tendre, aux yeux fe dérober;
Ces fonds officieux qu'avec art on fe donne,
Qui reçoivent fi bien ce qu'on leur abandonne;
Par quels coups de pinceau formant de la rondeur,
Le peintre donne au plat le relief du fculpteur,
Quel adouciffement des teintes de lumiére,
Fait perdre ce qui tourne, & le chaffe derriére,
Et comme, avec un champ fuyant, vague & léger,
La fierté de l'obfcur fur la douceur du clair,
Triomphant de la toile, en tire avec puiffance
Les figures que veut garder fa réfiftance,
Et, malgré tout l'effort qu'elle oppofe à fes coups,
Les détache du fond, & les améne à nous.

    Il nous dit tout cela, ton admirable ouvrage;
Mais, illuftre Mignard, n'en prends aucun ombrage,

Ne crains pas que ton art, par ta main découvert,
A marcher fur tes pas tienne un chemin ouvert,
Et que de fes leçons les grands & beaux oracles
Elévent d'autres mains à tes doctes miracles ;
Il y faut des talens que ton mérite joint,
Et ce font des fecrets qui ne s'apprennent point.
On n'acquiert point, Mignard, par les foins qu'on fe donne,
Trois chofes, dont les dons brillent dans ta perfonne,
Les paffions, la grace, & les tons de couleur,
Qui des riches tableaux font l'exquife valeur ;
Ce font préfens du Ciel, qu'on voit peu qu'il affemble,
Et les fiécles ont peine à les trouver enfemble.
C'eft par-là qu'à nos yeux nuls travaux enfantés
De ton noble travail n'atteindront les beautés,
Malgré tous les pinceaux, que ta gloire réveille,
Il fera de nos jours la fameufe merveille ;
Et, des bouts de la terre, en ces fuperbes lieux,
Attirera les pas des fçavans curieux.

O vous, dignes objets de la noble tendreffe
Qu'a fait briller pour vous cette augufte princeffe,
Dont au grand Dieu naiffant, au véritable Dieu,
Le zéle magnifique a confacré ce lieu,
Purs efprits, où du Ciel font les graces infufes,
Beaux temples des vertus, admirables réclufes,
Qui, dans votre retraite, avec tant de ferveur,
Mêlez parfaitement la retraite du cœur,
Et, par un choix pieux hors du monde placées,
Ne détachez vers lui nulle de vos penfées ;

Qu'il vous eft cher d'avoir fans ceffe devant vous
Ce tableau de l'objet de vos vœux les plus doux ;
D'y nourrir par vos yeux les précieufes flâmes
Dont fi fidélement brûlent vos belles ames ;
D'y fentir redoubler l'ardeur de vos défirs ;
D'y donner à toute heure un encens de foupirs ;
Et d'embraffer du cœur une image fi belle
Des céleftes beautés de la gloire éternelle,
Beautés qui dans leurs fers tiennent vos libertés,
Et vous font méprifer toutes autres beautés !

Et toi, qui fus jadis la maîtreffe du monde,
Docte & fameufe école en raretés féconde,
Où les arts déterrés ont, par un digne effort,
Réparé les dégâts des barbares du Nord,
Source des beaux débris des fiécles mémorables,
O Rome, qu'à tes foins nous fommes redevables
De nous avoir rendu façonné de ta main,
Ce grand homme, chez toi, devenu tout romain,
Dont le pinceau célébre, avec magnificence,
De fes riches travaux vient parer notre France,
Et dans un noble luftre y produire à nos yeux
Cette belle peinture inconnuë en ces lieux,
La frefque, dont la grace à l'autre préférée
Se conferve un éclat d'éternelle durée ;
Mais dont la promtitude & les brufques fiertés
Veulent un grand génie à toucher fes beautés !

De l'autre qu'on connoît, la traitable méthode
Aux foibleffes d'un peintre aifément s'accommode.

La pareffe de l'huile, allant avec lenteur,
Du plus tardif génie attend la péfanteur,
Elle fçait fecourir, par le tems qu'elle donne,
Les faux pas que peut faire un pinceau qui tâtonne ;
Et, fur cette peinture, on peut, pour faire mieux,
Revenir quand on veut, avec de nouveaux yeux.
Cette commodité de retoucher l'ouvrage,
Aux peintres chancelans eft un grand avantage ;
Et, ce qu'on ne fait pas en vingt fois qu'on reprend,
On le peut faire en trente, on le peut faire en cent.

  Mais la frefque eft preffante ; & veut, fans complaifance,
Qu'un peintre s'accommode à fon impatience,
La traite à fa maniére ; & , d'un travail foudain,
Saififfe le moment qu'elle donne à fa main.
La févére rigueur de ce moment qui paffe,
Aux erreurs d'un pinceau ne fait aucune grace,
Avec elle il n'eft point de retour à tenter,
Et tout, au premier coup, fe doit exécuter.
Elle veut un efprit où fe rencontre unie
La pleine connoiffance avec le grand génie,
Secouru d'une main propre à le feconder,
Et maîtreffe de l'art jufqu'à le gourmander,
Une main promte à fuivre un beau feu qui la guide ;
Et dont, comme un éclair, la juftoffe rapide
Répande dans fes fonds, à grands traits non tâtés,
De fes expreffions les touchantes beautés.
C'eft par là que la frefque éclatante de gloire,
Sur les honneurs de l'autre emporte la victoire,

Et que tous les fçavans, en juges délicats,
Donnent la préférence à fes mâles appas.
Cent doctes mains chez elle ont cherché la louange;
Et Jules, Annibal, Raphaël, Michel-Ange,
Les Mignards de leur fiécle, en illuftres rivaux,
Ont voulu par la frefque ennoblir leurs travaux.

    Nous la voyons ici doctement revêtuë
De tous les grands attraits qui furprennent la vûë.
Jamais rien de pareil n'a paru dans ces lieux;
Et la belle inconnuë a frappé tous les yeux.
Elle a non feulement, par fes graces fertiles,
Charmé du grand Paris les connoiffeurs habiles,
Et touché de la cour le beau monde fçavant;
Ses miracles encore ont paffé plus avant,
Et, de nos courtifans les plus légers d'étude,
Elle a pour quelque tems fixé l'inquiétude,
Arrêté leur efprit, attaché leurs regards,
Et fait defcendre en eux quelque goût des beaux arts.

    Mais ce qui, plus que tout, éléve fon mérite,
C'eft de l'augufte Roi l'éclatante vifite;
Ce monarque, dont l'ame aux grandes qualités
Joint un goût délicat des fçavantes beautés,
Qui, féparant le bon d'avec fon apparence,
Décide fans erreur, & louë avec prudence.
LOUIS, le grand LOUIS, dont l'efprit fouverain
Ne dit rien au hazard, & voit tout d'un œil fain,
A verfé de fa bouche à fes graces brillantes
De deux précieux mots les douceurs chatouillantes,

Et l'on fçait qu'en deux mots ce Roi judicieux,
Fait, des plus beaux travaux, l'éloge glorieux.

    Colbert, dont le bon goût fuit celui de fon maître,
A fenti même charme, & nous le fait paroître.
Ce vigoureux génie au travail fi conftant,
Dont la vafte prudence à tous emplois s'etend,
Qui, du choix fouverain, tient, par fon haut mérite,
Du commerce & des arts la fuprême conduite,
A d'une noble idée enfanté le deffein
Qu'il confie aux talens de cette docte main;
Et dont il veut par elle attacher la richeffe
Saint Euftache. Aux facrés murs du Temple, où fon cœur s'intéreffe.
La voilà, cette main, qui fe met en chaleur;
Elle prend les pinceaux, trace, étend la couleur,
Empâte, adoucit, touche, & ne fait nulle paufe;
Voilà qu'elle a fini, l'ouvrage aux yeux s'expofe;
Et nous y découvrons, aux yeux des grands experts,
Trois miracles de l'art en trois tableaux divers.
Mais, parmi cent objets d'une beauté touchante,
Le Dieu porte au refpect, & n'a rien qui n'enchante,
Rien en grace, en douceur, en vive majefté,
Qui ne préfente à l'œil une Divinité;
Elle eft toute en ces traits fi brillans de nobleffe;
La grandeur y paroît, l'équité, la fageffe,
La bonté, la puiffance; enfin ces traits font voir
Ce que l'efprit de l'homme a peine à concevoir.

    Pourfuis, ô grand Colbert, à vouloir, dans la France,
Des arts que tu régis établir l'excellence,

                                        Et

Et donne à ce projet, & si grand, & si beau,
Tous les riches momens d'un si docte pinceau.
Attache à des travaux, dont l'éclat te renomme,
Le reste précieux des jours de ce grand homme.
Tels hommes rarement se peuvent présenter ;
Et, quand le Ciel les donne, il faut en profiter.
De ces mains, dont les tems ne sont guéres prodigues,
Tu dois à l'univers les sçavantes fatigues,
C'est à ton ministére à les aller saisir
Pour les mettre aux emplois que tu peux leur choisir ;
Et, pour ta propre gloire, il ne faut point attendre
Qu'elles viennent t'offrir ce que ton choix doit prendre.
Les grands hommes, Colbert, sont mauvais courtisans,
Peu faits à s'acquitter des devoirs complaisans,
A leurs réfléxions tout entiers ils se donnent ;
Et ce n'est que par là, qu'ils se perfectionnent.
L'étude & la visite ont leurs talens à part ;
Qui se donne à la cour, se dérobe à son art,
Un esprit partagé rarement s'y consomme ;
Et les emplois de feu demandent tout un homme.
Ils ne sçauroient quitter les soins de leur métier
Pour aller chaque jour fatiguer ton portier,
Ni par tout, près de toi, par d'assidus hommages,
Mandier des prôneurs les éclatans suffrages ;
Cet amour de travail, qui toujours régne en eux,
Rend à tous autres soins leur esprit paresseux ;
Et tu dois consentir à cette négligence
Qui de leurs beaux talens te nourrit l'excellence.

Souffre que, dans leur art s'avançant chaque jour,
Par leurs ouvrages feuls, ils te faffent leur cour.
Leur mérite à tes yeux y peut affez paroître ;
Confultes-en ton goût, il s'y connoît en maître,
Et te dira toujours, pour l'honneur de ton choix,
Sur qui tu dois verfer l'éclat des grands emplois.
C'eft ainfi que des arts la renaiffante gloire
De tes illuftres foins ornera la mémoire ;
Et que ton nom porté dans cent travaux pompeux,
Paffera triomphant à nos derniers neveux.

FIN DU SIXIÉME ET DERNIER TOME.

DE L'IMPRIMERIE DE PIERRE PRAULT.

M. DCC. XXXIII.

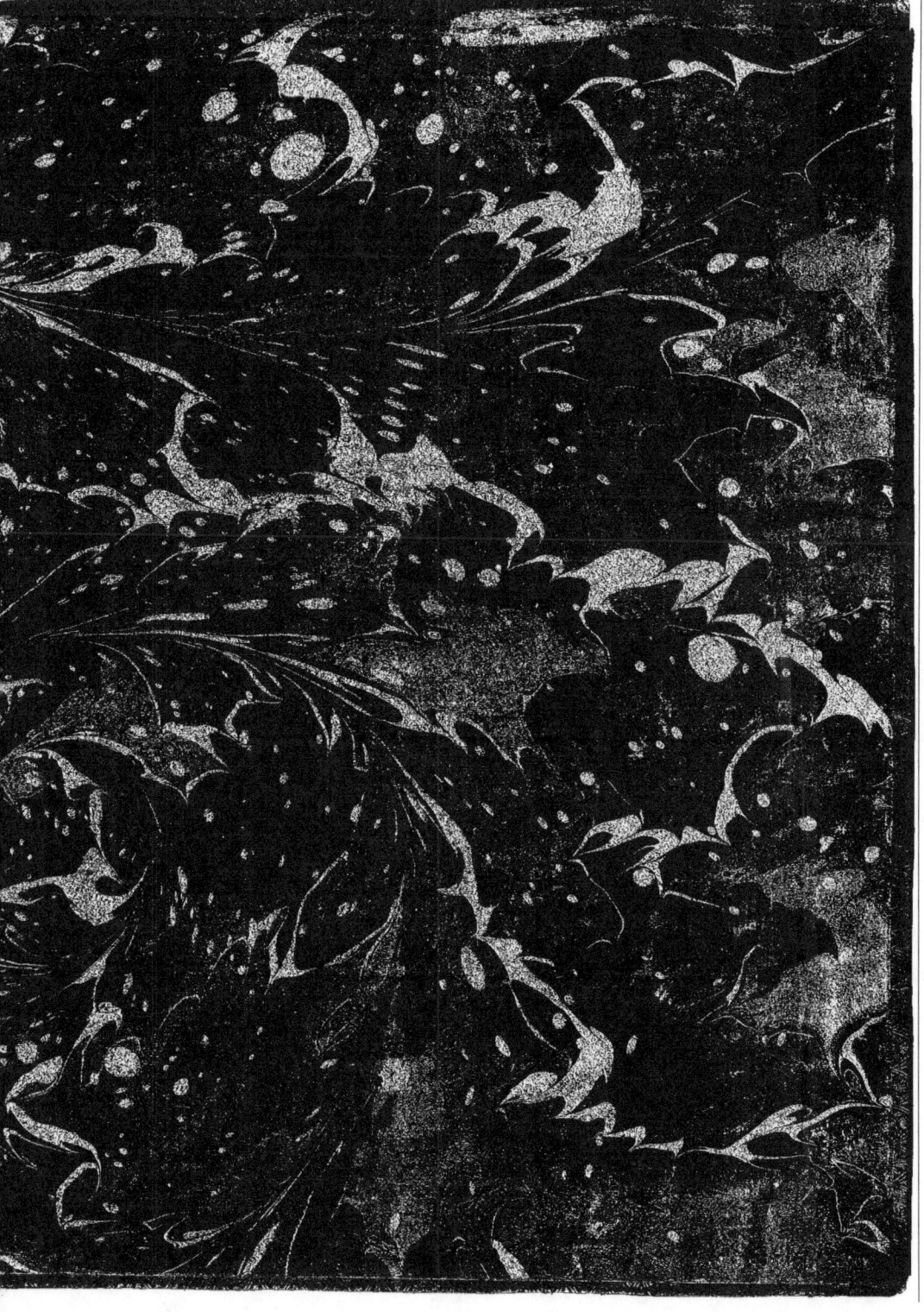

www.ingramcontent.com/pod-product-compliance
Lightning Source LLC
Chambersburg PA
CBHW070346030726
47504CB00001B/80